讀小說
Reading Novel

黑面之狐

三津田信三

瑞昇文化

將本書獻給亡母三津田勝子——

目次

中文版獨家作者序 8
某位老礦工的話 11
第一章 於漂流所至之地 19
第二章 相遇於朝鮮半島 41
第三章 滿洲國的希望與挫折 69
第四章 向礦山之神祈禱 95
第五章 於地底潛伏之物 115
第六章 某種預感 141
第七章 黑暗深處 163
第八章 慘絕人寰 181
第九章 黑面之狐 203
第十章 鬧鬼的工寮 221

第十一章　守靈夜　251
第十二章　出乎意料的訪客　281
第十三章　不斷有人死去　305
第十四章　注連繩祓禊　333
第十五章　接二連三的橫死　363
第十六章　在遺體安置室裡　385
第十七章　注連繩連續殺人事件　407
第十八章　坑內的黑霧　425
第十九章　手札　457
第二十章　黑色面具下　511
終　章　539
魔物藏身地底——談《黑面之狐》　564

中文版獨家作者序

拙作的執筆方式與其他作家略有不同。大部分的作家都會事先擬好故事大綱——要由什麼樣的登場人物陣容，去推展什麼樣的故事。就算再粗略，也會事先設定大致的情節內容與發展走向，然後在這個基礎上開始動筆。

然而我的情況是頂多只有以前就準備好，相當於故事核心的點子，以及配合這個點子的主題與背景設定，最重要的情節則是在寫作時同步構思。另一方面，凡是主題及背景設定需要的資料，我會因應必要性充分研讀，特別是在創作刀城言耶系列的時候，上述的準備工作至關重要。

換句話說，我的作品具有以靈感掛帥的特徵，但是有三部作品是在最初階段就已經決定好主題以及故事的場景設定，那就是《如幽女怨懟之物》、《黑面之狐》和《白魔之塔》。箇中緣由，就是我在成為作家之後，就一直很想以遊女與遊廓、礦工與煤礦礦坑、燈塔看守員與燈塔——的主題與舞台來創作小說。

關於遊女與遊廓，我看了很多描寫曾為遊女的女性心路歷程的紀實文學，對她們的遭遇深感同情，也同時確信「這一定能成為恐怖小說或推理小說的舞台」。我認為圍繞著遊女發生的人性愛恨情仇以及遊廓殘酷的現實可以成為恐怖小說的題材，至於遊女們特殊的思維與遊廓特有的慣例規矩則是推理小說的題材，我認為它們各自都能成為與眾不同的選題。基於這個緣故，雖然我一直想寫，卻又遲遲無法浮現最關鍵的核心靈感。因此直到靈光乍現之前，《如幽女怨對之物》只存在於我的腦海裡。

同理，我也覺得煤礦礦坑是相當具有魅力的舞台。在我研究這方面的資料時，腦海中便浮現出各式各樣的點子。心想有這麼多靈感，應該可以寫得很順利，沒想到卻在意料之外的地方栽了跟頭。我發現這本書的偵探角色與刀城言耶的調性不合，如果把他配置在事件之外，或許還能塑造成安樂椅神探。但是這麼一來就跟《如幽女怨對之物》大同小異了。而且我無論如何都希望能由礦工來擔綱偵探，正因為置身於煤礦礦坑這個舞台上，才會與事件牽扯上關係，因而到達真相的彼岸。我希望本作會是這樣的設定。

只是如此一來，我就得有個讓礦工變成偵探的理由。融合時代背景的結果，物理波矢多這個人物於焉誕生。在催生出物理波矢多的同時，也幾乎決定他的人生將會從水深火熱的勞動現場支持著戰敗後的日本社會。

相較於怪奇幻想作家刀城言耶或是死相學偵探弦矢俊一郎，物理波矢多在拙作中可說是非常罕見的角色也說不定。今後，他會選擇什麼樣的工作、又會被捲入什麼樣的事件呢？請各位讀者拭目以待。

三津田信三

某位老礦工的話

稻荷壽司啊，不用了。呃，我不是在跟你客氣，是真的不想吃。你問為什麼……不管是誰都有不愛吃的東西吧。只不過，我不喜歡稻荷壽司……嗯，其實是有原因的。

那是發生在我一家人還住在狗穴原地區的吼喰裏坑時的事。我八歲那年的秋天，同樣住在煤礦礦坑工寮①的鄰居大叔，在坑裡工作的時候發生沼氣爆炸意外。我不記得詳細的情況了，只記得和大我兩歲的阿兄一起去照顧受傷大叔的事。

可是當時我和阿兄都還只是孩子，真有辦法照顧傷患嗎？大概只是在大人不在的時候幫忙照看一下吧，又或者是爸媽吩咐我和阿兄在鄰居阿姨回來前先陪在受傷的大叔身邊而已。說穿了就是只要待在屋子裡，其他什麼事也不用做的概念。儘管如此，我卻一心只想逃離那個房間。

六疊的房間裡，後面靠牆的地方掛著蚊帳，受傷的大叔就躺在裡頭的被子上，由於受到十分嚴重的燒傷，他全身纏滿繃帶，只露出一隻眼睛和下唇，以及些許的皮膚，樣子十分駭人。雖然看起來是人類的形體，感覺上卻完全不像人類，彷彿是什麼別的東西化身成人類的模樣。

光是外表就這麼可怕了，再加上被繃帶包住一半的嘴角還一直發出嗚嗚……嗚嗚嗚……的恐怖呻吟聲，實在是令人毛骨悚然。雖然對遭遇不幸的大叔很過意不去，但我始終躲在阿兄背後，盡可能離蚊帳遠一點。我的內心只有一個念頭，不管誰都好，總之希望大人能趕快回來。

我都快嚇死了，阿兄竟然還突然冒出一句：「差點忘了重要的事。我得去接醫生，等我一下，很快就回來了。」我死都不要一個人留在那裡，遂使起性子嚷嚷：「阿兄不要走，我會被可怕的狐狸抓走。」於是阿兄便對我說：「那我教你一個咒語，只要學會這個咒語，不管是什～麼都不可怕了。」雖然覺得阿兄好像是在敷衍我，但也沒辦法。「你一定要快點回來喔！」儘管嚇得六神無主，最後還是只能眼睜睜地讓阿兄離開。

阿兄前腳剛走，房裡的氣氛便幡然一變。當然，受傷的大叔也還在這裡，所以其實並不是只有我而已，但還是感覺好孤單無助，好像真的只剩下我孤零零地被留在這屋裡。再怎麼說服自己那是鄰居大叔，卻依舊覺得躺在蚊帳裡的人已經變成什麼別的東西了。

當時的我已經能一手拿著煤油提燈，進到礦坑裡去幫阿爸及阿兄的忙，所以也已經充分體會到坑內的黑暗與恐怖。暗無天日的坑道不是普通的可怕，足以讓人覺得那是這輩子經歷過最駭人的體驗。問題是我在那個房間裡感受到的戰慄遠遠勝於坑道內的一片漆黑。光線雖然昏暗，但房裡尚且有燈亮著，比伸手不見五指的坑內明亮不知多少倍，但我還是嚇得全身發抖。

因此當門外傳來年輕女人「有人在家嗎？」的叫門聲時，我打從心底鬆了一口氣。不知道是哪個大人來了，總之讓人如釋重負。我連忙應聲，立刻打開了玄關的拉門。

我無法用言語形容當我看到那個佇立在門口的女人時，內心有多麼驚訝。

①原文為「炭住」，是「炭鉱住宅」的簡稱，以煤礦礦場為中心所建設的從業人士住宅區。早期多為長屋形式，後來發展出公寓型的集合式住宅。位於長崎縣端島（俗稱軍艦島）的炭住，更是日本首座以鋼筋混凝土打造的高層集合式住宅，並於２０１５年以「明治日本的產業革命遺產 製鐵．製鋼、造船、煤炭產業」的名義被列入世界文化遺產。

女人身上的和服與其他女礦工一樣破破爛爛，臉也黑鴉鴉、髒兮兮的，但五官長得非常美麗。我做夢也沒想過吼喰裏坑有這麼標緻的女人。所以當女人問道：「我可以進來嗎？」這時光是點頭就差點耗盡我的力氣了。

問題是她雖然長得國色天香，踏進門的動作卻古怪到不行。正常人都是一隻腳先跨過門檻，另一隻腳再比照辦理，但女人卻是雙腳併攏，用跳的進門。

用跳的……進門？

就連小孩子也不會用跳的跳進別人家，更何況是前來探病的大人。於是當下我又傻住了，呆若木雞地愣在原地，雙眼就這樣直勾勾地盯著女人看。

女人不理會我的錯愕，自顧自地繼續用雙腳併攏的姿勢，從三和土地板②跳進六疊的房間，而且還靈活地脫了鞋，足不點地、無聲無息地走到蚊帳前，接著一屁股坐了下來。

一切都發生在彈指之間，因此女人詭異的動作在我看來著實透著一股說不上來的陰陽怪氣。說到陰陽怪氣，這個人來探病卻連臉都不洗一下，也不換件乾淨點的衣服再過來，橫看豎看都古怪得緊。正因為她的面容長得很標緻，反而更添了幾分邪魅。所以當女人說她要慰問受傷的大叔，請我幫她拉起蚊帳時，我一時半刻竟不知該如何是好。

在女人的聲聲催促下，我嚇得快要哭出來了，只想逃離現場。然而要是丟下受傷的大叔擅自離開，之後肯定會換來阿爸一陣好打。來路不明的女人固然可怕，但我也不想領教阿爸盛怒之下的拳頭。

那時的我完全陷入進退兩難的窘境，整個人手足無措。感覺就要被逼到狗急跳牆了，於是我便抱著姑且只想抓住一根救命稻草的心情，開始在房間裡四下張望。當我發現擺在廚房的鍋子，心想這下得救了。因為我總算想起阿兄告訴我的那段咒語。

我連忙走向廚房，用小碟子裝了一點鍋裡煮好的黑豆，和做菜用的長筷子一起拿到女人面前，嘴裡叨念著阿兄教我的咒語：「為了討個吉利，請前來探望傷患的客人享用黑豆。」然後就遞出用筷子夾起的黑豆。

女人有些疑惑不解似地舉起一隻手，我便把黑豆放在她的掌心裡。沒想到，豆子不聽使喚地從她的掌心滾落。我又放上一個黑豆，豆子又從她掌心滑了下來。第三次也不例外。只要黑豆一離開筷子，就會從女人的掌心滑落。

豆子在地上滾來滾去，滾來滾去……

看到黑豆在地上滾動的樣子，我的兩條胳膊冒出了雞皮疙瘩。因為阿兄剛剛才告訴過我：「再怎麼巧妙地化身成人類，狐狸也無法用掌心接住豆子。」

我就這樣拿著筷子和碟子，渾身抖得像片秋風中的落葉。女人撂下一句：「我會帶更多人來

---

② 將花崗岩等風化後的土壤混合熟石灰、鹽滷一起加熱製成，常使用在土間（日式住宅玄關處供人穿脫鞋、與室內生活空間形成高低差的區域）的地面鋪設。也會直接用來稱呼以三和土製作的土間區域。

看望他。」就頭也不回地離開了。我心裡的大石頭剛落地，神經馬上又緊繃起來。一想到那個女人不曉得什麼時候會再帶著同伴回來，就嚇得三魂飛掉兩魂半。

過了一會兒，門外傳來阿兄的聲音。我興高采烈地打開拉門，只見阿兄雙手拎著刷子和藥罐，心急火燎地衝進來。阿兄說他跟醫生要來了對燒燙傷很有效的藥，得趕快為受傷的大叔敷上才行。於是我也跟著鑽進蚊帳，幫忙解開大叔身上的繃帶，但是一看到大叔全身布滿怵目驚心的傷口，就讓我感覺很噁心，所以完全無法幫助阿兄為大叔上藥。

結果，大叔死了。

或許是因為藥物的副作用，大叔被火紋身的皮膚不斷剝落，然後在我撇開視線的空檔被藏進原本用來裝藥的罐子裡。

等到真正的阿兄帶著醫生回來時，我正抱著膝蓋，坐在房間的角落裡。大叔全身上下的皮膚都掉光了，變成一具體無完膚的屍體。

就是在這件事之後吧，我就再也不敢吃豆皮了。

第一章

於漂流所至之地

當物理波矢多隔著拖著載客車廂的蒸氣火車所冒出的黑煙，看到被夕陽餘暉染成暗紅色的天空時，便在衝動的驅使下於下一站下車。因為車票是買到鹿兒島，所以下一站顯然不會是他的目的地。他原本在大阪上班，不久前才剛辭去工作。退掉租屋，把所有的家當都塞進一個大型手提包裡，直到人踏進車站後，波矢多才開始思考接下來該何去何從。

從今以後，自己就要開始漫無目的地流浪了嗎？

認真地思考過後，他認為北漂最適合現在的自己。自古以來，凡是背後有故事的人，經歷一番兜兜轉轉，最後幾乎都會漂流到北方的大地。北漂固然是「漂泊到北方」的意思，但是絕大多數人的心境，都會覺得是「淪落到北方」吧。或許這也受到北國總是給人陰暗又寒冷的印象影響。

一思及此，在滿洲國體驗過的嚴冬酷寒立刻在波矢多的四肢百骸甦醒過來。在滿洲國的那片土地，冬天的氣溫低到零下三十度是司空見慣的事。對於在溫暖的和歌山出生、長大的波矢多而言，冷到全身血液都要結冰的大陸嚴冬是相當大的考驗。當時的記憶瞬間流竄全身，儘管置身於人山人海的大阪車站內，波矢多依舊撲簌簌地發起抖來。

往北方走不好。

這麼一來，等於是自動決定好要往南邊跑了。他沒有忘記滿洲國的盛夏與嚴冬相反，氣溫動不動就會高達三十度。然而這並不會動搖他前往南方的決心，大概是波矢多的故鄉替他做了決定吧。

話雖如此，自己對目的地也毫無頭緒。於是波矢多買了可以一路搭到最遠的鹿兒島站的車票。買車票的時候，內心其實也懷著淡淡的期待，說不定在抵達暫定為目的地的鹿兒島車站之前，就能先發現其他可以下車的地方。

車廂內十分擁擠，雖然每停靠一站都有大批乘客下車，但轉眼間又會被上車的人給擠滿，簡直是從頭到尾都像是擠進沙丁魚罐頭的狀態。即便如此，乘客們卻都精神奕奕。或許是因為日本人已經擺脫戰敗的重建作業，終於要踏出復興的腳步了吧。事實上，火車的班次直到去年都還是相當混亂失序。尤其是冬天，因為煤炭短缺的關係，電力不足的問題相當嚴重。就算想讓火車運行，也處於有一班沒一班的狀態。幸好今年已經有了相當大的改善。要是時間再往前一點，前往九州可能會是一件更不容易的事。

即使乘客的面孔已經一批換過一批，車上的喧囂始終宛如菜市場。所有人都眉開眼笑地迎接未來的日子，就連打瞌睡的人也都一臉幸福洋溢的模樣。

在這樣的情況下，只有波矢多一個人與眾不同。起初還懷抱著做夢般的希望，但隨著火車一路向前奔馳，那種感覺似乎也變得愈來愈渺茫。抵達岡山站時，看見免於戰火摧殘的車站，明明還忍不住感動了一番，但後來見到同樣在戰禍中倖免於難的下關站時，不僅沒有湧現任何感觸，甚至還感受到一股無法言喻的不安朝著自己襲來。

只不過，他感受到的並不是對於未來的不安。明明那才是最應該煩惱的問題，然而愈往南方移動，就愈令他茫然無措的卻是——

自己該在哪一站下車。

他能找到自己該下車的車站嗎？到了那一站，他會知道要下車嗎？這是他現階段唯一關心的問題。

明明決定漫無目的地漂泊，卻又產生這種矛盾的心理，波矢多本人倒不覺得這有什麼好奇怪的。或許就如同他放棄北上，選擇南下的時候，其實也已經在內心深處暗自祈求上蒼指引他一條明路了。

就在他從電力火車轉乘蒸氣火車，進入九州地區又往前奔馳了好一段路、行駛在筑豐[3]一帶時，波矢多發現他的預感成真了。

從車窗望向山林間的夕陽，過去與建國大學的同學們一起在滿洲國眺望夕陽正要落入地平線的壯闊情景，剎那之間就在眼前浮現。雖然現在所看到的景色和過去的情景其實一點也不像，毋寧說是天差地別，之所以會產生這樣的聯想，或許是因為染紅了九州山巒與滿洲大地的夕陽餘暉，在色澤上十分神似吧。

明明撇除色澤之外就是截然不同的風景。

波矢多感到非常不可思議。但是當他踏出名為穴寢谷的小車站，走到空間不算寬敞的站前廣場時，又陷入另一段場面不同的回憶。那是位於大滿洲帝國首都——新京特別市——站前廣場那一望無際的視野。

波矢多至今仍忘不了佇立於那塊土地上的感動。那是個震撼人心的景象。車站前的空間大到彷彿無邊無際，四周圍繞著南滿洲鐵道的分公司和大和飯店，但是這些建築物看起來都像是位在好遠好遠的地方，總之視野極為開闊。如此幅員遼闊的土地以一種理所當然的姿態在車站前展開。新京站有好幾條火車路線，所以聚集在車站的人也不是普通的多。即便如此，人們依舊無法填滿整個廣場，由此便能得知這個廣場有多麼寬廣。但凡是第一次造訪新京的人，肯定都會瞠目結舌地愣在這裡。

三條大馬路從站前廣場呈放射狀往外延伸，其中位於南邊的那條是寬達五十四公尺的大同大街。沿著這條大道往前走十公里左右，穿過乍看之下與公園無異的大同廣場，巨大的人工湖——南湖隨即映入眼簾。跨越南湖上的橋，前方的高台人稱歡喜嶺，而那座蓋在歡喜嶺上的現代化校舍，就是建國大學。

遠赴滿洲讀書的新生物理波矢多，從新京車站通往大學的這一路上，全程都滿心期待地睜大了雙眼。

與當時的情境相反，如今出現在他眼前的是狹窄的空間，鱗次櫛比地塞滿了無數的攤販，以

③ 取自舊令制國名「筑前」與「豐前」的區域名稱。時間來到近代，在煤炭成為重要能源後，筑豐炭田也成為日本在二次大戰之前最主要的煤礦產地。

及眾多川流不息地在攤位間穿梭、像是勞動階級的男人。放眼望去，密度之高、感覺之雜亂，與廣漠的大陸沒有任何相似之處。

為何會想起新京呢？

波矢多再次陷入不可思議的感受裡。雖然夕陽餘暉是相同的色調，但或許根本就不一樣也說不定，只不過是在記憶裡呈現幾無二致的景象罷了。而且，這個車站前的景色亂七八糟，毫無章法可言，無論從哪個角度看去，都找不到與新京有一絲雷同的部分。況且，戰敗後的日本到處都能看到這樣的景色，簡直看到不想再看了，是人們再熟悉不過的風景。

難道不是因為環境，而是心境的緣故嗎？

如果硬是要找出共同點，大概只有兩者都是他暗自做下決定、首次前往的地方。箇中差異，只差在他前往新京的時候內心是充滿了希望，但如今卻像一具燃燒殆盡的行屍走肉，勉強自己站在這塊土地上。

即使事過境遷，這種天壤之別依舊令他大為愕然。就在波矢多四下張望時，突然被一個宏亮的嗓音給叫住。

「小兄弟，你在找工作嗎？」

不知道是在什麼時候出現的，有個男人就這麼站在他的身邊。

「呃。」

男人沒把波矢多支吾其詞的反應當回事，目光如炬地將他從頭頂一路打量到腳邊，然後沒頭沒腦地說：

「要找工作的話，我們家的山是最好的選擇。不需要任何經驗，會有人手把手地從頭教起，完全不需要擔心。工作內容也比其他地方輕鬆，任誰都能勝任。而且薪水也很優渥，我這是誠心誠意地跟你推薦。」

這個貌似人力仲介的男人看上去年約四十左右，自顧自地朝波矢多說了一堆話。他的體格雖然沒有周圍的工人那麼壯碩，但身上那股粗野的氣質是一樣的。只不過，相較於其他人的表情都很緊繃，此人的臉上始終都掛著笑容。

「這些話你可別對其他人說啊，有些山的工作根本不是人幹的。」

只不過，男人的小眼睛裡沒有絲毫笑意。

「小兄弟真走運啊，還沒被騙去那種山工作以前就先遇到我了。」

現在波矢多搞清楚了，他口中的山是指煤礦礦山，也知道男人的工作應該就是在召募新的礦工。

橫豎都要工作的話，進礦坑工作好像也不壞。

這個念頭倏地閃過腦海，不過波矢多完全沒有要對男人的花言巧語照單全收的意思。提到礦工，從戰前就屬於辛苦又危險的職業，絕對不是男人口中那種不管是誰都能勝任的輕鬆工作。

夏目漱石的《礦工》發表於明治四十一（一九〇八）年，是部描寫礦山勞動者的作品。書裡那個青年男主角形容礦工是「世界上有許多勞動型態，礦工是其中最辛苦、最低等的生物」、「不被當人看的畜生」、「半人半獸」、「挖到最後已經分不清是人還是土塊了」、「根本是工具人、工具獸」等等。這絕不是作品發表當時書中青年個人的歧視，而是一般社會大眾對礦工的既定印象。想當然耳，這個印象對應了所有在礦坑工作的人，即使時間已經來到四十年後的現在，上述的偏見也依然存在著。

那就來做看看礦工吧。

明知山有虎，波矢多還是唐突地下定決心要往虎山行。他並沒有自暴自棄，也不是基於破罐子破摔的心理。儘管煤礦工人從以前就被視為底層的勞動階級，飽受歧視，但他們同時也出色地支撐著日本的產業與經濟命脈。所以波矢多隱約有個預感，心想或許能藉由從事這份工作，找回在戰爭中失落的日本男兒魂。

「來，跟我走吧。」

還沒給出明確的回覆，這個人力仲介已經撥開周圍的群眾，快步往前走去。瞧他那副充滿自信的模樣，好似波矢多已經答應了。不過波矢多確實也已經下定決心，所以對男人的態度並無不滿，二話不說就老實地跟在他身後。

然而，雖然男人自信滿滿地走在前面，卻不時回頭留意波矢多有沒有跟上來。而且眼神十分銳利，態度也惶惶不安，一副擔心他會逃走的樣子。起初波矢多並沒有放在心上，但是隨著男人的態度愈來愈露骨，也讓他開始覺得非常不舒服。

當他遠離車站前的喧囂雜沓，看到幾輛老舊又有些骯髒的卡車停在廣場上不起眼的角落時，難以言喻的不安就取代了原本不舒服的感覺。正確地說，令他感到不安的並不是卡車，而是那些與煤炭一起待在車斗上的男人。所有人的體格都很壯碩，但臉上一律呈現出不知所措的迷惘表情。看在波矢多眼中，簡直與被捕獲的獵物無異。更重要的是，他們的眼神有如死魚、毫無光彩。

監獄房間。

腦海中頓時浮現一段記憶，以前曾看過羽志主水的這篇短篇小說，波矢多困惑之餘也不免下意識地提高警覺。

所謂的監獄房間，就是把許多勞動者關進一個狹小的房間裡，徹底管理他們的生活，要他們做牛做馬，卻只支付極低的薪水，要是有人敢反抗，就用暴力強迫對方聽話。簡而言之，就是由組織介入雇主與勞動者之間，逼迫勞動者做苦工，從中榨取金錢。最有名的例子莫過於戰前在北海道進行的公路及鐵路建設工程。那邊的勞動者被稱為章魚，所以又稱為章魚房間。勞動者被迫在惡劣的衣、食、住環境下進行嚴苛的身體勞動，簡直就跟地獄沒兩樣。

「小兄弟就上那輛車吧。」

或許是看出波矢多的遲疑，人力仲介把手搭在他的肩膀上。男人的態度原本就很強硬，如今更是一副就算得動用武力逼他就範也在所不惜的態度。

如果只有這傢伙，波矢多也不是甩不開他。就算再來一兩個人，只要波矢多認真起來，大概還是有勝算。可是在還不清楚男人到底有多少同伙的情況下，最好不要輕舉妄動。而且波矢多自己也不置可否地一路跟著他走到這裡了。都怪自己這種態度，也難怪對方會覺得他就是想當礦工。

都到了這個節骨眼，還有閒工夫考慮對方的心情嗎？

如果是建國大學的同學，肯定會氣急敗壞地訓斥自己吧。他們一定會告訴波矢多，要是輕易相信對方的甜言蜜語，傻傻地跟著走，肯定會有一番苦頭吃了。這時當然要腳底抹油，逃之夭夭。

但波矢多是個一絲不苟的死腦筋，如果是自己模稜兩可的態度害對方誤會，他希望能解釋清楚後再離開。不過看樣子好像沒有機會向對方說明白了，因為人力仲介和其他男人都散發出一股要是他不上車，就要給他好看的氣息。

「喂喂，我說小兄弟。」

人力仲介壓低聲線，抓住肩膀的手比剛才更用力了。

「可以請你放手嗎？」

「只要小兄弟上卡車的話。」

人力仲介非但沒鬆手，反而又加重了幾分力道。

「我可沒說我要跟你走。」

「既然如此，你為什麼要跟來？不就是因為你打算做這行嗎？」

人力仲介這時突然放鬆了抓住波矢多肩膀的力道。

「小兄弟正在流浪吧。現在的生活可能還過得去，但是很快就會坐吃山空囉，你遲早還是得找工作的。要在這裡混口飯吃，只能去礦山工作。可是啊，礦山也分好壞，其中也有不把人當人看、你絕對無法想像的地方。小兄弟真的很走運啊，還沒被騙去那種礦山前就被我叫住了。相信我，我不會害你的，快點上車吧。」

人力仲介開始試圖說服波矢多，伏低做小的語氣與粗魯的氣質完全搭不上。對方大概是交涉的專家，明明覺得他吐出的每一句話都很可疑，卻又讓人感受到莫名的說服力。

波矢多一時不知該如何應付，男人又再次扣住他的肩膀，顯然是想繼續施加壓力，逼他上卡車。

正當波矢多在無意識間放棄了抵抗，就要腳步虛浮地跟著男人走的時候。

「哎呀，抱歉抱歉！」

有個聲音從背後傳來。

「……」

波矢多毫無頭緒，但那聲音好像是在叫他。回頭一看，有個約莫比自己大一兩歲的男人笑咪咪地站在那裡。俊美的長相就連同為男人的波矢多也一時半刻移不開雙眼。

細細長長的丹鳳眼炯炯有神地往上挑，高挺的鼻梁、抿成一條線的唇瓣，還有那演出女形④也無可挑剔的美麗面容。然而與此同時，波矢多也察覺到些許不太對勁的感覺。但是他一時之間不明白那種感覺從何而來，忍不住機伶伶地打了個冷顫。

「請問……」

就在波矢多一頭霧水、正要開口詢問時，就隨即被對方打斷了。

「終於找到你了。這麼多人，害我一陣好找。我已經跟對方談妥了，快走吧。」

男人說到這裡便拉著波矢多的手腕，就要離開。

「慢著！」

人力仲介連忙想要阻止。

「你這傢伙是誰啊？」

他以充滿警示意味的視線瞪著這個半路殺出來的程咬金，全身上下散發出一股暫且先看對方怎麼出手、而自己也不會善罷干休的氣息。

「你又是哪位？」

但男人不慌不忙、不急不徐，兼之一臉不可思議地反問。人力仲介反而被他泰然自若的態度堵得說不出話。

只不過仔細觀察男人的臉，不難察覺他的臉色正微微泛紅。或許那副冷靜沉著的態度只是表象，實際上男人其實很緊張也說不定。波矢多想到這裡，便猛然發現那股不太對勁的感覺是什麼了，忍不住又倒抽了一口涼氣。

有一道淺淺的傷痕從男人的鼻梁劃過左邊臉頰。換成平常恐怕不會注意到，當他因為亢奮而臉色潮紅時，或許就會自然而然地浮現出來吧。然而，這道傷痕無疑也為男人的外貌增添了幾許妖嬈的味道。

話雖如此，波矢多也不好一直心猿意馬地盯著他看。

「真不好意思，勞煩你費心了。」

內心察覺到不能放過眼下這個機會，波矢多隨即向這名素昧平生的男人低頭致謝，下意識地順著對方的話往下說。

「我還擔心是不是記錯熊井先生告訴我的日期了。」

脫口而出的名字是建國大學時代的同學熊井新市。熊井曾讓波矢多看過照片，說自己既不像父親、也不像兄弟姊妹，卻像極了一個幾乎沒什麼往來的堂兄弟。看著眼前的這個男人，不知道原因為何，竟讓他想起了熊井。

男人大概也意會到波矢多的臨機應變。

④歌舞伎中負責擔綱女性人物演出的男性表演者。

「熊井先生人還好嗎？」

男人的話接得又快又順，波矢多差點笑出來。

「喂，你們——」

人力仲介正待發作，但或許是這時又注意到了新的目標，「呿！」了一聲、瞪了兩人一眼後，便轉身離去，然後就這樣消失在人潮之中。也或許是眼下已經沒多少時間能招募人手，所以沒空再與他們糾纏了。

「走吧，跟我來。」

人力仲介一走，男人就神色緊張地領著波矢多離開站前廣場。路途中邊走還邊不斷地回頭張望，大概是擔心那個人力仲介會再次追上來。

當他們離開車站一帶，走到巷子深處的一塊小空地時，男人前一刻才毫不掩飾地露出如釋重負的表情，下一瞬間就雙腿發軟、一屁股坐在旁邊傾倒的磚牆上，讓波矢多嚇了一大跳。

「你還好吧？」

「啊啊，我沒事。」

嘴裡說得逞強，但男人的臉色蒼白如紙。

「謝謝你救了我。」

波矢多深深地一鞠躬，男人露出難為情的笑容，說出令人跌破眼鏡的事實。

「那個人應該是隸屬朝熊煤礦旗下吼喰裏坑的人力仲介，那裡是非常有名的黑心礦山喔。」

「咦！」

波矢多忍不住大聲問道：

「萬一我跟著去了……」

「肯定會吃盡苦頭。」

「那座煤礦在這附近嗎？」

「不，完全就在另一個縣，是一個叫狗穴原的地方，離野狐山可遠了。因為惡名昭彰，在那附近根本招募不到新的礦工，只好走遠一點，而且專找從外地來的人下手。」

聽完男人的說明，波矢多這才知道自己下車的地方叫野狐山。

「那個吼喰裏坑是類似監獄房間的地方嗎？」

「現在已經不時興這麼說了，不過有些地方還是採行納屋制度呢。」

陌生的字眼令波矢多滿頭霧水，男人解釋給他聽。

「所謂的納屋制度起源自明治時代。」

煤礦礦坑裡的工作既嚴峻又危險，社會地位也很低，所以很多人做沒多久就會撒手不幹了。但這麼一來，公司可就傷透腦筋了。因此人稱「納屋頭」的人，就從全國各地徵召勞動者組成團隊，由每個團隊各自與煤礦公司簽約。也就是說，所謂的「納屋制度」，就是為了提供穩定的人力資源所產生的組織。

然而，這裡頭有一個很大的問題。幾乎所有的納屋頭在招募人手時，都會極盡花言巧語之能事。像是拚命強調薪水有多優渥、現場有多安全、居住環境有多舒適等等，當然也沒忘了補上一句，那就是他們家的條件絕對比其他礦坑還要更好。但那些內容，要說是難辨孰真孰假也絕不為過。

然而，當人們實際去到現場後，就會不由分說地被關進狹窄又骯髒的小房間「納屋」裡，在完全喪失個人自由的狀態下、宛如拖車馬那樣被強制當成奴隸使喚。除了要被納屋頭苛扣薪水不說，納屋頭還會另外巧立各種名目，從已經被剝好幾層皮的薪水裡扣下像是棉被費、伙食費等林林總總的費用，最後礦工實際能拿到的薪水根本寥寥無幾，簡直是置身於暗無天日的阿鼻地獄。

礦工們明明就在煤礦礦坑裡工作，卻不算是煤礦公司的員工。因為是和納屋頭簽訂雇佣契約，所以無論組織內發生什麼事，公司那邊都無權過問。說穿了，煤礦公司根本也不在乎這些外包再外包的勞工死活，打從一開始就抱定了不聞不問的態度。

因此礦工中也有很多試圖逃走的人，他們被喚作「尻割⑤」。只不過，一旦被抓住，為求殺雞儆猴，納屋頭通常都會動用私刑，甚至還有人被暗中殺害，所以想要逃走，就得先有賭上性命的勇氣。

戰前的礦坑也和前面提到的監獄房間採取同樣的管理方式，但團體內部的紛爭不斷，有時甚至還演變成殺人命案，所以就公司的立場來說也很頭痛。雖說這種制度有利於資方，可是問題未免也太多了，因此大型的煤礦公司其實早就有意廢止納屋制度。只是這種制度還是以中小型礦坑為中心存在於業界，無法完全擺脫這種陋習。不僅如此，明明基於人權問題考量，納屋制度已經在戰後被廢止了，但還是有些中小型礦坑在私底下偷偷摸摸暗著來。

聽說在那之中最惡名昭彰的，就是朝能煤礦旗下的吼喰裏坑。

「真是太感謝你了。」

礦工的工作本來就已經嚴酷到不是人幹的，沒想到還存在著這麼多的陷阱。想到自己差點就鑄下大錯，波矢多不由得對眼前的男人滿懷感激。

「好說，能順利擺脫真是太好了。」

還以為男人只是謙虛，但這好像是他的真心話。

「如你所見，我雖然表現出一副沒事的樣子，其實膽子都快被嚇破了。之所以沒在那個男人面前發起抖來，完全是因為緊張到僵住了。如今終於能喘口氣，結果兩腿就差點站不住。」

男人自嘲地笑著說。波矢多凝視著他的臉，內心澎湃不已。

「給你添麻煩了，不過也拜你一流的演技所賜，救了我一命。」

「只是偶然降臨的好運罷了。應該到哪都找不著像我這麼沒骨氣的人吧。要是知道可能會在

⑤過去在採礦業的行話裡是指稱從礦山逃跑的礦工，後來也泛指沒有完成進行中的工作、就直接放棄離開的行徑。

某個地方再遇到那個男人，我絕對不敢這麼做的。」

「這樣啊。」

「我是因為算準就算在不久的將來又狹路相逢，到時候不管是對方還是我，肯定都已經忘了彼此的長相，才敢為你出頭的。」

聽男人說到這個地步，波矢多腦海中閃過一個疑問，為何他如此掛慮，卻還是要出手相助呢？

「剛才你為什麼要向我搭話？」

「咦？」

「以後或許很難再有機會碰到那個男人了，但假設今後還有事要去車站的話，也無法保證絕對不會撞見吧。」

「……說得也是。」

「即便如此，你還是跳出來幫我了。」

「……嗯。」

「這是為什麼呢？」

男人目不轉睛地凝視著波矢多的臉，喃喃自語地說：

「我猜，是因為我想起了某個人。」

「是怎麼樣的人？」

男人沉吟了半晌，突然行了一禮，自報家門：

「……我叫合里光範。」

「啊，忘了自我介紹了。」

波矢多也連忙報出姓名。因為是很罕見的姓氏，所以他也沒忘記跟對方說明漢字要怎麼寫。

「我來自和歌山，這幾年都在大阪工作，最近剛辭職，然後就輾轉來到這裡。」

「一來到這裡就被那種人纏住，你的運氣還真背啊。」

「多虧合里哥出手幫忙。」

「別這麼說，真的只是機緣巧合。」

合里苦笑著搖頭否認，隨即換上嚴肅的表情說：

「看到被人力仲介纏住的你，我突然久違地想起一個名叫鄭南善的青年……」

「聽起來是朝鮮人。」

或許是從波矢多的反應察覺到什麼，只見合里露出詫異的表情。於是波矢多解釋道：

「我也有幾個朝鮮人朋友。」

對於波矢多的說明，合里則回以寂寥的笑容。

「很遺憾，我們之間的關係實在無法用朋友來形容。」

「可以請教兩位是什麼關係嗎？」

「……」

不料合里噤口不言，或許不是不想回答，而是一時半刻不曉得該怎麼回答。

「這個嘛……」

合里想了一會兒，突然換上自嘲的表情。

「其實也沒什麼難以啟齒的，只要把我看到你和那個男人時的感覺直接了當地說出來就行了。」

合里的話中有話讓波矢多感到一陣不安，卻又無法壓抑自己的好奇心。

「你的意思是？」

這時，合里口中竟吐出一句讓人意想不到的話。

「也就是說，你是鄭南善，而那個男人就是我……」

第一章

第二章

相遇於朝鮮半島

合里光範出人意表的回答令物理波矢多聽得一頭霧水。

「戰爭時，我在山口的煤礦公司擔任勞務輔導員。」

合里的眼神像是望向遠方，以交雜著關西腔、不假修飾的口吻訥訥地娓娓道來。順帶一提，他的年紀比波矢多年長三歲。

昭和十二（一九三七）年爆發蘆溝橋事件，即使大日本帝國與中華民國皆未正式宣戰，也看得出後續的紛爭並不會太快結束。日本希望速戰速決，因為正值壯年的男人多半都上了戰場，而且幾乎都遠赴中國大陸，國內很快就出現勞動力不足的問題。

這時，為了能傾全國之力進行總體戰，日本政府於隔年頒布國家總動員法，規定國家有權管制、運用一切人力及物力等資源，並於昭和十四年施行國民徵用令。想當然耳，不只日本國內，就連國外的殖民地也必須遵行上述法令。其中最受到矚目的殖民地，就是朝鮮半島。

只不過，當時不論是日本政府還是朝鮮總督府⑥，都沒有積極地徵召朝鮮的人力。因為朝鮮半島的就學率和識字率異樣地低，很多人連朝鮮文都不認識，更遑論日文，會說日文的朝鮮人少之又少。此外，朝鮮半島的務農人口占了壓倒性的多數，派他們去日本內地工作顯然是不可能的任務。再加上朝鮮半島北部也開始推行工業化，總督府也必須確保那部分的勞動力。

然而，隨著與中國的戰爭愈拖愈久，情勢上就已經顧不上那麼多了。特別是因為勞動力匱乏而導致煤炭產量減少，對戰局也會造成相當大的影響，形成非常嚴重的問題。於是為了將勞動力分配給礦坑等地方，日本政府又把目標指向了朝鮮半島。起初尚且是以「招募」的名目募集人手。雖然每個地區都被分配到必須要達標的人數，但還算是尊重當事人的意願。但是隨著不想去日本工作的人愈來愈多，來自上頭的壓力也愈來愈大，最後終於演變成強制性的「徵召」。

回顧大正初期到昭和初期（一九一〇年代中葉到二〇年代）之間，從朝鮮半島前往日本工作的人相當多，甚至還引發了日本勞動者的失業問題，為此還曾限制從朝鮮半島入境日本的人數，真是不勝諷刺。

「也難怪會募集或徵召不到願意去日本工作的朝鮮人。」

合里接著說。

「政府透過報紙、傳單或演講等門路發布募集人手的公告，但效果僅限於府⑦這個層級，地方根本不吃這一套。」

波矢多也表示贊同。

「為了統治朝鮮這塊殖民地，日本政府將朝鮮總督府設置在京畿道京城府，但府和邑或面的生活水準簡直是一個在天、一個在地。」

朝鮮的行政區分成道、府、郡、島、邑、面，相當於日本的縣市町村，邑相當於日本的町、

⑥日本統治朝鮮時期，設置於京城府（現今的首爾）的施政機構。朝鮮總督得在防備朝鮮的委任範疇內行使軍事權，並握有領內諸多行政權力。

⑦日本統治朝鮮時期，延續當地既有的行政區名稱，以日本人在朝鮮群聚的地帶為中心，劃歸為「府」，相當於日本本國的「市」。

面相當於村。但是除了推動工業化的北部和都市區域以外，幾乎都是農業地帶，很多地方不是沒有電話就是還沒有接上電，交通也非常不方便，如果要從郡公所前往邑或面，一天只有一班公車，下車後還得走上好幾個小時。

「當時有些朝鮮人甚至不知道日本和中國開戰了。」

「真的假的！」

波矢多大吃一驚，合里一臉凝重地點點頭。

「因為鄉下地方會訂報紙或聽廣播的家庭本來就不多，而且懂日文的人更是少之又少。在那種狀態下，發再多公告都是白搭。」

「可是只要朝鮮總督府把日文翻譯成……」

不用等到合里搖頭，波矢多此時就發現自己的理解錯誤了。

「啊，對了，跟當時的台灣一樣，日本也在朝鮮推行同化政策，要把公告翻譯成朝鮮文什麼的，根本就是不可能的事情。」

「無論基於何種目的，都不能廣泛地使用朝鮮語。」

「那不管再怎麼努力招募都沒意義嘛。」

就在波矢多感到錯愕時，合里又接著說出更令人意外的回答。

「起初並非如此，一開始其實還找得到人。」

「因為還是會有人想去日本工作掙錢嘛。」

「沒錯。特別是昭和十四年到十七年那段期間，因為連續三年歉收，要靠農業糊口真的非常困難，人們不光是從務農為主的半島南部跑去推行工業化的北部求職，也有很多人前往日本內地討生活。」

「儘管如此，後來還是逐漸找不到人，這又是為什麼？」

合里的表情蒙上一層陰影。

「總之日本企業為了吸引朝鮮人前來工作，都紛紛強調收入很高、可以學會特殊技能、糧食不虞匱乏等優點。可是當他們真的抵達日本內地後，掀開鍋蓋一看，大部分都跟先前說好的不一樣。其中當然也有說到做到的公司，可是正所謂好事不出門、壞事傳千里，吃到苦頭的慘痛教訓總是比好人好事傳得更快更廣。」

「我能理解。」

「而且惡名昭彰的企業多半是煤礦公司。」

「原來是這樣啊。」

波矢多總算明白問題出在哪裡了。

「朝鮮人其實都很想工作，可是日本需要人手的職場偏偏絕大多數都是臭名遠播的礦坑，所以就算廣發召集令也徵不到人。」

「就是這樣。」

「然而不久之後，日本政府的方針從招募改為強制徵召，一旦被選上，除了服兵役以外，日本政府要你做什麼，你就得做什麼。」

「對日本人而言，這些應該沒有任何問題，肯定會適用吧。」

合里意在言外的說話方式勾起了波矢多的好奇心。

「什麼意思？」

「意思很簡單，畢竟是自己國家的戰爭，但凡是日本人，想必都不會拒絕。」

「你是說日本人應該會積極協助？」

「沒錯。」

「話可不能這麼說。」

波矢多否認的語氣很強硬，似乎讓合里嚇了一跳，錯愕地注視著眼前這張才剛認識的面孔。

「從蘆溝橋事件開始，一路演變到日美開戰、最後開啟無謀的大東亞戰爭，要為此負起責任的，就是狼狽為奸的財閥與軍部，再加上當時的政府。從國家預算的分贓到佔領地的利權，說到底都是為了錢。確實，日本國民也支持戰爭，事實上，每當大日本帝國皇軍在中國攻下一塊新的土地時，的確會有很多日本人大張旗鼓地上街遊行慶祝。話雖如此，但當時的日本國民並不清楚戰爭真實的樣貌，只能接收軍部和政府告訴他們的假消息，在這樣的情況下——」

合里突然舉起一隻手。

「打斷你說話，很不好意思。我大概知道你想說什麼了。既然如此，我想你應該更能理解，對於變成日本殖民地的朝鮮半島居民而言，無論是徵工還是徵兵，他們都無心協助宗主國的戰爭。」

「……」

波矢多閉上嘴，然後才無地自容地低著頭說：

「就是如此，這是理所當然的心情。」

「呃，你也不用這麼垂頭喪氣。」

合里看到波矢多意外顯現的反應，似乎對物理波矢多這個人更感興趣了。

「朝鮮人聽到我這番話應該會暴怒吧，但無論是單憑一張赤紙⑧就被逼著踏上戰場枉死的日本年輕人，還是因為徵工等理由被帶到日本來做苦工的朝鮮年輕人，若從當事人的立場來看，彼此其實沒什麼兩樣。」

「事實上正如你所說，但是——」

波矢多一臉沉痛地說：

「這句話不應該由我們來說吧。」

⑧大日本帝國時期的軍隊召集令俗稱，因紙張多使用紅色系而得名。實際上因應召集目的的不同，還會使用其他顏色。

「日本國民明明是被當時的軍部和政府給騙了。」

「不管怎麼說，畢竟我們是發動殖民地化與侵略戰爭這一方的國民。」

「我們兩個的主張似乎都與剛才相反呢。」

合里苦笑的同時，也用一副感到不可思議的眼神望著波矢多，臉上寫滿疑問，似是想知道波矢多究竟是個什麼樣的人。

「話雖如此，也不是所有的人都被蒙在鼓裡。」

說到這裡，合里的雙眸突然蒙上一層陰影。

「積極地為國家出謀畫策的人，或是靠軍需產業獲取利益的人，這兩者也都存在。」

波矢多也贊成他的意見。

「可是無論戰前還是戰時，普羅大眾基本上都不可能知道真實的狀況。即使是敗戰的頹勢已經很明顯，隱約間也意識到日本就要輸掉了，還是有很多日本人盲目地相信日本會獲勝。因為大人就是這樣被洗腦，小孩也是這樣被教育。雖然還是有少數的知識份子理解那場戰爭有多麼愚蠢，但絕大多數的國民都認為那是一場不得不為的戰爭，甚至堅信那是一場聖戰，不是嗎？」

「但是日本國民裡頭也有人不這麼想。」

明明已經預料到答案會是什麼，而且也沒有想詢問的意思，但波矢多還是無法控制自己不開口。

「像是什麼人？」

「煤礦公司的勞務輔導員。」

「……」

「合里光範即為其中之一。」

見波矢多啞口無言地當場愣住，合里這才猛然回神似地說：

「啊，真不好意思，我自顧自地坐了下來，卻讓你一直站著。」

「沒關係，別放在心上。」

波矢多不以為忤地搖搖頭。

「你餓不餓？」

合里才剛問完，強烈的空腹感就朝波矢多襲來。或許是表現在臉上了，合里便站起身子。

「雖然時間還早，去吃晚飯吧。」

合里逕自走在前面，波矢多也順從地跟上去。反正他沒有特別要去的地方，也沒有特別想做的事，而且合里的故事還沒有說到重點。

從空地沿著另一條巷子走到街上，合里走進一家說得再客氣也無法稱得上乾淨的燒烤內臟店。或許是因為還沒到用餐時間，店裡除了他們就只有兩位客人。

看在波矢多眼中，這家店著實算不上生意興隆，店員愛理不理的態度更加深了這股印象。害他很想問合里有沒有其他像樣一點的餐廳。然而當他把端上桌的菜餚給送進嘴裡，先前的疑慮與不滿就完全被瓦解了。

「好好吃。」

忍不住脫口而出的讚美引來合里莞爾一笑。

「有些店家端出來的內臟都不曉得是什麼動物的內臟，這家比較不用擔心。」

「老闆是朝鮮人嗎？」

合里無言頷首，表情看來十分平靜。不只是他，自從離開大阪以後，波矢多也是至此才終於感到鬆了一口氣。

不過兩人悠閒愜意的時光也只到這一刻為止。

「戰爭時，我在山口一個叫爪戶的煤礦公司上班。」

合里冷不防又舊話重提，似乎無意讓用餐打斷之前的談話。

「你是關西出身嗎？」

波矢多提出自己有些在意的問題。

「嗯，差不多是那一帶。」

也許是不太想提起過去的事，合里輕描淡寫地一語帶過。波矢多自己也是基於某些原因才會浪跡到這裡，所以不便繼續追問下去。而且合里剛才提到自己曾任職於山口的煤礦公司一事還更令他好奇。

「我在爪戶煤礦的工作就是剛才提過的勞務輔導員，但我負責的區域不是日本國內，而是朝鮮半島，因此經常在兩地之間頻繁地來來去去。截至昭和十八年為止，我都搭乘行駛於下關與釜山間的關釜渡輪，在那之後也會搭乘為了增加輸運量而新設航線、連接博多與釜山的博釜渡輪。」

「提到昭和十八年，那年有一艘關釜渡輪遭受美國海軍潛水艇的魚雷攻擊，還因此沈船了對吧。」

你知道得還真不少——合里臉上寫著讚許，但是他跳過這個話題，繼續往下說：

「日本政府的法令固然也隨著時代推進逐漸產生改變，但我認為在朝鮮半島徵召勞動力的方法卻還是跟以前一模一樣。」

「什麼方法？」

「在朝鮮半島『招募』人力時，日本企業這邊要先經由轄區的職業介紹所向地方長官提出申請文件，文件上載明公司想雇用多少朝鮮人及其原因，由道府縣當地及厚生省進行書面審核後，送至朝鮮總督府。一旦總督府同意申請文件的內容，負責辦理招募工作的行政機關就會接獲通知，開始在預定地進行招募作業，為那些透過招募作業找來的勞工編列名冊，再提交當地警署，始得許可。以上流程的問題大都出現在朝鮮的行政作業上。」

「因為沒有像日本那樣健全的體制嗎？」

從剛才的敘述聽下來，波矢多做出以上的推測，合里一臉遺憾地表示同意。

「朝鮮的職業介紹所還在剛起步的孱弱階段，因此主要都是由地方行政機構負責徵人的業務。然而，實際上是由日本的業主各自徵得朝鮮總督府的同意，指派負責人直接到各地徵人。只不過，這麼一來就必須得到相當於當地地主的面長或駐在所員警的協助。」

「這兩者都是朝鮮人嗎？」

「雖然面長多半是日本人，但提供協助的人裡頭當然也不乏朝鮮人。只是在這種情況下，彼此是不是同文同種根本不重要。重點在於身分及立場會先把人類分成三六九等。」

「一旦處在戰爭的情況下，無論哪個國家都是這樣吧。」

波矢多喃喃自語，嘆了一口氣。

「徵人的時候基本上會尊重個人的意願，但面長或員警不可能不施加壓力。為了幫日本企業的動員計畫確保足夠的從業人員，這些人都會予以協助。」

「為了討好朝鮮總督府嗎？」

「日本的企業當然也會給他們一點好處。」

合里回答的語氣裡透露出一股無奈的感覺。

「不久後，徵人作業除了有官方幫忙斡旋之外，原本站在旁觀者立場的面事務所也開始積極參與。在那之前，面事務所的態度之所以消極，是因為擔心萬一人手都跑去日本，可能會降低轄區的農業生產力。可是隨著局勢愈來愈吃緊，已經顧不了那麼多了。」

「可是，當時再怎麼說也都還是招募，不是用徵召的名目吧？」

「就算是日本的殖民地，也無法輕易地說徵召就徵召，必須先有完善的法令才行。對朝鮮人而言，這句話聽起來可能只是藉口，完全沒有安慰到他們，但是從這角度來說，當時的日本政府確實也曾努力地想採取正規的方式。」

「話雖如此，也無法說得理直氣壯呢。」

「正式在朝鮮實施徵召制度是在昭和十九年的九月，但我在更早之前就已經以煤礦公司勞務輔導員的身分前往朝鮮半島，所以可以很明確地感受到，當地其實早就採用與強制徵召沒兩樣的動員手法了。」

「這麼說來，永井荷風的《荷風日曆》上也記載了徵人的案例。」

見合里露出詫異的表情，波矢多簡單地介紹了一下永井荷風這位作家，並說明《荷風日曆》是他的日記。

「那個例子是有個大學畢業後進了銀行工作的男性，在年近四十時當上了某個部門的主管，後來卻被徵召到軍用品工廠做苦工，從事不習慣的煤炭搬運作業，最後因為工作太艱苦而暴斃身亡，留下妻子和還在念中學的兒子，是非常悲慘的例子。」

「好慘吶。」

「除此之外也有因為受傷而變成殘廢的人。即使是還能四肢健全地工作的人，薪水也只有在一般公司上班的四分之一，生活瞬間變得很拮据。聽說軍部當時突然買了許多公寓，用來充當員工宿舍。」

「就算是日本人，在戰爭的時候也經歷了相同的處境，更別說朝鮮半島還是殖民地，可以想見當地人會受到什麼樣的待遇……」

合里光範以陰沉的眼神及語氣說道，波矢多也再次領悟到他實際上就是相關當事人之一的事實，為此飽受衝擊。一般人若不是以這樣的過去為恥、試圖隱瞞，就是神經大條地當成英勇事蹟來說嘴，很少有人會像他這樣在提起過往的時候還充滿悔恨自責的情緒。

波矢多的心情想必表現在臉上了，於是合里雲淡風輕地接著說：

「身為勞務輔導員，我的職責就是即便不擇手段，也要達成公司設定的動員計畫。因此當務之急是要得到面事務所的職員以及當地有頭有臉的人士，更重要的還得加上警方那邊的協助。當時的警察還算很有權力，特別是在鄉下地方，光是聽到『警察』兩個字，不管是誰都會嚇得發抖。」

「感覺有點像日本憲兵隊的特高⑨呢。」

「確實如此。加上相當於地主的面長也對聚落裡的年輕人及正值壯年的男人進行勸誘。因為農作物歉收，又找不到其他工作，生活陷入困境的人無不積極地接受提議。然而，聽說過日本礦山惡名的人，或是擔心自己離鄉、家裡的農務就會因此荒廢的人自然不會想到日本工作。如果扣掉他們也能確保該聚落要達標的動員人數目標，當然就不是問題，但是如果人數不夠的話，麻煩可就大了。那時就得由面長或警官出面遊說，告訴他們：『去日本工作可以比留在這裡賺更多錢喔。』如果無論如何都湊不齊人數，有時候甚至會靠抽籤來決定。」

「不會引發不滿或抗議嗎？」

「當然會啊。可是一旦發生了，面長或警官會強迫他們接受。萬一還是抵死不從，就威脅他們：『你不去的話，只好由府上的其他人代替你去。』」

「真是亂來。」

「即使做到這個地步，還是有人前仆後繼地逃走。即使好不容易照原訂計畫召集到足夠的人數，直到抵達釜山的港口之前，還是有人從火車上跳車逃走。」

「會有人去追那些逃跑的人嗎？」

「不會，因為朝鮮那邊的行政人員實在太少了，無法撥出人手去追。所以一旦有人逃亡，就只好讓威脅變成事實。」

「由他們的家人代替……」

⑨ 全名為「特別高等警察」，針對顛覆國家體制、危及政府施政與安全的異議人士進行搜查、內部調查、取締等職務的大日本帝國秘密警察組織，也可說是所謂的「政治警察」或「思想警察」。簡稱為「特高警察」或「特高」，除了警察體系之外，也於憲兵隊內設置。1945年，在駐日盟軍總司令（GHQ）的指示下廢止。

「嗯。」

「難不成就連女人和小孩……」

「這倒不至於，但是病人和老年人就無法倖免了。而且那些逃走的人就算被抓回來，通常也無法再工作了。」

「你的意思是說，寧願嚴懲到無法工作也要殺雞儆猴嗎？」

「就是這個意思。另一方面，朝鮮也跟日本一樣有所謂的女子挺身隊⑩。聽說有兩個女孩聽老師說：『去了日本可以受教育，還能賺錢。』便瞞著父母跑到日本的工廠上班，可是不僅伙食很差，也一直沒領到薪水，結果又偷偷地逃回朝鮮半島。但也聽說過有女孩受不了繼母的虐待，同樣瞞著雙親到日本的工廠工作，不僅吃得很好，也領到薪水了。簡而言之，主要還是看資方怎麼處理，可是……」

「其中又以煤礦公司的處理方式特別糟糕。」

見波矢多幫他把話說完，合里點頭。

「合里先生知道得很詳盡呢。」

對於波矢多接下來的這句話，合里則是露出苦笑，謙遜地說：

「當時我幾乎沒有任何這方面的知識，都是從別人那邊聽來，或者是自己調查。」

「不管怎麼說，這種狀況下你很難做事吧。」

波矢多難以置信地說著。

「不，畢竟我的任務就只是找到公司要我湊齊的人。」

合里的回答充滿了自嘲的意味，現實面或許正如他說的那樣。

「可是隨著日子一天天過去，要找齊公司規定的人數也變得愈來愈困難，因此上頭也增強了逼迫的力道，但這也讓逃走的人變多了。再加上有些人為了討生活，也會透過其他管道偷渡到日本。直到現在我還是會思索，當時真的沒有別條路可走了嗎？」

「可是偷渡到日本的人想要找的工作絕不是去礦坑做牛做馬吧，需要與供給對不上號。」

「……這倒是。」

雖然已經是過去式了，但合里依舊感到十分遺憾的樣子。

「就在徵人的工作變得更加艱困時，你遇見了那位鄭南善……」

雖然擔心自己的話會不會太過冒失，但波矢多還是出言催促。他原本以為合里之所以會對朝鮮半島的戰時動員解釋得如此詳細，是為了讓缺乏相關知識的自己能夠進入狀況，但現在也漸漸覺得實際上或許並非如此。

難道是因為他不願意回憶起鄭南善的事？

---

⑩ 第二次世界大戰期間，日本因應勞動力吃緊的局勢，強制動員未婚女性至軍需工廠等處從事勞動工作，作為戰時國家總動員體制內的一環。

腦海中閃過這個念頭。合里雖然不經意地提起這個名字，但真要說到他的事，卻又感到猶豫，或許為了含糊帶過，讓這個話題不了了之，才滔滔不絕地談起那麼多關於動員的實際情況。

換作別的事，波矢多聽到這裡，大概也不會再追問下去了，沒必要刨根究底到讓對方難受的程度。可是眼下的情況不容許他臨陣退縮。

你是鄭南善，而那個男人就是我……

波矢多無論如何都想知道這句話的意思。照截至目前的內容聽下來，已經可以預料到一個程度，而且應該不會離事實太遠。可是也正因為如此，才更想從本人的口中得知究竟發生過什麼事。

「呼……」

合里深深地嘆了一口氣，猝不及防地打開話匣子。

「事情發生在我找到的人數遠少於公司需要的人數，而且還跑了好幾個人的時候。在回最近的府途中，我看到路上有個青年，同行的警官立刻上前確認身分，青年說他去拜訪住在附近的親戚，明天就要返家。如果是平常的話，盤查到此就結束了，但當時的狀況比較特殊，畢竟找到的人數遠少於計畫規定的人數，而眼前就有個看起來年輕又健康的青年，也難怪警官會擺出強硬的態度。」

「那時你怎麼做呢？」

「……我只是盯著他看。」

「為什麼？」

合里沒有回答波矢多的問題，接著說：

「他也目不轉睛地望著我。」

「……」

「因為我們都在對方身上看到出征兄長的影子……」

「咦？」

「那位青年——鄭南善的哥哥參加了朝鮮人特別志願兵制度，並且獲得採用，我哥也早就被國家徵召入伍了。當時鄭南善十九歲，他的哥哥二十五歲；我二十二歲，我哥則是二十七歲。」

「你們長得很像嗎？」

「……不，我們長得一點也不像。但不管像不像，我們都覺得對方感覺很像自己的哥哥。他和我哥明明差了好幾歲，卻散發出類似的氣質。」

或許就是因為這個奇妙的巧合，也難怪兩人自相遇的瞬間就兩眼發直地凝視對方。

「話說回來，你自己沒收到赤紙嗎？」

波矢多後知後覺地想到這個問題，合里的臉上則浮現皮笑肉不笑的神情。

「因為我會一點半生不熟的朝鮮語，徵人的成績也還不錯，所以公司好像在私底下動了一點手腳。對當時的軍部而言，煤炭的產量至關重要，足以左右戰局，為了確保足夠的勞動力，他們大概認為少了我可不行吧。否則以我當時的年紀來說，基本上不可能躲掉兵役的。」

聽起來有幾分道理。

「不過就在戰敗之前，我還是收到了徵召令，可見兵力有多麼不足。」

「話題好像有些扯遠了呢，話說，那個鄭南善後來怎樣了？」

合里沉吟了半晌才又開口：

「就算他讓我想起自己的哥哥，也不能就這樣放他走。」

「……」

「就算我想放他走，同行的警官也不可能答應。」

「可是只要煤礦公司的勞務輔導員表示這個人派不上用場……」

合里有氣無力地緩緩搖頭。

「我的立場不容許我這麼做。更何況鄭南善是萬中挑一的人才，我找不到讓他離開的理由。」

「因為他年輕力壯嗎？」

「年紀和體格當然也很重要，但是除此之外，他還有一項讓人無法視若無睹的優點。」

「什麼優點？」

「他的日文頗流利。」

「就基於這個理由嗎？」

「從他哥哥通過朝鮮人特別志願兵制度的事實可以看出，他們家不是普通的農家，至少能讀懂報紙、聽懂廣播。朝鮮那個地方還沒有義務教育，由此可見他們肯定認真地讀過書。」

「兄弟倆都能上學啊。」

「說起朝鮮人特別志願兵制度，很容易讓人以為是單純把殖民地的年輕人訓練成志願兵的制度，但審核的標準其實很嚴格，不只本人要有才能，也必須受過一定程度的教育，才能通過審核。」

「觀察歐美的殖民地政策，不難發現他們只召集當地人組成軍隊，雖然還是由宗主國的軍人擔任司令官，但旗下的士兵都是殖民地的在地人士，因為這樣比較容易整合。可是日本卻不來這一套，並不只是建構朝鮮人組成的軍隊，而是把他們視為日本人，將他們編入日本軍隊。」

「同化政策並沒有帶來好處，而是弊病嗎？」

「聽說懂日文的朝鮮人因此在軍隊裡都還滿吃得開的。也可能是因為他們都隱瞞自己的出身，裝成日本人過日子的關係……但不懂日文的朝鮮人好像就受到很多歧視。」

「礦山也不例外。」

合里又露出彷彿凝望遠方的眼神。

「雖然沒有飛來飛去的槍砲和炸彈，但是以隨時都可能喪命的危險程度來說，礦山其實也沒比戰場好到哪裡去，有些戰場的環境說不定還比礦山好一點。但不管是哪裡的礦山，只要你人在礦山討生活，就難逃做牛做馬的嚴苛命運。」

「光是不懂日文，喪命的機率就高出許多呢。」

「問題是絕大多數的礦山都討厭有學問的朝鮮人。」

「怎麼說？」

這句話與方才一路聽下來的內容自相矛盾，波矢多感到相當意外，但是等到他聽完原因就恍然大悟了。

「因為有點學識的人會反抗自己無法接受的事。只要團體裡有一個這樣的人，上頭就得擔心會對其他人造成影響。」

「我可以理解。」

「可是如果找來的全都是目不識丁的人，想也知道裡頭就不會有人懂日文，這麼一來也會影響到作業效率。煤礦公司最在乎的無非就是煤炭的產量，另一方面也很擔心礦工暴動，所以爪戶煤礦對我下達一個很荒謬的指令，就是要找到日文流利，但是又不會煽動同胞的朝鮮人。」

「鄭南善看起來完全符合這個條件……」

「嗯。而且就連同行的警官也都清楚他符合這個條件。畢竟長年從事這份工作，早已培養出看人的眼光。加上我事先就告訴他們煤礦公司的要求，所以事到如今也不能再否認。」

「如果是那麼優秀的人才，想必公司也會特別禮遇……」

「才沒有這回事。」

聽見合里不容置疑地反駁，波矢多再次體認到礦坑的無情。

「就算天塌下來，公司也只關心煤炭的產量，他們才不管工人是日本人還是外國人。無論哪個時代，礦工對煤礦公司而言都只是消耗品。更別說是朝鮮人，從頭到尾都沒被當人看待，所有朝鮮人在公司眼中都只是做牛做馬的牲口。」

既然有這樣的體認，為什麼還要繼續當勞務輔導員呢？波矢多很想開口，卻又難以啟齒。一來他認為自己沒有資格批判對方，二來也同時察覺到合里已經開始贖罪了。

「警官半強迫地逼鄭南善簽下同意書。起初他表態拒絕，後來大概是覺得逃不掉了吧，最後才在答應的同時提出一個條件，說自己想向父母道別，拜託我們先讓他回家一趟。」

「不難理解他的心情。」

「可是那個警官死都不肯點頭。」

「怎麼會這樣……」

「因為過去有太多說要向父母道別，結果一去不回頭的例子，所以警官打從一開始就抱持『你也想逃走吧』的懷疑。於是鄭南善轉而向我請求：『我一定會在各位離開郡廳前回來。』」

波矢多忍不住吞了一口口水問道：

「結果你怎麼處理？」

「我答應他了。」

心裡的大石頭才剛落地，又想起警官的反應。

「那個警官也同意嗎？」

「當然沒有，他反而掛上一臉難以置信的表情，兜著圈子表達『我為你們想盡辦法，你怎麼可以這麼好說話』的抗議之意。」

「可是你也不讓步。」

見合里微微頷首，波矢多又問他：

「那他可有遵守約定？」

這時只見合里的雙眸隱隱泛著水光，緊緊地閉上雙眼，然後又猛然睜開。

「鄭南善依照約定在郡廳現身了。從郡廳到釜山的港口，再搭船抵達日本的路程中，我幾乎都陪在他身邊，一對一地教他日文的讀寫與當礦工必要的知識。他原本就會日文，所以吸收得很快，但是礦山有很多特殊的行話，這點似乎就難倒他了。」

「他在日本礦坑的工作是否順利？」

「……我想應該吃了很多苦。」

雖是輕描淡寫，但合里的口吻十分沉重。

「後來你和他也……」

「一旦住進公司的朝鮮人宿舍，就沒有我這個勞務輔導員的事了。即便如此，只要他在爪戶煤礦，我就能給他一點方便，而且我也想為他做點什麼。可是一到日本，我們就接到公司的新指令，他要被派往九州總公司的礦山工作。」

「哪個礦坑？叫什麼名字？」

「位於狗穴原地區，朝熊煤礦的吼喰裏坑。」

「什麼……」

波矢多一時無語。雖說合里沒有決定權，但是就結果而言，他還是把鄭南善送進有名的黑心礦山了。

「請問……」

波矢多不知該說什麼才好，還在搜索枯腸的時候。

「首先，我和他都曾很仰慕自己的兄長。就這一點來說我們很相像。」

突如其來、掏心挖肺的自白令波矢多呆若木雞，但合里古怪的措詞更令他耿耿於懷。

「你剛才用的『曾』是過去式。」

「因為我們的兄長都戰死了。」

波矢多無言以對地垂下頭，但合里又接著道出了更令人痛心的事實。

「吼喰裏坑遭遇空襲的時候，鄭南善也死了。」

「……這樣啊。」

「當時我人也在吼喰裏坑……」

「……」

鄭南善該不會就死在合里光範的眼前吧。難不成，合里臉上的傷疤就是為了救他而留下的？但一切都是徒勞，鄭南善還是走了。好不容易重逢，須臾之間，對方就這麼離世了。是否基於這個理由，合里才會在日本戰敗後離開山口的爪戶煤礦，搬到這裡來呢？然後又在其他煤礦公司從事類似的工作。今天在路上看到過去職場的總公司朝熊煤礦，而且還是旗下最惡名昭彰的吼喰裏坑的人力仲介，正對貌似漂泊浪人的年輕人進行遊說時，不由得想起當年的鄭南善，於是無論如何都無法置之不理，最後終於出手搭救。這麼一來，波矢多就能理解了。

「聽完你說的話，我總算明白了。」

合里對波矢多的感想點點頭，不置可否。

「真對不起，這麼說等於是辜負了你的好意——」

波矢多停頓了一下，才接著說：

「你們公司可以雇用我當礦工嗎？」

這個請求顯然出乎合里的意料之外，只見他直勾勾地盯著波矢多看。

「你真的了解礦工的工作是怎麼一回事嗎——」

「嗯，或許還不是全盤理解，但是我想嘗試看看。」

大概從語氣裡感受到波矢多是認真的，合里沉默不語，但他隨即又以平靜的語調說：

「不管怎樣，我都沒有資格決定。」

「你是在穴寢谷那裡的煤礦公司，擔任人力相關的職務吧？」

合里不假思索地搖頭否認。

「我現在只不過是區區一介礦工，在拔井煤礦旗下的鯰音坑工作。」

第三章

滿洲國的希望與挫折

你當礦工是為了向鄭南善贖罪嗎？

物理波矢多很想這麼問合里光範，又覺得這種問法太過於唐突，遂把話吞了回去。

不過，相較於波矢多對合里在日本戰敗後的職業選擇所抱持的興趣，合里對於波矢多想成為礦工的動機顯然更勝一籌。

「你為什麼會想做這種工作？」

就在合理詢問的同時，似乎也敏銳地察覺到一些因素。

「難不成跟你剛才提到的朝鮮人朋友有關？」

波矢多愣了一下才回應：

「你知道日本戰敗前，有個叫滿洲國的地方，那裡有一所建國大學嗎？」

「知道，聽說過很多傳言。」

「我是那所大學的學生。」

合里貌似吃了一驚，兩眼瞪得老大，接著又眯起眼睛笑了出來。

「難怪我覺得你長了一張冰雪聰明的臉，沒想到這麼優秀……呃，我這種說法未免也太沒禮貌了。」

合里向他低頭致歉，波矢多驚慌失措地阻止他。

「別這麼說，我現在就是個無業遊民罷了。」

「這可真是日本國的一大損失。」

起初還以為合里是在出言調侃，但他的表情正經八百，看樣子是真的很看得起自己。

「像你這麼有才氣的人，怎麼會——」

怎麼會流落到這個小鎮，合里心中的疑問大概是這個吧。但他或許也和波矢多一樣，認為彼此才剛認識，這個問題太唐突冒昧了，所以又把話嚥了回去。

物理家的祖先來自岡山，曾祖父離家遠行，去到和歌山後，就開始在那裡從事傳馬船⑪運輸的工作，因為生意相當興隆，所以父傳子、子傳孫地繼承這份新事業，然而傳到波矢多父親那一代，市面上出現以螺旋槳為動力的船舶，降低了對人力船的需求，於是物理家的生計也隨著長子波矢多的成長日漸捉襟見肘。

波矢多在校成績十分優秀，老師很早就鼓勵他繼續念大學，但他深知家裡的經濟狀況，也對此煩惱不已。就算要升學，也得半工半讀才行。必須在決定要報考哪一所大學的同時就得開始找工作，沒有餘力先求上榜再來想辦法。

就在那個時候，老師告訴他有一所大學的制度是「就學期間的費用皆由政府買單」，這個訊息讓人難以置信，那就是位於滿洲國的建國大學。

昭和七（一九三二）年，大日本帝國在中國滿洲建立了大滿洲帝國，稱其為「民族融合的王

⑪ 出現於日本近世的小型船隻，負責貨船、客船與碼頭間的接駁載運或拖曳等工作。

道樂土」。所謂的民族融合，是指讓日本人與滿洲人（漢人與滿人）、朝鮮人、蒙古人進行民族自治，達成五族共和——建國大學裡還有俄羅斯人——這種人間樂土的目標，正是滿洲國的建國理念。

然而，日本政府的官僚及軍閥、再加上為了各式各樣的利益前往滿洲的企業，讓當地徹底淪為日本的傀儡政權，轉眼間就變成與殖民地無異的存在。

後來，帝國陸軍的石原莞爾看不下去，決定重建滿洲國。他是個不按牌理出牌的人物，雖然身為軍人，卻也是人們口中「帝國陸軍的問題人物」，非常討厭美國人和白種人，卻也是直到最後一刻都反對大東亞戰爭的人。在他眼中，滿洲國原是要讓亞洲人共榮共存的理想國，但是卻被人搞得烏煙瘴氣。破壞起來很容易，重建則需要相當漫長的時間。因此他決定在滿洲國培養優秀的人才，好將滿洲國的未來寄託在他們身上，於是建國大學就這麼創立了。當然，光靠石原一個人的力量肯定無法實現這個遠大的理想，但是如果沒有他四處東奔西走的推動，這所大學就不會因此誕生。

昭和十三年，建國大學創校，為六年制大學，前三年相當於日本舊制大學的預備課程，後三年相當於本科。每學年的人數上限為一百五十名學生，其中一半是日本人，三分之一為漢人及滿人，六分之一為朝鮮人、蒙古人、俄羅斯人。

這所大學的使命是將五個東亞民族的優秀才俊齊聚一堂，讓他們一起生活、一同鑽研學問，藉此培養出能為嶄新國家效命的人才。因此求學過程中的所有費用一律由政府負擔。為了讓學生們一起生活，照規定是採行全體住校制。不僅住宿費用及伙食費全免，就連制服和教科書也都是免費提供，而且每個月還有零用錢，簡直是窮學生夢寐以求的天堂。

也因為能獲得這樣的福利，考取門檻之高也是可想而知的。自創校以來，每個縣每年頂多只有一到兩人能考上，可以說是窄門中的窄門。

然而對莘莘學子來說，建國大學象徵著遠大的夢想，一旦考上了，將來自己也能為只由東亞民族創立的國家貢獻一己之力，用不著再看歐美的臉色。這對當時的年輕人而言，無疑是足以令人熱血沸騰的理想。

亞細亞的理想國。

波矢多也曾懷抱這番雄心壯志，在那同時，也產生了為什麼要與同樣屬於五族的漢人及滿人打仗的疑問。既然是以民族融合為目標，首要之務不是應該停止東亞內的戰爭嗎？

不過他並沒有繼續深入研究這個問題。這也難怪，因為當時的日本人多半都深信與中國的戰爭是「為了謀求東洋和平的聖戰」。畢竟當時的報紙和廣播鋪天蓋地都是這樣的報導。

而且除了建國大學，波矢多沒有別條路可走，所以他拚命用功讀書，說是這輩子再也沒有那麼認真學習過也不為過，總之就是沒日沒夜地發憤求學。拜努力準備所賜，初試及格了。複試則是在明治神宮外苑的日本青年館舉行，但那是一次非常破天荒的面試。

當主考官問起有什麼興趣時，若考生回答看書，就會被要求背出喜歡的作品；若回答俳句，就得詠出自信的創作；若回答劍道，就得現場演示一段。被問到有沒有談過戀愛，若回答只有單戀的回憶，還會被要求分析自己當時的心態。所以必須當場臨機應變。但也並不是反應好就會及格，或是反應不過來就只能回家吃自己，這場面試的目的其實是要觀察受試者的人格特質。

這場史無前例的測驗其實從初試的時候就開始了。像是某個農業高中的考生因為學校每週只安排一堂英文課，所以完全看不懂考題。結果該生竟然在答案紙上寫下堀口大學的詩，明明與題目八竿子打不著，最後居然還及格了。在他一頭霧水地參加複試時，主考官問他：「你到了滿洲國想做些什麼？」因為該生非常崇拜宮澤賢治，所以懷抱著在滿洲國廣袤的大地一面務農一面做詩的夢想。於是他口若懸河地闡述自己的想法，沒想到這次又合格了。顯然他的熱誠已經確實傳達給主考官了。

然而，即便是這麼劃時代的面試，依舊無法擺脫戰爭的陰影。被問到「你是為了什麼才想到滿洲國去的」時，也有人回答「想為在上海戰死的父親報仇」。大部分的考生固然對大學的理想很有共鳴，卻又深信日本軍的侵略行動是正確的，想法十分矛盾。

波矢多也順利地通過複試，正式成為建國大學的學生。合格者們都聚集在東京的日本青年館接受新生訓練，不只要聽課，也包含軍事訓練。最苦的莫過於為了鍛鍊大家的心志，學生們必須只圍一條兜襠布，在充滿流冰的河裡沐浴淨身。

波矢多與其他學生搭乘關釜渡輪從下關航向釜山，再從釜山港坐車，走走停停地前往新京。滿洲是他首次踏上的中國大陸土地，因此放眼所見的情景全都震撼著他的心靈，但是最令波矢多大開眼界的，或許還是建國大學的校舍本身。

首先，映入波矢多他們眼簾的校門宛如蓋在歡喜嶺廣大高地上的低矮圍牆，右側完全不像門柱的牆壁鑲嵌著一塊門牌，門牌上寫著「建國大學」，若不是有那塊門牌，所有人都會以為自己走錯路了。順帶一提，校門左右兩邊什麼也沒有。一般的學校是用圍牆把大學的腹地包在裡面，但是建國大學就只有門柱，因為建國大學的土地大到無法用圍牆來圈定範圍。

不過，不只是寬廣的面積，眼前荒涼的景色也令波矢多瞠目結舌，因為連一棵樹也沒有，只有黃土色的大地無垠無涯地往四面八方延伸，殺風景的畫面不僅讓人覺得壯觀，同時也讓波矢多感到一絲寂寥。再不樂意，腦海中也無法不浮現出故鄉綠意盎然、水鄉澤國的風景。

然而當他看到兩面國旗，思鄉的感慨便一掃而空。面向學校右手邊的門柱掛著五色的滿洲國旗，雙色的太陽旗則在左側的門柱上飄揚。

右邊的滿洲國旗還能理解，但為什麼還要掛上太陽旗呢？若是基於五族共和的精神，只掛上日本一國的國旗不是太奇怪了嗎？

其實早在創校初期，建國大學只有滿洲國旗，在新京所有的政府機構都同時掛著滿洲國旗與日本國旗的情況下，藉此強調唯有這所大學自立於日本之外，是滿洲國立的學校。據說第一期的學生看到只飄著一面滿洲國旗的景象時，感覺非常自豪。

然而，沒想到建國大學的獨立只保持了一個多月。因為滿洲國法律規定，必須同時掛上日滿兩國的國旗。波矢多很快就從學長口中得知此事，內心湧起難以言喻的不安。

或許早在從釜山港下船，朝著新京前進的路途中，這股不安就已經在心裡萌芽了。起初只覺得有點不太對勁，但是隨著同樣的事一再發生，心情也愈發沉重。

首先，他在釜山港被那些遠渡滿洲討生活的苦力吸引了目光，他們的工作之嚴峻勞苦，令人不忍卒睹。在從事這份工作的人群中，沒有一個是日本人。接著是搭火車的時候，車掌對日本人的態度很好，但是對其他民族的態度卻惡劣至極。到了京城府，除了前往朝鮮總督府致意外，其他時間幾乎都在夜車上度過，所以沒有新的體驗。但就在眾人抵達位於滿鮮國境的城鎮，要通過海關時，又目擊到了不合情理的光景。職員對待日本人和朝鮮人的態度明顯地有所差異，後來又在下榻的旅館見識了日本政府官員與企業員工的態度，說有多蠻橫就有多蠻橫。同樣身為日本人，每次遇見的場面都令波矢多感到無地自容，但他還是樂觀地想，或許這些事只是剛好都擠在一起了。不，大概是他內心想要這麼相信吧。

然而，當他看到飄揚在建國大學校門口的兩面國旗時，知道箇中原由的波矢多即便再不情願，也不得不認清沉溺於充溢甜美形容詞的理想是很危險的一件事。不得不再次提醒自己，為了實現五族共和的理想，必須做好雖千萬人吾往矣的心理準備。

來到滿洲國後立刻映入眼簾的殘酷現實，與來到建國大學後萌生的微弱希望，在那之後也不時在波矢多的心裡拔河。

就拿吃飯這件事來說好了，大學的主食是由米飯和高粱混合而成的雜糧飯，但是當初一期生入學時，還區分成日本人吃米飯、朝鮮人吃米飯混高粱、漢人和滿人吃高粱、俄羅斯人吃黑麵包。滿洲國不僅比日本內地更早實施主食配給制，還採取這種歧視性的分配方式，就連大學也比照辦理。雖然總督府的理由是讓各民族選擇自己的主食，但所有的一期生都對這種主食分配的方式提出抗議。

「這算哪門子的五族共和。」

學生們都義憤填膺，從此以後，不只學生，就連大學的教職員也都改吃由米飯和高粱混合而成的雜糧飯。

波矢多聽聞這段特殊飲食背後的故事，便深刻地感受到一路走來的那股惆悵感受變成了希望，打從心底認為建國大學真的是為了盡可能把絕不能以場面話一筆帶過的嚴峻現實，導向真正的五族共和，而此時此刻，他們就在這所大學裡。

話雖如此，大學裡的飲食老實說還是令他傷透了腦筋，因為日本人吃不慣高粱這種食材，因此新生無不先經過拉肚子的洗禮。幸好人類真不愧是習慣的生物，腸胃也逐漸變得能消化吸收了。而且他們除了高粱以外，也開始吃就連一般的中國家庭餐桌上也不太會出現、主要是低薪勞動者們所吃的主食，然後再喝點茶以增加飽足感，親身感受當地的現實面。

波矢多他們是四期生，但是被視為新制的三期生。這時因為民族不同而造成的學力差距就明顯地表現出來了。畢竟各民族的教育環境天差地別，因此從滿洲國學校畢業的學生相當於前期的一期生，其他新生則是從二年級開始。因為與高他們一級的三期生同學年，所以被稱為新制三期生。也因此與學長的學級不同，同期大部分都是日本人，但一起生活的同儕多半是其他民族的學生，從當時的亞洲局勢來看，他們正處於一個令人難以置信的環境。

建國大學採住宿制，每間宿舍由一位舍監及二十五到三十名左右的學生組成。學生們在同一間宿舍同寢共食，宿舍裡沒有單人房，所有的人都躺成一排睡覺。不過學生們並非從上午的室內課到下午的實習訓練都綁在一起。因為上課或實習都不會點名，而且也沒有考試，對學生來說其實非常自由。從凌晨五點半起床——冬天則是改為六點半——到就寢之前，就算你一直窩在宿舍的自修室裡讀書，也不會有任何人管。其中也有人不專注在讀書，而是一個勁兒地練習柔道。總而言之，這所學校聚集了一群打破既有框架、個性鮮明的學生。

而老師們也都是些不按牌理出牌的奇特人士。因為大學在招募老師的時候，也刻意向反日的滿洲裔及朝鮮裔的學者伸出橄欖枝。既然是以五族共和為目標，不只學生，就連教師也必須實踐這個理念才行。明明是天經地義的措舉，但是在當時的情況下，不啻為劃時代的作法。

在這樣的前提下所招募到的日本人教師之中，有個名叫藤田松二的老師打扮得跟滿洲農民一樣，騎著馬出現在新生面前，劈頭第一句話就向在場者大喊：

「你們是為了什麼才來到這裡的？是要用自己的眼睛見證、思考這裡是否真的是民族融合的王道樂土。要是有人以為畢業後就能當上滿洲國的高官，請現在就給我滾回去。」

學生們都在破天荒又優秀的一流教師指導下認真學習，進行熱烈的討論。有時候還會深談到忘了就寢。而且與是不是同一個宿舍根本沒有關係，只要是看上去比較有風骨的人，所有人都會去找他攀談。雖然有時候也會與不同民族的學生發生爭執，但最後彼此都會努力地想要理解對方。到了禮拜天則有去舍監或老師家拜訪的習慣，屆時眾人一邊用餐、一邊跟老師們展開深入的研討。

然而，其中還是經常會有其他民族——尤其是漢人和滿人——的學生對日本學生表示不滿與憤怒。

「日本人為何要侮辱滿人，稱滿人為『你呀[12]』呢？」

「我看過從洋車（人力車）下來的日本軍隊沒付錢就走了，車夫追上去要錢，日本兵還亮出刀子，作勢就要砍人。結果那個車夫不僅車資沒要到，還倉皇而逃。那些人為什麼要如此囂張霸道？」

---

⑫ 原文為「ニーヤ」，有說法認為這是源自於中文裡指稱對方的「你」。這個年代主要用於日本人稱呼中國人的場合，但是帶有輕蔑與歧視的態度，近似於「你這傢伙」的感覺。

「你看過火車的車掌碰到漢人就像對待貓狗一樣嗎？」

「日本人嘴裡嚷嚷著要民族融合，結果還不是從空中丟炸彈傷害我們的同胞。」

從釜山港來到新京的一路上，那些起先只覺得不太對勁，後來卻讓他飽受衝擊的一連串經歷，本質上就跟這些同儕的不滿一模一樣。看來波矢多親眼看到、親身感受到的歧視絕非一場誤會。

日本國內的資訊因為受到嚴密的控管，所以日本的學生就在對朝鮮半島與滿洲國的實際情勢一無所知的狀態下，就來到這塊土地了。另一方面，滿人與漢人的學生則是對日本與中國之間的戰爭知之甚詳。事實上，他們裡頭也有不少人是為了自己的國家，才希望能在建國大學習得充分的知識，好為祖國盡一份心力。實際上並不是以五族共和為目標。從這個角度來看，建國大學等於是在培養抗日分子，但如此自由的校風，正是建國大學的可貴之處。

不過，並非只有其他民族的學生會表達不滿的情緒。因為滿人學生對每天早上必做的掃除工作十分敷衍，這樣的態度也令日本學生難以忍受，但滿人學生的說詞是「這種工作不是知識分子該做的事」，可是既然要共同生活，這種說詞就只是歪理。

在這樣的學校生活中，波矢多就算再不願意，也不得不承認自己的天真。即使都是日本人，因為都是來自各縣市的優等生，大家都很成熟。漢人或滿人中不只有超過二十歲的人，也有人已經結婚了。不同於來自日本的學生，從他們身上可以很清楚地感受到他們想為發生在自己土地上的戰爭做點事的念頭。

為了追上已經領先自己好幾步的同學，波矢多看遍所有能看的書。幸好大學圖書館的藏書非常齊全，甚至還有在日本國內絕對買不到、與思想有關的書籍，令波矢多大吃一驚。

上午的課程很刺激，下午的實習也不遑多讓。其中最符合建國大學風格的，莫過於在校園內那片廣闊農地上展開的農業訓練。稍早之前提到的老師藤田松二抱持讓大家都化身成農民，與滿人一起耕種才是五族共和的理念，但他從不曾大聲疾呼，只是換上與滿洲國農民同樣粗製濫造的衣服，拿起鋤頭，默默地在農地裡工作。學生們看到他以身作則的模樣，也學著這位老師下田耕作。不過滿人學生還是比較不一樣，包含早上的掃除在內，起初他們似乎也認為耕田不是自己該做的工作。但現在就連他們也紛紛拿起鋤頭，可見藤田以身作則的教育多麼有效。

當時序進入八月，等待著他們的是實習旅行。平常的實習都在大學內進行，但這次則是要實際深入大陸，嘗試與當地人一起生活。話雖如此，畢竟都只是二十出頭的年輕人，大家起初都還以為是去校外旅行。

當波矢多親眼目睹光輝燦爛的古銅色夕陽沉入一望無際的大陸地平線，內心受到前所未有的衝擊。在大學裡也曾看過類似的風景，但是眼前這放大好幾倍的規模依舊讓他看得目瞪口呆，說是臨場感天差地遠也不為過。然而一旦開始與滿洲農民一起生活，上述的感動不一會兒就消失到九霄雲外去了。

日本政府立志將自家卓越的農業技術與經營能力推廣到農業發展還很落後的滿洲國，但現實面卻沒有這麼簡單。因為兩地的氣候風土相去甚遠，日本自豪的技術與經營在這裡幾乎英雄無用武之地。再加上如同石原莞爾在「滿洲產業開發五年計畫」裡寫到的，日本人要開拓的原本應該是未經開墾的處女地，不料相當於日本國策特別會社的滿洲拓殖公社卻讓日本人移居到已經由滿人或朝鮮人開拓的土地。問題是在日本長袖善舞的農民，去到那裡卻絲毫施展不開，結果還是得雇用滿洲農民，這個結果對雙方的農民來說都不是好事。

面對滿洲農民身處的現實，眾多學生無不飽受衝擊，其中感受最為強烈的，莫過於滿人學生。如同在農業訓練時所觀察到的那樣，他們幾乎沒有接觸勞動階級的經驗，因此對他們來說，實習旅行是很沉重的體驗。得知農民們都過著水深火熱的生活，他們心中反滿與抗日的精神愈發強烈。

實習旅行的尾聲，副總長和大家開了一場座談會。學生們各自發表自己的意見，超越民族的真摯心意溢於言表。

「托日本的福，滿洲的經濟與文化皆有長足的進步，但那也只侷限在新京等大城市對吧？」

「農村的生活反而過得更差了。」

「必須立刻想辦法改善，而且能做到這一點的就只有我們不是嗎？」

「再這樣下去，日本人與滿洲人之間的鴻溝只會愈來愈深。」

「日本在滿洲及朝鮮半島、台灣推行的殖民政策與歐美的殖民政策根本一模一樣嘛。」

副總長一臉正色地回應這些訴求。

「這就是你們現在要學習的東西。」

考慮到建國大學創校的意義，這是再合理不過的答案。從現實的角度來看，身為學生的他們能做的也只有學習。這固然是正確解答，但他們要的是可以更快看到成效的方法。只可惜這無異是緣木求魚。

就連波矢多也很清楚現實就是這麼殘酷，其他學生當然也不是不懂，只是內心依舊充滿強烈的焦慮，一心想著得做點什麼才行。會有這種想法，絕不只是因為他們親眼看到滿洲農民的生活而已。

實習旅行結束後，第二學期開始時，有些滿人學生就沒有回來上課了。其實這種情況早在一期生的時候就出現了。這些人即使認同建國大學的創立精神，但依舊心繫滿洲國毫無變革的現狀，不得不壯士斷腕地放棄學業。這些學生大都投身於自己相信的反滿抗日活動，但留下來的學生也沒有責怪他們，因為大家都能理解彼此的立場。

想當然耳，學生們內心的矛盾掙扎從一期生的時候就已經存在了，但建國大學當時還能勉強保有獨立性。只不過，到了波矢多他們入學的那年十月，第三次近衛內閣總辭，東條內閣成立，由這個日後被石原莞爾評斷「絲毫沒有身為人類該有的思想」的人物當上首相，掌握了日本的指揮權。

關東軍開始在滿洲國抓人，被檢舉的人大都觸犯了治安維持法，在這種局勢下，到後來就連建國大學的學生裡也出現了被捕者，據說被逮捕的人多達四十人以上，但細節無人知曉。教授與舍監多次前往憲兵隊要求放人，多虧有他們的努力，被捕的人下場才不至於太慘，但實際的情況依舊無人知曉。因為觸犯治安維持法的人一向都會遭到嚴刑拷打，換成哪個國家都不例外。

其他學生也會利用探監的機會帶書去慰問同儕。如果由漢人或滿人學生出馬，只會讓事情變得更複雜，所以主要都是日本學生前往，但即便是日本學生出面，還是會受到刁難。

「虧你還是日本人，居然送東西給抗日的傢伙。」

「建國大學的學生都是一丘之貉。」

「你們這些賣國賊。」

每次去探監都會被獄警罵得狗血淋頭。

但是學生們絲毫不以為忤，他們唯一的願望就只是希望被捕下獄的同學都能平安歸來。只可惜身陷囹圄的同學一一倒下，不是病死，就是精神失常。當日本學生去故人的故鄉參加葬禮時，沒有一個人抬得起頭來。內心充滿了懊惱、傷心、憤怒，而其中最為強烈的情緒，還是為自己身為日本人感到羞恥……

「物理同學，請多保重。」
「喂，波矢多，有緣再見了。」
波矢多身邊開始出現突然丟下這些話，然後離開大學的人。
「我能理解你們的難處喔。」
「我們永遠都是朋友。」
有時候是先聽到這種話，第二天才發現說這句話的人已經走了，殺得他措手不足。但就算事先察覺到什麼，能留下對方的日本學生也是少之又少，因為所有的日本學生都能深刻地體會到他們的心情。
波矢多入學的兩年後，一期生畢業了。直到畢業的前一刻，畢業生們才知道自己要被送進大同學院深造，此舉也引發了他們的反彈，因為大同學院是滿洲國官吏的育成機構。
「不就是那些來自日本的官僚，還有從大同學院畢業、後來當上官員的人讓滿洲國變成傀儡政權的嗎！」
建國大學的學生們都這麼認為，是故無法接受這樣的安排，甚至有人懷疑這是有心人為了要搞垮這所不聽話的大學所佈下的局。
儘管如此，畢業生還是進大同學院念了三個月的書。但這三個月絕對不是浪費時間。學院讓他們拜訪遍布各地的公家機關，進行實務體驗。這段實習經歷也在日後對一期生的工作有所助益。

最後，所有的人都確定了分發地點，其中也有日本人自願前去位於窮鄉僻壞的公家機關，希望能利用在建國大學習得的東西，與鄉下農民一起胼手胝足地改變滿洲國。父母當然放心不下，但也動搖不了當事人的決心。

同年十月，政府撤除大學及高中、專科學校的在學學生得以暫緩服兵役的法令。暫緩服兵役的期限其實從兩年前就開始縮短，現在等於是完全取消。

不管報紙和廣播再怎麼為日軍節節敗退的戰局自圓其說，學生也知道情勢正一路往惡化的方向發展。接著又收到暫緩服兵役的法令遭廢止的消息，可想而知，戰況已經非常吃緊了。

建國大學的學生當然也無法倖免，波矢多才剛要迎接第三年的大學生活，就成了學徒出陣兵⑬，編入陸軍船舶部隊。俗稱「曉部隊」的本部隊是負責指揮陸軍海上運輸的部門，他進的是位於廣島宇品的陸軍船舶砲兵教導隊。

沒想到會以這種形式跟船扯上關係……

波矢多不由自主地聯想到由曾祖父傳承下來的傳馬船家業。原本還以為自己這輩子都不可能以乘客之外的身分上船，沒想到千山萬水轉了一圈，又繞回原點，心境感受十分複雜。

因為是幹部候補生的要員，不必擔心立刻就會被送往前線。不過軍事訓練相當嚴格，在軍隊的生活所面對的又是一連串不合理的要求。但波矢多不愧是出身自建國大學的人，成績極為優秀，遠遠甩開其他大學的學生好幾條街。

波矢多等人從教導隊畢業後，以見習士官的身分登上輸送船，眼看同學紛紛被送上戰場，波矢多卻被分派到內地執勤。

「再會啦，我去去就回。」

「等這場戰爭結束後，我們再好好聊個痛快。」

「我沒有忘記建國大學的教誨，但現在得要先努力為祖國奮戰。」

同學一個又一個向自己道別，可是波矢多不知該說些什麼才好。他凝視著友伴的臉，腦海中一再浮現出許許多多在建國大學同甘共苦的回憶，光是這樣就足以令他胸口一緊，無言以對。

最後，波矢多終於也奉命上船了。話雖如此，南方的制海權與制空權早已落入美軍手中，他搭乘的那艘武裝船的任務，是將整個師團的軍隊和軍用物資於日本與大連及釜山的港口之間往返輸送。

過去還是建國大學新生的那年，當他們從下關前往釜山的時候，波矢多的心裡還充滿著希望。越過朝鮮海峽，在嶄新的校舍裡，想到自己肩負新時代的使命，甚至還曾經為此激動得全身顫抖。

⑬也稱為「學徒動員」。第二次世界大戰來到尾聲時，日本面臨了兵力不足的問題，原先被暫緩徵集的大學文科學生因此被徵召上戰場。相對於此，大多數的理工科學生因為能在軍備與後勤生產上有所貢獻，因此以「勤勞動員」的形式投入軍需產業。

如今，我已經在這片海域來回過幾次了……

而且船上裝載的還是戰爭必需的人力和物質。自己現在到底在做什麼？雖然心裡很清楚同儕是在何種心情下說出那句「但現在得要先努力為祖國奮戰」，不過他們並不是為了做這種事才去建國大學求學的。

即便如此，波矢多還是得為了達成任務全力以赴。他必須指揮由兩個分隊組成的小隊，所以只能暫且放下個人的懊惱，先盡到對部下的重責大任。

朝鮮海峽當然不比南方海域安全到哪裡去。美國的潛水艇這陣子就像魚群似地在附近四處游走。只有一開始能得到海上巡邏機的保護，當武裝船一進入外海，海上巡邏機就折返了。接下來只能靠船員用望遠鏡監視，若是風平浪靜的春天到夏天之間還好，但到了海相不佳的秋冬之際就很棘手。那個時節總是白浪滔天，讓人無法及時發現潛水艇。再加上朝鮮海峽特有的三角浪看起來很像潛水艇，經常搞得監視員一個頭兩個大，難以分辨。

而且必須警戒的並非只有美國的潛水艇。為了擊沉美國潛水艇，日本的驅逐艦也會預先施放水雷。起初還沉在水下的繫留雷，在海水侵蝕的影響下，鋼絲也會腐蝕，導致最後會有很多水雷漂浮在海面上。因此，監視員不僅要注意敵方的潛水艇，也必須留意浮上水面的水雷，時時刻刻都要上緊發條。發現水雷時，上頭會命令士兵用機槍擊沉，但是水雷會在波濤間載浮載沉，要準確地擊中目標可不是一件容易的事。

為了盡可能閃避潛水艇的威脅，武裝船一旦出到外海，便會以「く」字形路線航行。之所以會盡量不離開海岸線太遠，也是基於萬一受到魚雷攻擊，不幸導致沉船的話，船員們也能游回岸邊的考量。因此出海一趟非常花時間。此外，避開日間出航，改為夜間航行的任務也變多了。朝鮮海峽早已淪落為無法指望能祈求航程一路平安順遂的海域。

某一天深夜，他們才剛離開博多灣，武裝船就遭受到猛烈的撞擊，船體劇烈地搖晃。據報告表示，似乎是撞到美軍施放的水雷，但實際情況無從知曉，或許是運氣不好，撞到我軍的漂浮水雷也未可知。

轉眼間，火舌熊熊竄起，就算想滅火也因為火勢太大而無計可施。無可奈何下，全員只好棄船跳海，不管三七二十一地逃離武裝船。當船沉沒時，海面上捲起了漩渦，一旦被捲進去就要人生落幕了，因此所有人都拚了命地想游向岸邊。

砰！砰！砰！砰！

船影與爆破聲一起浮現在夜晚的海面上，火柱隨著震耳欲聾的爆炸聲響直衝天際，原來是裝載在船上的炸藥引爆了。就在下一刻——

咻！咻！咻！

耳邊傳來低語般的震響，武裝船的碎片四散紛飛，散落在波矢多等人的身上，當下處境危險至極，讓他們已經無法近距離目送第一次搭乘的船隻走向終點了。整艘船竟然花了整整兩天才完全燃燒殆盡，沉入海中。慘不忍睹的模樣彷彿預言了日本不久後的將來。

波矢多回到宇品後，已經沒有船可上了。但就算有船也無計可施，因為燃料也已經一滴都不剩了。他只能束手無策地駐守在宇品。

波矢多與幾個建國大學的同學利用這個機會登陸前方的能美島。有一位建國大學的恩師對早已向軍部唯命是從的大學徹底死心，返回日本，如今人就在那座島上。

就在相隔許久再見到恩師，並與昔日同窗促膝長談的第二天早上，波矢多走進庭院，望見對岸燦若星辰的閃光。

那個光線是……

腦海中剛閃過這個念頭，全身就感受到一股微微的熱氣。

轟隆隆隆隆——！

對岸傳來幾乎要震裂耳膜的爆炸聲，只見廣島所在的方向有一朵像是超巨大香菇的怪雲，伴隨著濃濃黑煙，直上雲霄。

美國在廣島投擲了原子彈。想也知道，當時人在島上的他們不可能知道究竟發生了什麼事，但還是能瞬間領悟到日本正遭遇前所未有的災難。

波矢多等人立刻趕回宇品，然後也馬上奉命去原爆點救災。只不過，唯有波矢多被上司派去另一個地方。其實那種聯絡任務不管派誰去都可以，由此可見他與同期生的待遇有多麼不同。

渾然不知災區早已被幅射線污染，前往當地從事救災行動的軍人一個接著一個死去。起初因為搞不清楚原因，眼前的狀況也讓大家相當慌亂驚恐。看到飽受腹瀉、嘔吐、高燒折磨，頭髮和睫毛也莫名其妙地掉光，愈來愈衰弱的同窗好友，波矢多對美軍產生了強烈的憤怒。不僅如此，怒意所針對的並非只有軍人，他甚至想殺光所有的美國人。波矢多的憤怒強烈到即使殺光所有人也不足以平復。

就算是戰爭，也不該用上這種魔鬼般的兵器吧！更何況大部分的死者都不是軍人，而是包含兒童在內的一般人。

他其實並不喜歡「英美鬼子」或「鬼畜美帝」這類詞彙，因為他覺得痛恨的人是一回事，但是用言語貶低他們又是另一回事。然而，看到美軍幹的好事，他也不得不承認美軍確實如同鬼畜。

確實是這樣沒錯，可是……

在他前去探望躺在床上，奄奄一息的同窗好友時，波矢多不禁有所感觸。

原來戰爭是這麼悲慘的一件事。

不久後，長崎也吃了一顆原子彈，讓大日本帝國無條件投降。或許是因為即使理智層面明白這場戰爭毫無勝算，但心裡還是盲目地相信神國日本會是勝利的一方，所以戰敗的事實也讓波矢多感到無比空虛失落。

隔月，陸軍船舶砲兵教導隊解散，波矢多回到和歌山的老家，無所事事地在老家虛度光陰，這時竟收到一個令他震驚萬分的消息。

藤田松二教授被農民殺了。

他連忙向聯絡得上的同學確認此事，但誰也不清楚詳細的情況，只知道藤田確實遭到農民殺害。

「請各位與滿洲的農民們一起努力工作，將這片土地改造成豐饒的大地還給他們，因為這塊土地本來就是屬於他們的。」

平時就把這句話掛在嘴邊的藤田，竟然死在農民的手上。這個難以置信的事實為波矢多帶來的精神打擊，顯然比日本戰敗還來得更多。

明明是距離最相近的滿洲農民，結果還是完全沒能讓他們了解建國大學的理念……

實際的情形究竟為何？到底發生了什麼事？藤田為何會慘遭殺害？雖然這一切全都被籠罩在一片迷霧之中，但波矢多認為未能讓滿洲農民理解建國大學的理念才是根本的原因。

從今以後，我到底該何去何從。

波矢多思前想後，決定重回國立大學就讀。可是重返校園後又找不到想學的科目，只撐了一年就退學了。之後他在關西的報社及出版社找到工作，藉此餬口維生，最後終究還是辭掉工作，踏上流浪的旅途。

波矢多不曾向合里提起這方面的過去，只掐頭去尾地說過一次，儘管是非常簡潔扼要的精華版，合里也能充分理解。至少他似乎明白物理波矢多為什麼會在穴寢谷這個與自己沒有任何地緣關係的車站下車了。

合里以清澈的雙眼盯著波矢多看了好一會兒，深深地嘆了一口氣，以半放棄的口吻說道：

「像你這種既有學歷又有經歷的人才，絕對不適合當礦工的，所以我不能幫你介紹工作……要是我這麼說，你肯定還是會跑去別的礦山吧。」

「對。」

波矢多毫不猶豫地回答。合里左右為難地說：

「考慮到這麼一來你可能會落入黑心礦山的人力仲介之手，把你帶去我們家的鯰音坑可能還比較妥當。」

「麻煩你了。」

如此這般，波矢多如願成為了礦工。

第四章

向礦山之神祈禱

但願今天也能平安無事地上坑。

雖然已是春天的尾聲，全身依然能感受到早晨那還很冰冷的空氣，在與其說是黎明、不如說是陰暗宛如黃昏的陰鬱天空下，物理波矢多一面在心裡默念，一面向拔井煤礦的鯰音坑山神拍手行禮。之所以會禮敬山神，是因為人們會以「山」來稱呼埋藏在其中的煤礦礦場。

幾個同在境內的礦工也比照辦理，同他一樣向山神鞠躬。其中肯定有很多人都是從戰場劫後餘生的，這些人心裡一定都在想著，好不容易活著復員⑭歸來，要是又在暗無天日的地底下喪命，豈不是雞飛蛋打一場空。

自古以來，提到礦工總不免會讓人直覺聯想到脾氣火爆的無賴漢，當然這只是一般人對礦工這行的偏見，但這種印象說不中亦不遠矣。或許是因為隨時都處在命懸一線的環境，從事嚴酷吃重的體力活，即使是脾氣火爆的莽漢，對神佛的信仰依舊非常虔誠，總之有很多討吉利的信條，也有很多禁忌。這一切全都是為了讓自己能平安地離開礦坑。

大部分的煤礦公司皆以稱為「番方」的三班輪替制來進行坑內勞動，「一番方」為上午七點到下午三點，「二番方」為下午三點到晚上十一點，「三番方」為晚上十一點到隔天早上七點下坑工作。在一番方做了一段時間後，就會換到二番方，然後再換到三番方，如此週而復始。

這時只有一番方礦工中的寥寥數人會一臉乖順地在清晨的境內低頭膜拜。之所以沒有全員到齊，是因為絕大部分的人都是在進礦坑之際，才在位於坑口的小祠堂參拜。除非是祭祀儀式等特別的日子或個人有想祈求的願望，否則他們不會特地來到山神神社這邊。所以每次下坑前都會來拜一下的幾乎都是那幾個人，有的是平常就非常虔誠，有的則是像波矢多這樣，心裡懷抱著某些不安或擔憂的事……

順帶一提，「坑口」指的是礦工或搬運採礦需要的工具時進出礦坑、通往地下的出入口。在坑內採集到的煤炭也是從坑口運出礦坑。對礦工而言，坑口是唯一連結礦坑內外的通道。

經由在穴寢谷車站前認識的合里光範介紹，波矢多開始在鯰音坑工作已經過了快一個月了。拔井煤礦在野狐山這一帶擁有好幾個礦坑，鯰音坑是遠離市區的中小型煤礦之一。

直到如今，波矢多還清楚記得與合里一起坐公車時，透過車窗所看到的奇妙光景。這麼說或許有點誇張，但他總覺得自己好像踏進了另一個世界。

大部分的中小型煤礦都在遠離城鎮的山區地帶。其中的聯繫都靠公車運行其間，所以波矢多也順其自然地隨著公車路線來了一趟煤礦巡禮。路途中總是會看到一座又一座烏漆抹黑的小山群聚，光禿禿地寸草不生。每當公車靠近一處新的煤礦礦場，這種不自然的小山就會像小土堆似地陸續出現。如此異樣的風景看得他目瞪口呆。

總之是有生以來第一次看到的光景，令他大開眼界。尤其當他發現貌似小山的山頭其實是由

---

⑭ 原本意指軍隊從戰時體制回歸到和平體制，讓軍人從動員上陣狀態轉為待機的行動程序。在一些與日本相關的場合提到「復員兵」時，通常多特指第二次世界大戰結束後，從當時的大日本帝國領地以外的佔領地除役、回歸日本的軍人。

無數石頭堆積而成時，不免又吃了一驚。

察覺波矢多受到好奇心的驅使而目不轉睛地凝視窗外，合里便解開他的疑問。

「那是捨石山。」

「捨石山是什麼意思？」

「捨石是指在坑內挖掘前進，或是從採集到的煤炭中洗選原煤時所淘汰的砂石，說穿了就是不值錢的廢棄物。當捨石堆成一座山，就被稱為捨石山。北海道那邊稱其為廢石和廢石山。」

「那些都是廢棄物嗎？」

理解之後再望過去，眼前的光景感覺就更詭異了。

「雖然無法賣錢，但是裡頭多少也夾雜著品質低劣的煤炭，所以經常會有小孩撿回去燒——瞧，你看那邊。」

順著合里指的捨石山半山腰看過去，的確有三個年幼的孩童正在心無旁騖地撿石頭。大概是母親吩咐他們去的，雙手髒兮兮，撿得非常專心。

當波矢多沉浸於煤礦產區特有的風景時，公車已然抵達鯰音坑。眼前是一片不曉得該怎麼形容的異樣景象，要說是開在深山裡的公司實在很奇怪，但要稱其為小鎮也很詭異。

鑽進相當於關卡的西側大門，發電所、選煤場、風扇室、安全燈室、鍋爐室、工務室、檢身室等建築物林立於寬敞腹地的正中央。最先映入眼簾的是矗立其間的進氣坑與排氣坑的兩座瞭望塔。如果只看到這些，頂多只會讓人覺得是建造於深山裡的礦業設施，但是再加上廣場右手邊的採礦事務所、醫務室、職員宿舍、給礦工住的單身宿舍、食堂、福利社（商店）、澡堂等建築物，以及更南邊的那些捨石山的話，給人的印象就截然不同了，除了單純的礦業施設以外，又多了幾分生活氣息。然而一旦走進蓋在廣場北側斜坡上的漂亮職員宿舍區，又會顛覆之前的感想。因為突然出現在深山裡的新興住宅區實在太突兀了。

光是以上的組合就已經夠罕見了，設置於廣場盡頭的木板圍牆小門前方還有一整排有如長屋般的礦工宿舍建物，礦工們的住處東邊還有一座神社。以上便是鯰音坑的全貌，簡直就是混沌般的世界。

「等一下把你介紹給公司的勞務課長時，要是說你大學畢業，他肯定不會雇用你。就算只有中學畢業，一旦被他知道，也絕對不會採用。」

勞務課的課長名叫水盛厚男，是個年約四十的小個子。波矢多照著合里的忠告，謊稱「我只讀過小學」，但這個謊言一下子就穿幫了。

「只要和你說上幾句話，就知道你自稱小學畢業都是騙人的。」

被水盛這麼一說，合里也露出了苦笑，波矢多則是搔著頭，不知該如何是好。水盛又氣又訝異，現場瀰漫著尷尬的氣氛。

「我為自己的謊言道歉，真的很抱歉。」

波矢多立刻低頭致歉，緊接著使出哀兵之計：

「求求你，請讓我在這裡工作。」

「不成不成，你都讀到大學了，根本不用來礦坑工作嘛。」

水盛用一臉小廟容不下大佛的表情猛搖頭。

幸好沒提到建國大學的名號和之後入伍的經歷，要是被水盛知道那些細節，或許打從一開始就會讓他吃閉門羹了。

「就算你想在礦坑工作，照理說也不是當礦工，而是來應徵職員吧。」

在礦坑工作的人大致分成職員和礦工兩種，前者是隸屬於煤礦公司的員工，後者幾乎都受雇於各個礦山，所以礦山一旦封山，後者就得捲鋪蓋走路。上述的礦工又分成坑外工與坑內工。至於坑內工又可分成直接採礦的人與非直接採礦的人。深入坑道進行挖掘工作的掘進夫、在新開挖的礦坑裡用坑木及鐵架支撐坑頂（天花板）及岩壁（側牆）以避免礦坑坍塌的支護夫、在採礦的作業現場刮下礦石、採集煤炭的礦坑夫皆屬於直接採礦的坑內工。而且中小型的煤礦分工沒有那麼細，由礦坑夫一手包辦大小事的情況也屢見不鮮。

直接採礦的坑內工與其他礦工間有個決定性的差異，那就是薪資。隨著坑道愈挖愈深、距離愈來愈長、產出的煤炭量愈多，薪水也會跟著三級跳，可以說是做多少賺多少、一分耕耘就能有一分收穫的世界。與此同時，那裡也是隨時有可能喪命，嚴峻且艱辛的職場。

「你很需要錢嗎？」

也難怪水盛會這麼想。波矢多刻意不去否認，但水盛並沒有因此就答應雇用他，依舊面有難色，始終一口咬定他不適合這份工作。

最後就在由合里擔任保證人的條件下，水盛終於心不甘、情不願地屈服了。

「多虧你自己堅持到底。」

合里認為這完全是波矢多不屈不撓的成果，而不是因為他自願當保證人的關係。

「我認同你堅定的決心，但是在別的地方一定有更適合你、只有你能做的工作。」

不僅如此，合里還補上了這一句。大概是他又在波矢多的身上看到過去在朝鮮動員時所遇見的鄭南善身影。

「但願你不要做沒多久就逃跑。」

另一方面，水盛則是沒好氣地拋下這句話。波矢多心想這也不能怪他，就算是戰敗後百廢待舉的時期，一個上過大學的人，竟然還說什麼想當礦工，看在任何人眼中都會覺得這個人腦子有問題，肯定都會認定他只要熬不過坑內辛苦的工作，就會立刻收起包袱拔腿就跑。

坑內的工作確實比想像中的還要辛苦，但波矢多從不喊累。只可惜有個出乎意料的煩惱。

但願今天也能平安無事地上坑。

最初只是在心裡向這座山的神明祈求「能平安回到地上」，自從得知從坑口進入坑內稱為「下坑」、離開礦坑稱為「上坑」後，他便立刻改口。正確的說法其實是「回到陸地上」，但大家都簡單稱之為「上坑」。既然要向保佑煤礦的神明祈求，還是使用礦工用語比較好，否則神明可能聽不懂。

礦坑及礦山基本上都視大山祇命為守護神。在農村或山村提到山神時，通常都將祂們視為女神，但《古事記》和《日本書紀》皆奉男神大山祇命為管理山的神明。箇中差異非常耐人尋味。由於這裡是屬於野狐山的煤礦礦場，所以供奉的神明是狐狸。

只不過，這裡同時供奉著白狐大人與黑狐大人，所以與其他地方的稻荷神信仰又有點不同。被尊為「白狐大人」或「白神大人」信奉的狐神是主掌豐收的神明。在農村或山村祈求的是五穀豐登，而換成礦山的場合，求的當然是煤炭產量的增加。相對於此，被奉為「黑狐大人」或「黑神大人」、為人們所畏懼的狐神則是掌管歉收的神明，在這裡象徵的是發生於礦坑內的各種意外。

望著供奉於正殿的白狐面具與黑狐面具，波矢多久違地想起戰敗後重回大學時所接觸到的「民俗學」這門學問。

剛來到礦坑的時候，波矢多認為可能再也沒有比這裡更適合從事田野調查的地方了，於是他利用工作的空檔詢問眾人的所見所聞，整理成筆記。就跟建國大學的實習一樣，即使不念大學也能隨時隨地做學問。對於自己能抱持這樣的思維，他也覺得很高興。而且民俗學本來就是一門藉由分析、研究蒐集到的傳說，探索日本人的歷史與文化的學問，或許自己現在該做的事就是繼續鑽研這門學問吧。想通這一點之後，原本已如槁木死灰的心又開始鮮活起來。然而，只可惜這個想法並沒有持續太久。

沿著稻荷神社的石階每往下走一步，波矢多總會感受到逐漸高升的緊張感。最嚴重的一刻莫過於完成入坑前的參拜，穿過礦工宿舍區，走向檢身室的途中。

現在回頭還來得及。

別去地底下。

這樣就可以免於置身在伸手不見五指的黑暗中了。

在前往檢身室的路上，波矢多一定會在內心像這樣喃喃自語，不厭其煩地要自己改變心意。而且，當他完成了新手礦工的首次工作，到了隔天又要再次下坑時，從那一刻起，他每次都要經過一番前述的天人交戰，一直持續到今天。

對於進入礦坑的恐懼……

不對，正確地說是他害怕進到地底下後，就再也無法回到坑外……

波矢多為此煎熬了一個禮拜左右，才鼓起勇氣找合里商量。之所以沒馬上找他商量，無非是不希望合里誤以為自己是因為受不了工作的艱苦而藉題發揮。

附帶一提，他們住在像長屋那樣延伸的礦工宿舍——簡稱「工寮」——的一號棟的同一個房間裡。

工寮的歷史相當悠久，但是自古以來幾乎都是居住環境十分惡劣的房子，完全談不上舒適。明治時代的工寮甚至連屋頂都沒有，頂多就是鋪上幾張塗了煤焦油的報紙，勉強能夠擋風遮雨。後來，鯰音坑內的這種木造房屋形式也逐漸普及，是戰前最普遍的工寮類型。話雖如此，居住環境還是跟以前一樣惡劣。

幾乎所有的光棍都會搬進單身宿舍過團體生活，起居通常也都在大通鋪，因為那樣比較能節省開銷，所以會住進工寮的人就以夫婦為多。不過也有像合里光範那種異類。因為波矢多當上礦工的前因後果比較特殊，所以就直接住到合里的房間裡。

「一開始任誰都會感到不安的，多進去幾次就會習慣了。」

合里並未認真看待波矢多的煩惱，所以波矢多也認為或許就如他所說的那樣。可是一個禮拜過去了，那種恐懼感始終未曾消失。

於是他又找合里商量了一次，還是換來相同的答案。被問到難道沒有類似的不安嗎，合里則是苦笑著回答：

「起初因為工作實在太辛苦了，根本沒空去感受坑內到底有多可怕。」

「習慣以後也是嗎？」

「對啊。」

合里說到這裡，似乎想到什麼，表情一變。

「怎麼了?」

「沒……沒什麼。」

「你是不是想到什麼?」

「嗯。不過不是我……是從鄭南善那裡聽來的親身經驗談。」

然而,無論波矢多怎麼追問,合里都不肯告訴他那件事。雖說是別人的經驗談,但合里的樣子卻彷彿死活不願意再想起那件事。

明明孤身一人,卻獨自住在工寮,足見合里是個怕生的人,因此在鯰音坑好像也沒有特別聊得來的朋友。或許是他多管閒事,但是在波矢多來到這裡之前,合里肯定過著很孤單的生活。

相反地,波矢多不論和誰都能迅速熟絡起來。只是顧慮到合里的心情,他也不敢放心大膽地交朋友。合里不只當了他的保證人,也非常照顧還不熟悉工作以及工寮生活的波矢多,而且每次都是不著痕跡地給予協助。雖然沒好氣的說話方式和不擅長與人相處很容易為合里招來誤解,但他其實是個相當害羞的人也說不定。波矢多不忍心撇下這樣的合里,跑去跟其他人打成一片。

「你不應該待在這裡。」

而且合里只要一逮到機會,就會用自言自語的口吻對他叨念著同一句話。倒也沒有教訓波矢多的意思,感覺就像是儘管被他的堅持給打敗了,卻依然為他的現狀感到憂心。如果是因為在物理波矢多這個人的身上看到了鄭南善的影子,波矢多就更能理解他的心情了。

過去沒能保全那個令他想起兄長的朝鮮青年，現在至少也要照顧好波矢多。另一方面，他本來就不希望波矢多來礦坑工作。只是兩人還是有很大的差別，鄭南善是被強迫來日本的礦坑工作，而波矢多則是基於自己的意願想成為礦工。

正因為理解合里的苦心，波矢多對此也感到很抱歉。但既然在同一個礦坑工作、生活，無論如何都會結識到愈來愈多的礦工，其中也有交情好到會去對方房間玩的朋友。波矢多就有兩個這樣的友人，其中一位名叫南月尚昌。

南月是年過四十，在礦坑打滾許久的礦工，但是來鯰音坑才第三年，所以還稱不上是鯰音坑這裡的老手。這樣的際遇也令波矢多倍感親切，但是兩人真正超越年齡與工作資歷的藩籬、建立起深厚的友誼，其實是因為一本書。

當時波矢多與合里完成一番方的作業，離開礦坑、也洗過了澡，然後在單身宿舍隔壁的食堂享用免費的茶水。剛洗過澡的合里，臉上淡淡地浮現出先前提到過的那道傷痕。有一次波矢多曾問他那個傷是怎麼來的，合里只是語帶寂寥地丟下一句「這只是無法成為勳章的舊傷」，接著便不肯再多說些什麼了。不知道為什麼，每次看見那道傷痕淺淺地浮現在他潮紅的臉上，波矢多心裡總難免有些悸動。那道破壞清秀面容的傷痕看起來莫名誘人，讓人總是一不小心就看得出神。

為了盡可能不要去看合里的臉，波矢多開始習慣在洗過澡之後看看書。其實很想看合里，但還是勉強自己把視線放在書上。由於是有生以來第一次產生這樣的心情，就連他自己也覺得莫名其妙。不過波矢多本來就很喜歡看書，所以看著看著也逐漸習慣成自然。有一天，他正在讀柳田國男的《山的人生》，南月尚昌發現他在看書，便親暱地主動上前攀談。

聊了一會兒，南月問他：「要不要來我家？」因為合里也鼓勵他去，於是波矢多便去了南月位於工寮的房間，但是一踏進玄關就讓他嚇了一大跳。因為室內到處都是小小的書櫃，這是在其他礦工的房間絕對看不到的景象。而且藏書多到書櫃都裝不下，甚至還占據了榻榻米上的空間。

「這位是新來的物理波矢多老弟。」

南月向貌似他妻子的女人介紹這個沒說一聲就帶回家的客人，後者連忙低頭致意，手忙腳亂地開始收拾散落在房間裡的書。

「滿代，妳別忙了。波矢多老弟也是愛書人，所以不會在意的。」

南月笑著說，招呼波矢多進還沒整理好的房間。

儘管如此，波矢多還是客氣地站在玄關拉門一進去的三和土地板上，等滿代說：「請進。」才進屋。南月一屁股坐在相當於前廳的房間正中央，滿代沒一刻消停地在他四周忙進忙出的樣子非常有趣。

八疊的前廳隔壁有個六疊的房間，牆邊被更大的書櫃塞滿。南月告訴他，那是女兒多香子的房間，多香子在鎮上工作。但房間裡幾乎沒有年輕女性生活的氣息。

南月說他從小就熱愛閱讀，與波矢多聊得十分投契。回過神來已經是吃晚飯的時刻了，波矢多就要告辭，南月挽留他：「吃過晚飯再走嘛。」就在他以合里還在等自己回去吃飯為由婉拒時，多香子回來了。於是南月便差遣女兒：「去叫合里老弟也過來吃飯。」但合里婉謝了，結果只有波矢多留下來接受招待。

如此這般，波矢多與南月成了忘年之交。滿代原本有個也是從事礦工工作的前夫，非常照顧當時還是一介新人的南月。遺憾的是此人在下坑工作時因為坍塌意外而逝世。所以南月便娶了滿代。南月不過才四十出頭，看到年約二十左右的多香子，波矢多還以為他特別早婚，後來才知道多香子其實是滿代與前夫所生的女兒。

和南月之間的話題，最常聊到的都跟書有關，其次才是與礦山相關的各種知識。特別是後者，南月可說是對波矢多傾囊相授。雖然先前也從合里那邊學了不少，但合里畢竟是勞務輔導員出身，對於工作現場還是會有不清楚的層面。這或許是山口與北九州的礦坑間存在著區域性差異所導致。從這個角度來說，南月遠比合里還更了解礦山。

然而，波矢多沒多久就發現，就連稱得上是他礦山師父的南月，也有個莫名的堅持，那就是不願負責本坑的一坑。波矢多當然不知道原因，不過他認為如果是南月的話，或許能理解自己的煩惱吧。

於是波矢多有一次就趁著滿代和多香子分別因為外出購物與工作而離開家時，將自己每次下礦坑的時候都會感到不安一事，一五一十地告訴南月。南月稍微沉思了半晌，一臉莫名所以地說：

「可是你在朝鮮海峽不是經歷過離死亡更近的遭遇嗎？」

波矢多曾經掐頭去尾地向他解釋過自己為什麼會來這座礦坑，所以南月也知道波矢多搭乘的武裝船因為水雷而沉船的事。

「當時我確實以為自己死定了，可是在軍隊裡接受軍事訓練的時候，或許還更危險也說不定。萬一不幸在訓練的過程丟了小命，根本就是死得不明不白，但當時偏偏有一大堆這種危險到毫無意義的訓練。」

波矢多的回答讓南月露出不知該做何反應的表情。

「說到軍隊，只是不知所謂地欺凌、虐待士兵，根本不是讓接下來就要上戰場、必須成為戰力的人接受嚴格訓練的地方。不知道有多少年輕人還沒上陣殺敵，身心就已經被折磨得體無完膚了。真是莫名其妙，會吃敗仗也是理所當然。」

想必南月應該也有過非常糟糕的從軍經驗，但是波矢多從未聽他提起這方面的事。這麼說來，別說戰爭體驗，南月幾乎不曾提過自己的事，與滿代再婚的事或許是唯一的例外也說不定。從南月的口音聽起來，他大概是九州出身，但是除了九州腔以外，似乎還夾雜著好幾種方言。感覺像是在別的地方出生、長大，然後又在九州的礦坑換來換去，輾轉工作好幾年，所以各地的方言已經全部混在一起了。

話說這是戰前的事了，當時有一種被稱為羽釜礦工的人。以前的鐵鍋因為有三隻腳，所以能維持穩定。但羽釜沒有腳，所以擺到地上的時候會像不倒翁似地滾來滾去。所以從這個礦坑流浪到那個礦坑，始終居無定所的礦工，就會被冠上這個稱呼。這是南月教給他的知識，但波矢多覺得南月自己也有點像羽釜礦工。

不光是有許多礦山聚集的九州，南月貌似也在本州的礦坑工作過。就跟他的經歷一樣，南月也不太提起這些事，但是提到坑內工作的時候則另當別論，他有時候會分享自己的經驗談，只是不會提到地名。不難想像滿代和多香子隨他東奔西跑，肯定吃了不少苦，像波矢多這種菜鳥礦工，稱他一句師父實在不為過。

「你是說，比起軍隊和戰場，礦山更可怕嗎？」

南月問道，見波矢多苦惱地承認之後便安慰他：

「礦山雖然有脾氣暴躁的礦工和沒血沒淚的職員，但是沒有壞心眼的老兵和無能的長官，也沒有四處飛竄的槍砲和炸彈。而且戰場上一旦得不到補給，可能就要餓死了。」

「可是礦坑裡經常會發生意外。」

「說得也是，原來你擔心的是這個啊。」

礦工必須在深入地底的坑道內工作，無論如何都得暴露在危險之下。礦坑內最可怕的意外莫過於坍塌、火災、淹水和沼氣中毒。萬一發生上述的意外，可能至少會死個十幾二十人，換成大一點的礦坑就算出現上百名死者也不稀奇。

像鯰音坑這種規模還不算太大的礦山通常都直接沿用戰前的設備，安全措施也跟以前一樣匱乏，把可能會引發事件的問題丟著不管，這類情況也在所多有。因為能不能增加煤炭的產量才是公司最關心的問題。但凡所有會降低產量的因素，就算牽涉到礦工的性命，公司往往也都置之不理，這可以說是礦山這個職場的長年餘毒了，饒是大型的煤礦公司也好不到哪裡去。亦即賺錢第一，其他的都不重要。

只不過波矢多擔心的並不是這點。

「發生意外固然也很可怕。可是，一想到要鑽進張開血盆大口的洞穴……再想到要不斷地往下深入……就讓人覺得坐立難安。」

「你怕黑啊？」

「不，我沒那麼怕黑。」

「既然如此，是害怕狹窄的空間嗎？」

「也不是，我對封閉的空間也沒有那麼畏懼。」

「還是因為又黑又狹窄的加乘作用？」

「我覺得應該也不是。」

南月陷入長考，一瞬也不瞬地凝視波矢多的臉。

「這麼看來，問題大概出在礦山的坑口。」

「問題……嗎？」

波矢多困惑地反問。南月再次若有所思地說：

「說是問題啦，或許只有小哥有這個問題。」

南月難得說得如此語帶玄機，反而令波矢多更加好奇。順帶一提，「小哥」是南月表示親暱的叫法。

「什麼意思？」

波矢多立刻發問。

「……不瞞你說。」

南月的反應有些猶疑不定，隨即說出驚人之語。

「我這輩子踏遍幾十座礦山，其中有三條坑道，不管我下去過幾次都無法習慣。」

「咦！」

波矢多驚呼，這不正是自己現在的寫照嗎？

「一開始出現這種感覺的時候，其實我還不太信邪。都已經闖盪江湖這麼久了，怎麼可能事到如今才開始害怕，未免也太丟人現眼了。」

「可是，事情沒有這麼單純對吧？」

波矢多追問。南月慢條斯理地點點頭，然後依照時間順序，開始說起三段令人毛骨悚然的經驗談。

第五章

於地底潛伏之物

南月尚昌先從距離現在最近的第三段經驗談開始說起。時間是日本戰敗以後，舞台則是於某煤礦的斜坑所開挖的本坑二坑。

所謂的本坑，是指從向下挖掘到煤層附近的斜坑，再往水平方向延伸的坑道，接著由前往後、以一定的間隔挖掘出上下相鄰的兩條本坑，以及連接它們的垂直坑道。從離坑外最近的坑道開始，依序命名為一坑、二坑、三坑……換言之，數字愈大的坑道，就愈深入地底。

當時，南月並不在發生意外的二坑。基於過去兩次驚心動魄的體驗，他已經徹底學乖了。就在對坑道的不安感受到達頂點的那一天，他刻意裝病沒下坑。南月以凝重的口吻解釋，如果是戰前或戰時，裝病之類的小伎倆大概不會管用吧，當時如果只是稍微受點傷或生點小病，幾乎還是會被逼著上工，正是因為戰敗了，他的藉口才行得通。

「結果二坑開鑿面的坑頂崩塌了。」

開鑿面指的是採礦的工作現場，亦即不斷往前開挖的坑道最前端。

「五個人慘遭活埋，其中只有三個人獲救。」

明明不在案發現場，南月對塌陷意外的敘述倒是栩栩如生，這也讓波矢多聽得頭皮發麻。畢竟他現在成了礦工，礦坑發生的意外對他而言並不完全是毫無關聯的事。

第二段經驗談發生在戰時，當時再也沒有比礦坑更會被戰爭影響的地方了。因為國內能產出的主力能源，就是煤礦。所有的一切都是為了戰爭，因此就算全國人民都處於糧食匱乏的飢饉狀態，也唯有礦坑這個地方例外，可以優先得到物資的補給。

但另一方面，礦工也會受到「拚命挖、努力採」的壓力，被迫日以繼夜地從事艱辛的勞動。總之只有一個目標，就是盡可能地增加煤礦產量。可是當男丁都上了戰場，勞動力不足的窘境也就浮現出來了，這下只好把腦筋動到朝鮮人或中國人頭上——實際上就像合里光範所說的那樣，幾乎是不由分說地把他們押來日本工作。要是這樣還不夠，就連歐美的俘虜也得用上。而且還不給他們足夠的食物吃，聽說有時候還會動用殘酷的體罰或虐待。

「戰爭就是這麼悲慘的事。」

南月的語氣流露出一絲絕望。

「當然，體罰什麼的絕對不該做，逼迫人工作也不人道，但是比起這些，最恐怖的還是滿腦子只想著要增加產量，卻忽略了礦坑內的安全。」

礦坑這種地方，從過去開始就是以採礦為第一要務。後來因為戰事攪局，這種傾向就更加嚴重了。如果是戰前，礦工還能找機會偷懶，但是面臨戰況吃緊的局勢，就絕不允許有人打混摸魚了。過去被貶低為「無賴漢」的礦工，適逢戰爭時期，竟然還被冠上了「鶴嘴戰士⑮」的稱號。也就是說，礦工們進行採礦作業的開鑿面，就等同於世人眼中的戰場，一旦放棄工作，無異於陣前逃亡的重罪。

⑮ 由礦工採礦時使用的十字鎬（鶴嘴鎬）而得名。

昭和十三、四年左右，礦工宿舍的主婦及孩子們對丈夫及父親說的第一句話據說是「辛苦了」，到了十六、七年的時候變成「注意安全」，時間來到十九年，竟然轉變成「請好好挖」。對於資源匱乏的日本而言，煤炭相當於戰爭的原動力。

想也知道線繃得愈緊，斷掉的可能性就愈高。果不其然，因為過度勞累而受傷或生病的人愈來愈多。儘管如此，倘若坑內的安全管理還能照著規定走也就罷了。只要事先做好安全措施，就算真的出了什麼意外，不管是人、機具或礦坑內的環境都不至於受到太大的傷害。

然而戰時的礦坑可就不是這麼回事了。尤其是開始顯露敗象的時候，整體狀況只能用不正常來形容。如果要檢查坑內環境的安全性，就必須暫停所有的作業，那麼這段期間的產量自然會減少，這絕不是煤礦公司樂見的結果，所以安全管理做得十分馬虎。他們嘴上的理由，就是倘若有那種閒工夫，還不如多挖一塊煤炭。

「那一次我進入三坑工作。結果有台正往上拉的礦車，鐵索突然斷掉了。」

礦工們會將採集到的煤炭堆在軌道車上載運到坑外。這種軌道車就稱為礦車或礦箱。利用設置於檢身室的絞車捲盤，可以把礦車拉上來，礦工們要進出礦坑時，也是利用相同構造、喚作人車的載運工具。因為長年的過度使用，連結車體的鐵索其實已經嚴重耗損了，但是公司疏於安全檢查，對這個問題置之不理。

「礦車以脫韁野馬般的重力加速度失控下墜，脫離了軌道，轉眼就壓扁了三個人。」

「南月叔沒事吧？」

「所幸在生死一線間逃過一劫。」

「是有什麼預感嗎？」

「就在下坑的前一刻，突然打了個哆嗦。先前在三坑也有過相同的感覺，所以當下我是近乎神經質似地留意四周的變化。」

講到第二段體驗時，南月一口接一口地猛灌酒。自古以來，礦工個個免不了都有「喝酒、賭博、玩女人」的習慣。不過南月算是其中的特例，他只喝酒。該說是因為這個原因嗎？他的酒量非常好。波矢多剛來拜訪的時候，他就曾以書的話題下酒，邊聊邊喝到天亮。幸好他不會強灌別人酒，所以對這三樣癖好毫無興趣的波矢多也能放心與他相處，只是難免還是會擔心這位師父的身體。

稱不上對飲，但波矢多也陪著小酌了幾杯，想到什麼說什麼。

「關於第一段體驗，你是不是不太想提？」

南月默不作聲地一口喝光碗裡的酒。

「怎麼會這麼想？」

「倒也沒有什麼特別的原因……大概是停頓的時間長短不同吧。」

「你說停頓的時間？」

「第三段體驗結束到第二段體驗開始的間隔，跟第二段體驗結束到目前為止的空檔相比，南月叔停頓的時間長度是不同的……」

南月還在喝著酒，表情不知怎地似乎有幾分喜悅。

「而且一般人要講三段體驗時，通常會從比較早的體驗順著時間軸一路講下來，但南月叔卻刻意從後面往回講，或許是因為一開始的那段體驗有什麼重要的意義，所以才讓你難以啟齒也說不定。不過這只是我下意識的猜測罷了。」

「小哥果然是個很有意思的人。」

「是這樣嗎。」

「我之所以倒著講回來，是因為最初的那段體驗特別不一樣。」

「不是因為發生意外……嗎？」

見波矢多指出關鍵所在，南月一臉欣慰地頷首，但隨即換上嚴肅的表情，訥訥地開始講起第一段體驗。

昭和初期，當時才二十出頭的南月尚昌身為先山，賺得還不少。只可惜沒有意氣投合的後山協助。

先山指的是在坑內深處的開鑿面進行採礦作業的人。把先山挖到的原煤從開鑿面搬出去，堆在礦車上，則是後山的任務。在還沒有軌道車的時代，是把煤炭放進垂掛在扁擔前後兩端的炭籠或竹簍、或者是馬口鐵製的箱子裡，再由後山以人力挑出去。上述辛苦到不行的重勞動其實都是由女性擔任，多半是先山的妻子，不然就是孩子。礦工的全家大小幾乎都在同一個開鑿面工作。

因此在那個時候，像是南月這樣的光棍就必須找人搭擋。無論先山再怎麼全力採礦，萬一負責將煤礦運出開鑿面的後山混水摸魚，就會拖慢工作的速度。所以他一直在尋找有沒有既勤快、又能掌握工作要領的伙伴，只可惜一直遇不到這樣的人。

有一天，南月獨自一人進到位於本坑四坑深處的開鑿面工作時。

「……你好。」

突然有個聲音從後方向他搭話。南月第一時間回過頭去，差點發出像女人般的尖叫聲。

有隻黑著一張臉的狐狸站在那裡。

還以為是山神現身，南月嚇得當場就要跪下來磕頭。但是仔細端詳狐神大人被裝設在安全頭盔前的頭燈給照亮的模樣後，看上去就是個穿著粗糙和服的人類。而且還是個年輕的女人。提心弔膽地又看了一次對方的臉，這才發現來人臉上戴著一張狐狸面具。

這個臭娘們！

險些驚聲尖叫的恥辱把南月氣得七竅生煙，但是在這樣的地底下，這女的還戴著狐狸面具，究竟意欲何為……想到這裡，與方才截然不同的恐懼又再次襲上心頭。

彷彿要呼應南月從畏懼轉變成驚恐的心理變化，這時女人摘下了狐狸面具。想一窺藏在面具底下廬山真面目的好奇心，與心想萬一看到她的廬山真面目、眼睛肯定會爛掉的恐懼，兩種思緒在南月心裡拉鋸。只不過，他的視線無論如何都無法從女人身上移開。與內心的矛盾糾葛成對比，南月的眼睛瞪得有如牛鈴那麼大，雙眸直勾勾地盯著女人的臉。

出現在黑色面具底下的既不是稻荷神，也不是狐妖，而是個皮膚晶瑩剔透、五官美艷動人的女子。

南月忍不住發出一聲驚歎，目不轉睛地直視對方，三魂幾乎被勾走了兩魂半，一句話也說不出來。

竟然有這麼美的人……

這種美人兒怎麼會出現在這裡，簡直是垃圾堆裡的金子。女性在礦坑工作的比例不低，其中也不乏長得標緻又年輕的女孩，但完全比不上這個女人。

同樣都是女人，氣質天差地別……

這個女人身上散發出礦山女人絕對沒有的氣質。而且在那氣質之中還帶有一股藏不住的女人味。就連在黑暗的地底都能感受到她的媚氣，也難怪南月會看得目瞪口呆。

「請問……」

若非女人戒慎恐懼的呼喚令南月猛然回神，他不知道還要發呆到什麼時候。

「怎、怎麼了？有什麼事嗎？」

好不容易擠出聲音反問，不料女人語出驚人地說：

「請問我可以當你的後山嗎？」

意料之外的要求令南月當場呆滯，再怎麼樣都太唐突了。但是他也只愣了一下，喜悅隨即湧上心頭。居然能與這麼美麗的女人合作，而且還是對方主動開口提議，自己似乎時來運轉了，令他喜不自勝。

另一方面，他也很好奇女人為何要戴著狐狸面具。而且什麼面具不好選，偏偏戴著被視為歉收之神的黑狐大人面具。腦袋正常的人才不會在坑內戴上那種面具。

可是當他凝視著女人的面孔，不禁覺得那根本是微不足道的小事。竟然會萌生這樣的感覺，就連南月自己也感到訝異。礦工明明就比任何人都迷信，不是嗎？

或許是注意到南月的視線一直不經意地瞥向那張面具。

「這個面具原本是白色的喔。」

女人邊說邊用掌心擦拭面具表面，底下確實顯現出白色的底色。看樣子好像是被原煤給染黑了。然而當女人的掌心一離開面具，看起來似乎又變回黑色了，難道是自己的錯覺嗎？

不過既然知道是白狐大人的面具，那就沒有任何問題了。更何況還是這麼美麗的女人主動說要當自己的後山，根本沒什麼好猶豫的。

南月正要答應，卻又擔心她是否真能勝任後山的工作。自己已經是獨當一面的先山，每天的產量也很高，萬一這個女人派不上用場的話，就只會拖累他而已。若說這是理所當然的擔憂也不為過。

「不方便嗎？」

然而被女人這麼一問，南月根本無力拒絕。甚至還覺得腦子浸水的人才會拒絕，於是南月立刻答應。

女人自稱「埋莉」。這個名字非常特別，至少在南月認識的女人之中，沒有人取類似的名字。光聽發音很像異邦女子的名字，不過相當適合她。

從那天起，南月當先山、埋莉當後山的組合便誕生了。南月本來很擔心她的工作能力，幸好完全是杞人憂天。女人非常有力氣，幾乎讓人懷疑她弱柳扶風的身體到底是哪裡藏了那麼大的力量。不僅沒有拖南月的後腿，還會反過來要南月再加把勁，讓他不得不比以前更努力採礦，實在是非常讓人欣喜的狀態。

真是遇到了一個好女人。

讓他打從心裡這麼認定的並不只有工作表現。一起在黑暗又狹窄的地底開鑿面工作之際，兩人也不知不覺發展出肉體關係。他們經常利用礦坑內的諸多古洞之一翻雲覆雨。古洞指的是採礦留下的洞窟遺跡，因為已經不用了，所以稱為古洞。內部其實很危險，所以平常都禁止大家踏進去，但也是基於這個原因，反而具有不用擔心會有人闖進來的優點。

說起坑內的照明，就只能仰賴安全燈和頭盔上的頭燈。儘管置身於黑暗中，埋莉柔嫩的雪白肌膚依舊妖艷得讓人怦然心動。雖然裸露在外的臉龐和手腳都沾染了黑漆漆的煤灰炭屑，但是從豐滿的乳房、纖細的腰身，再到覆蓋著細毛的陰部，全都白淨得令南月目眩神迷。

看到白皙的肌膚清楚地浮現在伸手不見五指的黑暗中，宛如在漆黑的墨汁裡滴落一滴晶瑩剔透的油，把黑色全部逼退的畫面。南月再也控制不住自己，伸出被煤炭染黑的手，撥弄彈力十足的雪白肌膚、揉捏豐滿的乳房、撫摸撩人的大腿，不一會兒就把埋莉潔淨的肌膚搞得髒兮兮。光是看到黑色玷污了白色，心裡便湧起一股情難自制的興奮，南月再也壓抑不住內心的情欲，渾然忘我地與埋莉激情交合。即使採礦工作再怎麼累，每次看到埋莉黑白分明的肌膚，他的胯下便不禁產生一股熱流。

最傷腦筋的莫過於在從事先山的作業時，不小心從和服的縫隙裡瞥見她的雪白肌膚。坑道裡熱得根本穿不住衣服，所以但凡在坑內工作，就連女人也幾乎都裸著上身。但埋莉和其他人不同，隨時隨地都一絲不苟地穿著衣服。正因為如此，一旦看到隱藏在衣物下的雪白肌膚，南月就控制不了自己的情欲，必須耗費九牛二虎之力才能讓泉湧而上的欲望冷靜下來。

南月的生活從此幡然一變。以前的他也會有不想上工的時候，如今卻每天都想早點下坑工作；過去的他有時候會望穿秋水只想趕快收工，現在卻希望永遠不要結束。不過，唯有一件事讓他感到不滿，就是埋莉死都不肯與他在坑外見面，就連住在哪個工寮都不告訴他，兩人永遠只能在坑內相會。

想必是與頑固老爹同住，所以不能讓兩人的情事曝光吧。南月一廂情願地從正面的角度替她解釋，所以也不曾告訴任何人關於埋莉的事。但是有個與自己相當熟稔、名叫山尾的老礦工還是注意到了。

「你這陣子工作得很起勁呢，是不是跟哪個女人好上了？」

南月嚇出一身冷汗，但總算是笑著蒙混過去了。山尾也沒繼續追問下去，只叮囑他別太勉強。

宛如夢境般的玫瑰色日子持續了一陣子。固然是在又深又暗的地底做的夢，但是對南月而言，無異是彩色斑斕的美夢。最重要的是，那不是睡著之後的幻覺，而是活色生香的現實。或許還有埋莉的父親這個障礙，但南月根本不放在心上，非常樂觀地認為埋莉遲早會介紹他們認識，只要能見到面，肯定有辦法解決。

這場黑暗中的美夢開始出現破綻，是在兩人相遇後的兩週左右。南月一如往常地約埋莉到古洞中幽會，就在他脫下埋莉的衣服時，在她雪白的乳房發現了微小的黑點。原本以為是煤灰，便用手巾擦了一下，卻怎麼也擦不掉，感覺好像是顆黑痣。南月前一刻還在一頭霧水地回想之前有這顆痣嗎，下一瞬間已經渾然忘我地抱緊埋莉，轉眼間就這件事拋到九霄雲外去了。

下次又發現黑痣是在幾天後，這次是在肚臍旁邊出現相同的痣。從那時候起，每次和埋莉碰面，就會在她身上發現新的黑痣。彷彿是與這般奇妙的現象呼應，南月也開始覺得精神日漸不濟，只是稍微工作一下，就覺得筋疲力盡。原本旺盛的食欲逐漸減退，為失眠苦惱的夜晚也日益增加，這是從前的他絕對意想不到的狀態。

「你是不是拚過頭了？」

山尾也為南月擔心。當時兩人一起在食堂用餐，發現南月幾乎沒有動筷子後，山尾露出非常憂慮的表情。

「到底發生什麼事了？」

山尾表示有什麼事都可以找他商量。南月怔忡地聽著，但注意力一下子就被幾個在他們正後方喝酒閒聊的男人給吸引過去了。還不確定是什麼抓住他的注意力，回過神來已經屏氣凝神地豎起耳朵在聽那些人的談話。

他們的對話內容如下——

在野狐山一帶的某處煤礦礦場，有個年輕的單身礦工突然提高了產量，覺得難以理解的人問他原因，但年輕人只是避重就輕地閃躲，死都不肯透露半句。不僅如此，還笑得春風得意。有人受到好奇心的驅使，偷偷地跑去他工作的開鑿面察看，可是完全看不到有人幫他的跡象，只有年輕人一個人在那裡工作。既然如此，產量就不可能大幅提升了。但他的產量還是居高不下，真是不可思議，薪水甚至還超越了由默契十足的夫婦分任先山、後山的組合。

於是礦工們猛灌年輕人酒，想方設法要套出他的祕密。年輕人起初還是老樣子，顧左右而言他地轉移話題，後來或許是不勝酒力，開始得意洋洋地娓娓道來。

「因為有這座山的女神大人陪我一起幹活啊。」

年輕人口中的女神與埋莉的特徵幾乎一模一樣，南月聽得呆若木雞，無法不繼續豎起耳朵偷聽。

年輕人在那之後也賺得鉢滿盆滿。礦工試圖揪出那個女人的真面目，卻始終搞不清楚對方是何方神聖。眾人把住在工寮的年輕姑娘從頭到尾懷疑了一遍，但沒有任何人符合年輕人的形容。大家只好改去觀察年輕人進出礦坑的情況，可是也始終沒看到可疑的女子。於是又跑去開鑿面偷看，仍然只有年輕人獨自在那裡埋頭苦幹。總之無論怎麼找，到處都找不著那個女人的身影。

就在礦工們為此東奔西跑時，原本活蹦亂跳的年輕人突然變得精神萎靡，幾乎所有礦工都一臉壞笑地說他「精力都被女人吸光了」，但也有一部分與年輕人走得比較近的礦工擔心起他的身體狀況，因為他時不時就冒出莫名其妙的話。

「那傢伙不知怎麼搞的，變得愈來愈黑了。」

那傢伙大概是指那個女人。至於變黑，從正常的角度來想應該是沾到煤灰什麼的吧。但是會有人鄭重其事地提起這麼理所當然的事嗎？怎麼想都太奇怪了。而且年輕人喃喃低語般的聲音聽起來好像在發抖，彷彿害怕著理應深深愛著的女子……

有一天，年輕人突然不見了，而且是在坑內消失的。明明留下入坑的紀錄，卻沒有出坑的紀錄。某些礦工會因為分配到的開鑿面條件太差，隨即拍拍屁股走人，也有人假裝入坑，其實是偷跑去玩。但是那個年輕人並不會這麼做，總是勤勤懇懇地賣力工作。難不成是出了沒人知道的意外，一個人被留在坑內嗎？於是煤礦公司組織了救援隊，下到坑內進行搜索。

然而找遍坑內的每一個角落，都沒有發現年輕人的身影，只有採集到的原煤和工具散落在他分配到的開鑿面。便當空空如也，水壺的水也所剩無幾，現場的景象看起來，就像是他只是暫時離開去上個廁所，但年輕人終究一去不回。

當礦工講完這個故事後，他們的背後居然又冒出了兩個男人說：「我聽過類似的事。」他們接力似地描述發生在狗穴原與野狐山兩個不同礦坑的故事，但內容與第一個故事雷同到令人不寒而慄的地步。都是年輕的男人在坑內遇到美麗的女人，採礦產值從此有了顯著的提升，但是都不知道女人究竟是何方神聖。接著男人開始日漸憔悴，終至下落不明，簡直是用同一個模子印出來的故事。

這些事件之所以沒有引起軒然大波，是因為礦工逃跑的故事自古以來就在各個礦坑不斷上演。比起懷疑年輕人的失蹤是因為神祕女人的緣故，人們更傾向於相信是年輕人因為自己的產量降低而欠下債務，因為還不出來，最後只好選擇一走了之。像這樣的礦工從古至今多如過江之鯽。基於這樣的歷史背景，只不過是少了一個礦工，根本不足以引起任何騷動。

坐在南月後方的男人以膽戰心驚的語氣一迭聲地嚷嚷著：「這真是太可怕了！」那種態度與

他們的兇惡面孔與魁梧身軀相差了十萬八千里。換成是一般人，可能只會覺得是個很詭異的故事，但是對於相當迷信的礦工而言，這或許是極其自然的反應。

「難不成你也……」

等那些男人轉移到別的話題，山尾便向南月確認。

「你該不會也遇見了那個在怪談中出現的女人吧？」

無意間，山尾似乎也聽到了三個年輕人遇見謎樣女人的故事。

「這個嘛……」

對於自己經歷了相同的體驗，南月實在很難啟齒。但另一方面，心裡也非常害怕再這樣下去，可能會演變成無法挽回的憾事。自己很清楚應該要在鑄成大錯前找個人商量此事，卻又遲遲無法下定決心開口說明。

山尾靜靜地凝視默不作聲的南月，慢慢地說起坑內處理死者的方法。

「雖然也會因地區及時代而異，但坑內一旦有人死去，並不會馬上運出去安葬，而是根據傳統的作法，在遺體通過前，要先用草蓆包住坑口左右邊那三根支柱，然後在搬運遺體的過程中，每次經過坑道的轉角或到了新的場所，一定要敲響十字鎬之類的工具，提示目前正在通過什麼位置，你知道這是為什麼嗎？」

南月搖搖頭，山尾為他解惑：

「因為坑口的支柱是有神明的，不先蓋上就讓遺體經過的話，即使能把肉體運出坑外，靈魂也會留在坑內。這麼一來，靈魂就無法跨出坑外，會永遠在礦坑裡面徘徊。至於在每個所經之處敲響金屬物品，則是為了引導死者，以免魂魄在坑內迷路，無法跟著肉體一起離開礦坑。如果是這樣的話，死者就不會知道自己已經死了，只剩靈魂永遠留在地底。」

「萬一死者的魂魄留在坑內，究竟會發生什麼事？」

雖然南月已經預料到可怕的結局，但還是提心吊膽地問道。山尾則回以意味深長的眼神。

「會冒出各種毛骨悚然的事。」

「像是什麼……」

「例如坑道的安全燈會忽明忽滅、支撐坑道的坑木會發出宛如斷裂的聲音、走在坑道裡的時候，前方會出現鬼火、開鑿面會突然吹過一道不冷不熱的風、從已經棄用的古洞裡傳出十字鎬匡噹、匡噹的聲響、感覺好像有人站在自己背後或前方的黑暗中，但是找了半天都沒看到人、或者是突然有什麼東西從旁邊飄過。」

「真讓人不舒服。」

「如果只是這種詭異的現象還好，再嚴重一點可能還會影響到採礦或爆破，像是炸藥失靈、煤礦從上方掉下來等等。」

「會作祟、引發意外嗎？」

「那是最可怕的，只不過……」

山尾說到這裡，再次露出意味深長的眼神。

「有時也會幫礦工做事。」

「咦？」

雖然已經做好心理準備，南月還是嚇了一跳。

「如果是這樣的情況，無論做什麼事都會如有神助，身邊的人也會覺得事有蹊蹺，但又找不出原因，因為當事人絕對不會透露半句。只不過想跟人炫耀乃人之常情，所以隨著時間經過，遲早會不經意地說溜嘴。不過誰也不知道究竟是得到什麼人的協助，就連本人也一頭霧水。而且雖說只出現在坑內，但是除了當事人以外，坑內根本沒有人見過對方。」

見南月沉默不語，山尾目不轉睛地看著他說：

「不過啊，最好趁著事情還有轉圜餘地的時候，趕快和身邊的人商量喔。」

「你的意思是？」

南月問是這麼問，卻也感覺到一把冷汗正順著背脊往下淌。

「因為對方助你一臂之力的同時，也會要你付出代價。」

「什麼代價……」

「因為靈魂無法靠自己的力量離開礦坑，所以得靠別人背出去。這是最常聽到的說法」

「因為死去後，沒有依照傳統習俗將遺體運出坑外嗎……」

「已經變成死靈在坑內徘徊了，所以只能借助別人的力量，才得以離開礦坑。」

難不成埋莉也是……光是想到這點，南月就從頭頂一路涼到腳底。山尾依舊直勾勾地盯著他看，接著又語出驚人：

「其實我也認識一個年輕人，也碰上了跟後面那群人口中的男人一模一樣的經歷。」

「你的意思是說，至少有四個人遭遇到相同的事嗎？」

「搞不好你會成為第五個。」

山尾果然已經猜到發生什麼事了，於是南月便向他和盤托出。從遇見埋莉，到埋莉幫他做事，再到他們在古洞翻雲覆雨的事，全都一五一十地從實招來。

山尾從頭到尾都安安靜靜地聽著，始終不曾插嘴，等南月講到一個段落，才冒出一句莫名其妙的話。

「事已至此，關鍵就在於會怎麼發展了。」

「什麼意思？」

「假如她希望你帶她離開礦坑，想當然耳，你本人也會離開礦坑。但問題在於出了礦坑之後，發高燒病倒，然後就這麼死於非命的例子也時有所聞。可是啊，那樣至少會留下當事人的遺體。」

「可是根據剛才那些人的轉述，三個年輕人都不知去向……」

「我認識的那個年輕人也是。」

「下坑之後就消失了嗎？」

「沒錯。只是那小子失蹤之前曾經說過一句很古怪的話，碰巧被我聽見了。」

「他、他說了什麼？」

「他以走投無路的語氣嘟囔著，說自己好像要被帶去某個地方……」

「……被帶去？」

南月反問，山尾自信滿滿地回答：

「我只聽到這些，但那個地方應該是指坑內的某處沒錯。」

「你的意思是說，那個年輕人最後是被女人帶到地底下某個不知名的地方，所以才從坑內消失的嗎？」

「不只我認識的那個人，後面那群人口中的三個年輕人恐怕也不例外。」

山尾的雙眼凝視著南月不放，接著壓低嗓門喃喃低語：

「我若是你，肯定包袱收一收就立刻逃走。」

於是南月聽從這位前輩的忠告，馬不停蹄地逃離當時工作的礦坑——說到這裡，南月才結束了漫長的第一段體驗。

「這已經是二十多年前的事了。」

南月講到這裡，又繼續喝酒。

「就連現在回想起來也還是覺得毛骨悚然，要是繼續待在那邊工作，天曉得會有什麼下場……」

南月望向遠方，眼裡交織著戰慄與放心的情緒。因為幾乎不曾看到他露出現在這種神情，波矢多一句話也說不出來。

「……不過這對小哥來說，只是個愚蠢的怪談吧。」

或許是顧慮到沉默不語的新人，南月頻頻搔頭、自我解嘲，這反而讓波矢多有些驚慌。

「才沒有這回事呢。因為是南月叔的經驗談，我聽得都入迷了。更何況礦坑的傳統與我在學生時代拜讀的夢野久作的短篇小說《斜坑》大同小異，感覺非常奇妙。」

「夢野……久作？」

南月一臉詫異地重複，波矢多便簡單地介紹了一下。

「他是福岡出身的作家，大正十一（一九二二）年推出了《白髮小僧》這部童話作品。不過他發表處女作的時候用的是另一個筆名。大正十五年參加《新青年》的徵稿，以《妖鼓》入圍第二名以後，才正式躋身於偵探小說家之林。」

「提到偵探小說，我以前在雜誌上看過以中越⑯的礦山為舞台的作品。」

⑯現今新潟縣的中央地區。

「大阪圭吉的《坑鬼》對吧。不過那是偏重理論的本格偵探小說。相較之下，夢野久作寫的作品幾乎都不脫怪奇與幻想的內容，同樣以煤礦礦場為主題的《斜坑》也不例外。」

「那是當然，說到怪奇的氛圍，再也沒有比礦山的地底更適合當舞台的地方了。我記得《坑鬼》的氣氛也詭異得不得了。」

南月的口吻充滿真實感，再加上他實際經歷過許多可怕的體驗，因此更加具有說服力。

「聽完第一段體驗，讓我想到一件事……」

波矢多稍微猶豫了半晌，鼓起勇氣說出自己的推測。

「南月叔之所以那麼排斥負責一坑，會不會是因為那三段恐怖的體驗。」

「喔。」

南月的表情半是佩服波矢多的敏銳觀察力、半是充滿戒心。

「你判斷的理由是？」

「第一段體驗的舞台是四坑，而牽扯上那個神秘的女人，因此從坑內消失的年輕人也多達四個人。」

南月沒有回應，僅是微微頷首。

「第二段體驗，因為礦車失控發生脫軌意外。那是在你負責三坑的時候，而當時被礦車壓死的礦工正好是三個人。」

南月再次頷首。

「第三段體驗的坍塌意外現場則是二坑，五個人被活埋，最後只救出三個人，等於是死了兩個人。」

南月已經不再點頭回應了，但是也沒有否認。

「當然，沒有人能證明第一段體驗中，那些年輕人在坑內所結識的女人是否為同一個人，就連那個女人是否真的存在也還是個未知數。畢竟四個年輕人工作的煤礦礦場分散在完全不同的地方。雖然要考慮到這些前提，但是出現在南月叔體驗中的四坑與四個年輕人因為相同的經歷而消失也是事實，再加上第二段體驗中的三坑與三名死者、第三段體驗中的二坑與兩名死者，可以視為代表本坑區域與死者的數字是由四、三、二……往下遞減。要說穿鑿附會倒也是穿鑿附會，但是若考慮到三段體驗都發生在同一個人身上的可能性，肯定會覺得巧合到讓人畏懼吧。站在當事人的角度來看，很難用穿鑿附會或偶然的一致來帶過。」

身為當事人的南月，從剛才開始就一直默不作聲。

「依照數字的順序，可以預測接下來會有一個人死在一坑，而且那個人很可能就是與前三段體驗有關的當事人本身，截至目前的體驗會不會是自己瀕臨死亡的倒數計時……當事人會擔心受怕也情有可原，畢竟這裡可是比任何地方都還更迷信的礦坑。」

南月放下已經觸到嘴邊的酒杯。

「小哥果然聰明過人。」

「哪裡……」

「別客氣了，不愧是來自建國大學的高材生，加上你還會閱讀偵探小說，也擁有得以條理分明地整理出脈絡的能力。」

「可是南月叔，上述的事多半夾雜著迷信的成分，不合常理的事真能用合乎邏輯的思考來解釋嗎……」

南月依然一臉正色地回答充滿自嘲意味的波矢多。

「即使是再詭異的事，往往也都有脈絡可循不是嗎？」

「怎麼說？」

「都死在地底了，魂魄卻無法自行出坑，還要靠進坑工作的礦工把自己帶出去，才能脫離礦坑。以幽靈來說，思路會不會太清晰了點。」

「原來如此，這麼說也有道理。」

「小哥關於數字的推理也很有邏輯。我確實是基於相同的想法，所以才會對一坑這麼排斥。」

至於有幾分真實，在礦山這種地方根本不重要。因為這也是為了在隨時都籠罩著死亡陰影的現場活下去的一種智慧。

南月沉吟了好半晌，一聲不吭地猛灌酒。

「至於讓小哥你感到不安的真正原因。」

話題回到了波矢多找他商量的事。

「你有什麼頭緒嗎？」

「……不，倒也不是什麼大事。」

「到底是什麼？」

「我只是突然想到，說不定**那個**變黑的女人正在地底尋找下一個年輕人，而她可疑的氣息正好被小哥你敏銳地察覺了吧。」

第六章

某種預感

離開山神大人的神社，走進檢身室旁的建築物——俗稱「準備室」——物理波矢多跟平常一樣，在自己分配到的置物櫃前換上工作服。

合里光範沒有去神社參拜的習慣，因此先去休息室等他。或許是因為戰爭時的各種體驗，使他成了一個無神論者，這在礦工當中算是相當罕見的例子。波矢多其實也是無神論者，但還是會去參拜稻荷神，可見他已經被內心的恐懼逼得走投無路了。感覺合里看到自己的這個習慣，似乎也很羨慕他有個可以信仰的對象。不過，儘管波矢多已經約過他好幾次了，合里至今終究不肯一起去。

合里這幾天很沒精神，而且樣子十分古怪。波矢多試著不著痕跡地問他原因，他說是因為收到了在中越煤礦工作的兄長隆一寄來的明信片。除了戰死的兄長以外，合里還有一個哥哥。

「雖說是哥哥，其實是同父異母的兄弟，只比我早出生半年。我在十五歲的時候得知了隆一的存在。因為當時正值青春期，受到相當大的衝擊。不過我早就知道家父還有別的女人，所以很快就振作起來了。第一次見到隆一是我十八歲的時候，當下我就立刻知道雙方對彼此的第一印象都很糟糕。因為我們長得很相像，大概是一種類似近親憎惡的厭惡感。」

合里曾提過他的弟弟長得跟父親很相似，自己卻和父親一點也不像，但偏偏又與素昧平生的異母兄弟長相神似，真是太諷刺了。

「所以我和隆一只見過那麼一次面。不料我在空襲中失去父母和弟弟妹妹，隆一的母親也身故了。不對，那傢伙也同時失去了父親。所以我們唯一的親人就只剩下彼此這個同父異母的兄弟。」

儼然是諷刺到極點的命運。

「但這並未加深我們的關係，彼此還是很疏遠，只交換了聯絡方式。只是沒想到我們後來都進了礦山工作，當然這一切都是巧合，不過總覺得我們之間有種奇妙的緣份，讓人感到很不舒服。差只差在我是煤礦公司的職員，他是礦工。」

儘管職員與礦工地位相差甚遠，但還是屬於同一個業界領域，以巧合來說，依舊讓人覺得冥冥中似乎有什麼安排。

「隆一突然說他想來這座礦山工作，拜託我幫忙疏通。但是以我現在的職位，就算求我幫忙，我也無能為力。」

可是合里哥你卻幫我斡旋——話才到嘴邊，又被波矢多給嚥了回去。或許正是因為當時幫自己出過頭了，現在才讓他陷入無法為哥哥說情的窘境。

「如果只是要我幫忙介紹工作還好。」

或許是留意到波矢多欲言又止的反應，合里強裝雲淡風輕地接著說：

「問題是隆一的態度非常模稜兩可，他在明信片上寫著想來這邊的礦山工作，另一方面又說自己可能會回故鄉。要是他不做個決定，我也無法為他介紹。」

這的確很令人困擾，但波矢多認為這其中肯定還存在著其他的原因，或許是因為不想讓波矢多擔心，才突然提起兄長的事來轉移話題。

波矢多相當掛心。不管有什麼煩惱，要是合里也有位能讓他全心全意祈願的神佛就好了。

話說回來，波矢多也經歷過戰亂，所以也曾抱持著神或佛都無法相信的心情。戰敗後，天皇陛下發表的「人間宣言⑰」固然令他飽受衝擊，但這都無關緊要。原因既單純又明確，因為無論是哪一個宗教，倘若真的有「神」存在，根本不會發生讓人類大量死傷的戰爭。當然，對於打勝仗的美國人來說，大概也有人欣喜地認為「這是耶穌基督的恩典」。然而這種勝利是建立在不只有其他民族，就連本國人也大量枉死的屍骨上，如果這是神明的力量所帶來的勝利，就算這種神明真的存在，也絕對不值得信奉。波矢多想起在建國大學閱讀與基督教有關的書籍時，曾經看到「神所賦予的試練」這句話。書裡頭是這麼解釋的，因為是上帝賦予的試練，就算兒子戰死沙場，也只能咬落牙齒和血吞。當時他還深受感動地說著「原來如此」，但隨著波矢多逐漸了解戰爭殘酷的真實面貌，就轉而深深相信「神」根本不存在。就算存在，也絕對不是人類所認為的那種存在。所以無論人類再怎麼自相殘殺，一切都跟「神」無關。不止如此，神肯定對那些事情也毫不關心。

既然如此，波矢多成了無神論者，又為什麼要去參拜山神呢？

起初也覺得自己很莫名其妙，但是又自然而然地想依賴神佛。大概是因為下坑後感到一股不這麼做就無法平息的不安吧。至於另一個理由，就是入鄉隨俗了。野狐山這裡是尊稻荷神為煤礦的守護神，既然神社就鎮座在鯰音坑，難免會想在入坑前去拜一下。凡是自古以來相信萬物皆有神靈的日本人，大抵都不出這種精神構造。

在準備室裡換上整齊的工作服，然後回想到自己正經八百地向狐神大人祈求的樣子，波矢多不禁啞然失笑。

說到可笑的事，波矢多當然也心知肚明，那就是現在穿得再整齊都只是白費工夫。一旦進入礦坑內，下到溫度高達三十度以上的地底，絕大部分的礦工都會袒胸露背，甚至還有人脫到只剩下一條兜襠布，目光所及，頂多只能看見脖子上掛著的毛巾——這種光景在坑內屢見不鮮。就算是這樣，打從一開始就打扮得整整齊齊，還是會有某種精神上的意義，為了上緊發條，也應該一絲不苟地穿好工作服。

即使下到坑內，波矢多也盡量不去脫掉工作服。倒也不是不好意思，畢竟一離開礦坑，所有人都會一窩蜂跑去洗澡，男人的裸體在這裡已經看到不想再看了。他所懼怕的是隨伺在側的受傷風險。坑內狹窄又陰暗，若不習慣根本不知道現在到底身在何處。只要稍微掉以輕心，身上就會東一道傷口、西一道傷口。穿上工作服的目的就是為了免於磕磕碰碰。作為一個新人，就算再熱、

⑰ 昭和天皇於1946年元旦發布的詔書，原文正式名稱相當長，一般稱為《關於新日本建設的詔書》。「人間宣言」之名源自於詔書中的一部分，天皇於這百字左右的內容中否認了自己是現人神的思維。

再想脫掉，還是先乖乖穿著比較保險。

除了工作服以外，波矢多還有很多防護措施，例如安全頭盔和安全靴。兩者都很陳舊，頭盔的表面甚至凹凸不平，但是一看就知道能確實保護礦工的頭部。想必也是基於相同的考量，安全靴的趾尖處也縫上了金屬片。

在準備室換上全副武裝，接著就前往安全燈室。在這裡檢查頭燈的電量，確認是否已充飽電。下坑前的每個準備步驟都很重要，但若硬要舉出一個最重要的，或許就是這項檢查。雖然坑道內有很多地方都設有安全照明，不過真正屬於自己的光源就只有頭燈。礦工只能仰賴頭燈的光線，在伸手不見五指的地底下工作八個小時之久。電池能持續供電十二小時，萬一電量不足，工作到一半沒電了，可能會有性命之憂。在尚未下坑之前，波矢多也曾疑惑「有沒有必要這麼誇張」，然而只要在伸手不見五指的地底下待過一次，不管是誰，肯定都會深刻地體會到燈光的重要。

檢查過頭燈，戴上頭盔，把電池繫在腰間，拿起用大方巾包起來的便當盒和水壺，波矢多朝著檢身室走去。接下來，其實才是他最討厭的瞬間，但也只能靠意志力撐過去。

順帶一提，便當盒和水壺都是公司分配給他的舊物，跟頭盔一樣，表面盡是窟窿。一般來說都是自己在家先做好便當，但是像波矢多這種單身漢，不是按照慣例請食堂幫忙準備，就是去福利社買吃的。吃飯畢竟是進入礦坑後的唯一樂趣，更是維持體力的熱量來源，所以絕不能馬虎。不消說，補充水分的水壺也很重要。

過度寬敞的休息室裡擺了幾張長椅，幾十個已經做好入坑準備的男人正坐在椅子上，扯著嗓門大聲喧嘩。對話內容琳琅滿目，有人漫無邊際地閒聊、有人在確認作業的步驟、有人在傳達公司或工會交代的事。其中特別引人注目的是嘴上叼著香菸、正大口大口吐出煙圈的男人們，彷彿與菸有不共戴天之仇似的。因為礦坑裡面是全面禁菸的，所以看得出來他們是想在入坑前抽個痛快。之所以會全面禁菸，理所當然是為了避免引發坑內火災——乃至於沼氣爆炸——的風險。

在那群菸槍中有個向礦工兜售菸草，一面用火柴幫忙點菸、一面與他們說笑，然後再接著尋找下一個客戶、左半邊手腳不太靈活的人。大家都喊他「木戶」，但他其實是個姓「朴」的朝鮮人，「木戶」是他的日本名字。

戰爭時，大日本帝國在朝鮮半島實施國民徵用令，他就因為戰時徵用的理由被帶來日本。原本也是在礦坑工作，後來不幸被捲入礦車脫軌的意外，左半邊的手腳都受了重傷。從古至今，萬一在礦坑因為生病或受傷導致無法工作，不管是誰都得立刻回家吃自己。

然而朴出院後不知用了什麼方法，竟一手攬下所有的雜務，不斷增加自己在坑內的工作機會。不知不覺間，大家都變得很倚重他。戰後有一段時間，由於朝鮮人掀起歸國潮，所以沒有任何礦坑願意雇用朝鮮人，但他沒多久就來到拔井煤礦的鯰音坑幫忙，自稱「木戶」，開始跟以前一樣工作。「木戶」這個姓好像是把朝鮮姓氏的「朴」拆成「木」和「卜」，再將形似片假名的「卜」換成同音的漢字「戶」。從職員到礦工，再幫到礦工宿舍的主婦，藉此賴以維生。對木戶而言，入坑前的礦工正是兜售菸草的好對象。

「小兄弟也來一根吧。」

他也向波矢多兜售，波矢多禮貌性地笑著婉拒。木戶的房間就在波矢多的隔壁，可以的話，波矢多也很想關照一下鄰居的生意，可是自從來到這裡之後他就戒菸了。因為他覺得光是待在坑內就已經吸不完漫天飛舞的煤灰，著實沒必要再用菸草來污染肺部。

有一次，他把這個想法告訴南月尚昌，南月爽朗地大笑。

「礦工裡大概只有小哥擔心這件事。」

「是這樣嗎？」

「不信的話，你去休息室看一看，多的是就算能多抽一根菸也好的人。」

南月說得沒錯，入坑前的休息室永遠都處於煙霧繚繞的狀態。

波矢多目送毫不戀棧地前去尋找下一個顧客的木戶後，就走向設置於檢身室牆邊，宛如車站售票處的窗口，向職員詢問當天的工作現場與作業內容。因為每天都會有人缺席，不問清楚就不知道今天要和誰一起工作，所以這是會讓人有些緊張的一刻。

這一天波矢多也是擔任後山，因為經驗尚淺，所以這也是理所當然的，問題在於誰來負責先山。並不是他謙虛，在這裡的任何人都比他更有經驗。若從這個角度來說，所有人都跟南月尚昌一樣，足以當自己的師父。另一方面，礦工的同儕意識很強，經常可以看到老鳥照顧菜鳥的場面。只是無論如何都會出現彼此合不合得來的問題，再加上他們能夠很敏感地嗅出誰是非我族類的人，對非我族類的人態度就更惡劣。以波矢多為例，儘管從哪所大學畢業還沒有曝光，但大家都知道他有大學學歷了。

這種傢伙幹嘛要來礦山工作？

不用想也知道其他人或多或少都有這種想法。再加上波矢多還跟在鯰音坑也算是異類的合里光範住同一個房間，更容易讓人想找他麻煩。

事情發生在一週前，兩人收工後洗了個澡，在工寮稍事休息後，就準備到食堂吃頓稍早的晚餐。

「要來點酒嗎？」

一如往常地點了定食後，食堂之花吉良葉津子便這麼問道。絕大多數的礦工在吃飯時都會配酒。酒可以說是礦工生活中不可或缺的附屬品，不只吃飯要配酒，很多人回到宿舍或工寮後也會繼續喝。

波矢多和合里的酒量都不算差，但也只是淺嘗即止。尤其是吃飯的時候，兩人也不太喝酒，頂多偶爾小酌一下，所以葉津子才會特地跟他們詢問。

「你想喝嗎？」

「如果合里哥要喝，小弟就奉陪。」

「那就算了。」

「好吧。」

聽了兩人的對話，葉津子笑得花枝亂顫。葉津子的年紀與南月多香子相仿，長得非常可愛，完全不負食堂之花的美名。她的母親初代在廚房工作，大家都不敢相信她是初代的女兒。而且她的個性十分開朗又能幹，是所有單身礦工夢寐以求的對象。

當然，南月的女兒多香子也很受歡迎。若是要提這裡有哪些年輕貌美的姑娘，無疑會由這兩位姑娘獨占鰲頭。但多香子在鎮上工作，很少在礦坑出現，而且就算想接近她，也得先過她父親南月那一道巨大的關卡。

相較之下，葉津子就在食堂工作，原本應該會成為阻礙的父親公造也死於坑內的爆破意外。起初眾人都以為她比多香子好親近，其實不然，初代挑女婿的眼光可嚴格了。

「我家女兒絕對不會嫁給礦工。」

初代平時就開門見山地把這句話掛在嘴邊。考慮到做母親的心情，這也是人之常情。要嫁人也不要嫁給礦工，以免沼氣外漏就得年紀輕輕守寡。

如同這段歌詞的描寫，初代的丈夫就是在意外中喪命，而且這一路走來也看過太多年輕礦工的各種愚蠢醜態。

只不過，波矢多到了最近才知道事情並沒有這麼單純。某一次，難得只有他一個人待在食堂時，原本同樣是獨自小酌、名叫虎西末吉的資深礦工走上前來，壓低聲線對他提起吉良公造的事。與其說是想提點初來乍到的波矢多，其實更像只是想找個人說說話。

公造早在拔井煤礦於這片土地開鑿鯰音坑前，就先在這裡挖了狸穴，當時他在目前的稻荷神社旁邊蓋了一間小屋，就住在那裡挖礦。聽說這裡當初就是個冷清到令人害怕的地方，而這點直到現在也沒什麼改變。神社雖然隨時都打掃得很乾淨，但只要稍微走遠一點，就是雜草叢生的荒涼山地，就算真的有狐狸幻化成人形也不足為奇。

順帶一提，上述的狸穴是為了開採煤炭，徒手挖掘到煤層的洞。換句話說，從地表就能判斷這裡有煤田露頭。挖掘煤炭的歷史就是從這種露天開採的方式展開的。最早是農民為了代替柴火而開挖，因此狸穴的大小和深度都不大也不深。不久之後才出現以採礦為目的的人，挖掘的洞穴也就順著煤層延伸到地底深處。

發展到這個階段，感覺已經是有模有樣的煤礦礦坑了，但其實還是以多則十人、少則三人左右的規模來進行作業的小型煤礦為主，要稱為小礦山也不為過吧。在大型或中型煤礦礦坑早已引進氣動削岩機的時代，小礦山還在靠著一把十字鎬挖礦。坑內的照明也只有昏暗的乙炔燈。這不只是因為缺乏大企業的資金挹注，也是因為這些礦山大部分都是盜採，無法大興土木地作業。

據說鯰音一帶原本就是吉良公造祖先的土地，因此不算盜採，而且公造開挖的也只不過是狸穴。起初產量還算豐沛，但沒過多久，減產的幅度就日漸顯著了。這時拔井煤礦提出想買下土地的要求，因為公造認為「反正已經挖不到煤礦了」，最後就以絕對不算貴的價格賣掉了。

後來拔井煤礦開鑿了鯰音坑，開採作業一直延續到今天。產量甚至在中型礦山裡頭也能算是優等生。挖掘的規模狠甩公造的狸穴好幾條街，產量自然不可同日而語，但公造認為「這裡的煤層已經挖掘一空」確實也是錯誤的判斷。

這麼一來，公造也不甘保持沉默，於是宣稱自己被拔井煤礦「騙了」。但他已經正式把土地賣給拔井煤礦，再怎麼強調那是「被騙走的」也無濟於事。拔井煤礦根本不理睬他，只當公造是逢人就吠的瘋狗。

公造走投無路，最後成了狗穴原地方吼喰裏坑的礦工。因為賣掉土地換來的錢全花在喝酒和賭博上，早就坐吃山空，不得不出來找工作。但又不想成為野狐山的礦工，才流落到狗穴原。沒想到卻在坑內遇上爆破意外，才剛到一個新的職場就死了。儘管沒賺到幾個錢，但是在鯰音坑的舊址挖狸穴的時候，或許是他一生中最幸福的時光也說不定。

直到公造去世前，公司曾多次要求他在吼喰裏坑食堂工作的妻女下坑工作。過去曾經有一段時間禁止女性在坑內工作，但是到了戰爭時期就解禁了。因為正值青壯的男丁都離開家遠赴戰場，讓勞動力持續陷入嚴重不足的狀態。因為初代沒答應，母女兩人立刻就被趕出工寮，浪跡各地的礦坑。直到日本戰敗後，才回到拔井煤礦的鯰音坑老巢。不過她們當然不是回來當礦工，而是在食堂幫忙。

兩人起初還向公司隱瞞她們是吉良妻女的事實，大概是擔心據實以告可能會拿不到工作。以前曾經在小礦山進出過的礦工當然都認得她們母女倆，但是沒有半個人向公司打小報告，所有人都心照不宣地給予溫暖與包容。

然而，還是出現了揭穿她們身分的人，那就是勞務課的水盛厚男。他本來打算以謊報身分的理由解雇母女倆，幸虧許多礦工和他們的家人都提出強烈的抗議。再說了，雖然指責她們謊報身分，但母女都沒有使用假名，只是沒交代亡夫與公司的關係。拜以前的同仁四處奔走所賜，母女倆得以繼續留在食堂工作。

明明過去得到礦工的諸多關照，卻不肯把女兒嫁給他們。儘管能體會初代的想法，但波矢多的感受還是很複雜。大概是因為自己可以想像初代夾在礦坑帶給她的好好壞壞之間，那種左右為難的心情。

不過凡事都有例外，波矢多開始在這裡工作沒多久，初代就偷偷地對他說：

「如果是你，說不定夠資格成為葉津子的丈夫。」

見波矢多訝異到說不出半句話，初代又繼續小聲地說：

「合里剛來這裡的時候，我也覺得他真是個好男人，可是那個人似乎有什麼隱情，雖然那也讓他有種難以抵抗的魅力，但是要嫁女兒的話，當然還是選清清白白的對象會比較好。」

初代自顧自地說完，接著就大笑起來。原本還以為她大概是在尋自己開心，然而從那天起，唯獨波矢多的餐盤裡會多出一道小菜，令他不知該如何是好。看樣子是初代的特別招待。

合里留意到這個特別待遇，喃喃自語地說：

「我以前也有過同樣的煩惱。」

「這、這樣啊。」

看在波矢多眼裡，故技重施的初代既讓人發笑，又有些令人困擾。

「結果你怎麼處理？」

「感恩戴德地接受了。」

也就是說，他不客氣地享用了初代招待的小菜，卻又無意和人家的閨女有什麼更進一步的發展。

或許是因為這樣，總覺得葉津子跟他們說話的時候有些含羞帶怯。平常神采奕奕的樣子固然迷人，但羞澀的感覺也很可愛。

只不過這麼一來，其他礦工可就開心不起來了。特別是被大家稱為「大學畢業的知識分子」的波矢多更是不免成為眾矢之的。

這才說著，年約四十、有著一對宛如爬蟲類般的討人厭雙眼、最近才剛加入這裡的喜多田喜平就來找麻煩了。而且他還先拿葉津子消遣。

「葉津子，妳怎麼不問我要不要喝酒。」

見葉津子不搭理，喜多田又說：

「同樣是客人，這家店居然還大小眼啊。」

波矢多想打圓場，馬上被合里制止了，而且葉津子根本不需要他拔刀相助。

「自從你來到這裡以後，哪一天不是喝得醉醺醺的。」

葉津子牙尖嘴利地頂了回去，這也讓食堂的氣氛為之沸騰。

「而且啊，請不要葉津子、葉津子叫得這麼親熱，真受不了。」

葉津子又接著補上一刀，食堂內也再度響起哄堂大笑。

「要是能讓脾氣這麼大的女人欲仙欲死，發出求饒的嬌喘，不知道該有多爽。」

喜多田本人倒是一點也不氣餒，與圍在身邊的幾個礦工一起露出下流到令人作嘔的笑容。

喜多田喜平的姓和名都有「喜」這個吉利的漢字，但本人一天到晚都在散發「怒」、「蔑」、「怨」、「慾」這些負面的情緒。起初大家都以為他只是酒品太差了，但顯然並非如此。因為喜多田才剛來沒多久，身邊就圍繞著幾個性格低劣的傢伙，簡直是物以類聚、人以群居的最佳寫照。

然而對於波矢多而言，不管是因為酒品也好，性格也罷，對於喜多田向葉津子說的話都不能置若罔聞，要是放著不管，葉津子也太可憐了。

波矢多一思及此，正要開口抗議時，合里又壓低音量阻止他：

「什麼也別說，他只是在挑釁。」

「可是——」

「這種難聽話在礦山根本算不了什麼。葉津子也心知肚明，所以才不理他。你要是抓著話柄不放，反而會造成她的困擾。」

合里言之成理，波矢多只能心不甘、情不願地閉上嘴巴。明明沒聽見他們的竊竊私語，但喜多田卻轉移目標找他們麻煩。

「這邊就不是娘們，而是兩個大男人欲仙欲死的呻吟了。」

「這邊是哪邊呢。」

年輕氣盛的菅崎由紀則狗腿地附和。

「到底是在工寮的哪裡呢？是兩個風流倜儻的美男子同住的房間嗎？我就睡在隔壁，好像真的會聽到這樣的聲音呢。」

大家都知道喜多田的房間和波矢多他們同一棟，影射得相當露骨。

「只是不曉得由誰扮演女人的角色。」

「肯定是大學畢業那個吧。」

菅崎再次阿諛奉承地接話。這傢伙的年紀看起來比波矢多小，但似乎看他和合里很不順眼，動不動就找他們麻煩。之所以沒真的吵起來，無非是因為菅崎的言行舉止太過幼稚。根本不用合里出聲提醒「別管他」，就連波矢多也覺得要是認真與這個人計較就太愚蠢了。

波矢多與合里都不把他放在眼裡，更讓菅崎自討沒趣。但現在喜多田喜平在場，而且也與波矢多他們不對盤，菅崎自然像是蜜蜂沾了蜜那樣黏在喜多田那邊。

儘管如此，波矢多依然沒打算理他。可是聽到喜多田的下一句話，就讓他忍無可忍了。

「真不知道都在大學裡學了些什麼。」

合里還來不及制止，波矢多就站起來了。

「別說那種不入流的廢話。」

聲音很平靜，聽起來卻像是充滿迫力的叱責，足以讓喜多田他們頓時嚇得噤若寒蟬。

望向聲音的來處，大取屋重一正在獨自喝著酒。這個三十出頭的男人，戰時曾在陸軍擔任伍長，參加過緬甸戰爭的英帕爾戰役。

英帕爾戰役是指以切斷盟軍向中國提供補給的援蔣路線——意指專門援助蔣介石的路線——為目的，在印度東北部的要衝英帕爾展開的戰役。因為作戰計畫太不切實際，不僅導致後方的補給部隊開拔困難，最後日軍吃了大敗仗，也犧牲了很多人命。大取屋則是其中的倖存者，光是這段經歷就足以讓所有人對他另眼相看。

即便是初來乍到的喜多田也不敢不聽大取屋的話，雖然氣得吹鬍子瞪眼睛，但也沒膽再多說什麼。大取屋的一句話，就擺平了劍拔弩張的場面。

只可惜在那之後，喜多田還是動不動就找波矢多他們麻煩。看準兩人不動氣，反而說長道短地糾纏不休。波矢多早已忍無可忍，但是在合里面前還是拚命忍了下來。而且就算大取屋不在場，也有像虎西那種老資格的礦工會委婉地勸戒喜多田：「別說了。」所以波矢多也不好發作。當然，要是喜多田繼續死纏爛打，波矢多總有一天也會沉不住氣反擊，沒想到虎西一開口，喜多田通常也就乾脆地收兵了，這點令波矢多覺得很不可思議。

大取屋站在波矢多他們這邊，幫忙抵抗喜多田等人的騷擾固然對其他礦工有很大的影響力，但更重要的是——

不要追究來礦山的人有什麼過去。

或許是礦坑特有的不成文規定。大家都知道波矢多是大學畢業的知識分子，但是在喜多田來到這處礦坑之前，他並沒有特別受到針對，或許也是拜這條不成文規定所賜。

說到流言蜚語，關於喜多田喜平的傳言也很快就傳進他的耳朵裡。大家明明都對別人的經歷不感興趣，流言卻會一下子就傳開，這正是礦山有趣的地方，也是礦山恐怖的地方。但無論謠言的內容是什麼都不重要，這就是礦工的處世之道。

只不過，喜多田的情況有點特殊。因為大家都在謠傳這傢伙在戰時是不是當過特高。至於是憲兵隊的特高課，還是特別高等警察就沒人知道了。如果這個謠言是真的，戰後應該已經被褫奪公職了。如果只是這樣還好，最嚴重的還是因為戰爭時的職務作為被列成戰犯。

所以他才隱姓埋名，躲來礦山避難嗎？

也就是說，喜多田喜平這個名字是假的，他打算在鯰音坑這裡等到風頭過去嗎？畢竟再也沒有比礦坑更適合偽造身分、偷偷潛伏的地方。

話雖如此，工作當然是沒得選了，無論如何都得在環境惡劣的坑內做苦工。喜多田雖然全身都散發出一股不好惹的氣息，體格卻比一般成年男性還孱弱，看起來實在不像能勝任礦坑的工作。所以大家私底下都在傳，他之所以能當上礦工，是因為給了上頭不少好處，才能得到其他人想都不敢想的特別待遇。

乍看之下性格偏激又固執的喜多田之所以頻頻找波矢多他們麻煩，卻又不敢太過放肆，或許也是擔心若逼得太緊，可能會輪到自己的過去被攤在陽光下。

波矢多開始在鯰音坑工作約一個月後，儘管歧視及霸凌並未完全絕跡，也有像菅崎由紀則那種討人厭的傢伙，但姑且還算是舒適的職場。只可惜自從喜多田來了以後，氣氛明顯變差了。而且喜多田馬上找來名叫丹羽旗太郎的大塊頭礦工，讓他住進自己隔壁的房間裡。聽說丹羽戰前和戰時都在當人力仲介，年紀和喜多田差不多，兩人好像以前就認識了。

以這兩個人為中心，周遭很快地就聚集了一群品性低劣的人。也曾經發生過他們對剛下班的南月之女多香子糾纏不休，還把出手相助的山際宜治揍個半死的事件。山際年約三十，是工會的代表。礦工們經常用尊敬與輕蔑夾雜的口吻對他喊著：「唉呦，是菁英來了呢。」如同他給別人的印象，山際被喜多田他們毆打時根本毫無還手之力。

雖說打架在礦坑是常有的事，但這次顯然鬧得太過火了。南月氣沖沖地殺進喜多田的房間，差點演變成一場大亂鬥。幸虧有大取屋居中調停，好不容易才把場面給穩了下來。否則一個沒弄好，豈止有人受傷，說不定還會鬧出人命。

那群人現在也圍坐在休息室正中央，旁若無人地吞雲吐霧，末座也看到了菅崎由紀則的身影。

棘手的人來了啊。

波矢多看著性格惡劣到與周圍格格不入的那群人，嘆了一口氣。

但願別出什麼亂子才好。

他有股不祥的預感，總覺得會發生更嚴重的事，嚴重到波矢多認為那不會只是要找葉津子或自己麻煩的程度。

不幸的是，預感成真了。沒多久，波矢多擔心的事，以他做夢也料想不到的方式出現在他面前。

第六章

黑面之狐

第七章

黑暗深處

幸好這一天的先山是大取屋重一，即使沒在食堂承蒙他仗義執言、出手相助，波矢多也對他很有好感。除了敬佩他在戰時的經歷，更重要的是受到他耿直的人格所吸引。

大取屋絕不是多嘴多舌的人，能讓他主動開口的話題只有兩個，一個是他的參戰經驗，另一個是關於礦工的工作。雖說自己也參加過學徒出陣，但是大取屋活生生、血淋淋的戰爭體驗總是令波矢多聽得膽戰心驚，真心佩服他居然能夠活著回來。是故每當他提起這類話題，波矢多都聽得津津有味。倒也不是為了回報波矢多的捧場，但大取屋相當仔細地指導他如何進行坑內作業。由於沒有半句廢話，有時也會覺得他的說明不夠親切，所幸每次都能理解他的教學。換句話說，大取屋手把手地將一切坑內作業所需要的知識，確確實實地教給了波矢多。

「如果要學習工作上的知識，與其問我，不如去請教大取屋前伍長。」

儘管南月尚昌言之鑿鑿，波矢多起初仍以為沒有人可以贏過南月。然而隨著愈來愈了解大取屋重一這個人，波矢多也逐漸明白了。如果要在坑內的第一線學習，大取屋無疑是最適合的指導者。

波矢多在休息室裡找尋今天的先山，亦即大取屋的身影，就看到合里光範坐在室內的最角落。他還是老樣子，明明長得超凡脫俗，卻一點也不起眼。或許是因為最近又更加沉默寡言了，所以波矢多剛才差點就沒注意到他。

「你怎麼坐在這麼角落的地方。」

「……這樣心情比較平靜。」

聽到波矢多出聲叫喚，合里好像嚇了一跳。他的臉色不太好看，是自己多慮了嗎？果然不太對勁。

想是這麼想，但是現在也不方便問他。可是又不能就這樣放著不管。波矢多感到左右為難。這幾天，合里夜裡好像睡得不太好。可是就算問他：「怎麼了？」他也只會回答：「只是有點累。」但是他很明顯就是在煩惱些什麼。所以等今天收工之後，波矢多打算要好好地問清楚到底出了什麼事。

「今天的先山是誰？」

合里反過來關心他今天的工作伙伴，看似沒有意識到波矢多的擔憂。

「大取屋先生。」

「那就好。如果是那個人，我就能放心把你交給他了。」

見合里高興得像是自己的事，波矢多再次下定決心，一定要幫他走出陰霾。

假如南月尚昌是物理波矢多在礦山的師父，大取屋重一是坑內作業的老師，合里光範就是他在鯰音坑的兄長。不過，只要有人想學，南月和大取屋肯定願意成為任何人的師父或老師。但合里可不是這樣，因為對方是波矢多，所以他才會在穴寢谷的車站前從黑心礦山吼喰裏坑的人力仲介手中救出自己，之後也繼續設身處地地幫助自己，就像是引導著還不熟悉職場、因而手足無措的弟弟那樣。

因為在我身上看到了鄭南善的影子嗎……相遇的狀況實在巧到不能再巧。就在那個瞬間，鄭南善肯定在合里的內心活了過來。

「別忘了，要乖乖聽大取屋先生說的話……」

此時此刻也一如往常地為波矢多著想。問題是波矢多還更擔心他，心理狀態自不用說了，身體的狀況如何更是讓人掛心。

「你有辦法下坑工作嗎？」

波矢多沒頭沒腦的問題令合里一時無語。

「你不是說你很累嗎？」

「是沒錯……」

波矢多暗忖，情況已經嚴重到不能等今天的工作結束再問了。

「昨天晚上你也沒睡好不是嗎？」

「沒那回事。」

「你明明就做惡夢了。」

波矢多一面懷抱歉意，一面在話裡設下陷阱，只見合里臉上的表情凝結了。

「難、難道我說了什麼夢話……」

「這倒沒有，只是我覺得那一定不是什麼美夢。」

見波矢多否定，合里似乎也鬆了一口氣，接著他眉頭深鎖地沉默了一會兒，丟出匪夷所思的答案。

「睡覺的時候，我聽見了奇怪的聲音。」

「從隔壁傳來的嗎？」

礦工宿舍建築物的牆壁很薄，左鄰右舍生活起居的聲音全都聽得一清二楚。尤其是分配給單身漢的一號棟到九號棟特別老舊，幾乎與廢墟無異。

但合里搖了搖頭，以缺乏抑揚頓挫的陰沉語調說出令人跌破眼鏡的話：

「聽起來像是從地底下傳來的。」

這個答案讓波矢多感到訝異，便叫合里說得更清楚點。合里說他反覆聽見從地底傳來了不尋常的聲音，起初以為是幻聽，但這幾天與其說是發出什麼聲響，聽起來還更像是野獸在咆哮，或是有人在說話的聲音，嚇得他六神無主。

「到底是什麼樣的聲音？」

「感覺像是哦哦哦哦哦……的嗤笑聲，或是哭泣的聲音。」

「……」

「那個聲音，總覺得好像是在呼喚我。」

不管再怎麼難以置信，但合里完全沒有扯謊的必要。加上對象還是波矢多，就更不可能了。

既然如此，到底是誰會在地底呼喚他呢？

想到這裡，波矢多忽然想起南月告訴他的那個戴黑狐面具的女人，心裡一凜。

「是不是女人的聲音……」

合里露出驚訝的表情，想必是想起南月的體驗談了。波矢多徵得南月的許可，也對合里說過那個毛骨悚然的故事。

「難不成……」

見合里臉色大變，波矢多嚇壞了。

「今天還是休息一天，別下坑比較好吧。」

「……不要緊。」

「你看起來一點都不像沒事的樣子，睡眠不足帶來的影響真的很大……」

波矢多還想繼續阻止他，但或許是今天要下坑工作的礦工都已經到齊了，刺耳的鈴聲在這時震天價響。

「好了，今天也要努力工作。」

合里的樣子怎麼看都只是在逞強，但波矢多也不知該如何是好。

「別擔心。」

心。

合里硬是擠出笑容。但是，那不自然的笑容突然轉為嚴肅的神情，像是在剎那之間下定了決心。

「我覺得還是該跟你說清楚。」

突如其來的一句話令波矢多大吃一驚。

「什麼事？」

「現在沒時間說明了，而且那個話題也不適合在這種地方討論。等上坑後陪我喝幾杯收工酒吧，到時候再告訴你。」

如同字面上的意思，收工酒就是礦工們結束當天的作業，收工離開礦坑後所喝的酒。根據合里的性格來說，愈是重要的事應該愈會在清醒的狀態下討論，莫非這次的內容難以啟齒到必須要灌個幾杯才能說出口嗎？

「……我知道了。那麼晚點見，你務必要注意安全啊。」

「嗯，你也一樣。」

與合里別過，波矢多趕緊尋找大取屋的身影，結果對方先看到自己了，正朝著這邊招手。波矢多來到大取屋身邊，向他低頭致意：「今天也請多多關照。」然後與大夥兒一起魚貫走向坑口。

合里的事，在收工上來之前就先暫擱一邊吧。

波矢多說服自己。當然要說不想就不想，並不容易。但是工作的時候胡思亂想，搞不好會讓自己受傷。坑內的作業最需要的，除了專注力之外還是專注力，心不在焉不僅無法完成工作，還有引發重大意外的危險性。

好不容易想告訴我實情了——。

波矢多決定在聽到本人說明之前，什麼都不要想。只是他萬萬沒有預料到，之後竟會對沒在此時打破砂鍋問到底的選擇感到懊悔不已……

就這樣朝著坑口前進，會先經過祭祀山神的祠堂。廟裡供奉著榊、御幣和鹽，已經有礦工在那裡拍手禮拜了。對於一早就來過神社的人而言，這是今天第二次的參拜。

如果是大型煤礦礦坑，會規定所有人都要交出印有礦工編號的工作證，這是為了萬一坑內發生意外，能藉此判斷誰已經出坑、誰還留在礦坑裡面。可是鯰音坑並沒有工作證這種東西，大概是認為礦工人數沒有大型礦坑那麼多，只要在檢身室的窗口掌握當天入坑的人數就沒問題了。

相對來說，這裡反而是對人稱「搜檢」的隨身物品檢查執行得相當徹底。工作人員會仔細地檢查有沒有人帶著火柴等會冒出火星的東西進去。由於關係到自身安危，當然不會有人刻意偷渡這些東西進去，所以這項檢查是為了避免有人不小心忘記身上還有危險物品。然而，有些安全措施執行得非常散漫的小型煤礦居然還允許礦工在坑內抽菸，從那種礦坑來到這裡的礦工可能還改不了以前的壞習慣，所以工作人員也不敢掉以輕心，總是極為慎重地檢查所有人的身體。

到這個階段，入坑前的準備與檢查已經全部結束了，接下來只要搭乘過去作為礦車使用的人車前往地底即可。

終於要開始了。

波矢多緊繃著臉。一天中最討厭的時刻就要來臨了。

礦工們陸續跳上像是一截一截小火車的人車，誰也沒留意到波矢多的心慌。原本在檢身室時還大聲嚷嚷的人，現在也鴉雀無聲。基本上開口說話的一個也沒有，所有人的臉上都浮現出嚴肅且陰沉的表情，四周瀰漫著一股嚴陣以待的氣氛。緊張的氛圍從人車前端的這一頭迅速蔓延到後方。

礦工隊伍依序往前移動，很快就輪到波矢多了。他跟其他人一樣，一句也不吭地坐上車子，耐著性子等待出發。

這段時間總是讓他難耐，明知接下來就要踏入危險的地底世界，卻只能強迫自己放棄思考，束手無策地等待。

是不是自己有問題啊？

這個念頭已在內心閃過了無數次。自己身邊的男人都是為生活而來到這裡打拚。戰敗後正值動亂的時期，不論去到哪裡都找不到像樣的工作，總之姑且先委身礦坑，至少能馬上確保住處跟肚皮溫飽。

但波矢多並不是這樣，他投身這個世界，是因為離開大學、放棄既有的工作，然後踏上浪跡天涯之旅的結果。當然，會選擇這麼做，有他自己的理由。

波矢多想藉由成為礦工，從勞動階級的最底層為日本戰敗後的復興之路盡一份心力。他想經由在被視為勞動者熔爐的礦坑工作，重新審視日本這個民族。不，他想審視的應該說是人類本身，然後盡可能藉此找回已經完全迷失的自我。

尚未整理出個所以然來，各種思緒也在波矢多心中百轉千折，但這些千頭萬緒往往都在下坑的瞬間就消失得無影無蹤。

進入這個洞穴真的好可怕……

內心只被恐懼的情緒所支配。

起初他也以為是不是自己害怕黑暗或封閉的場所，但事實顯然並非如此。於是又想到或許是因為排斥危險的工作現場，但顯然也不是那樣。當然他也不想死得不明不白，可是那種感覺早在經歷戰場時就已麻痺了不少。那麼，難道是因為都考上建國大學卻還跑來當礦工，無法打從心底認同自己選擇的人生嗎？似乎也不是這個答案。不僅如此，不如說這裡過的每一天甚至都比戰後的大學生活或是在報社和出版社工作的時候更加充實。他甚至有所計畫，打算在這裡研究屬於自己的學問，只是工作遠比想像中的還要辛苦，導致計畫趕不上變化。

問題大概出在礦山的坑口。

或許只有小哥有這個問題。

南月的話在腦海中甦醒了。就像他那三段跟人命有關的體驗或許都跟陰陽怪氣的女人有所牽扯，說不定鯰音坑的地底今後也會給波矢多帶來某些驚心動魄的考驗。

內心還充滿不祥的預感，耳邊就傳來告知發車的嘈雜電鈴聲，人車終於要進入礦坑了。

檢身室有一台巨大的絞車，藉由放下繫在人車上的鐵索，把礦工們送進地底。出坑時則反過來操作，捲起鐵索，把人車拉回地面。前者稱為「放索」，後者則是「捲索」。

人車開始搖搖晃晃地往前移動，慢慢地深入張開血盆大口的斜坑。筆直地朝向現在即將吞下礦工，不一會再將礦工吐出的唯一出入口前進。

在這段過程中，波矢多總是以雙手緊緊地抓住車身側面的邊框。這種車以前被用來搬運原煤或岩石，所以表面留下了起伏不平的鋸齒狀痕跡，觸感絕對說不上舒適。但要是不抓緊的話，不安的感受又會湧上心頭。一開始速度不快，然而一旦進入斜坑，車子就會以傾斜三十度的角度飛快地往下俯衝。相較於其他礦坑通常只有十五度到二十度的角度，也難怪他會畏懼入坑的這個瞬間。

伴隨著「轟！」的一聲巨響，礦工們搭乘的人車便往伸手不見五指的地下世界駛去。斜坑的左右兩邊雖然都點亮安全燈，依舊讓人有種被推落地獄深淵的感覺。在煤礦礦坑裡，往地底挖掘的坑道分成橫坑、斜坑、豎坑三種，波矢多很快就發現，其中最可怕的莫過於斜坑。

橫坑是從山的斜面或懸崖等地點水平挖掘的坑道，多出現在明治時代。當時在離地面不深的部分還有很多煤層，因此光靠橫坑就能開採到充分的產量。這種方式的優點在於入坑簡單，也容易排出因為開挖坑道所產生的廢水。因此，橫坑實際上並不是完全呈現水平，而是會往稍微往上方挖。在還沒有機械動力幫忙排水的時代只能採取這種方法。橫坑雖然具有這些方便性，當然也有缺點，那就是採礦的地點相當有限。

斜坑則是傾斜挖掘的坑道，不光是用來供礦工出入以及搬運原煤，也用於換氣。經由這種方式，坑道可以挖得比以前長很多，卻也多出橫坑沒有的意外風險，像是人車或礦車的失控。因為人車和礦車只靠鐵索連接絞車，一旦鐵索劣化斷裂，事態可就嚴重了。因為人車一路順著陡峭的斜坡往下暴衝，最後造成壓死礦工的意外，或是因為礦車脫軌時擦出的火花，點燃坑內飛舞的煤灰，釀成火災的悲劇，這些事故在很多礦坑都曾發生過。

豎坑則是從地面垂直向下挖掘的坑道，與斜坑一樣都肩負著載運礦工、原煤，還有換氣的任務。坑口旁邊蓋有名為「櫓」的建築物，有如高聳的鐵塔，鐵索從盤踞在上層的巨大捲盤往下延伸，連結著宛如電梯的籠子，鐵索的另一頭固定在絞車上，藉此控制籠子在豎坑裡的升降。由於移動距離比斜坑短，可以短時間往來於坑外與坑底之間是其最大的優勢。只是建設費用比斜坑高出許多，因此中小型的礦坑很少開挖豎坑。

野狐山這裡多半是中型煤礦，但是包括鯰音坑在內，很多坑口都可以看到豎坑櫓，不過都是用來搬運原煤或材料，不是用來讓礦工上下坑。因為如果要讓人乘坐，建設費用會一口氣暴增。

在礦藏量的預期報酬率無法相符的情況下，煤礦公司或許就會虧本，所以很難判斷。

根據過去也曾在豎坑工作過的南月說，搭乘籠子往下降的瞬間，會感覺心跳都要停止了。

「那種心驚膽寒的感覺，下去再多次都沒辦法習慣。」

不過南月說他其實也沒那麼害怕。因為籠子裡永遠擠得滿滿的，那種狀態會讓人產生一種受到保護的錯覺。想當然耳，萬一鐵索斷掉，籠子直接往下墜落，恐怕所有人都活不了。頭腦雖然很清楚這一點，但是擠成沙丁魚罐頭的籠子還是讓人有一股莫名的安全感。

聽完南月說的話，波矢多有點後悔，因為自己也變得想跟著豎坑櫓運貨的籠子下去了。

由於是以非常快的速度把人送到地下，應該會有人因此感到恐懼吧。話雖如此，考慮到坐在籠子裡由上往下移動的狀態，或許體感上就不覺得有那麼快了。但是斜坑的人車可是斜斜地往下俯衝，設置於坑道左右兩邊的安全燈會像走馬燈似地一一掠過，過程中所體驗到的速度感可不是鬧著玩的。而且因為是在軌道上疾駛，身體也會受到非常劇烈的震動。光是想像如果不小心站起來，腦袋可能就會立刻被削掉的畫面，全身就冒出一堆雞皮疙瘩。

一股腦兒地往漆黑的地心深處失速墜落。

這種感覺非常強烈。感覺身體不聽使喚地一直向下俯衝，彷彿正以迅雷不及掩耳的速度、不由自主地被帶到地底世界。

波矢多依然全身僵硬，但人車已然抵達坑底。這段時間是長是短，每天的感覺都不一樣，真不可思議。不過似乎與每天的身體狀況無關，並不是身體不舒服的時候會覺得比較久，狀況好的時候就覺得比較快，完全無跡可循。

下了人車，踩在相當於地下主要幹道的水平坑道上，這個以豎坑和坑外相連的廣場此刻也人聲鼎沸。從可以說是地底世界動脈的水平坑道，以幾乎跟煤層走向平行的模式，往左右兩邊以適當的間隔又挖了好幾條片盤坑道。再從每一條片盤坑道朝向煤層挖出採炭坑，採炭坑深處就是用來挖掘煤炭的開鑿面。

各自收到指示後，大夥兒便前往自己所分配到的開鑿面，波矢多也跟在負責先山的大取屋重一身後。如果負責的開鑿面比較遠，就得坐上坑內的人車來移動，但這次被分配到的地方就沒有這個必要。

「請問離開鑿面還有多遠？」

波矢多問道。大取屋簡單扼要地回答：

「不到兩百五十公尺。」

換成在地面上，這段距離就很短，但這裡可不比地表。他們必須用頭燈照亮彼此的腳下，慎重地前進。就算只是不小心跌倒，在坑內也可能會變成重傷。

習慣地底的環境之前，會先嘗到各式各樣的恐怖滋味，像是對黑暗的恐懼、封閉的感覺、腳下那不平穩的地面，還有隨著愈往地底深入，就愈來愈強烈的壓迫感……

他們所走的這條坑道，坑頂（天花板）和岩壁（側牆）都砌上磚塊或水泥，尤其本坑特別重要，所以保護措施做得更加徹底。然而一路從片盤坑道往採炭坑走，坑頂和岩壁的支撐物也逐漸換成坑木或鋼材組成的結構。坑木主要用的是松木，鋼材則是拿彎曲成弧形的軌道來用。比起磚塊或水泥，這些梁柱看起來實在是太脆弱了。雖然這些梁柱都是支護夫先在地上挖出名為足釜或枠釜的洞，牢牢地固定住梁柱的根部，安全性肯定沒問題。可是當四周圍的磚塊或水泥逐漸消失，變成只由木材和鋼材組成梁柱的環境，看起來還是很怵目驚心。會因此覺得來自頭上和左右的壓迫感突然變大也是人之常情。

彷彿是要為這股令人窒息的沉重氣氛添磚加瓦，滴答滴答滴答……突然有水開始地滴落在安全頭盔上。起初還會以為「啊，下雨了嗎？」但馬上就意識過來這裡可是地底下，不可能下雨。隨即想到是坑頂的某個區域正在滲出地下水，也就釋懷了。話雖如此，雖然知道這一點，但心裡還是覺得不太舒坦。因為明明置身於地底深處，卻還會有淋到雨的感覺，怎麼想都太不對勁了。

望向四周的岩壁，險些又陷入另一種詭異的感覺。像是把五顏六色的顏料摻雜在大量的黑色與白色裡，毫無章法地塗抹在帶有濕氣、極度凹凸不平的牆上，無邊無際地往四面八方延伸。或許會有人覺得看起來很神祕，但絕大部分的人大概只會感到頭皮發麻。

而且愈靠近開鑿面，坑道內就愈發寂靜得令人喘不過氣來。這也助長了坑內不寒而慄的氣氛。而且聲音在坑道裡的傳導性極佳，不用豎起耳朵也能聽見吱……嘎……匡……噹……這種不知從哪裡傳來的聲響，每次都讓人嚇得臉色發青。剛入坑的時候，波矢多無時無刻都在擔心是不是坑木裂開了，或是坑頂是不是要塌了。

這一天，波矢多對這些聲響比平常還更加敏感。或許這就是那起重大悲劇的預兆，才會讓他的神經如此緊繃……

第七章

第八章 慘絕人寰

好不容易抵達今天的工作現場，也就是左邊第四坑道的五號開鑿面，這時波矢多就已經汗流浹背了。提到地下坑道，通常都會讓人聯想到鍾乳洞，所以會誤以為地底下都很冷的人也所在多有，但實際上可是熱得不得了。在這種地方進行作業，汗水簡直是用噴的，光是走到這裡，就已經汗如雨下了。

站在開鑿面的入口往裡頭看，三公尺開外的地方有一堵高度和寬度大約都在兩公尺左右、黑得發亮的壁面，那就是煤層。

這就是黑鑽石的原型啊。

每次看到這發出黑光的炭壁，波矢多的腦海中都會浮現出煤炭的別稱。明明不過是植物的化石。

想著想著，突然覺得很有意思。植物的遺骸歷經漫長的歲月，在地層中碳化，變成碳塊，再由人類挖掘出來，經過洗選與精煉的步驟，產出煤炭，轉眼間就成了珍貴的能源或化學產品的原料。它的存在也被拿來和鑽石相提並論。

「這裡的煤層很厚，含煤量也很高，所以我們要用爆破的方式開採。」

在波矢多出神地盯著散發淡淡光輝的黑色壁面時，大取屋也開始說明作業的手法。

「先在坑頂的部分炸三個洞。」

大取屋指著岩壁的上方說。

「再用氣動削岩機鑿開。」

這裡的「鑿開」是指穿孔的意思。氣動削岩機則是以壓縮空氣驅動的鑽孔機。大型的煤礦礦場早在大正初期就已經引進這種工具了。

「現在進行爆破的前置作業，我們先鑿穿岩壁的下半部。」

這裡的鑿穿就是要鑿出深洞，此時十字鎬就派上用場了。鑽探裝備雖然不斷地推陳出新，但十字鎬和鏟子、鐵槌等工具依然沒有被時代淘汰。搭建支架時，像是鋸子或斧頭、鐵撬等傳統的木工道具也是很重要的夥伴。

大取屋簡單明瞭地說明完重點，自顧自地拿起十字鎬，走向岩壁，邊走邊說：

「像這樣把鎬尖敲進岩壁深處，以把煤層頂起來的方式挖掘。」

雖然惜字如金，但大取屋仍仔細地繼續說明。他在坑內作業時說的話，幾乎都是與礦坑有關的課程。

相關作業結束後，要先稍微收拾一下腳邊散落一地的大小岩石，然後才進到用氣動削岩機鑿出爆破孔的作業。大取屋將鑿刀裝在鑽頭前端。依照在岩壁上打洞的深淺不同，得更換不同的鑿刀。準備就緒後，再用毛巾覆蓋住口鼻，在後腦勺打結，以免吸入開挖時產生的煤灰粉塵。然後由兩人扛起總重量達十幾公斤，長約一公尺、鑽頭直徑約二十公分的氣動削岩機。大取屋在前、波矢多在後，這個作業對肩膀的負荷相當重。

「準備好了嗎？」

「好了。」

「那就開始吧。」

大取屋打開氣動削岩機的開關。

噠噠噠噠噠、噠噠噠噠噠。

開鑿面頓時響起震耳欲聾的噪音，波矢多的肩膀受到無與倫比的劇裂震動。一瞬間遭受到兩種不同的衝擊讓他心生怯懦，但總算是咬緊牙關撐過去了。作業才剛開始，不能這麼快就認輸。

然而，朝他襲來的不只是非比尋常的巨響與震動，當鑽頭每次鑿穿岩壁，黑霧般的煤灰就在開鑿面四散紛飛。黑色的煤灰有如漫天飛舞的浮塵子，多到幾乎掩蓋住頭燈的光線。不僅如此，兩三下就沾滿了波矢多的臉和手臂。雖然沒有類似的經驗，但是這樣的感覺就像是全身浴血，非常不舒服。即使用毛巾掩住口鼻，煤灰還是毫不留情地從縫隙鑽進去。雖然很想馬上吐出來，但是眼下正在工作，當然只能忍耐。

坑內的工作愈辛苦，合里的面容愈是不經意地在腦海浮現，但這並不表示他有向合里求救的念頭。應該說波矢多現在已經能體認合里的心情了，或許是為了向鄭南善贖罪，合里才會投入這麼辛苦的礦工職場吧。不知從何時開始，波矢多已經能感同身受地體會到合里對鄭南善在天之靈的愧疚。

在一切都是初次接觸的苦行中，波矢多使勁地扛起氣動削岩機，鑿出了第一個洞。

「第二個洞要打在第一個洞右邊四十公分的地方。」

根本還來不及喘口氣，大取屋就把鑽頭移動到他指示的位置。

「準備好了嗎？」

「好了。」

跟打第一個洞的時候一樣，確定身後的波矢多準備好之後，大取屋再次按下氣動削岩機的開關。

噠噠噠噠噠、噠噠噠噠噠。

沉甸甸的重低音不只迴盪在四周，也在波矢多的丹田響徹。雖然是肩膀承受了最多的衝擊，卻有另一股不怎麼舒服的震動從身體內側發出來。

噠噠噠噠噠、咯咯、噠噠噠、咯、咯。

這時，耳邊傳來奇怪的聲音，肩膀感受到的衝擊也與第一次有點不太一樣。

「鑿刀在空轉。」

因為大取屋的大聲一喊，波矢多才仔細觀察岩壁，發現鑽頭偏離了原本應該鑿穿第二個洞的正確位置，正在空轉。

「腰部用點力，往前一點。」

大取屋提醒波矢多的音量大到像是怒吼，他並不是真的生氣，只是為了不被氣動削岩機發出的噪音蓋過。

「就像要壓在岩壁上那樣，用力往前。」

看樣子是波矢多不知不覺間減輕了推向鑽頭的力量。

「好。」

波矢多也扯開嗓子回答，然後擠出吃奶的力氣。雖然已經整理過了，地上依舊散落著大大小小的石塊，這也讓他無法順利地站穩馬步。儘管如此，波矢多還是用盡全力壓緊氣動削岩機。只可惜對手是堅硬的岩壁，反作用力非同小可。沒多久，肩膀和手臂都痛得要死。

「這裡要咬牙撐過去。」

儼然看穿了波矢多的窘境，大取屋的鼓勵從前方傳來。

「只能忍耐。」

這句話不可思議地有效。或許是因為以前聽大取屋提過，鑽頭鑿牆的聲音就像是陸軍的重機槍在掃射的聲音，讓他至今依然會想起在緬甸的戰爭體驗。

大取屋曾經是陸軍的後勤兵。後勤兵的職責是將武器與糧食運送至前線，簡而言之就是負責後勤支援的士兵。物資補給的好壞足以影響整個戰局。但是英帕爾戰役時，司令部沒把補給計畫當一回事，導致戰場上的士兵陷入水深火熱的人間地獄。

物資原本皆由後勤車運送，但是緬甸到處都是茂密的森林，只好改用馬車和馬運送。有一次，大取屋和同袍在運送途中受到敵軍的偷襲，所有的馬都被殺了。不只馬，也有不少士兵壯烈犧牲。但大取屋他們並沒有放棄，當場製作木橇，把物資堆上去，以人力拉著木橇前進。木橇裝不下的，就由眾人扛在肩上，忍受肩膀與腰部的劇痛，悶著頭往前走，奮不顧身地走向最危險的前線戰地。

「為何不惜冒著生命危險也要將物資送到前線？」

波矢多忍不住發問，大取屋只用一句話回答。

「使命感。」

一想到他們在戰場上的痛苦辛酸，就覺得現在這種程度的作業根本算不了什麼。但也或許是因為大取屋真誠的人格特質，才會讓波矢多產生這種想法也說不定。換成其他人的戰爭體驗，可能就沒有這麼大的效果。

第二個洞終於也鑿出來了。

「很好，休息一下。」

在大取屋一聲令下，放下了重若千斤的氣動削岩機，波矢多也坦率地露出欣喜的表情。

跟在大取屋身後返回通風比較好的片盤坑道途中，波矢多突然覺得喉嚨怪怪的。咳了半天，吐出一口痰，痰裡帶著烏漆抹黑的黏液。大取屋吐出的唾沫也黑漆漆的，大概是作業中吸進去的煤灰。

「我們需要防塵口罩，而不是這種毛巾。」

錯愕的波矢多喝了口水壺裡的水。

「這裡完全跟不上時代。」

大取屋嘆息。

「我來到這裡才一個月左右，就發現這裡完全不重視礦工的安全。」

「坑內的安全防護也沒好到哪裡去。」

煤灰過多很容易因自燃引起爆炸，所以一般為了防塵，必須定期灑水，但是這麼一來勢必得先暫停坑內的作業，產量必然會下降。煤礦公司最怕的就是產量下降，所以從以前就對坑內的問題視而不見，完全不把在第一線做牛做馬的礦工呼喊「現在這種情況太危險了吧」之類的訴求當一回事。

「因為他們從以前到現在都認為礦工是可以替代的物品。」

大取屋說得語重心長，波矢多便問他：

「工會都不替礦工說話嗎？」

戰後開始實施保護勞工的工會法，得以組織工會，代替勞方與資方交涉，以保障勞資爭議時的勞工權利。然而，姑且不論大型煤礦礦坑，工會在中小型的礦坑幾乎沒有任何話語權。

根據大取屋的說明，鯰音坑的工會與其他中小型礦坑大同小異，想要高聲主張勞工的權利，還有一條非常漫長的路途要走。

「中場休息結束了。」

或許是不想讓原本就已經暗無天日的坑內氣氛更加低落，大取屋一喊聲，兩人便開始進行第三個爆破孔的開鑿作業。

噠噠噠噠噠、噠噠噠噠噠。

休息時的寂靜彷彿是騙人般，開鑿面響起第三次震天價響的噪音。波矢多咬緊牙關，拚命站穩腳步，以免氣動削岩機往後溜。要是不用力咬緊牙關，氣動削岩機的劇烈震動必定會讓牙齒咯嗒咯嗒作響。

完成艱苦卓絕的開挖作業後，他們非常工整地在岩壁上方鑿出三個等間隔的洞。或許自己的勞動成果連一個洞的份都不到，但波矢多仍舊感到與有榮焉。

「這麼一來，洞全部打好了。」

大取屋也很滿意地說。

「向爆破組報告。」

「是。」

波矢多邊回答邊走向設置於片盤坑道各個重要角落的防爆電話。他打給採礦課的爆破組員，向他們報告爆破孔已經準備完畢。

這些爆破組員下坑時，因為身上帶著炸藥等危險物品，按照規定必須和礦工們乘坐不同的人車。大型煤礦公司的分工比較細緻，所以開挖爆破孔原本就是屬於爆破組員的工作，只可惜人手不足的鯰音坑無法比照辦理。

沒等多久，爆破組員岩野勇作就到場了。他是個三十五歲左右，身材高瘦的男人。

「辛苦了。」

大取屋禮貌地向他打招呼。

「這也沒法。」

岩野的回答還是老樣子，讓人摸不著頭緒。他的「這也沒法」就是「這也沒辦法」的意思。

不管怎麼想都覺得和眼下的場合不搭。

岩野的人不壞，只是看起來非常不適合如果沒有破釜沉舟的決心就無法勝任的坑內作業。尤其不適合擔任最需要謹慎小心的爆破組員。不知道是真是假，過去甚至還傳出就是因為岩野勇作出了差錯，吼喰裏坑才會發生爆破意外，讓吉良公造因此喪命的傳言。

交給大取屋先生還比較放心。

就連初來乍到的波矢多也覺得岩野有些靠不住。更何況大取屋也有在礦坑裡處理爆破作業的實務經驗，如果是他，無疑能滴水不漏地完美搞定精密的爆破作業。坑內工作千奇百怪，說不定根本沒有什麼是大取屋不能勝任的作業。

波矢多雖然緊張得坐立難安，不過一旦開始作業，饒是岩野也展現了認真的表情。

岩野慢條斯理地把第一根炸藥塞進右手邊的孔洞深處，再仔細地塞進第二根炸藥，然後把引爆用的引信插入第三根炸藥，將連在引信上的導火線拉到洞外，比照前兩根炸藥的作法，塞進爆破孔深處。裝填好三根炸藥後，再用棒狀的黏土塞滿孔洞空隙。一定要將黏土完全塞滿，不能讓岩壁與炸藥之間留有空隙。另外兩個洞也以相同的方法填滿後，再將三條導火線集中起來，用另一條又長又粗的引爆專用線綁起來，拉到片盤坑道的鐵材框架後面，接上放在那裡的引爆器。雖然頭燈是充電式，但這組引爆器則是蓄電式的。

準備到這個階段，岩野大聲吆喝：

「準備要引爆了！」

一次、兩次、三次……連續吹了三次警笛。

嗶——、嗶——、嗶——。

響遍整條坑道的尖銳哨聲幾乎就要刺破耳膜，在遠一點的位置聽到，簡直就像女鬼淒厲的尖叫聲，所以波矢多在習慣之前也嚇得半死。如果是在近距離聽到，耳朵還會痛得要命。附帶一提，波矢多跟在大取屋身後，早就躲到引爆器這邊。

「爆破！」

岩野大喝一聲，按下引爆器的開關。

轟隆隆隆隆！

那一瞬間，耳邊傳來震撼十足的轟然巨響，一陣強勁的旋風也同時颳起。說不定大取屋在這個瞬間又會想起在戰場上遭遇過的轟炸。這麼說來，或許再也沒有比充滿各種噪音的礦坑更容易喚醒戰爭記憶的艱辛職場了。

岩野觀察了一會兒，率先走進硝煙四起的開鑿面。波矢多原本也要跟上去，馬上就被大取屋阻止。

「還沒完成爆破的確認。」

戰爭剛落幕時，礦坑處於炸藥不足的狀態，因此經常拿軍方剩下的炸藥來用。多半是導火線太短的瑕疵品。這種炸藥點火之後，時常過了幾分鐘都不會爆炸，但也不能因為沒爆炸就隨便靠近。各大礦坑其實都發生過炸藥突然爆炸，導致出現死傷者的意外。

大取屋利用等待爆破確認的空檔告訴他這件事。

「沒問題了。」

從開鑿面走出來的岩野向他們報告之後，就一臉已經沒他的事的樣子，轉身就走。因為還有其他需要爆破的地方，所以想必他也忙得不可開交，但態度實在太糟糕了。大取屋說話簡潔，卻能給人可靠的印象，而岩野這個人則是態度冷淡。更重要的是，在他身上感受不到對工作的自豪。

「那就開始搬運了。」

大取屋開始將爆破炸開的原煤放進竹簍。波矢多扛起裝滿的竹簍，再扛向停在開鑿面入口的礦車。基本上就是不斷重複以上的作業，是非常吃力的重勞動。光是堆滿大量原煤的竹簍就已經重得不得了，地無三寸平也加劇了作業困難度，而且坑內燈光昏暗也導致視線不良，那種疲憊感至少是扛著相同的重量在地面上走的三倍累。

將竹簍的原煤全都倒進礦車裡後，立刻又得返回開鑿面，然後就是沒完沒了地重複同樣的作業。順帶一提，最後要把開鑿面的號碼牌掛在台車上，送到坑外的選煤場。

這項工作在過去是由女人負責的。

每次想投降放棄的時候，波矢多都這樣告訴自己。

直至昭和八（一九三三）年，法律禁止女人和未滿十六歲的男子在礦坑內勞動以前，不僅丈夫當先山、妻子當後山的組合隨處可見，年幼子女下坑幫父母的忙，或是妻子背著嬰兒下坑工作的情況也屢見不鮮。

只不過，昭和十四年因為戰時人手嚴重不足的問題，便條件性地開放女人入坑工作。直到昭和二十二年再次禁止女人入坑之前，她們一直都在就連成年男性也不免叫苦連天的地底環境努力打拼。

就在已經裝滿三輛礦車，波矢多的體力也到達極限、正要開口喊累的時候，期待的午餐時間終於到來了。一旦踏進礦坑，唯一的樂趣就只剩下吃飯而已。說是望穿秋水也不為過，但是要在坑內吃飯可不是一件容易的事。

要是不假思索地打開便當盒來吃，白飯不一會兒就會被坑內漫天飛舞的煤灰粉塵給染成黑色。

第一次在坑內吃便當的時候，波矢多被這種現象嚇得目瞪口呆。

「嘿嘿，這玩意兒叫作『塵炭香鬆』。」

耳邊傳來令人不悅的嘲笑聲。那也是他第一次見到如今已經變成喜多田喜平跟屁蟲的菅崎由紀則。順帶一提，「塵炭」是將意味著炭屑粉塵的「炭塵」倒過來說，取自「仁丹⑱」諧音的玩笑話。

礦工通常都在自己負責的作業區吃飯，但波矢多剛進坑內工作的時候，也曾經和其他組的礦工一起在擺了張簡陋長桌的休息處吃飯。要是合里光範、南月尚昌或大取屋重一任何一個人在場，一定會事先提醒他要注意的，只可惜當天這三個人誰也不在。

事後回想，其實當時原本有人要好心地告訴他，只是被菅崎阻撓了。波矢多不清楚他到底是看自己哪裡不順眼，但菅崎顯然從那個時候就已經盯上他了。

不管怎樣，波矢多因此受到礦坑特有的洗禮，從此以後再也不敢完全打開便當盒的蓋子。儘管如此，煤灰還是無孔不入，再怎麼努力也是白費工夫。最重要的是，不完全打開便當盒，吃起飯來就相當麻煩。所以幾乎所有的礦工都不把煤灰放在心上。不知是習慣了，還是放棄掙扎，總之大家都若無其事地吃下配了煤灰的白飯。

要多久才能達到那個境界呢？

波矢多邊觀察大取屋用餐的樣子邊思考。或許要達到那個境界，才能成為獨當一面的礦工。

吃過午飯，他們繼續在開鑿面進行採礦作業。加上早上的那三車，必須再裝滿五車才行。礦工的薪水是以裝滿煤炭的礦車數量計算，所以每組先山和後山都有業績壓力。而他們的目標是八輛礦車。

由於波矢多這個後山還沒進入狀況，進度大幅落後，讓他對大取屋很過意不去。但大取屋既沒生氣，也沒抱怨，更沒語出譏嘲，反而非常有耐心地教他怎麼做比較有效率。

腦袋理解了，身體卻跟不上……

這是波矢多真實的心情，可是他當然不敢說出口，只能一面向大取屋學習，默默地埋頭苦幹，但產值始終拉不起來，真是太丟人了。

「休息一下吧。」

---

⑱ 由森下仁丹株式會社推出的口服藥物。創業者森下博在入伍後隨軍來到台灣，從當地居民服用的一種藥丸得到靈感，催生出這款歷史悠久的藥物，用於消除口中異味，或是緩解暈車、宿醉、噁心胸悶等症狀。其穿著禮服的外交官樣式招牌深植人心，在台灣亦是特定年齡層人士的共同過往記憶。現今在許多標榜台灣懷舊氛圍的文化設施或商業空間，經常都能看到仁丹招牌被用來當成裝飾物。

然而一聽到可以休息，還是鬆了一口氣，在感到如釋重負的同時又深感羞恥。

波矢多其實很想坐下來休息，但是想到自己拖累了大取屋，就覺得現在應該要再拚一下。

「進度落後太多了。」

「再做一會兒吧。」

「休息一下。」

然而大取屋只是重複著同一句話。

「可是……」

「該忍耐的時候就得咬緊牙關撐下去，可以休息的時候則要好好休息。」

大取屋說得理所當然，波矢多一口氣放掉卡在心裡的大石頭。

兩人坐在擺在開鑿面入口的坑木上，各自拿起水壺喝水。坑內熱得跟盛夏沒兩樣，補充水分比什麼都重要。只不過，身體馬上又會流下大量的汗水，所以也不能忘記攝取鹽分，因此坑內設有補充水分和鹽分的地方。

大取屋脫光衣服擦汗，波矢多也有樣學樣照做，否則工作服會黏在皮膚上，讓人動彈不得。

「想要在戰場上存活下來，聽力一定要好。」

大取屋擦拭身體，一如往常地提起他的戰爭體驗，波矢多專心聆聽。

英帕爾戰役時，大取屋曾經與僅僅五十公尺開外的敵軍用槍互相射擊，距離近到可以看見對方的臉。根本沒有餘力思考自己現在正在對著人類扣下板機，而且還是要奪走對方的性命。當時正處於不攻擊對方，自己就會命喪對手槍下的狀況，所以大取屋拚命開槍，也不確定是否擊中對方。不過他也從這樣的經驗中學到一件事。

只要趴在地面，低下頭，就不會被「砰！」地一聲從敵方陣營一口氣飛過來的子彈打中，但如果是「咻……咻……」這種聽起來沒什麼威力的子彈，反而不曉得會掉在哪裡，要特別小心。如果是後者，一旦察覺子彈往自己匍匐的方向射來，就得馬上滾向左邊或右邊，才能逃開。

一陣激烈的掃射後，回頭檢查自己剛才趴伏的地點，就發現地面有子彈打中的痕跡。第一次看到那個痕跡的時候，冷汗霎時流遍全身，雙腳也止不住顫抖。

就連提起這種驚心動魄的體驗，大取屋的態度依舊十分平靜，就像只是要把如何在戰場上存活下來的智慧傳授給比自己年輕的人。

「幸好你平安無事。」

波矢多忍不住感嘆。

「不過故鄉卻收到我戰死沙場的假消息。」

大取屋苦笑著回答。

「既然如此，你平安回家的時候，大家肯定都很高興吧。」

波矢多不假思索地問道。

「不，我就順著這個誤會，自此都沒有回去過。」

大取屋以輕描淡寫的語氣說出了令人意外的答案。

「為、為什麼？」

反而是波矢多聞言大驚。

「因為故鄉對我有很多束縛，我想趁機斬斷那些束縛。」

大取屋依舊很冷靜地回答。

「我去上廁所。」

目送大取屋的背影消失在片盤坑道，波矢多再次體認到這裡果然聚集了各式各樣類型的人。煤礦礦坑從以前似乎就是牛鬼蛇神的集散地，受到社會大眾的輕視，戰敗後則是提供工作給復員兵的場所，因此吸引了擁有各式才能的人前來。其中當然也有喜多田喜平或丹羽旗太郎這種人，但這或許也是礦坑耐人尋味的地方。

如果在這裡，或許可以重新審視日本人——不，該說是能再次審視自己的生存之道。

就在波矢多陷入沉思的時候。

「快逃啊！」

坑道內傳來引起回音的叫聲。

「要塌了！」

緊接著又傳來提醒的吼叫聲。

大取屋先生……

這兩聲都是他喊的吧。就在波矢多猛然起身，卻不知該往哪裡去的時候。

轟！

耳邊依稀傳來微弱的怪聲，還沒反應過來——。

吱嘎吱嘎、吱嘎吱嘎吱嘎。

接著是比較清楚的擠壓聲，然後又是——。

啪啦啪啦啪啦、啪啦啪啦啪啦啪啦啪啦。

震耳欲聾的噪音響遍整條坑道的同時，開鑿面開始嘎啦嘎啦地天搖地動。

「大取屋先生！」

波矢多邊喊他的名字邊衝向片盤坑道，漫天飛舞的煤灰隨即遮住視線，伴隨著奇妙的異臭。

這到底是……

波矢多茫然自失，完全不曉得發生了什麼事。

「是沼氣！快逃啊！」

大取屋的怒吼聲就在他的附近響起。然而事情發生得太突然，波矢多動彈不得，一步也邁不出去，真是太窩囊了。

這時周圍開始瀰漫著愈來愈濃烈的惡臭，再這樣下去，可能會因沼氣中毒而喪命。不只中毒，他也切身地感受到沼氣爆炸的危機。為了避免沼氣爆炸，坑內撒滿防爆的岩粉，但是萬一有什麼閃失，起火燃燒的話就完了，必須用最快的速度逃出去才行。話是這麼說，身體卻不聽使喚。

冷不防，大取屋的身影出現在煤灰所形成的黑暗裡。

「還不跑，發什麼呆！」

大取屋高聲吼著，然後就抓住波矢多的手，近乎狂奔似地在布滿石礫的坑道內前進。扶著幾次都差點跌得狗吃屎的波矢多，不顧一切地往前跑，沿途中邊跑還邊大喊：「沼氣！」提醒其他礦工注意。一聲接著一聲，在坑內嗡嗡作響。

波矢多等人回到水平坑道的廣場時，一番方礦工們正陸續跳上人車，試圖逃出坑外。幸虧有大取屋帶著他，波矢多才得以早早加入逃命的行列，不一會兒就呼吸到地表新鮮的空氣，感覺真的是從鬼門關撿回一條命。

坑口亂成一團，其中最引人注目的當屬勞務課的四、五名職員。每個人都分頭確認陸續逃出生天的礦工，一個不漏。因為萬一有人留在坑內，後果可就嚴重了。

逃出礦坑的礦工中也有人吸入沼氣，直接被送去醫院。受到跌打損傷的人則被送去公司的醫務室。因為醫務室原本也不見得隨時都有醫生值班，所以得從總公司請醫生過來。至於只是輕傷的人則由勞務課的職員以駕輕就熟的手法當場為他們包紮治療。

騷亂中，不只待在坑內的礦工，就連二番方、三番方的礦工，以及一番方的家人也都陸續趕來現場，坑口愈來愈喧囂。

救出應該是最後一批一番方的礦工後，大取屋問其中一位職員：

「所有人都上來了嗎？」

「等我確認一下。」

被問到的職員連忙與同事進行確認作業，而且還重複核對了兩、三次。

在他們花了頗長的時間進行讓人焦急的反覆確認後，職員一臉茫然地喃喃自語：

「不管怎麼算，都少了一個。」

「少了誰？」

大取屋追問，然而一聽到職員口中的名字，波矢多還以為自己聽錯了。

「只有合里光範還沒上來。」

第九章

黑面之狐

坑內究竟出了什麼事？

根據大取屋重一的說法，事情的來龍去脈是這樣的。

就在他上完廁所，準備回左邊第四坑道的五號開鑿面的途中，聽見了不太對勁的聲音，下意識地四下張望，視線落在同樣屬於左邊第四坑道的六號開鑿面。

要塌了。

大取屋第一時間就反應過來，六號開鑿面的坑頂（天花板）即將崩落。

「喂——！」

他邊喊邊衝向六號開鑿面。

「快逃啊——！」

吶喊逐漸變成嘶吼。

在他邊吼叫邊衝進六號開鑿面後，剛固定好支架的先山和後山都被他嚇得發不出聲音來，大取屋聲聲催促：

「快離開這裡！」

但是有幾個好奇發生什麼事的礦工非但沒離開，反而還聚集過來。

「別進來！快出去。」

再這樣下去，所有人都會慘遭活埋。大取屋正感焦急，耳邊同時又傳來詭異的聲音。

轟——。

只不過除了他以外，唯有當時還留在五號開鑿面的波矢多聽見了同樣的聲音。

「……要塌了。」

大取屋自言自語的聲音在開鑿面響起，下一瞬間，所有還待在開鑿面的人全都一起開始往外逃竄。

接著是碎石從開鑿面的坑頂霹靂啪啦掉落的聲音，四周揚起塵埃，視線頓時被煤灰粉塵遮去大半，然後是令人心驚膽跳的傾軋聲，六號開鑿面的坑頂隨之崩落。

還來不及確定彼此是否平安無事，周圍已經開始瀰漫著一股異味，想也知道是沼氣外洩，倘若直接吸入體內，小則昏厥，大則當場斃命。

「是沼氣！快逃啊！」

大取屋繼續扯著嗓子高喊，並且回頭去找波矢多，拉著他連同其他礦工一起跳上人車，逃出生天。

以上就是大取屋的敘述。

「我們去救合里哥吧。」

波矢多轉身就要返回坑口。

「來不及了。」

大取屋不由分說地阻止波矢多，之後在聽自己敘述事發情況的職員中發現勞務課長水盛厚男的身影，一個箭步走向他質問：

「救援隊什麼時候才會到？」

「我正要打電話向總公司請示。」

水盛充滿自信地回答，可是大取屋繼續咄咄逼人地追問：

「還請求什麼指示，直接請他們派救援隊過來就好了。」

「哪有這麼容易……」

「難在哪裡？」

「還、還、還是要由總公司判斷……」

相較於平常架子端得比天還高，現在的水盛卻變得唯唯諾諾的，大取屋不容置疑地直言：

「眼下只需要有一個判斷，那就是立刻讓救援隊進坑內救人。」

周圍的礦工也開始騷動起來，大家都贊成大取屋的意見。

「你還愣在那裡幹什麼？快點叫救援隊啊！」

「別拖拖拉拉的。」

「你想害死同伴嗎？」

「都怪這裡的安全措施跟紙糊的一樣，才會發生這種事。」

「再說了，為什麼鯰音坑連救援隊都沒有？」

「就是說啊，發生這麼嚴重的意外才向總公司請求支援，原本救得活的人也救不活了。」

「把我們的命當成什麼了！」

現場的騷動如雪球般愈滾愈大，波矢多也忍不住發難：

「沒時間等總公司派救援隊來了，有沒有人願意跟我一起去救人，直接在這裡組一支搜索隊，下去救合里哥。」

縱使有礦工立即響應，但不知為何，人數並不多。冷淡的反應令波矢多錯愕不已，大取屋搖著頭點醒他：

「在沒有任何裝備的情況下入坑，會被沼氣給毒死的。」

「只要戴上面罩……」

「普通的面罩不夠力，要防毒面罩才行。」

絕大多數的礦工都深知坑內的沼氣有多危險，所以沒有人響應波矢多的號召，贊成的只有跟他一樣經驗尚淺的新人。

「沒錯沒錯，現在坑內都是沼氣，要進去也沒那麼簡單。」

聽見兩人的對話，水盛也趁著這個勢頭應聲。

「總公司的救援隊應該有防毒面罩吧？」

被大取屋這麼一問，水盛不由得露出「大事不妙」的表情。

「就、就算戴上防毒面罩，也不見得一定安全。」

「沒有面罩、一個人留在坑內的合里豈不是更危險。」

「所以我才要請示總公司的判斷……」

「你擔心的是坑內火災吧。」

大取屋直指重點，水盛的肩膀抖動了一下。

「怎麼回事？」

波矢多向大取屋追問，後者以一臉難以釋懷的表情說明：

「坑內之所以會發生火災，主要是因為煤灰和沼氣。煤灰自燃已經夠可怕了，要是再加上沼氣，可能會釀成大爆炸。大正三（一九一四）年田川郡的三菱方城煤礦發生沼氣爆炸意外時，迅速引燃煤灰，造成大火延燒。當時下坑工作的礦工一共有六百八十六人，其中只有二十一人活著離開礦坑。而且，聽說裡面還有一、兩個人後來也傷重不治。」

「……好悲慘。」

波矢多不由得喃喃自語。

「現在幸好還沒發生火災，可是當救援隊進去救人，一不小心可能會讓沼氣燒起來。」

「說到方城煤礦……」

水盛一臉機不可失地插嘴。

「那個時候就是由沒當班的礦工組成救援隊，在裝備不齊全的狀況下讓他們入坑救人，才會造成二次災害，為了不重蹈覆轍……」

「你在胡說什麼，說謊也不打草稿。」

「你們根本不管礦工的死活。」

「你只擔心萬一失火，坑內的原煤兩三下就會燒成灰燼。」

「萬一演變成這樣，你肯定打算馬上注水灌救吧。」

「說來說去，你就是不打算救合里吧。」

周圍的礦工你一言我一句，又開始起鬨喧鬧。

坑內發生火災時，煤礦公司最先想到的才不是礦工的人命，而是煤炭資源。

隨著燃燒的時間愈久，想當然耳，就會有愈多的原煤被燒掉，最糟糕的情況可能會導致礦坑必須從此停工。這是公司無論如何都不想看到的狀況，因此為了以最快的速度滅火，就會對坑內注入大量的水。假使有人在坑內僥倖沒被燒死，一旦外頭注水也會因此溺斃。這麼一來等於是活活殺死好不容易躲進已經廢棄的古洞裡，逃過祝融威脅、奇蹟生還的倖存者。

話雖如此，但坑內火災的存活率極低，如果在災情變嚴重之前就先逃到坑外還好，留在坑內的人幾乎沒有活下去的機會。「但是搞不好……」礦工同伴和祈禱丈夫、兒子、兄弟平安無事的家人，都無法不抱著微乎其微的希望。對於精神上已經因為意外受到重創的人而言，灌水無疑是落井下石的行為。

在一群氣急敗壞地逼問公司職員的礦工旁邊，大取屋也掌握重點地向波矢多說明這些。

……好像啊。

波矢多感到如鯁在喉。

感覺煤礦公司與礦工的關係，就像戰時的日本政府、軍部，與被送上戰場及被捲入戰爭的國民之間的關係。對大日本帝國而言，士兵及國民的命只不過是消耗品。不過這個問題並非只存在於日本，戰爭本來就是這麼回事，頂多只有程度上的差異罷了。

這家煤礦公司也有一模一樣的問題。明明不是在打仗，卻視人命如草芥。煤礦公司追求的優先利益無非是每天所開採出的煤礦產量，凡是任何會危害到產量的事物，無論是什麼，都要除之而後快。礦坑就是這麼可怕的職場。

陷入沉思的波矢多驀地回過神來。

現在不是思考這些問題的時候，得先把合里救出來才行——。

但是，如果在沒有任何裝備的情況下入坑，大概會馬上被沼氣毒死。但若是還要等到總公司做出判斷，原本還能獲救的人也無法逃出生天了。隨著時間一分一秒過去，合里生還的機會愈來愈渺茫。

「就沒有其他辦法了嗎？」

波矢多以近乎詰問的語氣向大取屋求助。

「很遺憾，沒有。」

然而大取屋不以為忤，只是冷靜地回答。

「這麼說來，以前……」

有個上了年紀的礦工在一旁聽見他們的對話，突然想起什麼似地大聲說道：

「忘了是在哪裡聽說過，夏蜜柑能中和沼氣。」

「真的嗎？」

「真的，好像是一位老礦工告訴我的。」

「既然如此，那就盡量蒐集夏蜜柑，丟進坑內——」

另一位同年代的礦工正要表示同意時。

「這麼做沒有任何效果。」

大取屋斬釘截鐵地駁斥。

「可是我真的聽說過這個方法。」

最早提出這個辦法的礦工抗議。

「方城煤礦也試過這個方法。」

聽到大取屋這句話，所有的人都沉默下來。

「他們是怎麼做的？」

另一位礦工問道，大取屋面色凝重地回答：

「他們先朝坑內扔進大量切成兩半的夏蜜柑，再由九名志願組成救援隊、嘴裡同樣咬著切半夏蜜柑的礦工進入坑內，結果有五個人死於沼氣中毒。」

「救援隊要救的人……」

波矢多問道，大取屋搖搖頭。

「一個都沒出來。雖然也組織了第二支救援隊，但誰也沒救到。」

「怎麼會這樣……」

難道只能眼睜睜地看合里死掉嗎？

就在波矢多感到心痛如絞時。

「……都是我不好。」

名叫梅澤義雄的中年礦工突然雙膝無力地跪倒在地上。

「你怎麼了，不要緊吧？」

周圍的礦工大吃一驚，想要拉他起來，但梅澤就這樣頭低低地癱坐在地上，發出悲痛的哀鳴。

「我是合里的後山……」

所有人都倒抽了一口氣，再沒有人出聲安慰梅澤。

「聽到坑頂要塌的叫喊聲時，我剛好站在左邊第四坑道的七號開鑿面外。」

就在坑頂最早開始崩落的六號開鑿面隔壁。

「我想和合里一起逃，但坑頂已經開始霹靂啪啦往下掉，而且數量驚人……於是我朝開鑿面大喊：『要塌了。』然後就逃走了。還以為他肯定也會跟在我後面出來，所以我就顧著拚命往前跑，沒想到出了坑一看，才知道只有合里一個人沒逃出來……」

令人窒息的沉默持續了好一會兒，音量雖然不大，但這時終於有人開始安慰梅澤。

「這也不能怪你。」

「你並沒有見死不救。」

「坍塌意外發生時，任誰都會反應不過來。」

然而，大部分的礦工都緊閉雙唇，面色凝重。波矢多也是其中之一。雖然很難判斷梅澤到底要負多少責任，但既然是搭擋，至少也該確認合里是否確實從前面沒有路的開鑿面逃出來了。

正當他陷入無奈的情緒時，有人拉了他工作服的袖子。但波矢多連回頭的力氣都沒有，決定假裝沒發現，但那人仍鍥而不捨地拉扯袖子，並且喊他：

「過來一下。」

無可奈何地回頭一看，食堂的吉良葉津子正一臉鐵青地站在他背後。

「發生大事了。」

心想她大概是聽到合里光範的事，才從食堂趕過來一探究竟，但她的樣子看起來非常古怪。

「你來一下。」

葉津子又重複著說道，似乎想帶他去哪裡。

「怎麼了，有什麼事嗎？」

波矢多終於感覺到有些不太對勁了，但是就算問她，葉津子也不回答，只是一個勁兒地拽著他的工作服，拉他離開檢身室。

「喂，到底有什麼事——」

失去耐心的波矢多，就這麼佇立在原地不動，這時葉津子四下張望了一番，確定沒有其他人以後，才小聲地附在他耳邊說道：

「在這個節骨眼找你說這件事，真的很不好意思，真砂稍早之前來過我那兒。」

我那兒指的是她工作的食堂，真砂則是與葉津子熟識的礦工夫婦的年幼女兒，全名好像是真砂子。

「真砂說她和大家在一號棟旁邊玩的時候，有隻黑臉狐狸從她面前經過，走進木戶先生的房間……」

「什麼！」

合里和波矢多也住在礦工宿舍區的一號棟，隔壁就是木戶的房間。

「畢竟是小孩子說的話，我也沒當真。可是真砂說那隻狐狸進去以後就再也沒出來過，所以我覺得還是去看看比較好……」

「提到黑色的狐狸，就算是孩子的童言童語也不能置之不理呢。」

凡是在野狐山這一帶的煤礦礦坑討生活的人，一定都會這麼想。

「嗯，所以我本來想去看一下……」

「結果真的要去了，又突然害怕起來了嗎？」

波矢多接住她的話頭，葉津子滿臉歉疚地點點頭。平常巾幗不讓鬚眉的氣魄固然也很迷人，但現在這個樣子看起來更是可愛極了。

「要是有小偷趁著這場騷動闖空門就糟了。」

「說得也是。」

波矢多雖然點頭稱是，但又想到就算是小偷，應該也不會拿工寮當目標吧。如果是經驗老到的小偷，應該會鎖定公司的職員宿舍。就算要進工寮偷東西，也絕對不會選擇一號棟，因為任誰來看都知道一號棟沒有任何值錢的東西。

想是這麼想，波矢多還是有點放心不下。雖然他待在坑口也幫不上什麼忙，可是一旦離開，感覺就像是真的放棄了合里。

波矢多幾乎是被葉津子拖著穿過檢身室，鑽進木板圍牆的門，走向一排一排有如長條狀連棟長屋的礦工住宅區。走著走著，突然覺得不太對勁。起初還不太明白是哪裡奇怪，但他馬上就發現是這裡過於安靜了。幾乎所有的人都跑去檢身室關心情況，只剩下小孩和老人留守。孩子們或許也明白出了大事，雖然還是有人在玩耍，但是和平常比起來已經乖巧太多了。

有些年紀大點的孩子看到波矢多和葉津子，便上前來想詢問意外的相關狀況，但現在沒空向他們說明，所以只丟下一句「還不清楚」來搪塞，就急著走開。

工寮的編號愈小，外觀就愈破舊狹窄。尤其是個位數編號的工寮，幾乎就跟廢墟沒兩樣。每棟的房間數量也隨之減少，用來給光棍住綽綽有餘，但住進來的人多半都是個性異於常人或是背後有什麼故事的人。前者就像是合里光範和物理波矢多，後者則以喜多田喜平和丹羽旗太郎為代表。單身宿舍和工寮都可以免費入住，既然如此，想盡量住在乾淨又寬敞的空間也是人情之常，沒有人會刻意選擇幾乎快要報廢的建築物。正因為如此，這裡可以換來不需要與左鄰右舍打交道、充分享受個人世界的特權。會渴求這種環境的，無非是拋棄世俗之事的人，或是有什麼難言之隱的人。

隔壁只住了木戶的時候，還是歲月靜好，現世安穩。

沒多久，喜多田喜平搬進一號棟，接著丹羽旗太郎又搬到他隔壁。從此以後，這兩個人的房間幾乎是輪流開著賭場，再無寧日。不論是波矢多還是合里都曾被他們邀約好幾次，當然兩人也從未搭理他們。他們之所以會那麼愛找波矢多和合里的麻煩，或許這也是其中一個要因。

當一號棟映入眼簾，就看到前面的二號棟一角有三個年幼的孩子。與其說是在玩耍，更像是在專心地監視著一號棟最邊邊的房間「一之二」號房。

葉津子問他們在做什麼，才知道原來是真砂子要他們盯著木戶的房間。但是據他們所言，真砂子所說的黑臉狐狸進去以後，還沒有半個人出來過。孩子們拍胸脯保證，自從真砂子跑去通知葉津子開始，三個人就一直守著一之一號房，所以絕對不會錯。

波矢多對孩子們說：「你們在這裡等一下。」然後便來到一號棟的一之一號房門前。雖然他要葉津子也跟孩子們一起待在那邊，但葉津子還是立刻從後面跟上來，不愧是個性格剛毅的女性。

一之一號房的左邊是合里和波矢多的房間一之二號房，再過去是沒人住的一之三號房，一之四和一之五分別是喜多田喜平與丹羽旗太郎的房間。這兩人都是一番方，所以現在應該不在，大概還待在檢身室那邊。右手邊隔著木板圍牆聳立的是鐵塔般的豎坑櫓，居高臨下地俯視波矢多等人。明明是已經看慣的風景，這時卻感到極為陰森，彷彿正屏氣凝神地監視著他們的一舉一動。

這座櫓該不會正在偷看他們吧？

波矢多險些就要悄悄地回頭問葉津子這個問題了。

「……沒事吧？」

因為波矢多一直杵著不前進，葉津子不安地問他。大概是以為他走到這裡，突然又膽怯起來了。波矢多不願被看扁，所以敲了敲拉門。

叩叩。

不知是不是因為上半部鑲嵌著毛玻璃的關係，拉門發出像是要被敲破的聲音。但屋裡沒有任何回應，室內靜悄悄地。

外側的鎖頭沒有上鎖，所以木戶應該在裡面。還是說他人真的不在，此刻待在屋裡的其實是小偷呢？

「木戶先生。」

波矢多邊打招呼邊開門，但是因為建物年久失修，實在推不太動。合里房間的門也有類似的毛病，但木戶這扇門更難開。

喀啦喀啦喀啦。

波矢多稍微把門抬起來，再往旁邊推。一陣劇烈的晃動後，門總算開了。

走進去站到三和土地板上，又往裡頭的房間喊了一聲：「木戶先生。」但還是沒有任何反應。

格局比夫妻倆或一家人住的房間小一點，前面的房間約六疊，後面的房間只有四疊半。室內沒有廁所也是單身人士住處的特徵。公共廁所設在東側離屋子有點距離的地方，因此碰上下雨的時候簡直麻煩得不得了。

六疊的房間裡沒有人，所以木戶應該在左手邊紙門後面的四疊半房間，問題是他為什麼不回話？

「妳不要進來，在外面等。」

「可是……」

眼看葉津子又要對自己的指示提出抗議，波矢多壓低聲線對她說：

「萬一小偷躲在後面那個房間，可能會撞開我往外跑，妳站在這裡太危險了。當然我會盡力不讓他逃跑，但不怕一萬、只怕萬一。而且妳待在安全的地方，我才能專心對付小偷。」

「好，就這麼辦。」

葉津子乾脆地同意了。

「千萬不要試圖抓住逃跑的小偷，麻煩你先保護孩子們。」

波矢多再三叮嚀之後才脫下工作鞋，先檢查三和土地板左邊的儲藏室。如果小偷躲在這裡，肯定等他一進屋的時候就會馬上逃跑。可是裡頭空無一物，什麼也沒有。

波矢多從鋪在玄關的木板踏進前面的房間，把手放在通往後面房間的紙門上，做好隨時都能應付有人衝出來的準備，不聲不響地一口氣拉開紙門。

然而，沒有人衝出來。

不僅如此，當他往室內窺探，只見木戶以難以用言語形容的詭異姿勢，吊死在屋子裡。

第十章

鬧鬼的工寮

物理波矢多走進後面的房間，為求謹慎起見，他先確認木戶是不是真的死了。因為他的死狀實在是太異常了。

注連繩⑲的其中一頭綁在打在房間東側柱子上段的五寸釘上，斜斜地垂下來，他的脖子就套在前端繞成的繩圈裡，而且還是以面向西方、幾乎跪坐的姿勢死去。

柱子上的五寸釘本身並不特別，幾乎所有的房間都會在每根柱子釘上相同的五寸釘。下雨天可以拉起繩子，把洗好的衣服晾在房間裡。只是此刻五寸釘上綁的不是繩子，而是注連繩；掛的也不是洗好的衣服，而是遺體。

儘管為之震驚，波矢多仍簡單地對死者行個禮，稍事默禱，然後將室內環顧一圈，先確認窗戶並沒有轉上螺絲鎖。為了避免沾上自己的指紋，他小心翼翼地隔著手帕試圖打開窗戶，但窗戶紋風不動。再回到前面的房間，檢查壁櫥和廚房，也沒有人躲在裡面。順帶一提，前面的房間與廚房的窗戶都上緊了螺絲鎖。

「好奇怪啊。」

波矢多喃喃自語，又踏進了後面的房間，再次試著打開窗子，但窗戶依然一動也不動，處於完全**無法使用**的狀態。

溜進一之一號房的傢伙究竟是從哪裡離開的？

雖然他實在不太願意相信這是真砂子口中的黑臉狐狸犯的案，但肯定有人進了木戶的房間。

礦工宿舍區的房間（一號棟）

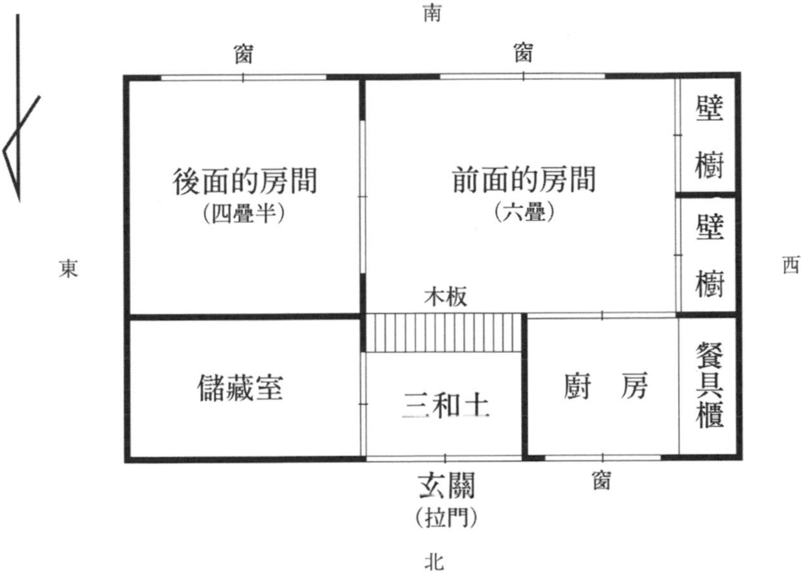

螺絲鎖

⑲ 神道信仰中的祭祀用具，常見於神社，用以區隔神域與現世、驅除災厄與不淨之物，有如結界般的存在。此外也會作為神靈寄宿的象徵，在巨大的樹木、岩石、瀑布、海邊的礁石等自然景觀，或一般民家的年節大門裝飾與神棚上看到它的出現。

因為雖說年幼，但不只是真砂子，其他三個孩子也都看見了。

問題在於真砂子去食堂找葉津子的時候，其他小孩都監視著唯一的出入口，也就是正面的拉門。除此之外只有三扇窗戶，但前面房間與廚房這兩處的窗戶都以螺絲鎖鎖上了，後面房間的窗戶也處於無法開啟的狀態。

不管是很難推開的正面拉門，還是後面房間那扇打不開的窗戶，其實都是老舊工寮本來就有的缺陷。礦坑啟用的時間愈久，工寮基本上都會冒出很多問題，像是房門很難推動、窗戶只能打開一條縫、紙門開關不順等千奇面怪的困擾。不光是因為建築物原本就結構不良的關係，更重要的原因其實就潛藏在地下，也就是所謂的地盤下陷。

隨著坑道在地底被擴展到各個地方，對地表建築物的地盤造成影響也是遲早的事，這是礦坑特有的毛病。但是像公司的採礦事務所和職員宿舍等處的地基和建材還算結實，所以就算地盤有點下陷，但問題也不大。然而偷工減料的工寮立刻就會遭受其害了，特別是個位數編號的那幾棟，影響不可謂不大。例如合里房間的拉門也拉不太動，現在木戶的房間則有一扇窗戶處於完全打不開的狀態。

「……波矢多。」

門口傳來語帶遲疑的呼喚聲。波矢多從紙門後探出頭，只見葉津子正以憂心忡忡的表情從門口往裡頭窺探。

「怎、怎麼樣？」

「這個嘛……」

波矢多回到前面的房間，簡短地交代了木戶的死訊，拜託她去請南月尚昌和水盛厚男過來。

「為什麼死掉了？病死的嗎？」

「不是，可能是自殺，不過這裡頭有些可疑的地方。」

「難不成是被、被人殺害……」

波矢多走到大驚失色的葉津子身邊，用食指抵住嘴唇，示意她別大聲嚷嚷。

「日前什麼都還說不準，總之不要走漏風聲，請你先把那兩個人帶過來。」

「好，我明白了。」

就在等著葉津子帶南月和水盛回來之前，波矢多又盡可能鉅細靡遺地將室內給檢查了一遍，並且謹慎地留意不要破壞現場環境。但是並沒有任何的新發現，唯有謎團不斷地加深。

有人進來過這個房間嗎？

那個人又是從哪裡出去？

木戶的死跟那個人有關嗎？

為什麼用注連繩吊死？

腦海中接連浮現出一個又一個疑問的波矢多，開始仔細地觀察木戶的遺體，然後又再加上最後一個疑問。

這是自殺？還是他殺？

不管是哪一個疑問都沒有得到答案，這時葉津子已經帶著南月尚昌和水盛厚男回來了。

「聽說木戶死了？」

水盛一馬當先地走進屋子裡。他的語氣中感受不到絲毫哀悼死者的心情，毋寧說是充滿了對死者竟然在坑內發生意外的混亂時刻還來添亂的不耐煩。

然而，當他親眼看到木戶異樣的死狀，就啞口無言地當場愣住了。

「這是……自殺嗎？」

南月稍後才踏進後面的房間，看了遺體好一會兒，喃喃自語。

「誰會以這種姿勢自殺。」

「如果房間的天花板不夠高，也只能這樣了不是嗎。」

「話是沒錯……」

「算了，交給警察判斷吧。」

波矢多簡潔扼要地向他們說明了自己發現遺體的經過。葉津子貌似什麼也沒告訴他們，所以兩人全都聽得目瞪口呆。

「黑臉的狐狸……」

果不其然，這句話讓南月有所反應，他似乎受到很大的驚嚇。

「才沒有那種東西，不就是小孩子的童言戲語。」

另一方面，水盛則一副完全不相信的樣子。原本方寸大亂的水盛與冷靜自持的南月，彷彿在此刻一口氣互換了角色。

「可是，確實有人進入木戶先生的房間。」

對於波矢多的說法，水盛則是拋回一個質問。

「你的意思是那個人就是吊死木戶的兇手嗎？」

「假設是那樣的話，那個人到底消失到哪裡去了？」

波矢多也以問題回答問題，水盛的臉上立刻浮現出不安的表情，但隨即像是要說服自己似地反駁：

「沒有什麼傢伙闖進來，也沒有什麼黑臉狐狸。」

「可是真砂和三個小孩都看到了。」

「那麼小的孩子說的話根本沒有參考價值。」

「就算是這樣好了，有沒有人闖進這裡還是一看就知道了。」

「總之先連絡警察吧。」

水盛慌不擇路地跑出去後，波矢多便詢問南月：

「合里哥的救援行動後來如何？」

「與其說是完全沒有進展，不如說公司顯然就打算這麼放著不管了。」

「怎麼這樣……」

「公司的處理方式當然不可原諒。」

下一瞬間，南月凝重的表情又轉為悽愴。

「可是啊，要說合里的人是不是還平安……很遺憾，我看是不行了。」

「……一點希望都沒有了嗎？」

「嗯，就連逃出坑外的人裡面也有幾個沼氣中毒。所以考量到從坍塌意外引發沼氣外洩後，直到現在還一直被困在坑內的話……」

「說不定合里哥躲進古洞避難了。」

「躲進古洞裡逃過一劫這種事，前提得是坑內發生火災的時候。因為洞內的原煤已經採集殆盡，火勢不會延燒過去，所以才能撿回一條命。可是沼氣轉眼間就會充滿整條坑道，而且無孔不入，根本無路可逃。這就跟發生坑內火災時引水灌救是同一種情況。」

「不能為了十之八九已經死亡的人，讓其他礦工也暴露在危險中的意思嗎？」

「若是指你們打算不帶任何裝備就入坑的行為，就是這樣沒錯。但是公司不能這樣推卸責任。公司畢竟是我們的雇主，應該要對我們負責。」

「可是公司卻打算袖手旁觀。」

「工會的山際老弟跑去找勞務課交涉了，但顯然還沒有成果。」

鯰音坑姑且也算有工會，由山際宜治當代表。可惜不比大型煤礦，工會還不夠力。雖然受到食堂的初代等人大力支持，但是也有部分礦工不滿地認為「明明沒什麼力量，還要我們繳那麼多會費」。

「我也去勞務課看看。」

無論再怎麼絕望，除非真的找到合里的遺體，否則絕不能放棄希望。波矢多下定決心，如果公司不肯派出救援隊，他就向公司借防毒面具，自己下去找。

勞務課的年輕職員剛好在這個風頭浪尖來了，原來是水盛要他在警察抵達前先盯著現場。

在外面等候的葉津子原本也要跟著兩人一同前往採礦事務所，但波矢多勸她先回食堂。和南月走到勞務課後，隸屬自治體警察的成田勇兵警官已經到了，一臉「你來得正好」的表情，打算向波矢多這個第一發現者問案。

如果說戰前的警察組織是中央集權型，戰敗後的警察組織則算是民主警察。GHQ（駐日盟軍總司令）的GS（民政局）參考本國的保安官制度，在所有的市以及人口超過五千人以上的町村設置公安委員會，在公安委員會的管理下設置自治體警察。因此雖然一方面能展開貼近當地的縝密搜查，另一方面卻也出現了與黑道掛勾的問題。再者，如果案子涉及其他自治體，偵辦就會左右掣肘，對於大規模的廣域犯罪幾乎無計可施。再加上警察的經費皆由各自治體自行負擔，因此各地都面臨了財政困難的狀態。

「礦山從以前就擺脫不了跟警方與黑道的糾葛，小哥也要提防著點。」

得知只有波矢多被叫去會客室，南月不動聲色地附在他耳邊提點。

實際上，從明治十四（一八八一）年到昭和十三（一九三八）年，大型煤礦多半都有請願巡查駐守。不光是地方自治團體或企業，即使是由個人提出申請，也能讓政府派來支援的，就是所謂的請願巡查。只是相關費用要由申請人全額負擔。以礦坑為例，如果要找請願巡查來維持礦坑的治安及風紀，不只要提供住處，還必須支付薪水。

當時納屋制度依舊常見，因此為了挖角礦工而衍生的糾紛層出不窮，經常演變成傷人械鬥乃至於殺人命案。請願巡查的存在也是為了發揮制衡作用。然而，因為請願巡查受雇於企業，無法堅守身為警方的中立性，最後大多演變成私人警察，產生更大的問題。情況至此，請願巡查已經不能稱之為警察了，還更像是保鑣般的存在。而且這種保鑣因為握有公權力，所以更加棘手。

上述的請願巡查制度也在昭和十三年廢止。但戰爭期間的警察還是明顯站在煤礦公司那一邊，而不是礦工的守護者。雖說在戰敗後改制成自治體警察——其實正是因為變成地緣關係濃厚的警察組織——讓他們反而更加往煤礦公司這一邊靠攏，也難怪南月會擔心波矢多的安危。

幸好南月的擔心只是杞人憂天。不過倒不是因為成田訊問的態度有多友善。這位四十歲上下的警官始終沒給波矢多好臉色看，看起來就是個對工作沒什麼熱忱的類型。反而是波矢多十分積極地協助辦案，針對發現木戶遺體的來龍去脈進行詳盡的說明。但也不知道對方有沒有聽進去，波矢多總覺得自己好像在對牛彈琴。

結果就連波矢多都覺得自己還沒有充分交代清楚，就被警官打發走了。一般人應該會樂得輕鬆地離開，但他偏偏不是一般人。總覺得事情透著古怪，令人不太舒坦。

「你怎麼看？」

南月在看得到會客室門的走廊上等候，波矢多向他轉述警察的反應之後，便想詢問他的意見。南月一臉了然於心地說：

「水盛想必已經事先打點好成田警官了。」

「打點什麼？」

「將木戶的命案大事化小、小事化無。」

「咦……」

「目前光是要應付意外的事就一個頭兩個大了，實在沒有時間再去處理莫名其妙的屍體。」

「這是兩回事……」

「當然是兩回事。可是啊，這麼說可能很不厚道，但水盛想必認為不過就是區區一個朝鮮籍的雜役，死就死了，沒必要為此大驚小怪。」

「怎麼能這樣……」

「不只木戶，合里也是一樣。幸好被困在充滿沼氣的坑內的是一個孤家寡人的礦工。水盛肯定是這麼認為的。」

波矢多已經無話可說了。可是現在就連自己也無法控制熊熊燃燒的怒火源源不絕地從內心深處延燒出來。

他轉身就想回到成田和水盛所在的會客室，但是卻被南月一把抓住。

「這不是我們能左右的事。」

「他們對合里哥見死不救當然非常過分，可是木戶先生的死明明有他殺的嫌疑，先不管水盛課長是怎麼想的，只要我向成田警官強調這點……」

「那個警察早就被拔井煤礦買通了。」

「……」

「要是小哥一直堅持木戶是被人殺害的，可能會被公司與警方視為眼中釘，最後直接把你當成兇手抓起來也說不定。」

「這也太荒謬了……」

波矢多雖然不願意相信，但是從南月先前告訴他的種種跡象來看，倒也不是完全不可能。

兩人回到檢身室時，木戶在詭異的情況下喪命的事已經在礦工間傳得沸沸揚揚。不太可能是葉津子說的，所以大概是那三個小孩走漏的消息。加上真砂子看到的黑臉狐狸，結果還真的有人相信那是黑狐大人顯靈，為此恐懼不已。

最令人難以置信的說法，就是有人認為黑臉狐狸其實是合里光範的幽靈。那是一位名叫岸谷臣吾的老礦工提出的看法。

「可是合里的屍首還沒有運出來啊，他的靈魂應該還在坑裡頭徘徊吧。」

在意外發生時擔任合里後山的梅澤義雄提心弔膽地提出反對意見，這讓波矢多很驚訝。而且他的反對意見還是奠基在流傳於礦坑的迷信上。波矢多心想這麼一來，其他礦工應該也會贊同。果然礦工們一個接著一個背棄了岸谷的論點。但他們想必還抱持著一定程度的懷疑，並沒有人真的完全捨棄這個想法。

為什麼……

波矢多覺得很奇怪，但是看到仍低著頭的梅澤，便立刻反應過來。

他們避忌的不是岸谷，而是梅澤。

要說理由是什麼，當然就是他拋下合里自己逃跑這個舉動。就算梅澤其實沒有見死不救的意思，但是從他本人對意外當時的親口描述聽來，會被這麼認為也是無可奈何的事。雖然還不到村八分[20]的地步，但大家都下意識地避著他，梅澤本人肯定也意識到了。

⑳過去在日本的村落社會體系中，對於破壞規矩制度的人士予以制裁的行為。除了放著不管會影響到眾人的喪葬與火災（此為二分）之外，其他與成人式、結婚、生產、病人照護、協助房屋改建整修、水災的善後處理、年度祭祀法事、旅行（以上為八分）等相關事務一概不交流協助，亦不涉入。後引申為某地域中針對特定居民，或是團體中針對特定人士的排擠行為。

但岸谷就不是這樣了，他們平常的關係看起來還不錯，所以兩人之間或許有一定的友誼基礎。就算其他人都在閃躲梅澤，唯有他還對梅澤不離不棄。

「既然如此，黑臉狐狸為什麼要去一號棟？」

岸谷反過來問梅澤。

「……我不知道。」

梅澤依舊低著頭回答，岸谷則是用引導式的口吻問道：

「莫非是一號棟有著什麼東西？」

「……啊，合里的房間吧！他的魂魄想回去自己房間。」

「這麼想就合理了。」

梅澤一度接受了這個說法，但隨即又浮現出不安的表情。

「可是，如果是這樣的話，為什麼木戶會……」

「單純是因為當時剛好只有他在一號棟吧，所以就被合里帶走了。」

「真是可怕啊。」

從反應上無法判斷他是真的相信還是假的相信，不過梅澤現在很明顯地嚇得臉色鐵青。接著發現波矢多就站在旁邊，冷不防地開口：

「幸好你當時不在合里房裡。」

「就是說啊。」

岸谷立刻附和：

「合里真正想帶走的人，肯定是你吧。」

聽到這句話，波矢多悚然一驚。剛才聽他們一搭一唱的時候，明明還氣個半死，心想他們到底在說什麼蠢話，此時卻感到一陣戰慄。

如果是合里的話，或許真的有這個可能……

大概是因為他生前的言行舉止讓人有這種感覺。

等一下，現在還不確定他是不是真的已經死了……

自己居然會對合里——正確來說其實是岸谷口中變成幽靈上坑的合里——心生恐懼，就算只有一瞬間，波矢多也感到羞愧欲死。但就在這個時刻，腦中卻也同時浮現出以前從未想過的一個大問題。

假設木戶是死於他殺，那麼他被殺害的理由是什麼？

水盛厚男的觀點固然毫無人性，但不論是從正面還是反面角度來解讀，木戶這個人確實可說是人畜無害的存在。雖說不是所有的人都喜歡他，但是應該也沒有人會對他懷抱痛下殺手的恨意。從這層意義來說，這個人簡直跟空氣一樣。

波矢多與岸谷及梅澤稍微拉開一點距離，小聲地向南月請教這個新冒出來的疑問。

「跟空氣一樣的男人嗎？形容得真好。」

「南月叔果然也這麼認為嗎？」

「小哥不愧是文學青年。」

南月讚美到波矢多都覺得害臊了。

「不過就算是空氣好了，也是渾濁的空氣吧。」

「你的意思是？」

「像是拜託他買東西之類的場合，他會偷偷地將找回來的零錢占為己有，以為對方不會發現。」

「沒有人糾正他嗎？」

「因為金額不大啊，大家頂多是以為跑腿費又漲價了。倒是木戶的偷窺癖被發現時，就引起一陣不小的騷動。」

「偷窺癖嗎？」

「幸好不是偷看女孩子洗澡，所以事情才沒有鬧大。」

「所以是窺探別人的生活吧。既然如此，他可能在某個意想不到的場面，發現了不能被別人知道的祕密。」

「所以才會被殺……」

「沒錯，這是要殺人滅口。以殺人動機來說，非常充分。」

「嗯……」

南月口中念念有詞地沉思了半晌。

「說到祕密……住在工寮那種長屋裡，根本什麼也藏不住。」

「會不會是賭博？」

「那對眾人來說根本是公開的祕密了。最近喜多田是比較明目張膽，但大家其實都心照不宣。」

「……」

這時南月留意到波矢多突然沉默不語。

「怎麼啦？」

「我剛才突然想到一件事——不過這個想法非常離譜……」

「是什麼？」

「我突然想到，假如木戶先生死於他殺，應該是連續殺人案的第二位或第三位死者，而非第一個被害人。」

「這話怎麼說？」

「舉例來說，木戶先生或許是無意間目擊了殺人事件的現場，所以才慘遭滅口的。」

「原來如此，我懂你的意思了。木戶這傢伙的確不太可能因為自作孽而引來殺機，倒楣地被捲入別人的犯罪，最後因此喪命的可能性還比較高一點。」

「所以從木戶先生的偷窺癖來判斷，前面這段讓他引火自焚的推論就說得通了。」

「問題是現在死的只有木戶。」

聽南月這麼說，波矢多在剎那之間想到一個可能性。

倘若合里救不回來……

木戶就是第二個死者了。但是再怎麼說，合里都是死於意外，木戶被殺人滅口的假設並不成立。

「又怎麼啦？」

見波矢多突然又陷入沉默，南月露出不解的表情。

「沒什麼。而且目前也還不能確定木戶先生是他殺。」

「所以跟偷窺癖沒關係嗎？」

「話說回來，大家居然能容忍他這個壞習慣。」

「因為大家都很同情木戶啊，所以覺得可憐之人必有可恨之處吧。」

「因為他在戰爭中發生意外導致殘疾嗎？」

「嗯。大家都是吃礦工這行飯的，難免有些感同身受。再加上他是朝鮮人，想必也受到很多歧視吧。他雖然什麼也沒說，但如果是一直待在礦坑工作的人，多少都能察覺到。」

「說得也是。」

「只是啊，也有一些傳聞，說他因為戰時徵用，從朝鮮被帶來龜碕坑的時候背叛同胞，與公司狼狽為奸。」

「龜碕坑在哪裡？」

「那是拔井煤礦在野狐山的另一座礦坑。木戶在戰後之所以能馬上混進這裡，想必也是因為同樣是屬於拔井旗下礦坑的關係吧。」

他口中的這裡指的當然是鯰音坑。

「問題是，如果他真的背叛同胞……」

「雖然能成為殺人動機，但事到如今才來找他報仇的又是誰？」

「意思是事發過後，對方也毫無動作地度過了一段時間嗎？」

「而且還有一派說法認為，以木戶的性格來說，就算真的背叛同胞，應該也不至於嚴重到哪裡去。」

「或許不是什麼會讓人萌生殺意的行為。」

「再說了，如果要報仇，比起木戶那種小人物，不是更應該找上當時日本這邊的採礦相關人員嗎？但事實上，類似這樣的事件在戰後的日本各處都在發生。」

「也就是說，至少目前鯰音坑應該沒有人會對木戶先生懷有殺意，對吧？」

「可是啊……」

南月一臉困惑地側著頭。

「木戶也沒有理由自殺。」

「會不會是為傷痛所苦，對未來失去希望……」

「他才不是那種人。」

南月苦笑著回答。

「那傢伙是個得過且過、碌碌無為的人。」

「既然不是他殺，也不可能是自殺的話……」

「我不是說過了嗎。」

冷不防從背後傳來的聲音，讓兩人嚇得回頭一望，岸谷和梅澤不曉得在什麼時候來到了他們的身邊。

「木戶是被那個黑色狐狸帶走了。」

「不是合里的幽靈嗎？」

梅澤沒眼色地反問，岸谷沒好氣地回答：

「每一個在坑內意外身亡的人都會變成黑狐大人。不只是野狐山，狗穴原那邊也從以前就流傳著這種說法。」

「最近幾乎都沒聽到了。」

南月補上一句，岸谷自鳴得意地頷首。光看表情，不難發現他想表達的，就是即使迷信已經偏廢，但只要一有機會，立刻就會死灰復燃。

聽到這裡，波矢多終於開始覺得這兩個人說的話不盡然是空穴來風，這並不表示他接受黑臉狐狸或合里幽靈的穿鑿附會。他只是想起對礦工而言，「狐狸」是非常特別的存在。

這也是南月告訴他的故事。

明治三十三（一九〇〇）年春天，某一處礦坑發生沼氣爆炸的意外，有位礦工全身都被嚴重燒傷。躺在家裡休養時，半夜突然有兩位醫生和大批訪客上門探病，其中不乏女性及幼童，眾人對礦工全家人都非常親切，還不斷慰問妻子照顧傷患的辛勞。因此視力不太好的礦工妻子以為是丈夫的同事帶著一大群人前來探視。當時家裡除了夫妻倆之外，就只有丈夫的盲人弟弟和夫婦倆年幼的女兒。

兩位醫生在四疊半的房間裡，就著煤油燈的微弱光線拆開礦工身上的繃帶，開始治療。此舉等於是在撕扯患者被火燒傷的皮膚，所以礦工痛不欲生地大聲呻吟，但醫生只說：「忍耐一下，這樣才會好。」繼續剝著患者的皮膚。上述治療花了很多時間，好不容易結束時，時間已經來到黎明時分。

然而，醫生和所有來探視的人都在不知不覺間消失得無影無蹤，而礦工早已氣絕身亡，變成一具冰冷的遺體。

妻子和弟弟得此惡耗，放聲痛哭，一陣喧鬧讓左鄰右舍的人都圍過來關心。接獲報告的煤礦公司高層和醫生也匆匆趕來。醫生取下礦工身上的繃帶，發現礦工全身的皮膚都被剝除殆盡，變得光溜溜的。

於是大家立刻就想通「這是野狐狸幹的好事」。因為相傳野狐狸只要把人類的皮膚烤來吃，就能因此多活一千年。

雖說周圍群山環繞，但這件奇也怪哉的事居然就在礦工宿舍裡發生了。

在九州的礦工之間，似乎存在著只有他們才知道的「真實怪談」。再加上當下這起事件的場景又是會祭祀稻荷神的野狐山礦坑之一，而且還是有白狐大人與黑狐大人鎮座的鯰音坑，會萌生岸谷那樣的想法，又或者出現如梅澤那樣對此深信不疑的人也是無可厚非，這些波矢多都能夠理解。

兜了一圈，他的注意力再度回到黑臉狐狸唯一的目擊者身上。

「我想再聽一次真砂怎麼說。」

南月說要同行，與波矢多一起走向食堂，但是兩人沒有直接進去，先待在門外窺探。明明不是吃飯時間，食堂卻門庭若市。果不其然，每個人都在討論木戶那起離奇的命案。雖說是極其自然的情景，但是令波矢多大吃一驚的，就是幾乎所有人都把木戶的死與坑內的意外連結在一起。

他不確定其中是否有人像岸谷那樣，宣稱黑臉狐狸的真面目其實就是合里光範的幽靈，但大部分的人確實都表現出「真是禍不單行」的態度。

要是就這麼貿然走進食堂，肯定會被眾人要求敘述自己發現木戶遺體時的狀況。因此波矢多繞到後面，往廚房張望。依稀可以聽見葉津子等人在後方休息室裡窸窸窣窣的交談聲。

「我是物理，南月叔也和我一起來了。」

波矢多壓低聲線打了聲招呼，便跨了進去。裡頭除了葉津子和初代、真砂子和看似是她母親的女性之外，還有三位中年主婦。

說是主婦，她們絕非只是在家等丈夫從坑內收工回來的家庭主婦。與在食堂工作的葉津子以及初代一樣，她們也都是在礦坑內的選煤場、福利社、食堂、澡堂、單身職員與礦工的宿舍等處工作的勞動者。

「食堂裡的人沒發現你吧？」

葉津子問道。見波矢多點點頭，露出鬆了一口氣的表情。

「要是知道我在這裡，他們遲早會大舉殺進來。」

波矢多苦笑著說，初代則以筋疲力盡的語氣回答：

「這可不是什麼好笑的事啊。他們幾乎是車輪戰似地圍著真砂，問她：『妳看到什麼了？』、『那人長什麼樣子？』、『真的是黑色的狐狸嗎？』結果甚至還有人說：『是合里光範的幽靈幹的好事吧。』」

看來這裡也有人與岸谷抱持相同的看法。

「這麼小的孩子到底知道些什麼嘛。」

不過真砂子本人似乎對於受到關注一事並不覺得有什麼不妥，既沒有露出害怕的樣子，也不顯疲累。反而是抱著她的母親似乎變得很神經質。

「既然這麼嚴重，我是不是不要再追問下去比較好？」

波矢多表面上是在跟真砂子說話，其實是在尋求她母親的許可。

「如果是波矢多的話就沒問題。」

不知為何，居然是葉津子代為回答。不過真砂子和她母親也都沒有反對，只是目光炯炯地盯著他看。

「那麼可以請妳從頭再說一次，妳究竟看到了什麼嗎？」

應波矢多的要求，真砂子娓娓道來她看到的一切。

真砂子吃過午飯後，就和附近的孩子們一起在礦工宿舍區的巷子裡玩，但周圍的氣氛突然變得怪怪的，幾個大人神色倉皇地朝家家戶戶喊話，被叫到的大人也跑到外面來，逐漸形成一場大騷動。

真砂子和她的玩伴們被眼前異樣的景象嚇住了，這時母親也跑過來，說大人們要去檢身室，囑咐他們待在這裡玩。孩子之中也有人吵著要一起去，不過大人當然沒答應。即便如此，年紀比較大的孩子等到大人都走光了，就偷偷地跟了上去。因此留下來的，只剩下待在家裡的老人和小嬰兒，以及像真砂子等人一樣原本就在外面玩耍的年幼孩子。

大家起初還跟平常一樣在家附近玩，玩著玩著居然就有人提議要去「鬧鬼的工寮」瞧瞧。所謂的「鬧鬼的工寮」，就是指一號棟。因為不僅外觀與廢墟無異，直到波矢多、喜多田喜平、丹羽旗太郎搬進去以前，那裡住的就只有小孩不敢親近的木戶和合里光範，所以不知從什麼時候開始就被稱為「鬧鬼的工寮」。如果年紀較長的孩子還在，一定會用「你們還太小」的理由禁止他們靠近一號棟，所以真砂子他們認為現在是最好的機會。

每棟工寮皆由西往東延伸，南北縱向地蓋成一排一排。檢身室和採礦事務所位於工寮西側，稻荷神社矗立在通往東側的低矮山丘上。愈往南側的工寮愈老舊，位處最邊端位置的，就是一號棟。

真砂子和三個小孩沿著隔開檢身室與礦工宿舍區的木板圍牆慢慢地往南走。四個人當中沒有人曾經走到個位數編號的工寮那裡。一方面是年長的小孩不讓他們去，但更重要的是那邊並不屬於他們玩耍的範圍。光是想到現在即將要打破這個禁忌了，大家的心臟就撲通撲通地跳得飛快。

沒多久，他們就看到前方位於一號棟西側，也就是木戶住的一之一號房。年幼的孩子幾乎都相信那個男人就是妖怪。

木戶經常躲在工寮的建築物一角偷看其他住戶的生活，有時候甚至還會趁著外面路上四下無人，大膽地隔著廚房窗戶窺探室內。大部分的住戶都很同情他，認為這個人就是因為太過寂寞，才會有這種行徑。但是就算有人邀他進屋裡坐坐，木戶也從未接受。因此，他就被大家視為一個性格孤僻的人。但是也有住戶對他的偷窺癖大為光火，過去還發生過因此拳腳相向的案件。

當時有個來自本州梳裂山地的礦工說木戶大概是被「窺目女㉑」給附身了。根據該礦工的說明，窺目女是梳裂山地流傳已久的魔物，會在暗中窺看人類。所以不管再怎麼糾正被附身的人，當事人也改不過來。

從此以後，大家就對木戶的偷窺癖視而不見，想必是迷信的礦坑社會中的特殊心理發揮了作用，讓眾人認為既然是被魔物附身，那也無可奈何。大概就像南月說的，認為這是「可憐之人必有可恨之處」，所以才不跟他計較吧。但小孩子可就不同了，因為窺目女傳說的衝擊太過強烈，這也導致一號棟看在他們眼中比過去更像是有鬼魂出沒的工寮了。

因為有這樣的前因後果，愈是靠近一之一號房，真砂子等人的腳步就愈沉重。木戶是不是正從正面拉門，或者是廚房的窗戶縫隙那裡窺視著這邊、是不是正偷偷盯著逐漸接近房間的真砂子他們。大家不禁疑神疑鬼地陷入了這般想像。

走到三號棟前面，一行人就不再沿著圍牆前進，而是走在工寮那一側。因為這樣的話，從一之一號房就看不到他們了。然而走到二號棟的最西邊，他們就不知所措地蹲了下來。因為只顧著走到這裡，卻完全沒想過接下來該怎麼辦。沒有人敢真的去敲一之一號房的門。光是要踏進一號棟與二號棟之間的巷子，就讓所有人嚇得裹足不前了。現在光是蹲在二號棟的邊緣看向一之一號房，就已經讓他們使盡了全力。

起初緊張得心臟都快要跳出來，但是左等右等，什麼事也沒發生，於是大家又開始覺得無聊。有人撿起地上的小石子，開始玩起打彈珠遊戲。畢竟只是孩子，沒過多久就熱衷了起來。

大家到底玩了多久呢？途中真砂子突然覺得不太對勁，而且那股怪異的感覺是從一號棟與二號棟之間的巷子散發出來的。

真砂子小心翼翼地從二號棟的角落探頭出去看，感覺面前彷彿有一條與平日習以為常、充滿活力的巷子在氣氛上截然不同的道路往前延伸。一大早就烏雲密布的天空顯得更加昏暗，厚重的雲層就盤踞在工寮的上空。

轟隆轟隆，轟隆轟隆轟隆。

彷彿隨時都要潑灑墨水的天空傳來有如敲擊太鼓、但實際上絕非擂鼓聲的轟然巨響，但聽起來就是這樣的光景。

這時，有道左搖右晃的漆黑人影從巷子的對面現身。宛如提線人偶般，異樣地擺動著身體朝這邊走來。隨著對方愈靠愈近，她也注意到來者是隻黑臉的狐狸。如果不乖乖聽父母的話，黑狐大人就會出現，把不聽話的小孩拖進地底，總是被如此叮嚀的恐怖記憶在腦海中甦醒。真砂子怕

㉑相關故事請見《窺伺之眼》。

得發起抖來，心想黑狐大人肯定是不高興了，才會現身來抓他們的，誰叫他們在好奇心的驅使下跑來看鬧鬼的工寮。眼前的狐狸脖子上竟然還纏著稻荷神社的注連繩，就是最好的證據。

真砂子的頸項有生以來第一次冒出了雞皮疙瘩，接著背上機伶伶地竄過一股感冒時才會有的惡寒，讓她忍不住用雙手緊緊地環住自己的身體，趕緊把頭給縮了回來。

她清清楚楚地看見黑狐大人了。

再這樣下去，自己肯定會被黑狐大人帶到一個再也無法回來的地方。

因為實在太害怕了，感覺神智也變得不太清楚，好想立刻逃離這裡。在逃走之前得先通知其他三個人才行，可是乾渴的喉嚨連一句話也喊不出來。就在她舉棋不定時，黑臉狐狸已經來了，全身都能感受到不祥的氣息正在逐漸逼近。

明明已經不敢再看，卻又想親眼確認的矛盾心情折磨著真砂子。明知道把視線投過去一定會後悔，卻又無法忍住不去看，這樣的自己令她難以置信，也是有生以來第一次體會到這種感覺。

最後真砂子終於敗給了好奇心，悄悄探出一隻眼。

……對上眼了。

在一片漆黑的面容中顯得特別明顯的兩隻白眼，正直勾勾地瞪著她。真砂子不偏不倚地與正要經過一之二號房的黑臉狐狸對上眼。

就在她感覺全身的血液都要凍結、正要哭出來的時候，狐狸在一之一號房前停下腳步，一言不發地推開拉門，足不點地地走進房間。接著就好像聽到房裡傳出了聲音，但不確定那是木戶還是狐狸所發出的聲音。

曾幾何時，其他三人也目不轉睛地注視著一之一號房，不過誰也沒看見黑臉狐狸的臉，頂多只看到黑臉狐狸進屋的背影。

真砂子心想，如果要逃，就只能趁現在了。但另一方面，內心卻又感受到一股難以言喻的騷動不安，讓她判斷得要把這件事告訴大人才行。腦海中隨即浮現出母親這個選項，但母親叮嚀她要待在附近玩，所以不能讓母親知道她跑來這裡，於是就想到在食堂工作、總是對她很溫柔的葉津子。

交代其他三人負責監視後，真砂子就奔向食堂。然後葉津子再告訴波矢多這件事，才讓他不僅成為木戶屍體的發現者，還碰上了黑臉狐狸忽然消失的現場。

從頭開始聽完真砂子的體驗後，波矢多有了一個新的發現，那就是三個留下來監視的孩子裡，只有一個在鬧鬼的工寮聽見了讓人不舒服的叫聲。

那是野獸的叫聲……

那孩子年紀小歸小，卻說得十分篤定。

「聲音聽起來是從哪裡發出來的？」

波矢多問道，真砂子回答：

「他說是從地底發出來的聲音。」

第十一章 守靈夜

等到真砂子竭盡全力結結巴巴地講完她看到的種種，波矢多也問完他要問的問題後，真砂子的母親就像是要保護她似地將女兒抱起，然後頭也不回地走回礦工宿舍。

「你有什麼想法？」

真砂子母女一離開食堂的休息室，南月尚昌便露出一臉困惑至極的表情。

「有個人造訪木戶先生的房間，這一點大概是不會錯的。」

「雖說年紀都很小，但四個孩子都看到了呢。」

「從真砂說的敘述聽來，我一開始還以為是闖空門。」

「這話怎麼說？」

「因為我覺得當她把臉縮回去的時候，那個人應該有相當充裕的時間闖進一號棟的其他房間。」

「正面拉門的掛鎖要怎麼解釋？」

「合里哥平常就不會鎖門，丹羽先生好像也是。那棟只有木戶先生使用掛鎖。印象中喜多田先生好像也會鎖門。」

「喜多田與丹羽的房裡想必收著搞賭博弄來的錢吧。」

「就算有人想藉著坑內發生意外的混亂，趁機對目標下手也不奇怪。」

「聽起來很合理，問題是那個黑臉的狐狸又是怎麼一回事？」

「說出這番證詞的，只有真砂一個。」

波矢多的說詞引來葉津子的抗議。

「那孩子不是會撒謊的人！」

「嗯，我也認為她說的都是真的。」

「既然如此，那個黑臉狐狸……」

又該怎麼解釋──南月正要質疑。

「假設真砂看到的是利用坑內發生意外時的騷動，神不知鬼不覺地潛入一號棟的礦工──這個解釋如何呢？」

「這麼說來，臉上黑黑的就很理所當然了。」

「但是，為什麼她會看成狐狸呢？」

「或許是因為那個人脖子上掛著注連繩。真砂從注連繩聯想到神社，在這裡提到神社，就是稻荷神了，說到稻荷神，就會聯想到狐狸。對她而言，一想到狐狸，就會想到不乖乖聽父母說的話，就會現身的黑狐大人。」

「啊，有道理。」

葉津子發出佩服的驚呼聲。在場的初代、南月和其他三位主婦也都表現出相同的反應。為求慎重，波矢多又再次確認了一遍，得知真砂他們看到的人物確實穿著礦工的衣服。

「這麼一來，最可疑的莫過於菅崎由紀則。」

南月胸有成竹地說出動不動就找波矢多麻煩的年輕礦工之名。

「但菅崎先生不是喜多田先生他們的同伴嗎？」

「與其說是同伴，不如說是嘍囉，地位與跟班沒兩樣。每次賭博都被當成肥羊，聽說還欠了不少錢。」

「話說菅崎今天是一番方？」

葉津子問道。南月點了點頭，她又提出一個新的疑問。

「倘若菅崎從檢身室前往工寮，為什麼不是從真砂他們待的一號棟西側出現，而是從另一邊的東側出現？」

「這個事實大幅降低了闖空門的可能性。」

葉津子對波矢多的回應感到不解。

「怎麼說？」

「因為唯一的可能性，是黑臉狐狸——姑且先這麼稱呼——先從檢身室前往神社，然後在神社偷了注連繩，才會從工寮的東側出現。」

「闖空門需要注連繩嗎？」南月插嘴。

「我實在想不通接下來就要闖空門了，有什麼必要刻意繞遠路去拿注連繩。」

「也就是說，黑臉狐狸是為了準備凶器。」

聽到南月的喃喃自語，讓在場的幾位女性都浮現出驚懼的神情。

「你的意思是說，木戶先生果真是被人殺害的嗎？」

沒嚇得就此打住這一點，非常有葉津子的風格。

「拿著注連繩的人造訪一之一號房後，住在那個房間裡的人就被注連繩吊死了。就算不是他殺，應該也是加工自殺。」

「加工自殺？」

「也就是說，上吊或許出於木戶先生本身的意志，但那個人帶著注連繩過去是為了幫助他自殺。」

「但我左思右想都不覺得會有人協助那種人自殺。」

初代如是說。南月則接著她的話頭說下去：

「看樣子那個黑臉狐狸果然是菅崎由紀則。」

「可是帶著注連繩去闖空門——」

剛剛明明就是南月斬釘截鐵地說沒這個必要，就在波矢多感到訝異時，南月又再次語出驚人。

「假設菅崎的計畫是在闖空門的同時一併殺掉木戶呢？」

「他為何要殺死木戶先生？」

「因為他也欠木戶錢。」

「什麼！」

不只波矢多，就連初代等人也大吃一驚。比起驚訝，更多的是愕然的反應。居然向木戶那種明顯掙不了幾個錢的人借錢，大家對菅崎的評價想必更低了。

「你是說那傢伙想藉由闖空門竊取賭博的資金，再殺掉對方讓債務一筆勾銷嗎？」

「也可以這麼解釋——」

但這時波矢多也稍微思考了一下。

「可是他有這麼大的膽識嗎？雖然用膽識來形容殺人也很詭異。」

「沒關係，我明白小哥的意思。那小子確實沒那種膽子。仔細想想，他偷偷東西還行，但要說殺人這種事可就做不到了。」

「既然如此……」

葉津子以驚懼的語氣說。

「黑臉狐狸打從一開始就打算殺害木戶先生，所以才去鬧鬼的工寮嗎？」

初代與主婦們面面相覷、惴惴不安，所以波矢多想趁還沒把她們嚇跑之前問個清楚，自知唐突，但他還是開口詢問：

「請問最後看到木戶先生的是哪位？」

三位主婦之一回答了他的疑問。原來工寮的主婦們早就已經討論過木戶今天的行動了，主婦的行動力真令人佩服。

「今天最後一次看到他，是他去十號棟送信的時候。」

「那是什麼時候的事？」

「得知礦坑出事的稍早之前，大概是一點十分左右對吧？」

最後這句話是在問其他主婦，另外兩人也點頭稱是。

「木戶先生通常都是在同一個時間送信嗎？」

「不，其實……」

主婦們開始七嘴八舌地抱怨起來。

「郵差先生每天早上都會把所有的信送到事務所，以前都是工寮的人各自去領，後來就改由木戶先生挨家挨戶去配送，起初大家都很高興，覺得這樣省事多了，結果根本不是這麼一回事——」

「因為那個人還有其他的工作，所以弄不好就要等到傍晚才能收到早上就送達的信。」

「有人提出抗議啦，於是變成至少要在早上先把限時信送到，剩下的信則排入下午的第一件差事，可是一旦公司那裡有事要他幫忙，就會被一拖再拖。」

「所以也是有人早上就親自跑一趟去事務所拿信……」

「不過絕大多數的人都保持現狀。」

「因為那樣比較輕鬆嘛。」

「反正也不會收到現金袋啊。」

「說是這麼說，你不是還收過以前的男人寄來的情書嗎？」

「討厭啦，被發現啦。」

即便場合不對也突然熱烈閒聊起來的主婦令波矢多手足無措，但他還是再次確認。

「木戶先生今天也跟平常一樣在下午的時段送信嗎？」

確認之後，他就試著彙整了大致的時間線。

坑內發生坍塌意外是在一點左右。然後沼氣外洩，第一批礦工逃出坑外大概是一點五分左右。向公司的職員報告意外的狀況後，就算消息立刻傳遍工寮至少也得到一點十分前後。如此一來，一番方之外的礦工和主婦們趕到檢身室，工寮只剩下老人和小孩的時間點，約莫是一點十五分左右。考慮到真砂子等人是戒慎恐懼地朝著一號棟前進，沿途肯定花了不少時間。假設大約走了五分鐘好了，他們抵達二號棟西側是在一點二十分左右。接著孩子們開始玩耍，直到黑臉狐狸現身，這之間又過了多久，這是最難判斷的地方。假定短則五分、長則十分鐘的話，黑臉狐狸大約是在一點二十五分到三十分的這段時間內出現的。

論。

順帶一提，後來又根據好幾個人的證詞對這個時間表再進行修改檢討，最後得到以下這番結論。

「一點十分左右，有人於十號棟看到木戶先生，所以他送完信，回到一之一號房大概是一點十五分到二十分之間。這時工寮的住戶剛好都湧向檢身室，正是工寮大放空城的時候。至於黑臉狐狸疑似出現在一之一號房的時間，是一點二十五分到三十分之間，除了合里哥以外，所有的礦工都順利逃出來了。」

「黑臉狐狸就在一番方的礦工裡……波矢多，你想說的是這個嗎？」

葉津子的疑問令其他三位主婦繃緊了神經。因為她們的丈夫就有人屬於一番方吧。或者是三個人的丈夫都是一番方的礦工。

「菅崎由紀則也是其中之一。」

不過就在南月指出這一點後，現場的氣氛才稍微和緩一點。主婦們大概認為就算闖空門的可能性微乎其微，但有個具體的嫌犯還是比較能讓大家安心。

但波矢多先是點頭，隨後又搖起頭來。

「一番方的礦工確實有很大的嫌疑。因為無法掌握每個人逃出坑外後的確切位置，話雖如此，也不能只鎖定他們。」

「為什麼？」葉津子問道。

南月代為回答：

「因為準備室裡有很多備用的工作服，在我們這裡要把臉塗黑也不是難事。捨石山有太多可以把臉抹黑的東西了。簡而言之，任何人都能扮成黑臉狐狸。」

要懷疑黑臉狐狸是誰都說得過去。不只礦工，凡是鯰音坑的人，任何人都可以扮成黑臉狐狸。當天還不到傍晚，黑臉狐狸的傳聞就已經傳開了。另一方面，黑臉狐狸並不是人類的論點也甚囂塵上。因為非得是這樣，才可能從無處可逃的一之一號房內消失。

在食堂的休息室與真砂子以及幾位主婦們談過後，波矢多就被好幾個礦工給逮住，讓他不得不對發現木戶遺體時的狀況一再敘述。這也讓他沒時間去拔井煤礦的總公司。無可奈何之下，波矢多再度前往鯰音坑的勞務課，但還沒問起合里的事，水盛厚男課長就先冒出驚人之語：

「木戶是自殺的。」

「啊？」

「警方那邊已經正式做出這樣的判斷了。」

「這、這言之過早了吧！」

「專業人士處理事情都很有效率。」

「不過，應該要謹慎地進行驗屍……」

「這輪不到你這個外行人插嘴吧。」

「上吊的狀態那麼不自然，他們到底是靠什麼判斷是自殺的？」

「我也覺得很奇怪。」

令人意外的是水盛竟也對此表示贊同，這也讓波矢多有些訝異。但水盛立刻轉為教訓的口吻說：

「不過以前也有過類似的案例，如果找不到可以上吊的地方，也有人會採取那種方法。尤其是木戶手腳不靈便，這種方法反而更有效吧。」

雖然不情願，但波矢多也能接受這套說詞。脖子被勒住，保持不上不下的跪坐姿勢——雙腿彎折，臀部沒有觸及榻榻米、而是懸在半空中——正因為如此，萬一本人突然後悔，也已經無法回頭了。因為半邊的手腳行動不便，在這種狀態下更無法調整姿勢，在緊要關頭饒自己不死。

「繩索痕跡呈現什麼狀態？」

水盛有一瞬間不解地蹙緊了眉峰，隨即猛然想起似地說：

「哦，你是指留在脖子上的勒痕嗎？比起他殺，那更像是自殺留下的痕跡。」

波矢多在檢視現場時，就發現木戶好像確實只在脖子前側留下了繩痕。那絕對不是繞脖子一圈的痕跡。

「但如果是自殺的話，為什麼要使用注連繩？」

「因為不想下地獄吧。」

水盛回答得理所當然，但波矢多當然無法接受這個說詞。

「我記得地獄是佛教的觀念。」

「那種事木戶怎麼可能分得清楚。他肯定是覺得只要用稻荷神社的注連繩上吊，就一定能去極樂世界吧。」

「所以說，就連極樂世界的概念也是——」

水盛不耐煩地猛揮手，那態度彷彿是在驅趕蒼蠅。

「所以大學生才會這麼討人厭啊。神明也好、佛祖也罷，在這裡都是一樣。輪不到你這個外人說三道四。」

「好吧。」

儘管完全無法接受，但是為了能繼續推進話題，波矢多也做出讓步。

「那真砂他們看到的那個跑去一之一號房的人，又該怎麼解釋？」

「小孩說的話聽聽就好了。」

「可是一共有四個人喔，四個孩子都看到了。」

「就是什麼黑狐大人出現了之類的吧。」

水盛的言下之意，顯然是並不相信孩子們的目擊證詞。

「確實只有真砂說她看到了黑臉狐狸，其他三個小孩都只目擊到背影，但他們看到有個人進了木戶先生的房間，這是千真萬確的。」

「言下之意，就是除了那個叫真砂子的女孩之外，根本沒有人確實看到了。」

「話不能這麼說。」

見水盛有意曲解目擊證詞，波矢多正要發難。

「而且警方認為那個人就是木戶本人。」

然而又是令人跌破眼鏡的一句話。

「再怎麼說也太牽強了。」

「會嗎？我聽說那幾個孩子是第一次去一號棟，他們根本不認識木戶吧。」

「就算不認識，只要看對方是拖著一隻腳還是正常走路，應該就能分辨出來。」

「算了吧，畢竟是乳臭未乾的小孩。」

「但也不是還不會說話的幼童，再說當時的狀況——」

看到波矢多又要反駁，水盛換上一臉正經八百的表情。

「就算真有其人好了，那個傢伙又是怎麼從一之一號房消失的？」

「這件事的確很不可思議，但是——」

「警方也仔細檢查過了，六疊房間和廚房的窗戶都用螺絲鎖鎖上，四疊半的房間則因為工寮年久失修導致的傾斜，那邊的窗戶早就打不開了。」

「正門又有三個孩子監視著。」

「在那種情況下，你說說到底要從哪裡逃出去？」

「所以說這個謎團——」

「該不會連你也認為那是黑狐大人顯靈吧？」

「……不。」

「既然如此，認為那個就是木戶本人不是比較合邏輯嗎？」

「這個……」

「就算是黑狐大人現身好了，對方可是神明喔。不論木戶是因為太過害怕才自己上吊自殺，還是被神明吊死，這都不是人類有辦法插手的事。」

接下來無論波矢多提出再多的質疑，都被水盛四兩撥千金地閃躲過去。為了打破僵局，就必須解開黑臉狐狸究竟是如何從木戶房裡消失的謎團，遺憾的是目前還處於五里霧中的迷茫狀態。

波矢多逐漸沉默了下來，這時水盛又告知他一個公司的荒謬決定。

「今晚要為木戶守靈，明天上午就火化。」

意思是說，要在今晚到明晨之間一口氣走完守靈、火化再到納骨的所有程序，既沒有正式的守靈，也不舉辦喪禮。

「就是這樣，交給你了。」

留下被過於草率的處理怔得啞口無言的波矢多，水盛最後丟下一句意味深長的台詞，不由分說地結束了談話。

「真的太過分了。」

波矢多直接去找南月，義憤填膺地向他報告。

「木戶不是正式的員工，在這裡又舉目無親，也難怪公司會這樣處置他。」

南月也氣沖沖地感嘆。想不到公司對守靈的準備更是人神共憤，只提供收在鯰音坑倉庫裡的供桌等必要的儀式道具，除此之外，沒有半個公司的職員會過來幫忙。

最後在一號棟的一之一號房完成守靈夜相關準備的，是食堂的吉良母女、南月夫婦，最後再加上波矢多。公司只派出一位勞務課的年輕職員來弔唁。而且那個年輕人上完香後就趕緊拍拍屁股走人。一看就知道是在勞務課長水盛厚男的命令下，不得不代表公司出面的替罪羊。

另一方面，前來弔唁的礦工也只有小貓兩三隻。就只有波矢多在坑內的師父大取屋重一、告訴他吉良公造過去的老礦工虎西末吉、工會代表山際宜治這三個人。雖說木戶不是礦工，但這樣的守靈夜也太冷清了。

公司姑且還是請了寺院的住職來誦經，但也只是照本宣科地念過一遍就一副此地不宜久留的模樣，速速離去。

「這誦的什麼亂七八糟的經。」

南月罵得沒錯，住持誦經的態度感受不到一絲真心。波矢多覺得感慨萬分。

「大概是不想與骨噛扯上任何關係吧。」

虎西喃喃自語。骨噛是礦坑從以前就流傳到現在的術語，指的是所有與葬禮有關的事宜。

這句自言自語般的嘀咕立刻吸引了波矢多的注意力。

「僧侶也會怕嗎？」

「和尚也是如此，但更不想扯上關係的其實是礦工。」

「我知道礦工都很迷信，所以我還以為他們會因為擔心死者作祟，率先來參加守靈……」

虎西聞言，以火冒三丈的口吻表示：

「就算非親非故，只要有人被活埋在坑裡，以前的礦工一定會全體總動員，無論如何都想把人給救出來，絕對沒有會對同伴見死不救的人。說到對死者的供養也不例外。」

「嗯。」

聽到波矢多不置可否的回答，虎西的表情變得柔和了些，但隨即又再換上沉重的表情說：

「大家都認為不去冒犯就不會招來橫禍，所以恐怕是木戶死於非命的關係，才讓所有人都嚇得不敢來守靈。」

南月接著說：

「光是木戶的橫死就已經夠駭人聽聞了，再加上坑內的意外，導致大家都把這兩件事跟孩子們看到的黑臉狐狸聯想在一起。」

「大家到底在意外與木戶先生的死之間看出了什麼關聯性呢?」

波矢多忍不住發問,虎西與南月對看一眼,大概是雙方都覺得這種時候應該由年長者來說明,於是虎西便開口:

「首先,大家都沒有一個明確的想法,只知道坑內發生了悲慘的意外,因此喚來了黑狐大人,而木戶被狐神逼著上吊……」

「意思是木戶先生的死只是湊巧嗎?」

「因為黑狐大人從神社前往檢身室的路上,當時只有木戶在工寮。」

「原來如此。」

因為坑內發生意外,黑臉狐狸從稻荷神社前往檢身室的解釋意外合理,這點讓波矢多感到很服氣。但是關於黑臉狐狸為什麼要通過一號棟與二號棟之間那條路則無法給予任何說明。如果要從神社一直線走向檢身室,不是應該直接穿過工寮,而不是繞到南端嗎?

波矢多提出這個問題,虎西回答:

「或許是神明心血來潮。」

這個想法根本就連讓人聽了氣餒的答案都稱不上。如果這是事實的話,木戶也太倒楣了。因為死在礦坑裡的是合里光範,所以才會經過他房前的說法感覺還比較有說服力一點。

就在葉津子殷勤地招呼在場的所有人享用她從食堂帶來的餐點和酒時，南月一臉苦澀地說：

「到了明天上午，鎮上肯定已經謠言滿天飛了。」

因為對南月的反應相當在意，波矢多變問他這是什麼意思。

「意外及木戶的死畢竟是真的，遲早會傳得街知巷聞。但如果演變成怪談故事什麼的，可就傷腦筋了。」

「拔井煤礦的鯰音坑發生意外，導致黑狐大人顯靈，還死了一個人……會變成這種怪談嗎？」

「煤礦公司本來就很迷信了，先是坑內發生意外，有個人被留在地底等死，其後又有人在坑外上吊身亡，就算是狐神也會看作狐妖了。而且還有個黑狐打扮的傢伙從一之一號房裡憑空消失了，會變成怪談傳開更是理所當然的結果。」

「這麼一來，鯰音坑的風評必然會一落千丈。」

到此弔祭以後幾乎不曾開口的山際，這時也以沉重無比的語氣嘟囔著。

「感到困擾的無疑是公司沒錯，然而萬一因此導致人手不足，我們肯定也會受到影響。但願謠言不要傳得太誇張……」

不同於守靈夜的沉悶，室內瀰漫著另一種寂寥的氣氛，就在所有人陷入沮喪的同時。

「不好意思，我遲到了。」

南月夫婦的女兒多香子來了。她好像剛下班就從鄰居口中得知今天的惡耗，便匆匆忙忙地趕來。莫名沉悶的氣氛一下子就變得輕鬆起來。

多香子先向往生者行了一禮，然後開始為每個人倒酒，這是她表示慰勞的方法。大概是因為就算要上班，卻還是對自己什麼忙也沒幫上而充滿歉意。最後要為波矢多倒酒時，遭到波矢多的婉拒，多香子不以為忤地直接在他身旁坐下。

這時，葉津子捧著裝滿料理的盤子，不動聲色地靠過來。

「與其喝酒，波矢多你先吃點東西吧。」

說完便坐在多香子對面，讓波矢多處於被這兩位女性包夾的狀態。

南月的妻子滿代與葉津子的母親初代皆以無地自容的眼神凝視自己的女兒。南月和虎西則是滿臉笑意，而大取屋就沒什麼特別的反應，至於山際則是露出非常窩囊的表情。只有兩人的母親比任何人都早察覺到，山際的視線主要是落在多香子而非葉津子的身上。

波矢多本人對這種情況倒是沒有任何感覺，反應與其說是遲鈍，倒不如說是因為他的心思都放在擔心合里的安危以及木戶的離奇死亡上。

隨著夜色漸深，虎西與大取屋先行離去，接著初代也催促女兒回家。礦坑明天不開工，所以礦工們也都休息，但食堂還是得跟平常一樣得開門做生意，所以初代想先回去，不過葉津子還不肯走。滿代見狀，便帶著多香子，邀初代母女倆一起回去。這時山際突然也起身離席。最後留下來的，只剩下南月和波矢多兩人。

或許就是在等待只剩下他們的這一刻。

「我想聽聽小哥的意見。」

因為南月慢條斯理地開口，這讓不明所以的波矢多有些緊張。

「什麼意見？」

「我也認為真砂子看到的黑臉狐狸是剛上坑、脖子上掛著注連繩的礦工。這是現階段最合理的解釋。」

「謝謝。」

「只不過……」

然而南月欲言又止。

「提到黑臉狐狸，我實在無法不聯想到先前曾跟你提過，我在地底下遇到的那個身軀會變黑、名叫埋莉的女人……」

「其實我也想到她了。」

波矢多的回答令南月有些釋懷。

「哎呀，很高興能聽到你這麼說。」

「可是，那女人不是鬼怪般的存在嗎？」

波矢多試著提出反面的論述，只見南月的表情蒙上一層陰影。

「黑臉狐狸也從無處可逃的房間裡消失了。」

「確實是這樣沒錯，但南月叔遇到那個女人已經是二十多年前的事了，而且變黑的女人，顧名思義就是個女人，並不是黑臉的狐狸。」

「但真砂子和那三個孩子也沒說黑臉狐狸是男人啊。」

「因為看在孩子們的眼中，黑臉狐狸想必是超越性別的怪物。」

「那女人也是。那種妖怪肯定一直蟄伏在地底，與時間、性別無關。每次找到看似好纏上的年輕男人，就會變化成截然不同的樣貌出現也說不定。」

「不瞞你說，其實合里哥也在半夜聽到過奇妙的聲音。」

聽完波矢多的說明，南月臉色鐵青。

「難不成是那傢伙在呼喚他？」

「從地底下嗎？」

儘管南月點頭如搗蒜，波矢多依然保持沉默。南月見狀，連忙搖頭，在臉上擠出不自然的苦笑。

「不行不行，小哥正努力做出合理的推理，我卻滿嘴怪力亂神，這樣原本可以解決的事情又要走入死局了。」

「別這麼說，其實我可以理解。正因為南月叔的體驗不假，所以才會產生這些疑慮。」

「但也不是一定得跟這次的事扯上關係。」

這顯然不是南月的真心話，所以波矢多也不知道該怎麼回答才好。一時之間，沉默橫亙在兩人的周遭。

「今晚要不要來我家住？」

冷不防，南月提出了好像理所當然的建議，波矢多一時半刻反應不過來。

「為什麼？」

「你該不會打算整夜都像這樣守著線香吧？」

「啊，說得也是。」

原本守靈時應該是要由家族中的某人醒著照看，以免蠟燭的火和線香的煙熄滅，但木戶舉目無親，南月他們似乎也沒打算做到這個地步。

「不過我倒沒想到這一點。」

「所以你打算跟平常一樣，回隔壁的一之二號房睡覺嗎？」

「是啊。」

「合里才剛遭逢意外，目前還下落不明，隔壁的木戶還死得莫名其妙，我覺得你還是不要留在一號棟過夜吧。」

波矢多明白南月是在擔心自己，內心充滿了感激，但他並不打算接受南月的好意。

「可是這一棟還有喜多田先生和丹羽先生。」

「那兩個人的神經比水管還粗，就算同一個房間裡有死在自己手上之人的屍體，肯定也能大口喝酒喝個痛快，然後倒地呼呼大睡。」

「既然同一棟的住戶無法指望，或許還是應該由我陪在木戶先生身邊。」

「小哥與木戶的交情有這麼好嗎？」

南月一臉詫異，波矢多羞赧地搖搖頭。

「沒有，我們明明是左右鄰居，但是幾乎不相往來。我猜合里哥也差不多。」

「既然如此，那為什麼……」

「但我們好歹鄰居一場，即使是我這種沒什麼交情的人，有我陪在他身邊，也好過讓他孤零零地迎接天亮，這樣死者要走也比較能瞑目吧。」

「……」

沒留意到南月沉默下來，波矢多接著說：

「有那麼一瞬間，我在於日本北九州野狐山的礦坑死去的木戶先生身上，看到在南方陌生大地的森林中嚥下最後一口氣的日軍影子。」

南月又言簡意賅地囑咐一番，叮嚀波矢多絕對不要逞強，便返回妻女正等著自己回去的房間。

預期接下來將是漫漫長夜，波矢多便想說要回一之二號房拿本書來看。起初想選不太需要花心思的偵探小說，但似乎不太適合在守靈夜的時候看。猶豫了半晌，決定選宮澤賢治的《農民藝術概論綱要》。這是本建國大學時代的同學推薦給他、他看了之後也受到相當大刺激的作品。

回到一之一號房，坐在六疊的房間裡，就著非常昏暗的電燈久違地重新讀起這本書。首先，賢治在〈序論〉中表明自己「我們都是農民，工作十分忙碌又辛苦」的立場，然後又主張「除非全世界的人都得到幸福，個人才有幸福可言」。這個觀點在當時於建大就讀的波矢多心中激起了巨大的漣漪。不光是他，也影響了許許多多的學生。

讀著讀著，當時的興奮隨即在內心甦醒，曾經為理想燃燒的年輕建大生血液，睽違多年又再度沸騰起來。

然而，當他將視線自書本揚起，看到安置在四疊半房間裡的遺體，激昂的情緒頓時沉鬱下來。這麼一來，耳朵驀然就意識到不只這個房間、而是蔓延至整棟建築物的死寂。四周圍安靜到令人心驚的地步。

喜多田喜平和丹羽旗太郎如果在家，肯定會喝個兩杯，就算一之一號房與他們的房間有段距離，應該也能聽到一點聲響。考慮到他們平常總是旁若無人地飲酒作樂，他們也不可能為了弔慰木戶的在天之靈就靜靜地喝酒，所以兩個人大概都出去了。肯定是利用不必上工的好機會，到鎮上的遊女屋找樂子去了。二號棟也是同樣的狀態，大部分的單身漢或許都跑去鎮上了。搞不好從一號棟到九號棟，就只剩波矢多還留在房間裡，而且還是與遺體一起待在只有昏暗燈光的房間裡。

……這也安靜過頭了吧。

就像是感覺到什麼前兆，令波矢多悚然一驚。

波矢多試圖說服自己，在喜多田他們還沒搬進來以前，一號棟就是很平和、很安靜的。但過去並沒有幽靜到這種地步。合里和波矢多都不是會吵鬧的人，可是一旦共同生活，還是會自然而然地發出許多聲音。再加上工寮的牆壁很薄，無論如何也都會聽見木戶生活起居的聲響。自從喜多田等人搬來以後就更吵了，簡直令人頭疼。

然而，如今填滿每一寸空間的寂靜甚至讓他懷念起喜多田那卑劣的笑聲以及丹羽粗野且低啞的下流嗓音。這或許是有生以來第一次面對萬籟俱寂到這個程度的夜晚。

雖然試圖將注意力拉回書本上，但實在是太安靜了，精神反而無法集中，讓他不禁把視線從書本移開，四下張望。並非是周遭有什麼東西，能看到的頂多只有擺在隔壁房間的遺體和供桌。然而每當視線掃過放在供桌上的枕飯㉒，波矢多就會想起礦坑的習俗，內心充滿難以言喻的糾結。

礦工極度忌諱有人把味噌湯淋在白飯上吃，因為飯被湯搗散的樣子會讓他們聯想到坍塌的礦坑。入坑前不使用針線也是因為害怕身體被鋼筋刺穿、煙囪冒出的煙分成兩股是讓人畏懼的災害

㉒往生者安置在家中時，於遺體枕邊設置的供物台「枕飾」上的供品之一。是一碗盛得尖尖的、插上兩根筷子的白飯，象徵著逝去之人前往另一個世界途中的糧食。

預兆、早上聽見烏鴉啼叫會觸楣頭。坑內禁止無緣無故敲打金屬物品、不准吹口哨，也不許拍手。因為敲打金屬物品是讓死者上坑時才做的動作，吹口哨會讓幫忙支撐坑頂（天花板）的山神分心，拍手則會讓人誤以為是支柱因為負重過重而裂開的聲音。

討厭猴子是因為會讓山神或賭博的運氣「跑掉㉓」。而賭博若是被警官發現的話，就會當場逮捕。因為被捕時綁上腰繩的模樣很像耍猴戲的猴子，因此在賭博十分盛行的礦坑對猴子更是避之唯恐不及。就算有人來礦坑演出耍猴戲，孩子也不會說出「猴子」這個詞彙。大人會提醒小孩一定要稱其為「野猿」。即使是年紀再小的孩子，若是不小心說溜嘴還是會挨罵。

分開來看倒是也沒什麼，但是一個一個加起來還是會讓人覺得有點不太正常，大概是因為其中確實有什麼超越人類智慧的力量存在吧。當然，想也知道這些習俗大多都是迷信，可是裡面也有像拍手那種牽涉到切身安危的行為，所以絕對不能不當一回事。波矢多心想，包括現在已經被時代淘汰的習俗，若是能將它們全部蒐集起來，或許可以勾勒出礦坑特有的文化。從這個角度來看，守靈及喪禮的場合或許正是再好不過的蒐集場所也說不定，但這次顯然沒什麼指望了。

不，這麼想就對木戶太失禮了。

從枕飯開始一路聯想到這裡，波矢多猛然回神，對自己的粗神經感到羞愧難當，於是便向躺在隔壁房間簡陋墊被上的遺體低頭致歉。

工寮還是安靜得令人毛骨悚然，就連一聲來自遠方的小嬰兒啼哭也聽不見。波矢多又繼續翻起書來，但耳朵卻豎得比什麼都還尖，試圖從難以置信的寂靜中捕捉到一點點聲音。因此書中的內容一個字也看不進去，只有文字從眼前飄然滑過……

不一會兒，波矢多開始打瞌睡。仔細想想，打從他成為礦工到現在，這還是第一次遇上坍塌意外與沼氣外洩，在鬼門關前走了一回，好不容易撿回一條命。可是還沒來得及喘口氣，就得知了只有合里光範沒逃出來的消息，而且還成為木戶離奇死亡事件的第一發現者。所以他比自己認知的還要疲憊。

打了一會兒盹之後，波矢多突然驚醒過來，然後又打起瞌睡，又驚醒過來……過程中也沒有忘記留意供桌，以免蠟燭的火和線香的煙熄滅，這種狀態不知持續了多久。

嘎啦。

熟悉的聲響令他驀地睜開雙眼，屏氣凝神地聽了一會兒，卻什麼也聽不見。心想大概是聽錯了，或者是房子本身發出來的聲音，接著又開始意識矇矓。

嘰——。

耳邊又傳來聽過的傾軋聲，波矢多啪地睜開雙眼。然而無論再怎麼仔細聆聽，除了寂靜，依舊什麼也聽不到。於是又開始打瞌睡。

……啪噠、啪噠、啪噠。

㉓猴子（さる）的日文讀音與帶有離開、跑掉意涵的「去る」相同。後段提及的「野猿」則是讀成發音完全不同的「やえん」。

莫名其妙的聲音又開始響起，感覺就像有人正走向一之一號房。想到這裡，不禁機伶伶地打了個冷顫，意識完全清醒過來。

波矢多把書放在榻榻米上，支起一條腿的膝蓋，擺出隨時都可以起身的姿勢。同時側耳傾聽，尋找莫名聲響的來處。動也不動，緊張萬分地觀察周圍的狀態。

正因為如此，當他發現其實只是外頭下雨時，全身的氣力都放盡了。簡直是杯弓蛇影的最佳寫照。

……滴答滴答滴答。

話說回來，在守靈夜下起的綿綿細雨實在太陰森了。原本就已經是相當讓人鬱悶的氛圍，更別說現在這個房間裡就只有波矢多一個人。

他戰戰兢兢地望向遺體，當然一點變化也沒有。話是這麼說，但波矢多還是覺得那又薄又硬邦邦的被子隨時都可能會隆起一個人形。接著遺體慢吞吞地坐起來，任由白布從臉上滑落，轉動脖子、面向這邊，然後慢條斯理地開口說話。

小哥你也一起來吧。

感覺木戶會從因為上吊而損傷的聲帶發出粗嗄的嗓音，對著自己這麼說。

要是跟他去了……

恐怕就再也回不來了。明天早上，當南月來到一之一號房探視時，房裡肯定一個人也沒有。

波矢多從此不知去向，成了在守靈夜消失的男人，為煤礦公司的怪談寫下新的一頁。

別自己嚇自己了。

被自己的想像嚇壞成何體統，奈何房裡的氣氛沉重到無法自嘲地一笑置之。

搞成這樣，誰還睡得著啊。

如果要守著蠟燭和線香，這或許是再好不過的結果，但是想到要在這種氣氛下過夜，波矢多只想拔腿就跑。事到如今，也不能拋下死者逃走，只能硬著頭皮撐下去。

然而，波矢多顯然是白操心了。因為過沒多久，他又開始打起瞌睡來，原本他還不時被莫名其妙的聲響、古怪的傾軋聲和毛骨悚然的感覺給驚醒。雖然每次都覺得頭皮發麻，但終究還是抵擋不了睡魔的侵襲，在不知不覺間進入了夢鄉。

不過，在他完全進入深層睡眠之前，還有些微意識的時候，感覺好像有什麼東西正悄悄地窺探著他的臉。

那玩意兒長得很像面孔一片漆黑的狐狸……

第十二章

出乎意料的訪客

就在他覺得身體好像碰到什麼東西的瞬間……

「哇啊！」

物理波矢多發出尖叫，整個人彈了起來。

「你怎麼了？做惡夢嗎？」

南月尚昌站在他跟前，臉上浮現苦笑。

「這也難怪，畢竟你一個人努力到現在。」

聽到南月接下來的慰勞，波矢多這才想起自己獨自為木戶守靈的事。

「……早、早安。」

「哈哈哈，早啊。」

或許是波矢多半夢半醒的反應很有趣，南月以不應該在這種場合出現的笑聲回應。

「下雨了嗎？」

昨夜的小雨似乎尚未停歇，耳邊傳來雨水淅瀝嘩啦地敲打在礦工宿舍殘破屋頂上的聲音。將天花板從這兒到那兒看了一回也沒任何發現，但肯定有某個地方在漏雨。

「多香子做了早餐——」

就在南月正要邀請他去家裡吃飯時。

「早安。」

葉津子朝氣蓬勃地現身，而且還從碩大的提籃裡拿出飯糰和裝滿小菜的盤子，再拿出一個小鍋，放在廚房的爐灶上開始加熱。

「這是……」

南月甫開口。

「給波矢多準備的早飯，還有味噌湯。」

葉津子立刻回答，但臉色隨即微變，又追加了一句：

「不過沒有南月先生的份喔。」

「不要緊，不用麻煩了。」

南月欲言又止地撂下一句「我待會兒再來」，便頭也不回地離開了。

「他想跟我們一起吃嗎？」

波矢多疑惑的同時，轉眼間葉津子已經備好早飯了。接著兩個人便開始吃了起來。隔壁的房間還停放了一具遺體，但葉津子的心情卻好得過分，這讓波矢多感到很不可思議。

彷彿算準兩人吃完早餐的時間，來了四個勞務課的年輕職員，昨天的年輕人並不在裡頭。他們把木戶的遺體塞進粗製濫造的棺木。因為一切發生得太突然，當下又只有自己與葉津子在場，於是波矢多請他們稍等一下。但職員們堅持已經跟火葬場約好時間，完全不理會他的阻止。

棺木行經工寮的巷弄時，原本還待在室外的人大都慌張地躲進屋子裡。其中也有不少沒來守靈弔唁的人，此刻也雙手合十地朝棺木致意，自然而然地構成形同出殯的場面，也算是不幸中的大幸。

得知南月和波矢多願意陪同前往火葬場，勞務課的職員就跑得只剩下開輕型卡車運棺的司機。顯然是掐準只要再加上火葬場的人，就能達到抬棺人數的最低門檻。

「再怎麼說，這也太過分了。」

波矢多撐著傘，與棺木一起坐在輕型卡車的車斗上，喟然長嘆。

「煤礦公司與礦工的關係，說穿了就是這麼一回事。更何況木戶生前的立場也很微妙，再加上這種晦氣的死法，不想扯上關係也是人之常情。」

同樣打著傘坐在車斗上的南月，以哀莫大於心死的口吻回應。

「難不成連合里哥也……」

波矢多的腦海中不由得浮現出不愉快的想像，南月立即否認。

「不，那倒不至於。倘若找到合里的遺體，不只是我們礦工，公司應該也會為他舉辦一場正式的葬體。」

「會嗎？」

「毋寧說公司其實想盡快幫他下葬，趕緊以意外結案。」

「這樣還是很過分啊。」

波矢多憤慨地發難，南月不知怎地竟露出充滿歉意的表情。

「對了，現在才問可能有些奇怪──」

雖然自覺冒失，但波矢多還是提出從今天早上就令他耿耿於懷的問題。

「不只守靈，為什麼南月叔連火化也要陪同呢？明明光是參加昨晚的弔唁就仁至義盡了。」

南月聞言，一瞬也不瞬地盯著波矢多的臉看。

「那換我問你，小哥為何對木戶的事如此上心？」

「這個嘛……因為都沒有其他人要送他一程，就當是看在鄰居一場的份上。」

「這樣的話，就當我是看在小哥的面子上。」

「啊？」

「因為我很欣賞小哥。」

「……是噢，那真是我的榮幸。」

波矢多的回答讓南月聽完朗聲大笑。他的笑聲十分愉悅，把正在開車的職員嚇了一跳，還讓他回頭張望。

從穴寢谷一路通過兩個小鎮，就抵達火葬場。波矢多和南月等人一起將棺木抬進焚化爐後，從火葬場的員工那裡得知要到下午才能納骨。這與波矢多的預測差不多，他打算利用這段空檔前往拔井煤礦的總公司，拜訪總公司的勞務課，直接與他們商討合里光範的救援行動。

不過，情況允許的話，他並不想讓南月知道這件事。因為視對方怎麼出招，談判可能會陷入膠著，自己或許還可能被趕出鯰音坑。他本就是個漂泊中的流浪者，就算被炒魷魚也不會怎樣，但南月還有家人，就算多香子也在工作，但是萬一失去礦工的工作、被迫離開工寮，家計無疑會陷入困境。既然知道這一點，就不能把南月牽扯進來。

波矢多不動聲色地表示自己想在鎮上走走逛逛，提議中午之前各自分頭行動，但南月立刻識破他在打什麼算盤。

「你想去總公司吧。」

任憑他再怎麼打馬虎眼也不管用。

「這是我個人自作主張的決定。」

最後實在無計可施，乾脆坦白從寬，直接婉拒南月同行。

「既然如此，那我也是自作主張地跟著小哥。」

南月以四兩撥千金的態度頂回來。既然他知道自己的目的地，波矢多想甩也甩不掉。

結果在南月承諾絕不插嘴也不自報家門，真的只是陪著他去的條件下，波矢多百般不願地屈服了。比起南月硬要跟上來又在現場開口說話，波矢多覺得現在這樣還比較保險。

才剛問完接下來要前往總公司的年輕職員：「可否順道載我們一程？」南月便跳上輕型卡車的車斗，完全不給對方拒絕的機會，動作快得令波矢多又佩服又好笑。

抵達總公司，說明來意後，然後是一陣好等，等到還以為自己是不是被遺忘了。好不容易見到勞務課的川里課長，對方也是一副「我沒空理你們」的態度，彷彿下一刻就要趕他們出去。但看到波矢多並不動氣，只是以冷靜沉著的口吻向他提出援救合里光範的要求，川里的態度才稍微好轉一些，可以明顯感覺到對方這才逐漸把自己的話聽進去。

南月遵守約定，既沒有自報家門，也沒有說半句話，只是靜靜地坐在一旁。川里也沒理會他，這讓波矢多大大地鬆了一口氣。

非常意外的是，隨著波矢多據理力爭，川里似乎也開始產生共鳴，雖然並未提出什麼有建設性的方案，只是仔細地向他說明公司這邊的判斷。川里表示，除非確定坑內的沼氣已經散去，安全無虞，否則無法入坑救人。但是以中型規模的煤礦公司對區區一介礦工的應對來說，顯然已經是前所未有的禮遇，一旁的南月也忍不住動來動去，就是最好的證明。

儘管如此，當波矢多結束這場毫無實質助益的面談，與南月一起離開總公司時，南月突然露出憂心忡忡的表情。

「事情可能會變得很棘手。」

「怎麼說？」

「那個姓川里的課長對小哥很感興趣。」

「有嗎？」

波矢多不當一回事的反應讓南月苦笑著說：

「與小哥聊上幾句後，川里應該也已經發現，眼前這個年輕人不是泛泛之輩。既然如此，勞務課的工作就是調查你的底細。」

「可是我又沒讓鯰音坑的水盛課長知道我真正的經歷。」

「是這樣沒錯，但他一定會透過別的管道打探。」

「實際的經歷一旦曝光，就會以學歷造假的罪名開除我嗎？」

「從川里剛才的反應來看，應該不至於這麼做，但是萬一他認為小哥今後會成為他或公司的威脅，很可能會亮出這張底牌。」

「我明白了。」

話雖如此，波矢多並不後悔。即使他能預料到會有這種風險，想必也會義無反顧。

吃過午飯後，他們再次回到火葬場納骨，接著捧著骨灰罈前往光明寺，放入戰前蓋的「礦工供養碑」，等到返回鯰音坑時已是日暮時分。完全停工的礦坑區了無生氣，滴滴答答下個沒完的綿綿細雨無疑也加重了陰森詭譎的氣息，整個礦坑都籠罩在極為寥落的氛圍裡。

南月提醒波矢多，最好在總公司的川里出手前，先向勞務課的水盛厚男報告今天的事，因此波矢多獨自前往採礦事務所。不過水盛似乎早就知道了，之所以沒有特別為難他，大概也是托了川里的福。但波矢多也不會因此就感謝他，想到合里光範還被留在礦坑裡，這也是極為正常的反應。

帶著與在坑內做苦工時截然不同的疲憊，波矢多從採礦事務所走回工寮的一號棟。每棟工寮都有已經開始準備晚餐的人、去食堂旁邊的福利社購物的人、儘管細雨紛飛卻仍在屋簷下東家長西家短的人，顯然已經恢復平日的喧囂。福利社就像礦坑的綜合商店，即使不特地跑到鎮上，在這裡也能買到各種必需品。價格是比鎮上的店家稍貴一點，但因為大家平常只能在福利社買東西，就算比較貴也只能認了。這也是煤礦公司的一種壓榨手法。

雖然發生了合里和木戶的事件，但因為他們跟其他棟的人並沒有什麼交集，所以工寮這邊看來並沒有受到太大的影響。也或許是坑內的意外與黑臉狐狸的出現連結了起來，為此顫慄不已的主要還是礦工，而非主婦。相較於男人邊喝酒邊嘟囔著「真觸楣頭」，女人已經開始憂慮收入來源斷絕這種現實的問題。她們最擔心的莫過於丈夫的工作不知道會因為礦坑關閉而停滯到什麼時候。

然而一過了十號棟，四周便開始安靜下來。直到五號棟還能勉強聽到人聲，再過去卻靜得像是杳無人煙，取而代之的是瀰漫各處的陰鬱感。波矢多全身的每一寸皮膚都能感受到這輩子從未碰過、令人相當不快的氛圍。這時的四號棟到一號棟肯定與昨天一樣，還飄散著與鬧鬼工寮名實相符的詭異氣氛。

波矢多稍微加快了腳步。氣氛再怎麼令人不適，只要進到自己的房間，就不會再受到干擾了。

只要待在熟悉的空間裡，就能立刻放下心來。做夢也沒想到，有一天居然會覺得那個破破爛爛的房間令人安心，真是太荒謬了。

好不容易走到三號棟，就要轉過去的時候，波矢多突然心裡一凜，停下腳步。

有個東西動也不動地站在一之二號房前……

就在那個瞬間，波矢多差點驚聲叫了出來，但隨即意識到那是人類，頓時又鬆了一口氣。之所以把尖叫聲給吞了回去，是因為不想讓對方注意到自己。因為眼前這個人的樣貌實在太過古怪了。

那個人一身極為襤褸的打扮，撐著充當拐杖的木棒，背有些駝，腋下夾著一個方巾布包，撐著一把破傘，就這樣站著不動。那樣子看起來活像是不知從哪裡冒出來的妖怪。從昨天開始就下個沒完的小雨或許根本是場瘴雨，彷彿因此喚來了新的魔物。

我是怎麼了。

就在波矢多因為自己的膽怯而露出苦笑時，**那個**忽然把頭轉了過來。

……黑臉的狐狸。

面無表情的漆黑狐狸面孔上，那對三白眼正直盯盯地凝視著這裡，一陣惡寒在此刻急竄過背脊，讓波矢多真真切切地體會到真砂子當時所感受到的恐懼。

不，雖然感覺是一張臉，或許只是面具也說不定。就是供奉在稻荷神社的黑狐面具。說不定造訪木戶房間的神秘人物，就是從神社拜殿偷了那張面具來喬裝的。所以真砂子才會以為是黑狐大人現身了……

但他並沒有因為對方是人類就不再害怕，因為眼前這個來歷不明的人是戴著供奉在神社的狐狸面具，與木戶之死有關的人物。而且這個人現在就站在一之二號房的前面，不知道究竟想做些什麼。難道是因為一之一號房的人已經被帶走了，接下來就鎖定了隔壁房間的住戶嗎？

就在這個時候，黑臉狐狸倏地往前跨出一步。又一步、再一步……拖著一條腿，逐漸朝著這邊靠了過來。

波矢多硬是忍住不要後退，留在原地。雖然不確定正面迎戰有沒有勝算，但唯獨不想陣前逃亡。

隨著對方步步進逼，波矢多這才發現自己誤會大了。下著雨的黃昏特別陰暗，再加上破傘的陰影讓他無法看得很清楚，那個人似乎是被披在頭上的手絹遮住了兩頰，才因而凸顯出被煤炭沾染得髒兮兮的臉，又因為面無表情，看起來就像是戴著面具。

可是……

還來不及消化自己的會錯意，波矢多隨即又意識到另一個不太對勁的地方。他覺得這張逐漸朝自己靠近的黑臉有點面熟。明明就沒有碰過，卻又無法否定自己曾見過這張臉。

咦……

反應過來的瞬間，全身的寒毛都豎起來了。

……合里哥。

那張面無表情，迫近眼前的黑臉，不正是因為礦坑坍塌和沼氣外洩的意外、被留在坑裡的合里光範嗎！那個叫岸谷臣吾的年長礦工在休息室說的話，一股腦兒在內心深處甦醒，他曾說過黑臉狐狸就是合里光範的幽靈。

昨天造訪一之一號房，帶走了木戶。所以今天輪到一之二號房了，肯定是來接波矢多的。之所以會拖著一條腿，也是因為被崩落的岩石壓傷腳的關係。

雖然覺得不可能，瀰漫在四周的空氣卻告訴他這是真的，警告他要是不立刻拔腿就跑，可能就跑不掉了。但波矢多動彈不得，只能心驚膽戰地望著那張漆黑的面孔持續地靠近。

「請問……」

那張黑臉突然猝不及防地開口。

「……請問你是物理波矢多嗎？」

而且更令人驚訝的是，他居然還說出了波矢多的名字。如果真是合里光範的幽靈，應該早就知道他的名字，不需要多此一問。

啊……

下一瞬間，波矢多總算反應過來，他知道眼前這個人是誰了。

「你是合里哥的兄長吧？」

「嗯，太好了，你應該是從光範那裡聽說我的吧。」

對方面無表情的臉上頓時浮現笑容。全身都散發出了如釋重負的氣息。

「我是合里隆一。」

男人自我介紹。波矢多再次打量他的長相，想起了建國大學的熊井。那個以前的同學曾說過自己長得既不像父親，也不像兄弟姊妹，卻像極一個幾乎沒什麼往來的堂兄弟。

「你好，請問你是什麼時候……」

「今天早上到的。」

「對不起，我早上不在，有勞你跑兩趟了。」

波矢多向他道歉，隆一忙不迭地搖頭。

「不不不，我是今天早上抵達鎮上，剛剛才到鯰音坑……」

五官長得很像，但是那種小聲嘰哩咕嚕的講話方式卻完全是另一個人，給波矢多些許陰沉的印象。

「實不相瞞，我在鎮上的食堂聽到古怪的傳言……」

就連表情也變得陰鬱黯淡下來。不過，根據他聽到的傳言內容，會讓他露出這種表情也並不奇怪。

「什麼傳言？」

波矢多雖然心裡有數，但還是問了對方，結果果然不出他所料。

「我聽說這座礦山發生了意外，有個礦工殘遭活埋。後來又因沼氣外洩的關係，所以援救可說是無望了。雖然我心想應該不可能吧，但還是問了一下那個人的名字。對方回答得不清不楚，說是相澤還是什麼合里的㉔……」

「你想必很擔心吧。」

「嗯，為了確認此事，我連忙趕到這裡……」

「有什麼發現嗎？」

「沒有，只有聽到傳言的後續……」

波矢多心裡閃過不祥的預感，而且這次也被他猜中了。

「聽說後來那個人的幽靈出現了，還帶走住在隔壁房間的人。證據就是有人看見幽靈進入房間後就消失得無影無蹤，屋裡只剩下吊死的住戶。」

雖說這些謠言早在南月的預料之內，所以波矢多現在並不覺得特別意外，但感受上還是很不舒服。

「萬一那個犧牲者就是舍弟光範，還變成幽靈出沒的話，我可不想在這種地方工作。」

請合里幫忙介紹他來鯰音坑工作，現在竟然還說出這種話，未免太過分了。波矢多對此有些不高興。但是想到這兩兄弟幾乎不相往來，隆一會出現這種反應也是人之常情。雖說是弟弟，但儼然就是個外人。

「不過，雖說沒那麼親近，但畢竟還是自己的弟弟，也幫我在這裡斡旋工作，所以也不能就這麼當作沒聽見。思前想後，還是決定親自跑一趟……」

隆一說到這裡，才用一臉現在才發現自己還沒提到重點的表情問道：

「所以那個被活埋的礦工……」

「……很遺憾，的確是合里哥。」

聽到波矢多難以啟齒的回答，隆一整個人像顆洩了氣的皮球，看不出是因為哀悼異母弟弟的死，還是在怨嘆這下子工作應該告吹了。

「這樣啊。」

隆一喃喃自語，接著又說：

「光範居然在我來鯰音坑的前一天出事……我還想說天底下怎麼會有這麼不幸的事……最後果然還是這樣啊。」

「不嫌棄的話——」

儘管覺得他對合里光範的態度實在太過冷血，波矢多還是下意識地問他：

㉔相澤（あいざわ）和合里（あいざと）的前三個日文音節相同。

「在想到辦法救出合里哥之前，你要不要先在他的房間住下？」

「呃，可是……」

「還是你有什麼必須馬上趕回去的要事嗎？」

話一出口，波矢多這才驚覺這句話聽起來會不會充滿諷刺意味，但隆一似乎沒放在心上。

「這倒沒有……」

「既然如此，請務必住下來。」

波矢多都說到這個份上了，隆一還拿不定主意。又聊了一會兒，才發現他並不是不想在合里的房間住下，而是對於與波矢多共處一室有些介意。於是他們便暫時借用沒人住的一之三號房——當然是在沒向公司報備的情況下。

波矢多帶著還沒反應過來的隆一來到一之三號房。房間裡其實空無一物，六疊房間的壁櫥甚至還少了一扇紙門，四疊半房間的電燈則是連燈泡都沒有。不僅如此，拉門的鎖還壞掉了，六疊房間的窗戶也找不到能插進鎖孔的螺絲鎖，門窗根本無法妥善地鎖好。但也只能暫時忍耐一下了。

簡單地打掃完室內，波矢多從一之二號房搬來合里的棉被，然後再去福利社購買不曉得什麼時候已經用完的自用刮鬍刀和肥皂，也順便幫隆一買了一些日常用品。波矢多剛來鯰音坑的時候，合里也為他做過同樣的付出。或許波矢多是想藉此回報合里的恩情，就算對方是與合里毫無情感的異母兄弟也一樣。

合里光範雖然不太說話，但也不是悶葫蘆，經常欲言又止地提起朝鮮半島的種種，彷彿很懷念與當地人共度的生活。他也喜歡聽波矢多提起建國大學時代的往事，例如與其他國家的學生有什麼交流、上過什麼課、體驗過什麼樣的實習，總是聽得津津有味。

相較之下，隆一這個人只是容貌長得像光範，性格似乎南轅北轍。他總是一聲不吭地坐在房間角落，與其說是沉默寡言，不如說是給人一種陰沉的印象。或許是因為弟弟遭遇不幸而大受打擊，也或許他原本就是這種性格。因此他們只有在工寮前相識的時候多聊了幾句，後來就幾乎很少交流。

起初還以為是合里光範的幽靈，但隨著隆一取下包住雙頰的頭巾，露出黝黑的光頭，就覺得兩個人沒那麼像了，頭型也不太一樣。頂多只會覺得他們有血緣關係，但不會再把兩個人搞混。波矢多回想起自己剛見到他的反應，不禁感到有些好笑。

只不過，就在他望著隆一的面容時，波矢多都會有些擔心。不只臉，隆一就連頭頂都黑漆漆的，想也知道是因為蒙上了一層煤灰。但這也表示他前腳剛離開上一個工作的煤礦，後腳就來到鯰音坑。換言之，他該不會是逃離原本的礦坑吧。剛上坑，還來不及洗澡，也沒空收拾行李，只換掉工作服就逃之夭夭，所以才會以這副德性出現在鯰音坑。之所以拖著一條腿，大概是逃跑途中所受的傷。

問題在於追兵。

如果他從中越逃到北九州，應該已經擺脫追兵了。話雖如此，也不見得就能完全放心。

你是逃跑的礦工吧。

波矢多很想問個清楚，但隆一周身散發出一股不能問的氛圍。倘若他真的是逃跑的礦工，好不容易來到鯰音坑，原本想投靠的弟弟卻已經不在了，他該有多麼不安啊。波矢多體貼地想，或許暫時先不要問他這種打落水狗的問題比較好。

「要去吃晚飯嗎？這裡的食堂味道還不錯喔。」

波矢多猜他肯定餓了，但隆一只是有氣無力地搖頭，什麼也不說。可能一路上的交通費已經花光他所有的錢了。

「我替合里哥請你吃飯。」

波矢多又試著邀請他，但他的反應依然如故。那樣子既是客氣，也像是不想與其他人扯上關係，因為無法判斷到底是哪種情況，讓波矢多感到很懊惱。

到底該怎麼辦呢？

波矢多無計可施，這時只見隆一從布包裡拿出已經吃了幾口的飯糰，似乎是在表示那就是他的晚餐。

我也去食堂買幾個飯糰吧。

就在波矢多不知是否要捨命陪君子到這個地步時。

門外傳來粗嗄的嗓音。這個聲音，肯定是住在同一棟一之五號房的丹羽旗太郎。他好像是去一之四號房找喜多田喜平，只聽到他拍打著拉門，喊了好幾次後者的名字，但對方始終沒回應。丹羽不死心地繼續拍門，一迭聲地喊喜多田的名字。因為就在隔壁，實在是吵得要命。

波矢多打開一之三號房的拉門，探出頭問道：

「怎麼了嗎？」

「哦，是你啊。他人明明在裡面，卻一點反應都沒有。」

丹羽回答，好像完全不覺得波矢多從應該沒人住的一之三號房探出頭來有何不對勁。

「你確定他在房間裡嗎？」

「雖然有上鎖，但人肯定在裡面啦。」

波矢多聞言立刻走到一之四號房前，把手伸向拉門，但是好像從裡頭鎖上了，拉不開。順帶一提，這時的雨已經快停了，只剩下最後幾滴雨絲。

「大概還在睡吧，但我喊得這麼大聲都沒醒來也太怪了。」

「睡到這個時間嗎？」

波矢多覺得詫異，丹羽則露出下流的笑容。

「喜多田大哥從昨晚到今天中午都待在女人那裡，肯定累到不行了。」

「哦，原來如此。」

波矢多雖然心領神會，但是正如丹羽所說，外面都吵成這樣了卻還吵不醒他，確實很奇怪。與此同時，心湖掀起一陣不祥的波動。

「繞去後面看看吧。」

波矢多一馬當先地往前走，丹羽乖乖地跟在他身後。

儘管已經預料到當自己為木戶守靈、將遺體送去火化、為其納骨、直至辦完喪事的這段期間，這些人或許都浸淫在花街柳巷裡。但是從當事人嘴裡沾沾自喜地說出來，還是覺得氣不打一處來。

穿過位於一號棟東端的一之五號房與公共廁所之間的巷子，兩人繞到工寮的後面，感覺下著雨的黃昏時分所呈現的幽暗感，在這裡又顯得更加濃厚了。

家庭式工寮房間的後方，家家戶戶都有個小巧的庭院。因為隔著聊勝於無的木板圍牆，所以從外頭看不到裡面。儘管目前幾乎都成了曬衣服的場所，沒有任何一戶人家在這裡養花蒔草，但是對於這裡的居民而言，依舊是只屬於自己的院落。

然而從九號棟開始的南側工寮後面，就沒有前面提到的那種庭院和圍牆了，窗外緊鄰巷弄，只能看見隔壁工寮的玄關。唯有一號棟與其他棟不一樣，因為設置於西側的木板圍牆在西南角轉個彎，往東延伸，另一邊就是峰峰相連的捨石山。

或許是因為沒有人會走在一號棟與木板圍牆之間，雜草叢生的狹長空間宛如陰森的荒地，坦白說就是個讓人不太想踏進去的場域。

儘管如此，就在波矢多撥開雜草，走到一之四號房的後面時，不由得當場愣住了。即使想透過窗戶窺看裡頭的狀況，也因為下半部是毛玻璃的關係，所以完全看不到室內的景象。雖然上層是透明玻璃，可以看到裡面，但問題是位置太高了，就算想爬上去看，也沒有可以踏腳的地方。

「沒辦法了。」

就算特地繞到後面也沒用，丹羽的言下之意應該就是如此。但波矢多可不這麼認為，只見他直勾勾地凝視丹羽。

「請背我上去。」

「什麼！」

丹羽不可置信地瞪圓了雙眼。

「從窗戶上半部就能看到裡面了。」

「憑什麼要老子背你——」

「因為你的體格比我還要壯碩，我再怎樣也無法扛起丹羽先生吧。」

即使丹羽嘴裡念念有詞地抱怨，但還是雙手撐著兩扇窗戶間的牆壁，蹲了下來，心不甘情不願地讓波矢多跨坐在他的肩膀上。

「再稍微往左邊的窗戶靠近一點——好，就這樣。」

喜多田不在一開始看到的六疊房間裡，而且窗戶確實拴上了螺絲鎖。

「接下來請往右邊移動。」

丹羽又開始嘟嘟囔囔地發著牢騷，但還是扛著波矢多往旁邊橫移到四疊半的房間前。波矢多居高臨下地看到他奇怪的步伐，差點就要笑出來了。

然而，波矢多的笑意就在四疊半房間的室內情景映入眼簾時止住了。因為呈現在他眼前的畫面，是喜多田喜平同樣被注連繩勒住脖子的身影，那個姿勢不知怎地，幾乎與木戶一模一樣。

第十二章

黑面之狐

第十三章

不斷有人死去

坐在丹羽旗太郎肩上的波矢多，先檢查一之四號四疊半房間的窗戶也確實拴上了螺絲鎖，接著以冷靜的語氣拜託丹羽：

「可以麻煩你放我下來嗎？」

底下傳來語帶不滿的反問：

「所以喜多田大哥在裡面嗎？」

「人是在裡面，總之請你先把我放下來。」

波矢多擔心若是在這種情況下告知他室內的狀況，難保丹羽不會因為突來的震驚而把自己摔在地上。雖說丹羽在戰前和戰時幹的都是人力仲介的工作，精神面應該沒那麼脆弱，但是不怕一萬，只怕萬一。

「你果然是個怪人。」

丹羽毫不留情地批評，然後讓波矢多下到地上。

「所以呢，他還在睡嗎？」

「不，跟木戶先生一模一樣的情況。」

「……」

丹羽一臉呆滯，似乎不明白這句話是什麼意思。

「我猜他恐怕已經死了。」

聽到這句話，丹羽才總算恍然大悟。

「你是說……喜多田大哥也、也用注連繩上吊了嗎？」

「是的。我猜肯定已經回天乏術了，但還是得進去確認一下。」

波矢多拾起腳邊大小適中的石頭，正要小跑步繞回到工寮的門口時，背後傳來丹羽一下子失去氣勢的問句：

「是、是我們要進去確認嗎？」

「如果是剛剛才上吊的，說不定還有救。」

「你不是說就你觀察，喜多田大哥已經死了嗎？」

「我就是要進去確認狀況。」

「門、門鎖著。」

回到一之四號房門口，丹羽的聲音顯然鬆了一口氣。

「破門而入吧。」

波矢多毫不遲疑地用剛剛撿來的石頭，往距離拉門內側的鎖最近的毛玻璃上砸。

匡啷。

就在聽來不吉利的玻璃碎裂聲響起之後，波矢多用手帕包住一隻手，小心避開剩下的碎片，把手探進打破的洞裡，摸索著打開門內側的鎖。

嘎啦嘎啦嘎啦。

拉開與合里房間同樣年久失修的拉門，波矢多又提醒尾隨在後的丹羽。

「千萬不要碰到房裡的任何東西。」

先檢查三和土地板旁的儲藏室，再脫鞋走進六疊的房間，喜多田喜平異樣的死狀從隔壁四疊半的房間猝不及防地進入了他的視野。

喜多田的遺體比剛才從後面窗戶隔著玻璃看時要來得怵目驚心許多。與木戶幾無二致的姿勢更加深了視覺上的驚悚感。隨著距離不斷拉近，怵目驚心的感覺愈發強烈，把波矢多嚇得六神無主。但還是勉強自己走到他旁邊，確定喜多田是不是已經沒救了。

「怎、怎樣？」

玄關處傳來丹羽的聲音。看樣子他只敢站在三和土地板那邊，不敢再往內走。

「果然已經死掉了。」

「……自殺嗎？」

「雖然不乏以這種狀態自殺的案例，但是緊接在木戶先生之後……你不覺得事有蹊蹺嗎？」

勒死喜多田的注連繩就綁在釘在柱子上的五寸釘上，死狀與木戶如出一轍，勒痕只出現在頸部前側這點也一模一樣。

說到一樣……

波矢多連忙望向廚房，廚房的窗戶也跟其他兩個房間的窗戶一樣，用螺絲鎖鎖上了。正面的拉門也鎖得好好的。

換句話說，又是密室嗎？

這點也跟木戶的情況一樣。難道黑臉狐狸也來過一之四號房，勒死喜多田，然後又像一陣煙似地消失了。

「……喂。」

見波矢多完全陷入沉思，丹羽便出聲喚他。

「啊，不好意思，可以請你去勞務課一趟，請他們打電話報警嗎？」

「噢，好，我這就去。」

或許是慶幸終於可以離開這裡，丹羽如釋重負的表情很是露骨，頭也不回地跑出一之四號房。

波矢多趕在警察抵達之前先確認了六疊房間的壁櫥，接著檢查放在矮桌上的日本酒瓶，確定那是一瓶新開的酒之後，再走到屍體旁邊聞了聞，果然聞到些許酒臭味。回到六疊的房間，用包著手帕的手一一檢視沒用過的茶杯，結果發現只有一個茶杯還帶著水氣。

換句話說，喜多田曾經和某人一起喝酒。

那個人莫非就是黑臉狐狸？

問題是，如果對方是黑臉狐狸，喜多田怎麼可能還平心靜氣地喝酒，再怎麼樣都會提高警覺吧。既然如此，或許那個黑臉狐狸是以平常大家都認識的外貌來找喜多田的。用自己帶來的酒灌醉喜多田，殺死他，假裝成上吊。然後用水洗淨自己用過的茶杯，營造喜多田一個人獨酌的假象。

雖然是不錯的推理，但其中存在著一個很大的問題。從屍體散發出來的酒味判斷，喜多田並未喝到爛醉如泥，毋寧說才剛開喝沒多久。在這種狀態下，要殺死一個大男人，還要偽裝成上吊自殺，怎麼想都是不太可能的。

除此之外還有密室之謎。

從現場的狀況來看，自殺的可能性高出天際，但真的是自殺嗎？喜多田喜平有尋短的動機嗎？就算有，為何要選擇跟木戶相同的方法自殺？這也太不自然了。

正當波矢多陷入沉思。

「請問……」

耳邊突然傳來沒有絲毫抑揚頓挫的聲音，害他嚇了一跳。

回頭看，隆一正從開啟的拉門後面探出臉來。好像是因為波矢多一直沒回去，再加上鄰室的狀況似乎不太對勁，所以就來看看發生什麼事了。只是他那顆黑漆漆、髒兮兮的頭看在波矢多眼中，剎那之間還讓人以為是怪物，險些就要嚇得喊出來。

「發生什麼事了嗎？」

「那是——」

波矢多下意識想要隱瞞，但是一旦勞務課和警方的人來了，也必須向他們報告隆一來找合里光範的事。如此一來，不讓他知道喜多田喜平的死訊也不太妥當。波矢多做出以上的判斷後，決定一五一十地告訴他實情。

「與那個叫木戶的人一模一樣的狀態……」

比起出人命的恐懼，隆一顯然對喜多田和木戶之死的相似性更加害怕。

「我在鎮上聽說，有人曾經看到一個像是黑狐的男人。」

「我們稱那個人為黑臉狐狸，不過這次並沒有……」

才說到一半，波矢多就察覺隆一臉上冒出的錯愕表情。

「怎麼了，難不成……」

「……沒什麼，我不確定那是不是你們說的黑臉狐狸。」

隆一有氣無力地搖搖頭說。

「只是當我走進工寮的巷子，曾看到有個穿著工作服的人往另一邊走了。這我很肯定。」

「只看到背影嗎？」

「嗯，而且當我走到工寮角落，那個人就不見了。」

也就是說，當隆一從一號棟的西側走進巷子，那傢伙就像是和他交替一樣，從東側離開了。

「什麼時候的事？」

「忘了……不過應該是我在光範的房間前碰到你的幾分鐘前。」

波矢多是在五點左右與南月一起回到鯰音坑，然後跑了一趟勞務課才返回工寮，因此遇見隆一大概是五點十五分到二十分之間。換言之，疑似黑臉狐狸的人離開喜多田的房間應該是在五點十分過後。

「所以，那個人真的是……」

得知自己看到的可能就是黑臉狐狸，隆一瞬間嚇得面無血色，但他似乎還抱有否認的情緒。

「可是，那個房間不是鎖住了嗎？」

言下之意，就是既然如此，應該沒有人能進出才對。但就算承認這個事實，反而更凸顯黑臉狐狸不是人類的認知。隆一顯然也注意到了這一點，倉皇地望向拉門上的鎖。

「那扇門的插銷鎖確實是鎖上的。不光是我，丹羽先生也能做證。不僅如此，另外三扇窗戶也都拴上了螺絲鎖。」

經波矢多這麼一說，隆一不假思索地走進六疊的房間，檢查窗戶的鎖。用來代替拐杖的木棒似乎留在房裡，但他還是保持前傾的駝背姿勢，拖著一條腿走路，繼續檢查廚房的窗戶。就在他即將踏入四疊半房間時，顯然有些猶豫，但好奇心還是打敗了恐懼的心理。

「既然如此，黑臉狐狸到底是從哪裡出去的……」

隆一自言自語地嘀咕，也檢查了隔壁房間的窗戶，親眼確定這房間是處於密室狀態後，一臉驚懼地在房間內環視一圈。

看到隆一的反應，波矢多為求謹慎，又檢查一遍壁櫥，但是裡面當然沒有躲著任何人。果然跟木戶死的時候一模一樣。

密室之謎令波矢多為之愕然。

「喂！」

門口那邊突然響起盛氣凌人的聲音，下意識回過頭去，只見成田勇兵警官與勞務課長水盛厚男正站在三和土地板上。

「又是你啊！」

一看到波矢多的臉，成田就大發雷霆地怒吼。隆一被他的大嗓門嚇了一跳，從後面房間探出頭來。

「喂！你又是誰？你們把現場當成什麼地方了？」

成田氣急敗壞地破口大罵，將兩人趕出一之四號房。波矢多也做好心理準備要挨水盛一頓臭罵了，可是他什麼也沒說，只是凝視著房內的那具遺體，彷彿根本沒看見他們。

波矢多別無選擇，就和隆一回到一之三號房待命，丹羽也順勢

拉門的插銷鎖

加入他們。或許是受到太大的打擊，感覺隆一愈發沉默，所以波矢多單刀直入地問丹羽：

「喜多田先生平常會鎖門嗎？」

「對啊，每次出去都會鎖上掛鎖。」

「人在家裡的時候呢？」

「人在家裡還鎖什麼門。」

「可是這次卻從內側鎖上插銷鎖了。」

經此一問，丹羽總算明白事情有多不對勁了。

「這麼說倒也是。無論是睡著還是醒著，喜多田大哥人在房裡的時候都不會鎖門的。」

「是這樣啊。」

「所以怎麼著，讓木戶吊死的**那個**又出現了，然後在上鎖的房裡勒死喜多田大哥，最後憑空消失了嗎？」

丹羽臉上浮現出驚懼的表情，與高大的體格及猙獰的長相一點也不搭。

「說到木戶先生，喜多田先生與他有交情嗎？」

「幹麼突然問這個。」

「因為他們接連死去了。」

「這個嘛……」

丹羽說到一半，突然噤口不言。

「他們果然有什麼交情吧。」

「不，一點都沒有。」

「我聽說木戶先生來這裡之前曾經在龜碕坑待過，喜多田先生該不會也來自同一座礦坑吧？」

「他才沒有去過那個礦坑。」

即便矢口否認，但丹羽顯然意識到什麼了。

「關於那兩個人，你是否知道些什麼？」

然而在波矢多鍥而不捨地追問後，丹羽則露出一副取笑他似的苦笑。

「何止我，你不也心知肚明嗎？」

「你的意思是？」

「他們都住在這棟工寮。」

「呃，說得也是……」

「而且還跟合里住在同一棟。」

說穿了，如同在穴寢谷鎮上傳到無人不知的流言，他的意思就是指死去的合里光範把木戶和喜多田給帶走了。

「可是——」

波矢多才剛表現出反對的態度，丹羽就用力地搖搖手。

「不是因為我相信幽靈或膽小怕事，而是對此感到恐懼的大有人在。偏偏愈害怕的人就會更容易這麼認定吧。膽小的人真的受不了這個，無論如何都想逃走。木戶就算了，沒想到連喜多田大哥也……雖然不敢相信，但這種事誰也說不準。」

沒想到他也能說出一套還算合理的推論，真令人意外。不過丹羽或許原本就相信幽靈的存在，但是害怕被人識破這一點，所以才因此說謊逞強也說不定。

「你的意思是說，合里哥的幽靈找上木戶先生和喜多田先生……或者他們以為合里哥的幽靈找上了他們，所以才自我了斷嗎？」

「如果還有別的理由可以讓毫無關係的兩人接連以這種方式死去，我倒是很想知道。」

「畢竟這次也看到疑似黑臉狐狸的人物嘛。」

「真、真的嗎？」

丹羽頓時呆若木雞。果然是迷信的礦工，聽到這個就嚇破膽了。

「合里哥的哥哥——隆一先生看見了。」

沒想到會在這種情況下介紹隆一，丹羽目不轉睛地盯著隆一看。

「你是從別的礦山逃出來的吧。」

真不愧是以前當過人力仲介的人，一眼就看穿隆一的來歷。

「你來找合里幫忙，可惜晚了一天。」

隆，無言頷首，丹羽又盯著他看了好一會兒才說：

「發生過這種事，你還想在這裡工作嗎？」

隆一搖頭，不知是意味著他不想、還是意味著他還沒想清楚。或許也察覺到自己模稜兩可的反應，隆一吞吞吐吐地回答：

「總而言之，我打算暫時待在這裡，直到光範的遺體被挖出來。」

看樣子是想盡一下身為合里家人的責任。問題是他用「遺體」來形容合里，這點令波矢多非常受傷。即使幾乎已經等於絕望，但除非真的看到合里光範，否則他不想放棄任何希望。

這時，成田勇兵出現了。他先詢問隆一的身分，在波矢多據實以告後，成田便與水盛開始講起悄悄話，想必是在討論該怎麼處置合里光範突然冒出來的哥哥。

「好吧，你也一起來。」

於是波矢多和隆一、丹羽一行人被成田帶到採礦事務所接受審訊。正常程序應該要輪流問他們話，但成田現在卻一次處理三個人。或許煤礦公司地頭蛇的特性影響了當地的警察，又或是本來就沒什麼辦案經驗；或許拔井煤礦已經事先打點好，又或是本來就無心調查，總之成田的態度十分敷衍。現在波矢多很清楚一點，那就是至少別想指望警方了。

水盛厚男也在座，但樣子很不對勁。即便知道合里光範的哥哥跑來工寮找他也幾乎沒什麼反應，喜多田喜平的死對他造成了那麼大的打擊嗎？公司雇用的礦工死於非命，身為勞務課的課長當然不可能無動於衷，六神無主也是人之常情。但水盛的樣子顯然沒這麼單純，彷彿是有什麼讓他個人感到擔憂的事。

就在波矢多偷偷觀察水盛的同時，成田暴跳如雷的怒吼響遍了殺風景的會議室。好像是對波矢多隔著窗戶看見喜多田喜平吊死時，卻沒有立刻報警一事大感光火。一個死老百姓竟然敢自作主張地踏進現場，簡直是向天借膽。在他怒火燎原的同時，口水也噴得到處都是。

波矢多聽得耳朵都要長繭了。

「我只想著要先救人。」

聽到他的辯解，成田更是火冒三丈。

「隔著窗戶應該也能看出他已經死了。」

「我就是個外行人，豈敢隨便判斷。」

波矢多正經八百地回答，成田被堵得說不出話來。

「你們三個——」

大概是被這個死老百姓堵得說不出話來的場面令他太過難堪，成田突然胡言亂語起來。

「該不會共謀殺了喜多田喜平吧。」

「你、你別胡說八道。」

丹羽旗太郎立刻為自己辯護。

「我為什麼要殺死喜多田大哥?」

「動機待會兒再研究,但是能證明拉門和窗戶都鎖上的只有你們三個,難保不是事先串供。」

「誰會做這種事啊。」

不同於又要氣得跳起來的丹羽,波矢多只覺得失望。

起初並非有意,但丹羽檢查了正面拉門的插銷鎖、隆一檢查過三扇窗戶的螺絲鎖,全都鎖得踏踏實實的。也就是說,除了波矢多以外,還有兩個人可以證明房間是密室。要是因此被扣上共犯的罪名,再說什麼都只是白費唇舌。

與無精打彩的波矢多正好相反,丹羽的氣勢十分強硬。

「再說了,誰沒事要跟這種怪人往來啊。而且我也是剛剛才認識這個自稱是合里大哥的傢伙。」

他口中的怪人顯然是指波矢多。

「以我們這樣的關係是要怎麼合力殺人?再說了,我們也沒有共同的動機。」

「我聽說喜多田喜平經常找物理波矢多和死在坑內的合里光範麻煩。既然另一個人是合里的大哥,可能會跟物理一個鼻孔出氣吧。」

不愧是負責礦坑城鎮的員警，對礦工之間的人際關係瞭若指掌。

「既然如此，那我——」

「你大概是欠了喜多田賭債吧。」

「你胡說什麼。」

為了避免丹羽真的衝上去，波矢多插進來打圓場。

「假如是我們三個人合謀，有必要讓一之四號房看起來像是從內側鎖上嗎？」

「這還用說嗎！」

成田盛氣凌人地說。

「為了讓大家以為又是來路不明的魔物殺死喜多田，才刻意比照木戶死亡時的狀況布置現場。」

「如果是還相信幽靈和妖怪的遠古時代就算了，今時今日，這種怪力亂神的藉口已經行不通了吧。」

波矢多訝異之餘也同時反駁，但成田反而露出懇切的表情說：

「你說的是正常的社會，但迷信的礦坑城鎮是另外一個世界，就連這種荒謬無稽的現象也能自然而然地接受。木戶的事件沒過多久就變成怪談傳遍了各處，就是最好的證明。」

「那是礦工們的反應，而且並不表示他們真的相信有魔物存在。」

「那是當然，畢竟是現代人嘛。」

成田不可一世的口吻令波矢多怒髮衝冠，但還是忍了下來。

「最重要的是，警方不會接受這種怪談吧。」

「所以我這不就識破是你們三個共謀殺人嗎。」

成田每句話都只往自己有利的方向解讀，波矢多忍不住想仰天長嘯。

「說到動機——」

見他們你一言、我一語地爭論不休，丹羽終於冷靜下來，想到什麼似地說：

「有個憎恨喜多田大哥的人。」

「誰？」

成田立刻咄咄逼人地反問，丹羽回答：

「山際宜治。」

「哦，工會代表啊。聽說他跟喜多田打過架。」

「也不算打架，比較像是山際單方面挨揍，而且還是在喜歡的女孩子面前被打得落花流水，不懷恨在心才怪。」

「可是山際先生應該很討厭暴力。」

波矢多字斟句酌地提出反對意見，丹羽嗤之以鼻地說：

「被欺負成那樣，是男人都會懷恨在心。更別說是在自己喜歡的女孩子面前丟了大臉。再怎麼和平主義的人，肯定也會想宰了對方。」

「就算是這樣，也不至於真的動手——」

成田搶在丹羽回答波矢多的質疑前插嘴。

「這確實足以構成殺害喜多田的動機。」

「看吧。」

丹羽自鳴得意，但隨即被成田的下一個問題給搞迷糊了。

「話說回來，山際宜治有什麼殺害木戶的動機嗎？」

「呃……」

丹羽一臉呆滯，大概是搜索枯腸也想不到山際宜治殺害木戶的理由吧。

「木戶先生不是自殺嗎？」

波矢多趕緊指出重點，成田輕描淡寫地說：

「要是山際也有殺害木戶的動機，連續殺人事件就能一口氣偵破了。」

這也太一廂情願了。

「可是警方認為木戶先生的死——」

波矢多實在無法保持沉默，正想反駁一兩句的時候，丹羽硬生生地插進來。

「有一個人同時具有殺死木戶和喜多田大哥的動機。」

「誰？」

成田的視線立刻由波矢多移到丹羽身上，丹羽以一副自認了不起的態度回答：

「就是菅崎由紀則。」

成田以眼神向水盛示意，要他說明一下菅崎是什麼人，但水盛始終心不在焉，於是丹羽便接著說。

「這個人年紀還算輕，但是比喜多田大哥和我先來到鯰音坑——對了，他不是動不動就找你跟合里的麻煩嗎？」

後半句問的是波矢多，礙於無奈，波矢多只能承認。嚴格來說，他並不是找波矢多和合里的麻煩，主要都是衝著波矢多來，但波矢多無意特地訂正。

「哦，喜多田喜平的跟班之一啊。」

成田似乎也猜到了，臉上浮現出卑劣的笑容。

「喜多田才來鯰音坑沒多久，就開始找這兩位美男子的麻煩，看在菅崎那種小癟三眼中，無疑是志趣相投的好大哥。」

「他馬上就貼上來了。」

「菅崎的想法我明白了，但喜多田為何會讓他入夥？」

這次換丹羽露出令人生厭的笑容。

「當然是把他當待宰的肥羊啊。」

「原來如此。」

兩人相視一笑，笑得跟共犯沒兩樣。

波矢多簡直不敢相信，丹羽居然向警官透露他們賭博的事，而成田聽聞此事，居然也就順理成章地接受了。礦坑就是這樣的世界。當然不能一竿子打翻所有的礦坑，但至少在拔井煤礦的鯰音坑，別說是一般人的常識，就連社會上約定成俗的默契，乃至於法律，在這裡恐怕都不適用。

「所以你認為菅崎的動機是什麼？」

「賭債吧。那傢伙不止欠了喜多田大哥很多錢，好像也向木戶借過錢。」

「殺人的動機不外乎色、欲、財。」

成田一廂情願地接受了這套說詞，總算開始訊問他們是怎麼發現喜多田喜平的遺體。是故三人重獲自由的時候，已經過了晚上八點。

然而，成田才剛說他們可以回去了，水盛卻冒出一句莫名其妙的話：

「明天下午要放金絲雀進礦坑。」

波矢多聽得丈二金剛摸不著頭腦，但其他人好像都知道這句話是什麼意思。

「是總公司的指示嗎？」

成田問道，水盛有氣無力地緩緩搖頭。

「自作主張不要緊嗎？」

從成田意外的表情來看，這個決定好像是水盛的獨斷獨行。波矢多完全處在狀況外，但是注意力隨即被水盛下一句話給牢牢吸引住。

「倘若沒有問題的話，就把合里光範的遺體弄上來。」

「真、真的嗎？」

確定水盛點頭答應後，波矢多轉而詢問成田。因為水盛那德性，問他想必也問不出個所以然來。

「搶救合里哥與金絲雀有什麼關係？」

「你連這個都不知道也敢來當礦工啊。」

成田似乎被波矢多的疑問嚇傻了，但還是耐著性子回答：

「金絲雀對沼氣十分敏感，而且時時刻刻都在叫。所以如果突然不叫了，就表示那裡有沼氣，從以前就是廣為礦山所用的活體沼氣探測器。」

「請讓我也加入救援隊伍。」

一理解金絲雀的用途，波矢多就向水盛低頭懇求。可以的話，他甚至想親自提著關有金絲雀的鳥籠走在最前面。

但水盛還是慢吞吞地搖著頭。

「不需要人下去，用櫓就行了。」

他們打算把金絲雀籠放進豎坑櫓用來運搬原煤和器材、人稱鳥籠的籠子裡——這對金絲雀來說可真是個諷刺的名稱啊——然後再放入坑內。

「假如金絲雀平安無事，就能立刻進到坑內嗎？」

波矢多緊接著又問。或許是不想被他抓住話柄，水盛並沒有正面回答。波矢多繼續鍥而不捨地追問，總算得到在這個節骨眼聽起來非常沒要沒緊的答案——為了慎重起見，可能要隔一天才能下坑。

波矢多當然不肯接受這個答案，結果被成田半強制地請出去了。據理力爭的過程中，雖然很清楚丹羽肯定是不會伸出援手的，但是就連隆一也袖手旁觀，這就讓波矢多有點痛心。縱使彼此不相往來，但他依舊是合里光範唯一的血親，多為弟弟掛心一點也不會有任何損失吧。

波矢多內心五味雜陳地踏出了採礦事務所，就看見幾個礦工等在外面的身影。大概是聽說他們這三個發現喜多田喜平遺體的人正在這裡接受盤查，於是便從外面探頭探腦，想看看情況。南月尚昌也在其中，一看到波矢多就出聲叫喚：

「小哥，你沒事吧？」

他先對波矢多表示關心。因為緊接在木戶之後，波矢多又發現了不可思議的上吊屍體，加上合里光範才剛遭逢事故，也難怪他會擔心。

「還好，我沒事。確定一之四號房的拉門鎖住時，我就已經做了最壞的心理準備。」

「那就好。」

波矢多無法判斷南月這句話是開玩笑還是認真的，不置可否地顧左右而言他，就在他正準備要介紹隆一時。

發現丹羽就站在不遠處，正在與隆一說話。波矢多心裡閃過不祥的預感，於是便走上前去，但丹羽立刻就離開了。

「沒事吧？」

隆一對擔心他的波矢多報以苦笑。

「他問我拖著一條腿是不是真的只是輕微扭傷，然後說我如果想在這裡工作，可以幫我疏通一下。」

波矢多心想果然不出所料。幹過人力仲介的丹羽不可能放過隆一這隻肥羊。想必是打算藉由幫隆一與公司牽線的機會，從中撈點好處。波矢多好心提醒隆一後，就把他介紹給身旁的南月認識：

「這位就是合里哥的兄長——」

「哦，果然有幾分合里的影子。」

南月感觸良多地低聲呢喃。

「這事兒不能去我家說，到食堂去吧。」

南月也邀請隆一，但隆一以飯糰才吃到一半為由婉拒了。

三人交談的同時，丹羽、菅崎由紀則以及其他幾個礦工正一同走向鯰音坑的正門。大概是打算到鎮上去吧。望著他們的背影，波矢多也開始思考。

萬一菅崎知道丹羽向警察打小報告，說他是殺死喜多田的嫌犯之一，究竟會做何感想呢？

話雖如此，波矢多怎麼也不認為是菅崎殺了喜多田。不，或許單就喜多田的事件來說確實是有可能的，但是在那之前木戶已經死了，再加上合里的意外……

波矢多問自己，發現喜多田遺體的當下，自己的情緒是否因為太過激動，乃至於一時半刻無法冷靜地檢視整體事件的全盤面貌呢？

這裡現在到底發生了什麼事？

首先是礦坑坍塌與沼氣外洩，導致合里光範被留在坑內。

接著是出事的同一天，木戶吊死在自己位於工寮一號棟的房間，在那之前來找過他的黑臉狐狸還從無處可逃的房裡消失了。

第二天，同樣住在一號棟的喜多田喜平也吊死了，死狀與木戶一模一樣。房間從內側上鎖，有人看見疑似黑臉狐狸的人物從工寮的巷子離去的背影。

像這樣把三件事放在一起檢視，怎麼看都覺得是坑內的那場意外揭開了木戶與喜多田的死亡劇。也就是說，合里光範與木戶、喜多田喜平這三個人貌似有什麼共通點。

可是……

想破頭也想不出來。從世人的角度來看，的確有同為鯰音坑的礦工及同樣是住在工寮一號棟的左右鄰居這兩個重大的共通點。但也僅只於此而已。反倒是明明是比鄰而居的住戶，卻幾乎不相聞問這點還更值得留意不是嗎？

而且合里的情況再怎麼說都是一場意外。但木戶和喜多田可能是自殺，也可能是他殺。這不就能證明降臨在三人身上的橫禍實際上並沒有任何關連性嗎？即使如此，波矢多總覺得這其中絕對不是毫無關係。

思考到這裡，波矢多忽然想起合里出事前的樣子有點不太對勁。不對，真要說是奇怪的話，合里從出事的前幾天就開始不對勁了。

正好是喜多田來到鯰音坑以後……

意識到時間上的巧合，波矢多悚然一驚。後來公司又雇用了丹羽旗太郎，合里的樣子就更奇怪了。

……其實他們彼此認識嗎？

但左看右看也看不出任何端倪。或許有什麼隱情，所以合里才假裝不認識他們。事實上，合里也有刻意迴避那兩個人的跡象。可是單從喜多田與丹羽的言行舉止來看，實在無法想像他們早就認識。

或許合里在波矢多看不到的地方與這兩個人有所交集也說不定。假設真是如此，有辦法完全不讓同處一室的波矢多注意到嗎？尤其是合里平常都不跟別人打交道，毋寧說根本瞞不了多久吧。

更重要的是從這個角度來說，他們對合里的態度極其自然。初見面就看合里不順眼、動不動就找他麻煩，簡直跟地痞流氓沒兩樣，那不可能是在演戲。木戶也是相同的道理，他對合里和對喜多田或丹羽的態度幾乎沒有差別，很難想像他們有什麼恩怨。還是合里單方面認識他們，但對方跟合里並沒有交集呢？

意外發生的那一天，合里在下坑之前曾這麼對自己說：

「我覺得還是該跟你說清楚。」

那句話到底是什麼意思？他想告訴自己什麼？是跟木戶和喜多田有關的事嗎？問題是，合里又是怎麼知道那兩個人的事？為什麼他會那麼害怕且煩惱？

果然很不對勁。

鯰音坑這裡究竟出了什麼事……

第十四章

注連繩祓禊

波矢多與南月走進食堂，原本的喧囂擾攘在剎那之間戛然而止，所有在場的人都用緊迫盯人般的視線望著他們——不對，應該說是凝視著波矢多。

可是當他二人在角落的座位坐下，食堂內又再度被談話聲給填滿，但遠遠比不上原本的嘈雜就是了。因為所有的人都邊喝酒邊聊天，還不時地窺探波矢多他們。

「來了，上啤酒。」

葉津子端著托盤走來，托盤上放了啤酒瓶和酒杯。她還是老樣子，開朗又充滿活力。

「我們沒有點啤酒。」

南月尚昌一臉詫異地婉拒。

「我們招待的。」

聽到她理所當然的回答，南月不禁展顏一笑。

「不愧是葉津子，真機伶，將來一定能嫁個好人家。」

這句話讓原本放下啤酒瓶和酒杯就要離開的葉津子停下腳步，面露微笑為南月倒酒。

「波矢多也來一杯吧。」

葉津子也為波矢多斟酒，然後便轉身回廚房。這時背後響起了此起彼落的調侃聲。

「什麼啊，我們就沒有這種待遇。」

「葉津子小妹，也幫我們倒酒嘛。」

「不然太不公平了。」

酒類的價格原本以日本酒最貴，其次是啤酒，再來才是燒酎，但是戰敗後過了幾年，啤酒在礦坑的價格突然急速竄升。基於這個原因，鯰音坑的食堂主要都是提供燒酎。因為不僅價錢便宜，酒精濃度又高。但如果是葉津子招待，自然另當別論。所有人都吵著要葉津子一視同仁。

「好好好，知道了知道了。」

還以為她會生氣，沒想到葉津子臉上卻帶著笑意，開始為每張桌子送上啤酒瓶和酒杯。

礦工一旦高興起來，聲勢可驚人了。對葉津子極盡吹捧之能事的好聽話絡繹不絕於耳，硬生生把食堂弄得像是在辦祭典一樣熱鬧。等全部的人都拿到啤酒，曾在檢身室向波矢多搭過話的老礦工岸谷臣吾就舉著酒杯站起來。

「為葉津子小妹乾杯！」

說完這句話，便將啤酒一飲而盡。

「酒錢全都記在各位的帳上了。」

葉津子突來的妙答幾乎讓所有的人都要把口中的啤酒給噴出來了。

「妳、妳說什麼？」

「葉津子小妹，哪有人這樣的啊！」

「好過分，怎麼可以這麼過分……」

「妳這輩子都嫁不出去了！」

眾人一口一聲地指著葉津子的鼻子罵，完全是翻臉比翻書還快的最佳寫照，但葉津子絲毫不為所動，反而瞪著所有人說：

「是你們比較過分吧，波矢多到底做錯了什麼？他只是偶然撞上了，才碰巧發現了那兩個人的遺體罷了。住在同一棟工寮，這不是很自然的事嗎？」

葉津子的反擊讓食堂內靜得連一根針掉在地上的聲音都聽得見。全部的人都慚愧地避開了她的注視，開始悶著啜飲啤酒。

「在這裡也沒辦法談啦。」

波矢多在南月耳邊低語，南月四下張望一番。

「這邊的人都睜大眼睛看、豎起耳朵聽呢。」

「到合里哥的房間去吧。」

「確實沒有人敢靠近一號棟。」

話一出口，南月臉上就露出自覺失言的表情。

「但是住在那個房間裡的人就坐在你面前呢。」

波矢多笑著回應，然後想迅速地結束這頓晚餐。畢竟他不好意思讓已經在家吃過飯的南月久等。

但葉津子一再送上根本沒點的小菜，害他遲遲無法離席。看到她剛才的表現，著實無法拒絕她的好意。因此當兩人跨出食堂時，肚子已經撐得再也吃不下任何東西了。

「都說九州女子情深義重，葉津子也不例外呢。」

南月接連大力讚賞了一番，然後才猛然回神似地補充：

「我們家的多香子看起來文靜內向，其實也是個深情女子呢，肯定能成為一個好媳婦的。」

然而波矢多幾乎一個字也沒聽進去。在食堂裡因為當著葉津子的面，不得不專心吃飯，可是一離開食堂，滿腦子只剩下那一連串的事件。

「警察那邊這次是不是又打算以自殺結案呢？」

南月輕輕地嘆了一口氣後，又接著說：

「雖然喜多田的死已經傳開了，但是可以請你再仔細地從頭到尾說一遍嗎？」

於是波矢多鉅細靡遺地講述自己的所見所聞，南月沉思了半晌之後說：

「光是死法與木戶一模一樣，就能感受到一股不知該怎麼形容的惡意，令人不寒而慄到極點。」

「嗯，就是說啊。簡直像是走相同套路的連續殺人事件──」

「你是指木戶和喜多田都是被人殺害的嗎？」

「如果是他殺，兇手就是黑臉狐狸了。只是很難想像兩人之間有什麼共通的殺人動機，再加上……」

波矢多一五一十地告訴南月，他懷疑這兩起匪夷所思的命案是否源自於合里的意外，但是又找不到三個人的共通點，不知該如何理解，甚至為此感到恐懼。

「這也不能怪你，不只礦工，就連職員也對喜多田的死心生畏懼。」

「但願不要引起無謂的騷動。」

波矢多憂心忡忡地說完，南月就用一臉差點忘了什麼的表情告訴他：

「明天上午要舉行注連繩祓禊。」

「那是一種消災解厄的儀式嗎？」

波矢多好奇地問道。

「本來是稻荷神社在春天和秋天的例大祭舉行的除厄儀式，這次貌似是臨時決定要辦。」

「我對這種活動倒是樂見其成。」

「會用特別的注連繩把礦山的建築物圍起來，藉此驅走降臨在鯰音坑的災厄。特別是工寮的一號棟，這次肯定會繞上一圈又一圈的注連繩。」

「那個特別的注連繩實際上是什麼樣子？」

「做得比一般的注連繩還要牢固。因為萬一繩子在祓禊儀式中斷掉，可就不得了了。」

「這麼說來，木戶先生和喜多田先生用來上吊的注連繩……」

「嗯，肯定也是祭祀儀式用的繩子。」

「所以吊上一個大男人也不會斷掉啊。」

波矢多表現出理解的態度，突然意識過來。

「提出要舉行注連繩祓禊儀式的，該不會是水盛課長吧？」

「不是，是在礦工之間自然而然浮現的提議。」

「唔，我猜錯啦。」

「為什麼你會覺得是水盛？」

「因為水盛課長的樣子有點怪怪的。」

「怎麼個怪法？」

「除了出現第二名死者令他不知所措之外，該說是這次死掉的還是喜多田先生，這一點也很令他感到慌亂嗎……」

「大概是因為毫無心理準備吧。」

「任誰都無法預料到會有這種發展吧。但水盛課長給我的感覺，更像是有什麼深藏的恐慌，因為喜多田先生的死而被挖掘出來了。」

「嗯哼，小哥的形容果然充滿了文學氣息呢。」

南月笑得一臉困窘。

「很難理解對吧。接下來完全是我的想像，合里哥出事、木戶先生死於非命接連發生時，水盛課長還能當成是一連串不幸的意外，然而當喜多田先生也死得不明不白，課長或許就已經從中發現這三個人的共通點了。」

「……竟然有這種可能。」

「只不過，這些事情是不能告訴警方的。原因就在於課長本身其實也介入其中……」

「所、所以到底是什麼共通點？」

南月興奮地問道，但波矢多只是搔搔頭。

「這我就不知道了，而且我連水盛課長是不是真的意識到三人之間的共通點也還不敢確定。」

「這樣啊。」

這次換南月搔起頭來。

「不知道警方對喜多田先生的死有什麼看法。」

波矢多還想繼續探討下去時，兩人已經走到礦工宿舍區的入口。

「接下來去小哥的房間繼續聊吧。」

要是在工寮這裡邊走邊說，難保不會被別人聽到。正所謂小心駛得萬年船。

通過大門，就先看到幾戶燈火通明且洋溢熱鬧氣息的人家，令人莫名有些懷念的感覺。明明住在這裡還不到一個月，卻像是回到故鄉，感覺很是溫暖。

然而，這種感覺在過了十號棟之後開始銳減，過了五號棟反而突然感受到涼颼颼的寒意。原本入住的單身漢人數就偏少，再加上礦坑目前處於停工狀態，令人不寒而慄的事件又接二連三地發生，所以大家才會拚命往外跑，盡可能不要留在家裡吧。因此每次經過工寮的轉角，都會覺得黑臉狐狸彷彿就要從巷子裡竄出來。已經不是小孩子了，就連自己也覺得丟臉，但是這股恐懼始終盤踞在心底。

眼看距離一號棟愈來愈近，南月或許也充分感受到那股逐漸高漲的詭異感。

「你要不要換個地方住？」

南月表示關心，但波矢多無精打采地拒絕：

「合里哥回來時，要是我不在了，他肯定會很傷心吧。」

「……這麼說倒也是。」

「而且我總覺得一旦離開那個房間，合里哥可能就再也無法平安歸來了。」

「這樣啊。」

是自己的錯覺嗎？波矢多在南月的語氣裡同時聽到了沉重與哀愁。

不一會兒，一號棟的西端映入眼簾，那裡是木戶住的一之一號房。從這個地方轉進一號棟和二號棟之間的巷子後，只有一之三號房亮著燈，那是隆一住的房間。儘管如此，還是不免感到寂寥、蕭瑟、兼之毛骨悚然的不快。四疊半房間沒有燈泡，所以只有六疊房間亮著燈，但這也不是最主要的原因。主要還是因為瀰漫在巷子裡的陰鬱氣氛，正緊緊地纏繞著一號棟。

「丹羽好像也去鎮上了。」

一之五號房也是黑漆漆的，但感覺就是跟隔壁的一之四號房有點不同。這種差異也存在於一之一號房與一之二號房。

有人死去的房間，與活人所住房間的差別嗎……

波矢多不禁如是想。而且這種想法想必雖不中亦不遠矣。只是這麼說的話，一之二號房又該怎麼解釋？

雖然死過人，但是也有活人住在裡面……

波矢多用力甩頭，像是要甩去冷不防浮現的念頭。

「怎麼了？」

「沒什麼，有隻小蟲。」

波矢多向嚇了一跳的南月撒了個無傷大雅的小謊，走進一之二號房。

「我去泡茶。」

「別那麼客氣。」

趁著波矢多燒水、將茶葉倒進茶壺裡的空檔，南月拿起堆在房間角落的書，好奇地翻開來看。

「多半是偵探小說和民俗學相關的書呢。」

「如果有什麼想看的書，歡迎拿回去看。」

「那得找一天請小哥先幫我介紹一下，再來選。」

波矢多端著泡好的茶，與南月面對面地坐在矮桌兩邊，頓時不經意地想起先前也曾經跟合里像現在這樣對坐談天。

「剛剛聊到警方要如何處理喜多田那個案子。」

所幸南月立刻提起剛才討論到一半的事。

「這點端看拔井煤礦要怎麼為這次的事收尾吧。」

「難不成又打算以自殺結案嗎?明明已經有兩個人死得不明不白了。」

「這麼說可能過於冷血，但是以木戶的情況而言，就算以自殺結案也不會有人有意見。換個角度來看，喜多田的死其實也差不多。」

「怎麼說?」

「那傢伙原本是特高，倘若隱姓埋名躲在這裡的傳言屬實，等於是死了一個問題人物，自然不會有人想扯上關係。」

「問題在於，假設他過去是屬於特別高等警察那邊的特高，肯定與警方關係匪淺，就算拔井煤礦再怎麼不想追究，警方也不會坐視不理吧。」

「難就難在這裡。」

南月喝了一口茶，露出思索的表情說：

「正因為是自己人，一旦危及他們的立場，有時候反而會毫不留情地切割。照我看來，縱使喜多田是他們以前的伙伴，大概也沒有人會為他的死出頭。」

「或許是這樣沒錯。」

「所以拔井煤礦與警方的利害關係一致，就會把喜多田的死也當成自殺處理掉。畢竟還有門是從內側鎖上的證據幫忙背書。」

「關於一之四號房的密室狀態啊——」

波矢多正要開口，南月就猛然拍了一下膝蓋。

「對了，木戶和喜多田死的時候，房間都像是偵探小說才會出現的密室狀態，這種情況是不是就叫做詭計來著？」

「必須是他殺才有所謂的詭計。」

「嗯嗯，那當然。」

南月探出身子，一副願聞其詳的姿態。

「而且兇手也不見得是在一開始就準備好機關或詭計的。」

「這話怎麼說？」

「因為也曾出現基於某種巧合，導致現場在偶然的情況下成為密室的例子。也就是說，兇手原本並沒有意圖打造出不可能犯案的狀態，只是剛好天時地利人和，導致密室自然形成。拜這種情況所賜，讓警方墜入五里霧中，無法懷疑到自己身上。大概就是這樣的情況。」

「原來如此。」

「木戶先生的那起事件，不管是真砂看到黑臉狐狸，還是三個孩子監視一之一號房，真的都純屬偶然。因為那個房間的拉門沒鎖，要是沒有那些孩子，任誰都能自由進出。」

「這麼一來就不會產生黑臉狐狸神秘地從一之一號房消失的謎團了吧。」

「是的。從這個觀點來看，黑臉狐狸的消失之謎或許該視為偶然在那個房間裡發生的現象。」

「等等，我能理解小哥的意思，可是……」

南月臉上浮現出無比困惑的表情。

「就算只是孩子的證詞好了，要在四個小孩面前進入房間，直到小哥趕到之前都沒有任何人出來，也就是一之一號房最後變為空無一人的狀態，到底需要什麼樣的偶然才能產生這種結果？我實在是想不到。」

「這一點我也想不通。」

「什麼啊，你也一樣啊。」

看到南月大失所望的表情，波矢多連忙接著說。

「解開密室消失之謎自然是當務之急，但我更在意的是一之四號房也處於密室狀態這點。」

「什麼意思？」

「假使一之一號房的消失之謎真的如我所想的，只是偶然發生的現象，但要在一之四號房的密室也發生相同的偶然，這論點會不會有點勉強？」

「雖然俗話說得好，有一就有二，有二就有三，真要發生也不是完全不可能。但這到底是怎麼一回事……」

「很有可能是兇手黑臉狐狸刻意將一之四號房塑造成密室。」

「真的嗎？」

南月呆若木雞地睜大雙眼。然而又隨即瞇起眼睛說：

「木戶的房門沒鎖，小孩子的監視或許也能用什麼方法蒙混過去，但喜多田的房間可就不是這麼一回事了。所有的門窗都鎖上了吧，和木戶的情況相比，可以說是完成度更高的密室。」

「上鎖的部分是那樣沒錯，但少了小孩的監視，反而有機會動一點手腳。」

「不過你還沒想通具體的手法對吧？」

也許是想起方才的對話，南月有所顧慮地兜著圈子說。

「不，其實有個非常簡單的詭計。」

「那我真是失禮了，所以是什麼樣的詭計？」

南月又探出身子，興致盎然地追問。

「第一個可以想到的方法，是兇手先從正面的拉門或三扇窗戶的其中一扇離開房間，再關上拉門或窗戶，從外面鎖上內側的鎖。」

「哦。」

「在這種情況下，鎖的構造就成了最大的關鍵，窗戶的螺絲鎖必須把螺絲拴子插進鎖孔轉動才能鎖緊，要從外面完成這個動作簡直比登天還難。」

「的確很困難。」

「關於這點，正面的拉門就單純多了。只要扳動設置在內側牆壁的插銷鎖鎖片，讓它落入安裝在門板上的卡榫內即可。」

「問題是人在外面的話，要怎麼辦到這一點？」

「最簡單的方法是先讓牆上的鎖片稍微傾向拉門的方向，用針撐住。」

「針是指裁縫用的針嗎？」

「沒錯。事先將線穿過針孔，再把線從縫隙拉到屋外。如果門是往室內開關的類型，線頭就可以從門底下的空隙拉出來。如果門板上有鑰匙孔，也可以利用鑰匙孔。」

「工寮有很多這種空隙呢。」

「接下來只要從外面拉線即可。當針被拉掉，傾斜的鎖片就會落入卡榫，把門鎖上。」

波矢多的說明讓南月的雙眸有如孩童般閃閃發光。

「詭計這種東西果然很有趣呢。」

「工寮用來執行這種基本的密室詭計再適合不過了。除了到處都是縫隙之外，就算在拉門或牆上留下痕跡也沒有人會發現。」

「因為本來就殘破不堪了。」

南月不自覺地莞爾一笑，隨即換上嚴肅的表情。

「我不是要對小哥的推理雞蛋裡挑骨頭……但倒不如說最不適合用這種方法的地方，反而是工寮呢。」

「怎麼說？南月叔不也說工寮因為年久失修，所以到處都是空隙嗎？」

「理論是沒問題，問題是抽掉針的時候，要如何讓鎖片不偏不倚地落入卡榫。」

「這不成問題，只要藉由鎖片本身的重量……」

才說到一半，波矢多就發現一個重大的失誤。

「……原來如此。鎖片不見得會掉下來，就算掉下來，也不見得一定會嵌入卡榫。老舊的工寮因為地盤下陷的關係，整個建築體已經傾斜了，是這樣吧。」

南月一臉同情地點點頭，波矢多隨即踏出房間，走向一之四號房。

警方已經將喜多田喜平的遺體運走了，但是關於守靈和喪禮的事，勞務課長水盛厚男卻什麼也沒說，或許遺體已經送回喜多田的故鄉了。又或者是過去特高的相關人員來領走了。

波矢多不假思索地走進一之四號房，先打開六疊房間的燈，然後轉動拉門內側立起的鎖片，維持在稍微傾向拉門的方向不動。南月默默跟在他身後，始終一言不發地站在三和土地板上。

「現在用我的手指代替針，抽掉針的話……」

喀嗒。

耳邊傳來鎖片撞上拉門卡榫的細微聲響，但是並未完全卡緊，鎖片只是勾到卡榫前面的金屬部分，並沒有落入溝槽裡。試了好幾次，結果都大同小異，無論如何都無法順利地卡緊。

「拉門跟牆壁的位置跑掉了。」

南月說得沒錯。如果要確實把門鎖上，必須在放下鎖片時稍微將拉門往外推，鎖片才能順利嵌入卡榫。

波矢多獨自走到屋外，請留在三和土地板那裡的南月幫忙，再試一次密室詭計。這次想在放下鎖片的同時，稍微把拉門往外拉。但是能施力的地方只有細細的窗櫺，完全無法使勁。如此一來，幾乎可以確定無法從外側將拉門往前拉了。

「不行啊。」

波矢多回到三和土地板，檢查牆壁與拉門內側的情況，嘆了一口氣。

「這麼一來，另一個推理也落空了。」

「另一個推理？」

「留下痕跡也沒有人會發現這點。如果髒成這樣，反而會很明顯，即使只是針孔大小也不例外，再小也會留下清楚的痕跡。」

「原來如此。」

「說到底，我的推理完全只是紙上談兵罷了。」

「今天就到此為止，先休息吧。」

對於南月的安慰，波矢多並沒有多說什麼，只是順從地接受了他的好意。

儘管如此，當南月邀他「要不要到我家來？」的時候，波矢多還是委婉地拒絕了。除了合里光範的事情之外，隆一現在就住在隔壁，不能只顧著自己逃避。

細雨持續下到半夜，到了第二天清晨才終於停了。儘管天空還壓著沉甸甸的烏雲，至少所有人都對不再陰雨綿綿的天氣喜聞樂見。

這一天從一大早就有許多礦工參加注連繩祓禊的儀式，眾人在礦坑的各處都拉上注連繩。不只建築物周圍，還從採礦事務所二樓的窗戶拉到檢身室的玄關、從檢身室的屋頂拉到變電所的鐵絲網、從變電所的柱子又拉向豎坑櫓的操縱室牆壁、從豎坑櫓頂端再拉到工寮屋簷下，形成巨大的蜘蛛網。

無須贅言，注連繩祓禊的儀式主要集中在工寮的一號棟舉行。不僅來來回回地繞了長屋好幾圈，還拉到隔壁的二號棟，在西側的木板圍牆及豎坑櫓也繞了好幾圈，結果讓一號棟儼然變成一顆巨大的繭。

幾乎所有的礦坑相關人士都參與了上述的作業。不光是礦工，就連職員，還有他們彼此的家人都不例外。其中當然也看到了勞務課的水盛厚男、丹羽旗太郎和菅崎由紀則的身影。而且隆一也畏首畏尾地參加了儀式，令波矢多稍微鬆了一口氣，但是聽見他口中喃喃自語「但願能以此供養弟弟」時，心情頓時沉入谷底。讓波矢多不得不再次認清就算微乎其微，直到最後也不願放棄任何一絲希望的人其實只有他自己的事實。

如果是春天和秋天的例大祭，礦坑這裡就會聚集各種攤販和雲遊賣藝的人，充滿祭典或節日的色彩，而不只是嚴肅的祭祀儀式。因此不僅小孩，四處也都能看到樂在其中的大人，每個人都歡欣鼓舞，場面熱鬧非凡。

以上的情景是波矢多聽聞的認知，但眼前的畫面卻完全不是這麼回事。放眼望去，到處都是注連繩的白色紙垂[25]。隨風搖曳時，簡直就像是無數雪白的小手正在向人們招手。這樣的情景與其說是消災解厄的儀式，看起來更像是在招喚妖魔鬼怪，令人毛骨悚然。

㉕繫在注連繩、玉串或御幣等神道儀式用具上、以多樣性的特別摺法和裁切呈現出閃電狀的紙條。落雷閃電出現後的雨水往往能讓農作物得到滋潤得以豐收，古人取其概念，將閃電狀的紙垂視為能消災除惡的象徵。繫在御幣等用具上有破除災厄之效；繫在注連繩的場合則代表著神聖的區域。

一齊蠢動的白色魔手……

想到那可能是下次意外的預兆，波矢多暗自心驚。

別再胡思亂想了……

為了消災解厄，已經圍上了這麼多的注連繩，應該能有效地趕走盤踞在這座礦坑的妖魔鬼怪，讓鯰音坑恢復平靜，不會再發生怪事。也因為這個緣故，最不吉利的一號棟才會被那麼多的注連繩給圍起來。

儘管再三說服自己，波矢多依然惶惶不安。妖魔鬼怪早已鑽過注連繩，此時此刻也在礦坑內群魔亂舞的念頭，在腦海中揮之不去。

吃過午飯，許多礦工為了一睹金絲雀的命運為何，開始聚集在豎坑櫓周圍。若揣測他們目前的心境，無疑是希望早點把合里光範的遺體弄上來的心情與為了生計希望能早點下坑工作的心情各占一半。

或許是等得不耐煩了，開始有人七嘴八舌地起鬨。

「課長在磨蹭什麼。」

「難不成是沒抓到金絲雀嗎？」

「總公司那邊肯定開罵了。」

「水盛該不會跑了吧？」

喧囂擾攘中，水盛帶著勞務課的年輕職員出現了，其中一個職員提著鳥籠，籠裡有三隻金絲雀。那些金絲雀還不知道自己即將面對的下場，天真啼叫的模樣實在有夠可憐。

公司職員圍住豎坑櫓的載運籠，不讓礦工靠近。因此有些礦工開始鼓噪，結果在大取屋重一大喝一聲之後，眾人都安靜下來。

沒多久，職員把鳥籠放進載運籠，水盛對操縱室發出指示，要他們把載運籠放下去，豎坑櫓頂端的齒輪時隔兩天終於又開始運轉。絞盤室的鐵索也同樣開始轉動，載著金絲雀的載運籠開始往地底下前進。

明明看不見進入地底的鳥籠，但幾乎所有的礦工都捏著一把冷汗，雙眼發直地盯著豎坑櫓所在的地面。

這時，不知從哪傳來一陣騷動。波矢多下意識地從地面抬起視線，完全無從知曉是在什麼地方發生了什麼事。茫然地四下張望，發現騷動是從自己身邊的豎坑櫓對側傳來的。順帶一提，他站在豎坑櫓的西側，所以喧鬧是從工寮那邊傳出的。

心急火燎地繞到另一頭，幾個礦工正低頭注視著地面。但他們並非與波矢多一樣看著豎坑櫓聳立的地面，而是直勾勾地盯著從豎坑櫓拉到工寮的注連繩。

「……注、注連繩斷了。」

「這也太不吉利了……」

「……從以前到現在都沒發生過這種事。」

「而且斷掉的只有靠近工寮這邊的……」

「其他地方的都沒事。」

以常理推斷，在經年累月的使用下，注連繩有所磨耗，承受不住豎坑櫓的齒輪運轉時產生的震動而導致斷裂，其實也很正常，但此時此刻，大夥兒早已無法做出正常的判斷。

用來消災解厄的注連繩突然無緣無故斷掉了……

礦工們只會往這個方向思考。起先波矢多還擔心會不會因此引起一陣混亂，所幸只是杞人憂天，因為所有人的注意力立刻又被帶回到金絲雀身上。

「差不多可以拉上來了吧。」

「快點拉起來看看情況。」

「現在是想害死所有的金絲雀嗎？」

「那些鳥也跟我們一樣都是消耗品嗎？」

礦工開始你一言、我一語地發難。當眾人的鼓噪達到頂點時，終於聽見載運籠被拉上來的聲音。

然而又過了好一會兒才宣布結果。當四周開始有人沉不住氣，躁動一個又一個地擴散開來後，水盛才施施然現身。

「三隻裡面，有一隻變得比較虛弱，可是還活著。」

現場響起一陣歡呼聲，大家開始七嘴八舌地發表意見。

「那快點把合里帶上來。」

「讓他等太久了，真是過意不去。」

「希望能趕快恢復可以上工的狀態。」

「這麼一來就能回到平時的樣子，什麼都不用再擔心了對吧。」

雖然還沒有人能笑得出來，但至少所有人都鬆了一口氣，也因此水盛的下一句話並未引來太強烈的抗議。

「為了慎重起見，明天下午再放金絲雀下去一次看看情況。」

「哪能等這麼久！」

只有波矢多忍不住抱怨。

「合里哥已經不能再等了。既然金絲雀沒死，就應該立刻下坑救人。」

但水盛仍以不急不徐的口吻說：

「根據明天下午的結果，除了事先準備好的三隻金絲雀，還會直接讓救援隊下坑，請各位稍安勿躁。」

「你的意思是說，也有可能再拖下去嗎？」

「我說了，要視情況而定。」

水盛說完便轉過身去，頭也不回地離開。

「請等一下。」

阻止波矢多追上去的竟然是隆一。

「別強人所難。」

「我哪有強人所難。金絲雀已經證明坑內幾乎安全無虞了不是嗎？」

在波矢多反駁的同時，水盛已經朝著採礦事務所走去。波矢多急著想請他留步，但是隆一天外飛來的一句話，卻讓他瞬間停下了所有的動作。

「謝謝你。」

「咦……」

「關心我弟弟到這種地步的人，恐怕就只有你了。」

感覺隆一的眼神裡盈滿了前所未見的深沉哀傷，波矢多不禁愣住了。

「你大概認為我是個冷血無情的人吧。」

「沒這回事——」

「無所謂，你會這麼想也是理所當然的。就算關係再怎麼疏遠，光範畢竟是我唯一的親人。而且我們同為礦工，我卻絲毫沒把他放在心上。看在你的眼裡，我肯定跟魔鬼沒兩樣。」

「別、別這麼說……」

「只是，正因為我們都是礦工，對意外的細節了解得愈清楚，我就更明白光範已經沒救了。如果他已經死了，我也希望能盡早把他的遺體帶上來。但是，也不能因此讓其他的礦工身陷險境。因為最不想連累別人的，就是光範自己吧。」

「……」

「都等到現在了，即使再多等一天左右，光範也會體諒我們的吧。」

回過神來，水盛和職員早就跑得無影無蹤。聚集在豎坑櫓周圍的礦工也已三五成群地做鳥獸散。曾幾何時，現場開始瀰漫著一股祭典曲終人散後莫名冷清的氣氛。

「……喂。」

好像有人在叫自己，波矢多回頭一看，只見菅崎由紀則就站在離他不遠的地方。菅崎每次看到自己總是會來找麻煩，所以波矢多想假裝沒聽見，逕自走過。

「喂，你等等。」

但菅崎又喊了他一次。大概是要挖苦他和合里光範的哥哥同行的事，波矢多提高警覺。

「跟我來一下。」

不料菅崎臉上竟露出了哀求的神情，走到波矢多身邊。

「要去哪裡？」

波矢多充滿戒心地反問，沒想到竟然得到了預期之外的回答。

「……去丹羽哥的房間。」

一股寒意竄上身體，讓波矢多的雙臂都起了雞皮疙瘩。一方面覺得「不會吧……」，但另一方面卻產生「又來了……」的確信感。

於是波矢多請隆一先回去，然後催促菅崎往工寮的方向走，途中還小聲地問他：

「所以是什麼事？」

菅崎也自然而然地壓低聲線，娓娓道來。

「昨天晚上，我和丹羽哥他們一群人去鎮上玩到天亮才回家，說好各自睡到中午，下午再碰頭。可是我剛才到丹羽哥的房間，不管怎麼叫都沒有人應門。大門好像從裡面鎖上了，完全打不開。問題是，丹羽哥從來就不鎖門的。」

「會不會是因為木戶先生和喜多田先生的事件，所以比以前更小心謹慎？」

「丹羽哥才不是那麼軟弱的人。」

菅崎對波矢多提出來的可能性嗤之以鼻。

「不過……現在回想起來，感覺他昨晚好像有些亢奮過度了。」

「或許是有意掩飾內心的不安。」

菅崎似乎愣了一下。為了慎重起見，波矢多又問了一句：

「你覺得他還在睡嗎？」

「丹羽哥有起床氣，所以我也不敢太大聲叫他，更不敢咚咚咚地用力拍門，可是他提過今天下午約了人見面……」

「你的意思是，有人會過去找他嗎？」

波矢多的情緒突然激動起來，讓菅崎嚇了一跳，但隨即就平靜地回答：

「沒錯。如果我去得太早，絕對會挨他一頓臭罵，所以我是抓了一下時間才過去的。」

「也就是說，因為有客人要來的關係，丹羽先生在那個時間點應該已經起床了。但是卻沒有任何反應，大門還鎖上了。」

見菅崎點頭如搗蒜，波矢多才慢了很多拍地留意到一件事。

「可是，你為什麼要找我……」

結果反倒是菅崎露出詫異的表情。

「這裡的每個人都知道你在學偵探辦案啊。」

「咦，我才沒有……」

波矢多想要否認，但又覺得大家會這麼認為也是理所當然，於是便把話吞了回去。雖說他只是在偶然的情況下接連發現了木戶和喜多田的遺體，但實際上什麼正事也沒做。話雖如此，但他對這些事件充滿好奇，到處查探卻也是不爭的事實。若是人們要說他在模仿偵探，或許也並非毫無根據。

穿過礦工宿舍區的大門，朝著一號棟走去的路途中，兩個人都沒開過口。波矢多是在用心觀察，而菅崎大概是已經無話可說了。

儘管如此，在他們踏進一號棟的巷弄之前，不經意地回頭一看，就發現有幾個主婦聚集在十號棟的西側，令波矢多嚇出一身冷汗。她們貌似已經察覺到事情有異，幸好大家似乎都無意多管閒事，正所謂「君子不立於危牆之下」。

相較之下，我就……

豈不是飛蛾撲火般地自願往烈火裡跳嗎？真是被自己打敗了。現在就連他也覺得，說不定學偵探辦案還真的蠻適合自己的。

走到一號棟東端的一之五號房前。

「丹羽先生。」

波矢多先出聲叫喚，但裡頭什麼反應都沒有。再用手去動動拉門，也是毫無動靜。而且門關得很緊，感覺不只是從內側放下插銷鎖的鎖片而已。如果只有放下鎖片，門應該還是能喀嗒喀嗒地稍微搖動，但這扇門就是紋風不動。

叩、叩、叩。

這次改為邊敲門邊喊，還是沒有任何回應。試著去碰了碰廚房的窗子，確定也打不開之後，波矢多便邁開腳步說：

「我繞去後面看看。」

菅崎也立刻跟上。

「窗戶……打得開嗎？」

波矢多試著推動兩扇窗戶，一樣都打不開。於是菅崎指著四疊半的房間說：

「這個房間的窗戶從丹羽哥搬進來的時候就打不開了。」

也就是說，情況與木戶後面那個房間的窗戶一樣。

「肩膀借我一下。」

「啊？」

菅崎在那個瞬間還反應不過來，一明白波矢多的意圖，便毫不猶豫地蹲下。不同於丹羽，菅崎與波矢多的體格其實差不多，沒必要一定得出他當馬。即使是這樣，菅崎還是老實地照做了，大概是因為他現在得仰仗波矢多的關係吧。

「先看四疊半的房間。」

之所以這麼說，無非是因為木戶與喜多田都是在後面的房間吊死的。所以波矢多此刻也做好了心理準備，然而當他親眼看到一之五號房四疊半房間內的光景，還是嚇得全身寒毛倒豎。

因為在他眼前出現的，是丹羽旗太郎和先前那兩個人如出一轍的上吊姿態。

第十五章

接二連三的橫死

「請移到隔壁房間。」

波矢多以彷彿什麼也沒看見的語氣拜託菅崎。

「丹羽哥不在裡面啊。」

菅崎由紀則信以為真，移動到六疊的房間前。

「他可能在這邊睡覺。」

但波矢多想確認的無疑是另一件事，也就是拉門是怎麼鎖上的。儘管隔著窗戶，還相距一段距離，不過還是能看見鎖片是放下的。只不過，不光是那樣而已，拉門竟然還被一根棒子給頂住了。

這樣等於是上了兩道鎖啊。

在敞開的廚房木門另一側可以勉強看見拴上螺絲鎖的窗戶。四疊半房間的窗戶雖然沒有上鎖，但是菅崎說過，這扇窗戶從丹羽搬進來的時候就打不開了。六疊房間的窗戶跟廚房一樣拴上了螺絲鎖。換句話說，如同前兩個人喪命的現場，一之五號房也處於密室狀態。

「喂，丹羽哥到底在還是不在啊？」

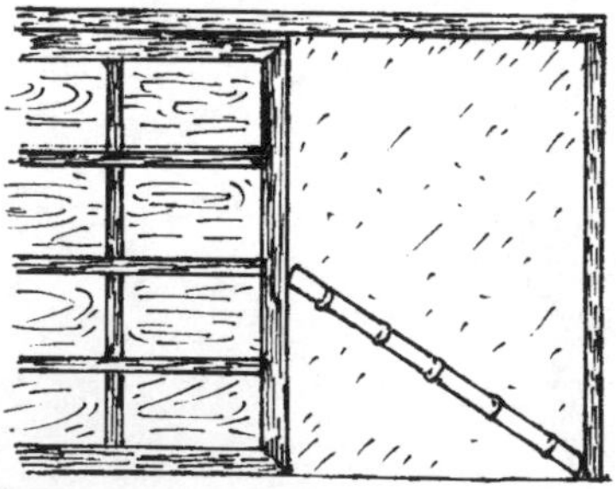

頂著門的木棒

菅崎失去耐性的語氣令波矢多回過神來。

「請放我下來。」

波矢多一站到地面，就拜託菅崎去通知勞務課長水盛厚男，請他打電話聯絡成田勇兵警官。

「也，也就是說……」

「丹羽先生在四疊半的房間上吊了。」

一般人大概會質疑既然如此，為何還要檢查六疊的房間，但菅崎似乎壓根兒沒有餘力想到這一點，立刻拔足狂奔，轉眼就失去蹤影。

波矢多回到屋子正前方，等候水盛和成田過來。其實他非常想打破拉門的玻璃直接闖進去，檢查遺體和室內情況。但是想也知道，這麼一來肯定會和成田發生衝突。雖然成田有沒有身為警官的能力還是很大的問題，但再怎樣也算是個專業人士，大概還輪不到自己這個外行人多管閒事。而且還有個更大的問題存在，那就是警方真的能在這一連串的命案中發揮應有的功用嗎？

正常情況下，當喜多田喜平緊接在木戶後面死於非命的階段，警方就應該要當成案件來調查了。但是對拔井煤礦而言，就算死者從兩人增加到三人，只要不會對公司造成太多困擾的話，肯定會繼續視若無睹吧。

就在波矢多的心情墜入谷底時，由成田打頭陣，領著水盛與菅崎繞過二號棟而來的身影映入視野。而且還不只他們，後面還跟著好幾個礦工和主婦魚貫同行，嚇了波矢多一跳。

「你們這些傢伙，到這裡就不准再跟了！」

成田突然轉頭怒吼，讓那些看熱鬧的人全都佇足在巷子的轉角處。然後成田筆直地朝一之五號房前進。

「又是你啊！」

「不！」

成田咬牙切齒地說著。怒視波矢多的表情彷彿隨時都要撲上來咬他。

波矢多連忙搖手否認。

「這次的第一發現者不是我，是菅崎先生。」

「真的嗎？」

雖說隔著窗戶實際發現遺體的確實是波矢多，但他說服自己這是情急之下的白色謊言。

菅崎被成田瞪了一眼，嚇得六神無主，波矢多趕緊不著痕跡地補充：

「因為丹羽先生的樣子很奇怪，所以他要我陪他一起來看看。」

這樣一來確實就不算撒謊了。

「我在問你是不是真的。」

成田又問了菅崎一次，菅崎點頭如搗蒜。

「蠢到沒救了！你告訴這種外行人有什麼用。」

暴跳如雷的成田破口大罵。這時水盛附在他耳邊竊竊私語，當然不是為了幫菅崎解圍，而是想快點確認室內的狀況。

成田顯然還在氣頭上，但他還是把手伸向一之五號房的拉門，先試試看是不是真的開不了。

「不只是放下鎖片，還用一根棒子卡死了。」

波矢多好心地告知他。

「你是怎麼知道的？」

成田立刻對他投以狐疑的眼神，波矢多這才自悔失言，但為時已晚，只好老實地告訴成田，剛才坐在菅崎肩上窺探過室內的情況，於是成田咆嘯的對象又轉向菅崎。

「這麼重要的事，你竟然敢不告訴我啊！」

「我、我不是刻意要隱瞞……」

成田正要繼續對菅崎大發雷霆時，支援的員警們也來到現場了，所以終於可以打破拉門的玻璃。

成田先打破離門鎖最近的右側玻璃，探進一隻手，移開鎖片，再打破左側的玻璃，同樣伸進另一隻手，試圖移開木棒。但木棒卡得很緊，使盡吃奶的力氣也堅定如磐石。後來換上一個年輕的警官，才總算移開那根頂著門的木棒。

成田和其他員警進入房間後，水盛猶豫了好半晌，但還是跟了進去。波矢多完全可以體會他打死不想看到屍體，但又不得不親眼確認的心情，因為他的表情不止痛苦，還充滿了驚懼。

就在波矢多也想跟在他們身後進入房間時。

「你不准進來。」

成田一骨碌地轉過頭來，用充滿恫嚇意味的語氣喝止他跟進。這個人對別人的動靜十分敏感，敏感到甚至會讓人懷疑他是不是背後也長了眼睛。

無可奈何，波矢多只好留在外面等，順便向菅崎搭話，問問最近丹羽旗太郎有沒有什麼特別不尋常的舉動，還有昨天都做過些什麼事。

「你給我閉嘴。」

成田的怒吼從室內傳出來。

「這些事我待會兒自然會問，你的偵探遊戲可以到此為止了。」

波矢多落入一舉一動都會被阻止的窘境。即便想小聲地跟菅崎交談，但是拉門一旁就站了個年輕員警，目光如炬地監視著波矢多和菅崎，所以現在就連悄悄話也不能說。

不知不覺間，原本聚集在巷子西端的看熱鬧群眾陸續靠近一之五號房。巷子東端那邊還有更多人群聚，大概是因為那裡離丹羽的房間比較近。再這樣下去，看樣子人潮湧到拉門前面也只是時間問題，所以負責監視的員警便向成田報告了這件事，於是守在門口的警官增加到兩人。他們各自守著巷子的東西兩側。拜他們所賜，波矢多得以從敞開的拉門偷看到室內的狀況。

「喂，你小心點……」

背後傳來菅崎惴惴不安的嘟囔。波矢多先觀察三和土地板上那根用來頂門的木棒。但任憑他左看右看，那根不算太粗的木棒怎麼看都只是從附近山上撿來的樹枝，想必只是臨時湊和的工具。

「你看過那根棒子嗎？」

波矢多轉頭詢問身後的菅崎，但菅崎連視線都不敢轉過去。

「別擔心，成田警官在後面的房間裡。」

即使這麼說也無法讓他安心。無可奈何之下，波矢多只好伸出纏著手帕的右手拾起木棍，再遞到菅崎面前。

「就是這個。」

「哇啊！」

波矢多很擔心菅崎的叫聲會不會引起警官的關注，幸好那群看熱鬧的人一直接連不斷的拋出問題，光是要應對他們就令現場的警官費盡心力了。

「如何，你看過這個嗎？」

「……沒有，這是我第一次看到。而且丹羽哥才不會用這種東西抵住門。」

也就是說，應該視為是由兇手——或許就是黑臉狐狸——帶進來的嗎？

但從另一方面來看，也無法完全排除是丹羽自己放置的可能性。或許他對於喜多田喜平的死有什麼頭緒，為了保護自己，認為光是插銷鎖還不夠，才準備了用來代替頂門棍的樹枝來抵住門。

只不過，這兩道鎖能抵擋黑臉狐狸嗎……

這麼說來，這次沒有人看到黑臉狐狸嗎？

難不成隆一這次也……才剛浮現這個念頭，就想起隆一剛剛是在豎坑櫓那邊。丹羽死去前後的那段時間，隆一在這裡目擊到黑臉狐狸的可能性很低。再說，如果真的被他看到的話，剛剛早就告訴波矢多了吧。但是好像也沒有其他的目擊者了，就連孩子們也早就不再靠近一號棟了。

波矢多陷入沉思的同時，突然察覺到好像有人從後面房間出來的動靜，於是趕緊把木棒扔回三和土地板，匆匆忙忙地退回原本站的地方。順帶一提，菅崎從頭到尾都擺出一副與我無關的樣子，刻意站得離波矢多能有多遠就多遠。

波矢多偷聽到成田跨出一之五號房前，指示陪同進入房間的警官保存好現場、等候之後到場的鑑識人員進行蒐證，這才讓他感覺到警方終於要正視這些案子了。既然如此，肯定也會重新對喜多田與木戶的死展開調查。

只不過，這個地方的警察說是專為煤礦公司服務也不為過，到底能期待他們會調查到什麼地步，依舊讓人充滿了疑問……

波矢多的擔憂應該沒有表現在臉上，但還是被剛走出一之五號房的成田給狠狠地瞪了一眼。

接著成田催促水盛，要他把波矢多和菅崎帶去採礦事務所。波矢多和菅崎與其說是跟走在前方的成田與水盛同行，其實還更像是被警察給抓了。或許住戶們從礦工宿舍區的各個角落目送他們離去的視線也醞釀了這種氛圍。

這已經是波矢多第三次在事務所的小會議室接受審訊，所以也已經做好了會被刨根就底的心理準備。不料警方只向他確認了發現丹羽遺體的經過，然後就爽快地放過他，令波矢多相當錯愕。

咦，這樣就結束了嗎？

老實說，波矢多覺得有點意猶未盡。不過他也只需要解釋菅崎找他一起前往工寮的一之五號房，然後隔著窗戶窺探室內的經過，所以用不了太多時間。只不過，起先他還以為接下來又要挨成田一頓臭罵，沒想到對方什麼也沒說，遠遠超出他的預料之外。

反而是波矢多主動問起現場的情況。

「丹羽先生是什麼時候死的？」

想也知道成田一定會吼出「我憑什麼要告訴你」之類的答案，所以波矢多其實也只是姑且問問，沒想到成田竟然極為爽快地告訴他了。

「大概是下午一點左右。」

或許是因為這點也與菅崎「丹羽哥說他約了人下午見面」的證詞一致，成田才願意告訴他實際的驗屍結果。

「脖子上的勒痕呈現什麼形狀？」

「跟之前那兩個人一樣，只留下一般上吊的痕跡。」

換句話說，處於乍看之下只會覺得是自殺的狀態。

「麻煩你把房間裡的狀況說得更詳細一點。」

沒想到成田居然也回答了。彙整之後，他的說明如下。

一般只能從玄關處的拉門、前後兩個房間和廚房共三扇窗戶進出一之五號房。可是玄關拉門的插銷鎖不僅放下了鎖片，還用木棒結結實實地頂住門。六疊房間和廚房的窗戶螺絲鎖都拴得好好的，四疊半房間則因為工寮傾斜的關係，窗子早就打不開了。能夠躲人的壁櫥和儲藏室裡面也沒有半個人。另外前面房間的矮桌上則是擺了一瓶日本酒和一個茶杯。

與喜多田的狀況大同小異，不對，該說是根本一模一樣。

隨著成田的說明繼續推展下去，波矢多的臉色也愈來愈難看。相反地，成田臉上卻噙著不屑的冷笑。肯定是看到波矢多的神情變化，為此感到樂不可支。

「這對愛玩偵探遊戲的你來說，是最棒的現場吧。」

從最後的這句冷嘲熱諷不難聽出，成田之所以會說得這麼詳細，可不是出於什麼好心眼，他只是想看看波矢多被難以理解的謎團搞得左右支絀的樣子。

「警方的判斷是自殺嗎？」

波矢多提出他最擔憂的問題，結果換來成田怒不可遏的反擊。

「你看不起警察嗎！都已經死了三個人，怎麼可能是自殺。」

先前你們明明都把木戶和喜多田的案子當自殺處理——波矢多硬生生地吞下這句話。此刻再繼續激怒成田根本一點好處也沒有。

「三個人脖子上的勒痕都像是自殺……」

「要在勒痕上動手腳根本毫無難度好嗎。」

「木戶先生與喜多田先生就算了，但是要怎麼對體格壯碩又高大的丹羽先生下手？」

「那根本沒差，辦法要多少有多少。」

成田的語氣充滿自信，但著實看不出他有什麼具體的想法。

「這麼說來，三個人都有可能是他殺嗎？」

「我們的工作就是要查清楚這點。」

說是這麼說，但前兩個人的事件都被成田以自殺的方向處理掉了，所以他現在的回答有點支吾其詞。不過比起這一點，波矢多更想知道警方會如何解讀命案現場那不可思議的狀況。

「木戶先生那起案件，疑似兇手的人從室內消失了。喜多田先生與丹羽先生的房間同樣都是從內側上鎖。警方打算怎麼解開這個謎團？」

面對波矢多單刀直入的詢問，成田居然一笑置之。

「只有你們這種自以為是偵探的外行人，才會為這點雞毛蒜皮的小事煩惱。」

「可是除非解開密室的謎團——」

「才能逮捕兇手嗎?別開玩笑了。」

成田繼續嗤之以鼻地說。

「那種問題等抓到兇手後再來調查也不遲。到底是怎麼進到房間裡、又是怎麼離開的,直接問本人是最有效率的方法。」

竟然能把這種荒誕的想法臉不紅、氣不喘地說出來,波矢多聽得都傻掉了。

不過波矢多隨即想通,對於實事求是、凡事講求證據的警察而言,密室之謎或許是距離他們最遙遠的問題也說不定。而且這次還連續發生了三起密室命案,再加上黑臉狐狸作祟的傳聞傳得繪聲繪影,所以成田的判斷恐怕是想在一開始就先排除警察不擅長的密室謎團,先把偵辦的火力集中在縮小嫌犯的範圍。

或許這也不失為一個好方法……

但到底是不是有效的手段,波矢多卻對此感到疑慮。

「我看密室謎團什麼的就交給你處理吧。」

想也知道,成田根本是瞧不起波矢多才這麼說。他說完後還把臉轉向旁邊,刻意假情假意地向水盛詢問就是最好的證明。

「水盛課長也同意讓這小子在礦坑內模仿偵探辦案吧?」

沒想到水盛的反應十分出人意表。他並沒有回答成田的問題，反而是突然冒出一個沒有半點關聯，但是卻非常重要的決定。

「明天中午過後，我想讓救援隊進坑裡。」

「……咦？」

成田聞言似乎也大吃一驚。不過波矢多這邊也出現了相同的反應。

先前在豎坑櫓那邊的時候，水盛的判斷是明天下午再放金絲雀入坑一次，根據到時候的結果再決定要怎麼做。水盛的心態就是小心駛得萬年船，凡事三思而後行，如今卻唐突地推翻自己原本的決定。

「不用向總公司報告嗎？」

從成田的顧慮不難看出這是水盛自己的判斷，金絲雀也是他私自決定要放的。在水盛的身上到底發生了什麼事？橫看豎看都覺得肯定與喜多田及丹羽的死脫不了關係。接連出現兩名死者顯然令水盛完全失去了方寸，問題在於，是基於什麼因素？

成田察覺到波矢多還想繼續追問下去，於是迅速轉移話題，然後不由分說地將他趕出會議室。

比起身為警察的立場，成田更傾向於站在拔井礦坑那邊，這也是理所當然的事情。但還不確定他是總公司那邊的人，還是鯰音坑這邊的人。假設是前者的話，就得擔心他會向總公司報告水盛的決定。這是無論如何都要阻止的結果，但波矢多又想不出任何能阻止他的辦法，所以只能祈禱他是鯰音坑這邊的人了。

話說回來，水盛為何突然決定出動救援隊呢？

踏在殺風景的走廊上，朝著大門前進的途中，這個疑問不斷地在波矢多的腦海裡穿梭著。

從眾人在豎坑櫓放金絲雀下去礦坑確認開始，一直到現在，如果要問這位勞務課長周遭到底發生過什麼重大的事，無非就是發現丹羽旗太郎的遺體。而且水盛的樣子比發現第二位死者——喜多田喜平的時候更不對勁。問題是發現第一位死者木戶的時候，他可不是這副德性，完全是死了一個人根本沒什麼大不了的態度。他的態度是從喜多田的案件後開始有了微妙的轉變，丹羽死後就變得更怪了。最後導致他突然拋出要救出合里光範的決定，明明之前對此還謹慎過頭呢。

合里哥的意外與喜多田及丹羽的死，究竟有什麼關係？

此外，木戶的死是毫無關聯的獨立事件嗎？如果真的無關，為什麼上吊的狀態會與其他兩個人如出一轍？

邁出事務所的大門，又看到昨天那群礦工，不同的是所有人一看到波矢多就同時湧向他的身邊。

波矢多悚然一驚。擔心是因為自己成了三名死者的發現者，會不會被當成掃把星，因此遭受私刑。但大家其實只是想知道丹羽究竟是怎麼死的。波矢多一五一十地交代自己所看到的一切，礦工們也開始亢奮地搶著發言。

「一號棟果然是鬧鬼工寮啊。」

「也死太多人了。」

「既然是從內側把門鎖上的，應該就是單純的自殺吧。」

「現在可是一連死掉三個人喔，太不尋常了。那一棟果然是被詛咒了。」

「聽說還有人看到黑臉狐狸。」

「那是小孩子胡說八道吧。」

「不不不，聽說合里的哥哥也看到了。」

「真的假的！要是我才不敢住在那種鬼地方。」

「會不會是他殺……」

「木戶就算了，喜多田和丹羽有這麼好動手嗎？」

「可是那兩個人的房間門窗都是從裡頭鎖上的，不是嗎？另外丹羽房間的窗戶本來就打不開。」

「木戶房間的窗戶也是啊，這不就是工寮這裡特有的缺陷。」

「既然人類無法自由出入，果然還是被黑狐大人給詛咒了吧。坑內發生那起意外也是神明的懲罰。」

「少胡說了，哪有這種事。」

「警察怎麼說？」

聽到有人冒出這個疑問，在場的所有人都將目光同時投向波矢多。

「呃，我什麼也不知道。」

如果大家期待自己會有什麼內幕消息，那可就傷腦筋了。這時，南月尚昌不曉得在什麼時候來到波矢多的身邊，問他：

「菅崎由紀則還在接受警方的偵訊嗎？」

「是啊。我倒是早早就被趕出來了……」

話才說到一半，他突然意識到一件事。

「難不成警方在懷疑菅崎先生？」

下一瞬間，又有人開始發表意見：

「那倒是很有可能。」

「菅崎是喜多田的小弟，跟丹羽也有往來。」

「那木戶的案子該怎麼解釋？」

「有傳聞說他也跟木戶借錢了。」

「說到借錢，他好像因為賭博欠了一堆爛帳。喜多田和丹羽都是債主。」

「我是有聽說他欠喜多田錢，所以丹羽也有份啊。」

因為波矢多也不清楚這個部分，所以就跟大家確認了一下，結果有好幾個礦工都言之鑿鑿地作證。

「既然如此，會被警察盯上也沒辦法。」

「畢竟死掉的三個人都是他的債主嘛。」

「坑內意外發生時，菅崎他……」

「他是一番方，所以也下了礦坑，但應該是最早逃出來的那批。」

換句話說，他有充分的機會對木戶下手。光是釐清了這一點，現場頓時就變得靜悄悄的。

「可是，那傢伙要如何進出上鎖的房間？」

先前聲稱木戶之死是合里光範幽靈作祟的老礦工岸谷臣吾，這時也喃喃自語起來。同一時間，肉眼便能感受到的不安也流竄在原本堅信兇手肯定是菅崎由紀則的礦工之間。

「那是警方要煩惱的問題。」

對於南月的這句話，波矢多正想反駁「不能這麼說」，隨即意識到現在不需要多言，趕緊閉上嘴巴。

沒多久，聚集在採礦事務所前的人群開始散去。有的跑去食堂，有的返回工寮，還有人準備到鎮上去。然而，無論是誰、去到哪裡，肯定只有一個話題。

波矢多與南月一同回到一號棟工寮，告訴隆一救援隊明天下午就會下坑。

「終於啊。」

雖然只有簡短幾個字，但波矢多可以清清楚楚地感受到隆一再度做好了最壞的打算。不同於波矢多，他對弟弟的生還不抱任何希望，但即便如此，還是需要有所覺悟的。而且當隆一為弟弟收完屍，就沒必要繼續留在鯰音坑了。那時他就得決定是要留在這邊工作，還是去別的礦坑討生活。

「或許是我多管閒事。」

見波矢多與隆一都陷入沉默，南月便插進來說道。

「今晚你們兩個還是來我家住比較好。」

「這麼說來……」

如今一號棟只剩下波矢多與隆一這兩個住戶。這三天來，每天都有人吊死。要是繼續待在這裡過夜，難保他們其中一個不會成為第四個死者。光是想像這個可能性，饒是波矢多也覺得頭皮發麻。

「請別費心了。」

但隆一只是微微點頭示意，婉拒了南月的好意。儘管南月依然苦口婆心地拚命勸他，但隆一給的理由就某種程度而言倒是非常合情合理。

「我原本就不是這裡的住戶，應該沒有人會想要我的命吧。」

不過南月所考量的層面或許還更為深入。

「問題是我們根本不確定對方是不是個有邏輯的人。可能只要是住在這裡，就會被逼著上吊。」

「不管怎樣，公司並未正式同意我留宿，所以我的言行舉止應該低調一點。等我弟弟的遺體運出來，我也必須重新思考該何去何從。在那之前應該還要個兩、三天，只要有個可以擋風遮雨的屋簷就行了。」

「這樣啊。既然你心意已決，那麼就算只有小哥也好，今晚去我那邊過夜吧。」

南月再次邀請波矢多。

「請你過去吧，不用顧慮我。」

就連隆一也立刻附和。老實說，波矢多的內心有些動搖，但是礙於自己之前說過，要在這裡等到合里光範的事情有個結果。這句話當然不是嘴上說說，心裡也是這麼想的。而且他也不能拋下隆一一個人待在這裡。

「我也要留在這裡，直到再見到合里哥。」

「可是——」

南月還想繼續遊說，但是看到波矢多的表情，只得把話吞回去。

「……內人和多香子肯定會很失望。」

他一邊說著，一邊用笑容結束了這個話題。

那天夜裡，波矢多與往常一樣，睡在一號棟的一之二號房。只是夜深人靜時，總覺得好像聽見宛如魔物在地底呼喚自己的咆哮聲。

合里聽到的該不會也是這個聲音吧……

這個想法在朦朧的意識中浮現，但是波矢多已經連續累了好幾天，最終還是敵不過睡魔的侵襲，就這麼沉沉地睡去。

第十五章

第十六章

在遺體安置室裡

第二天早上，波矢多一直醒不太過來，腦袋昏昏沉沉，或許是沒睡飽的關係。

那個陰惻惻的咆哮聲究竟是……

波矢多去敲隔壁房間的門，想知道隆一是不是也聽到相同的聲音，但他好像還沒起床。不同於愛乾淨的合里光範，隆一不喜歡洗澡，就算進了澡堂也只是過個水意思意思一下，所以一之三號房已經開始瀰漫讓人不適的臭氣了。但是從某個角度來說，這才是典型的礦工房間，波矢多再次慶幸還好不用和他同處一室。

話雖如此，但是看到隆一動也不動，連鼾聲也沒發出一聲、靜靜躺著的樣子，不免心生同情。他肯定也累壞了吧。

波矢多正打算悄悄地轉身離去，以免吵醒隆一時，驀地停下腳步。

未免也太安靜了吧。

難不成根本沒有在呼吸……

不安突然襲上心頭，波矢多趕緊手忙腳亂地想上前去看看情況，這時才聽見細微的鼻息傳到耳際，這才如釋重負地鬆了一口氣。

萬一隆一被選為第四名死者，應該會在密室裡上吊才對。而且自己也不可能這麼輕易就進到屋子裡。

走出礦工宿舍區，仰望天空，鼠灰色的雲層依舊低低地覆蓋在天上，感覺隨時都要重若千金地壓下來，形成令人鬱悶的景象。仔細回想，從坑內發生坍塌意外的那天起就一直是這種天氣。或許沒再下雨已經是萬幸了，但波矢多還是很希望能再次看到久違的太陽。

所幸踏進食堂，看到有如陽光般明亮耀眼的葉津子，內心立刻也跟著放晴了。可是再定睛細看，不難發現她其實也是硬擠出開朗的表情。

重大意外與莫名其妙的連環命案讓鯰音坑籠罩著一片愁雲慘霧。礦工們都無精打采的。不僅如此，甚至還有人開始討論是不是要逃離這裡。

為了努力驅散令人不快的氣氛，葉津子表現得比平常更活潑。只可惜鯰音坑已經被黑暗圍繞得密不透風，光憑她一個人的力量，實在無法改變什麼。那股黑暗勢力到底會蔓延到什麼地方？會不會繼續讓人死於非命？這些都沒有人能夠預料。

吃完早餐，走出食堂後，就看到注連繩祓禊的善後工作已經開始處理了。如果只是普通的繩子，全部收集起來後丟掉就好了，但祓禊的注連繩可不能隨便亂扔，必須好好地捲成一束，再收回稻荷神社的倉庫。

我晚點會再來幫忙的——波矢多在心裡為自己辯解，然後直接前往採礦事務所的勞務課找水盛厚男，想拜託他讓自己加入今天下午要進坑的救援隊。

「絕對不行。」

意料之內的答案，水盛的反應完全沒有商量的餘地。

「為什麼？我聽說這種意外事件的救援隊都會先招募志工，所以我率先表態了。」

「你沒有經驗吧。」

「或許我沒有經驗，但是在這種情況下，不是因為公司的命令，而是基於自己的意志加入救援隊才更重要不是嗎？」

「是啊，若是平常的情況確實是這樣。但你跟合里很親近吧，如果讓你加入救援隊的話，我不認為你能保持冷靜的判斷。」

「不，才沒有這回事……」

「光是下坑救人就很危險了，身為負責人，我豈會笨到再加入其他讓人不安的因素。這麼簡單的事，不用刻意強調你也明白吧。」

被說到這個份上，波矢多也無力反駁。他比誰都清楚自己擔心合里光範的心情反而會影響救援行動，所以心裡就算千百個不願意，也只能接受水盛的安排。

波矢多幫忙收拾祓禊用的注連繩，想藉此轉移注意力。光用想的很簡單，實際上卻沒什麼效果，令他相當苦惱。就算想思考那三人離奇死亡的事件，也覺得提不起勁來。仔細想想，這一切始於他偶然成為第一個發現木戶遺體的人，然後又接連被捲入第二位死者喜多田喜平、第三位死者丹羽旗太郎的命案之中。成田勇兵警官說得沒錯，他只不過是在學偵探辦案罷了。

而且波矢多最關心的其實還是合里光範的營救行動。只要能平安無事地把合里帶出來，他可以從此不再插手那三個人的死亡之謎。就算最後很遺憾地只能帶回合里的遺體，自己能做的也只有誠心為他祈求冥福。因為任憑他想破了頭，也想不出合里與那三個人有什麼關係——波矢多做出最後的結論。

整理工作告一段落後，波矢多回到工寮，但依舊感到心亂如麻。正當他滿肚子苦悶的時候，南月跑來找他了。雖然波矢多暫時不想跟任何人說話，但也不能擺臉色給南月看。而南月一踏進前面的房間，便帶來驚人的消息。

「我也是剛剛才聽別人說的，萱崎由紀則好像逃走了。」

「欸，今天早上嗎？」

「不，應該是昨天晚上的事。他被警察偵訊到很晚，曾經回宿舍一趟，然後就逃跑了。」

「警方也同意暫時放他回家嗎？」

考慮到成田的性格，就算沒有充分的證據，應該也會把萱崎關進拘留所，但南月有不同的見解。

「如果是戰敗前的警察，想必不會輕易放萱崎回去，但現在不能這麼強硬。就算是專門維護礦坑治安的警察、就算已經死了三個人，在沒有任何證據的情況下，也只能靜觀其變。」

「正因為如此，警方應該會限制萱崎的自由，逼他招供不是嗎——我是這麼想的。」

「或許他們也想這麼做，總之就這樣放走嫌疑人，只能說是很符合礦坑警察的失誤。」

南月轉述大部分礦工的看法，聽說警方立刻設下封鎖線，但是假如萱崎昨晚就跑了，肯定已經逃離野狐山一帶。

「他會從穴寢谷的車站搭電車離開嗎？」

波矢多提出一個再單純不過的疑問，南月哭笑不得地說：

「菅崎再蠢也不會選那種方式逃走。」

「那他到底是……」

「鯰音坑的正門入夜後就會關閉，所以這條路是行不通的。萬一他逃走的事立刻穿幫的話，就會面臨警方在通往鎮上的道路和車站逐一盤查的風險。所以那傢伙肯定是翻越稻荷神社東側的那個逃工隘口，從鄰鎮搭電車離開。」

「逃工隘口？從拔井煤礦的鯰音坑逃走的礦工多到為隘口取了這種名稱啊。」

波矢多的反應又讓南月忍不住笑出聲來。

「不不不，不是那個意思啦。大部分的礦山從很久以前開始就有被稱為逃工隘口的場所，這裡也是一樣的。」

「不管怎樣，每個人都認為他已經遠走高飛了。」

波矢多也贊成這個說法，但聽到南月的下一句話也讓他懷疑起自己的耳朵。

「對菅崎而言固然是場災難，可是這麼一來，大家都覺得事情總算告一段落了。」

「欸，真的嗎？」

「雖然無法一下子恢復原本的生活，不過大家顯然都鬆了一口氣。」
「也就是說，大家都認為黑臉狐狸的真實身分就是菅崎嗎？」
「因為跟死掉的三個人都有往來，同時也抱有動機的，就是他了吧。而且在接受警方偵訊之後立刻逃之夭夭，更坐實了他的嫌疑。」
「密室之謎要怎麼解釋？」
「只要知道兇手是誰，幾乎沒有人會在意密室之謎吧。就算有，只要不會影響到今後的工作或生活，大家也就不怎麼放在心上了。」
「可是——」
看到波矢多無法釋懷的表情，南月連忙強調：
「我當然也不能全盤接受。把菅崎當成兇手來為這一連串案件收尾的論點還是留有很多的疑點，只是如果這樣可以讓大家的心情能稍微輕鬆一點，我認為這樣也沒什麼不好。」
「但願……別出現第四個死者。」
「你、你說什麼？」
南月聞言，臉色大變。波矢多以冷靜的口吻回答：
「真的不用擔心真正的黑臉狐狸在警方與礦坑的所有人把注意力放在菅崎身上的時候，趁隙接近第四位犧牲者嗎？」

「嗯……」

沉吟了半晌之後，南月才開口。

「要是真有必要，也只能由我和你來操心了。」

「可是我現在滿腦子只有合里哥的安危。」

波矢多趁機告訴南月自己先前才去找過勞務課的水盛。

「我對那個人沒好感，但是關於這次的救援隊，他的顧慮是正確的。任何人都看得出來，小哥你是最不適合的人選。」

「……你也這麼認為啊。」

南月以心疼的眼神望著垂頭喪氣地垮下肩膀的波矢多。

「午飯就來我家吃吧。」

南月邀波矢多共進午餐，而且為了不讓他有拒絕的機會，立刻把話說死。

「多香子今天不用上班，那孩子已經說要親手下廚了。上次你沒來吃早飯，她可難過了，這次請務必給她一點面子啊。食堂的初代和葉津子一早就出去採買了，要到晚上才回來。」

就算吉良母女不在，食堂還是會開門營業。但是南月都說到這個份上了，著實難以拒絕。波矢多很感謝南月一家人的好意，決定接受他的邀請。

不管是南月的妻子滿代還是女兒多香子，似乎都已經回復過往的開朗。這恐怕是相信了逃亡中的菅崎由紀則就是一連串命案的兇手，也相信警方正在追查他的下落吧。

因為不忍心破壞她們好不容易恢復的安心感，波矢多也順勢配合著南月家的情緒。或許這只是風雨暫歇的平靜，但誰也沒有權利再來添亂。再加上應該不用擔心她們會成為第四名死者，所以波矢多覺得現在避而不談或許才是最好的選擇也說不定。

吃過午飯，波矢多和南月前往檢身室，已經有許多礦工聚集在那裡，正等著救援隊抵達。

然而當救援隊出現時，卻引起在場眾人一陣撻伐。

「搞什麼啊，怎麼不是總公司派來的救援隊？」

「既然要從我們當中選人下坑，為什麼不叫上我。」

「應該先招募有志之士吧。」

「話說回來，選出這個陣容究竟是……」

跟在水盛勞務課長背後現身的，是鯰音坑的老手——向波矢多講述吉良公造經歷的——虎西末吉、主張黑臉狐狸就是合里光範幽靈的老礦工岸谷臣吾、與岸谷的關係良好——意外發生的當天擔任合里的後山——中年的梅澤義雄，以及與波矢多沒有私交的兩位年輕礦工。

周圍此起彼落的聲浪大部分都是對這五個人選表示不滿與質疑，大夥兒瞬間將水盛與救援隊給團團包圍。

「為什麼是這些人？總公司的救援隊幹什麼吃的。」

「這是誰決定的啊？」

「選他們的理由是什麼？跟大家交代清楚啊！」

「你們打算只靠這五個人下坑救人嗎？」

「為什麼沒找我們一起討論啊。」

針對這些疑問，水盛始終重複著同一個答案。

「這是勞務課決定，選出最適合擔任救援隊成員的人選。這是鯰音坑的問題，不關總公司的事，由我全權負責。」

這番說詞聽在外人耳裡，或許會覺得他所言甚是，但是鯰音坑的礦工可沒這麼好矇騙。虎西與岸谷確實經驗老到，但是面對救援工作，能否勝任愉快還很難說。不說別的，光是大取屋重一和南月尚昌就比這五個人都還更適任，在場的所有人應該都能認同。

不過，大取屋因為服役時代的前長官家裡發生不幸，一早就出去了。但是像他那麼有責任感的人，只要事先拜託的話，很可能會優先加入救援隊，而不是去前長官家裡慰問。就算大取屋真的抽不出時間，南月應該也會義不容辭。

五個人裡頭除了虎西以外，剩下四個很明顯地都露出了膽怯，瑟瑟發抖。最害怕的大概是被要求在救援行動中擔綱虎西左右手的岸谷，其次就是梅澤。

這五個都是課長底下的人吧。

波矢多認為這個猜測八九不離十。但更重要的問題，就在於為什麼非得選這幾個人不可。水盛到底想在礦坑裡面找什麼？

救援隊在此起彼落的叫罵聲中，踩著踉蹌的腳步朝坑口前進。即使是這樣，當他們走到坑口，對設置在坑口處的小祠堂參拜一番後，現場眾人又開始為他們鼓勵打氣。因為大家都很清楚問題並不在他們身上。就算他們真的有什麼不對，同為身為礦工，也沒有人會忍心對即將下坑救人的他們予以苛責。

當人車的輪廓消失在坑內後，大家都面露茫然無措的表情。接下來就只能等待他們上來了。坦白說，在那之前每個人都完全不知道自己還能做些什麼。

大部分的人都在坑口附近晃來晃去一陣子，接著就回檢身室待命，然後一如平常入坑前那樣，又開始吞雲吐霧起來。或許是向礦工們兜售香菸的木戶已經不在了，很多人都是一根菸傳來傳去地抽，那光景看起來實在有些淒涼。

到底經過多久了呢？波矢多只覺得那是一段相當漫長的時間。

「上來了！」

坑口那裡終於傳來大聲的叫嚷，待在檢身室的每一個人都同時躁動起來。

波矢多小跑步衝向坑口，一想像到接下來可能會看到的畫面，雙腳便不聽使喚，感覺就要隨時停在原地了，讓他傷透腦筋。若不是南月就在旁邊，他恐怕會杵在檢身室與坑口之間，進退兩難。

當他們趕到坑口，正好看到救援隊抬著鋪上草蓆的簡陋擔架的畫面。波矢多看到那個景象，大顆大顆的眼淚就不由自主地從眼眶滾落。

合里哥死了……

誰也沒說什麼，但波矢多已極其自然地領悟到，躺在擔架上的是一具遺體。他甚至沒有餘力察覺到那副擔架平坦到不可思議，彷彿根本沒有人躺在上面的異狀。

在所有人都雙手合十、低頭默禱的目送下，救援隊緩緩地走向採礦事務所，簡直跟正式的送葬隊伍無異。看樣子事務所已經安排了一個房間作為遺體安置室。這和先前木戶死去的時候相比簡直是雲泥之差。

「事情好像不單純呢。」

此時南月在一旁喃喃自語。

「什麼意思？」

淚眼迷濛，拚命祈禱合里一路好走的波矢多聽得一愣一愣。不就是找到遺體、然後運回遺體嗎？還能有什麼不單純的事呢？

「你看他們那副樣子，感覺像是在坑內看到了什麼恐怖的東西。」

南月的話令波矢多猛然回神，將原本目不轉睛地盯著擔架的視線轉向那五個人，心頭不由得悚然一驚。

相較於走在前面的虎西一臉凝重，其餘四人的臉上明顯都充滿了驚惶的神色。其中又以岸谷與梅澤的驚懼更是非比尋常。仔細一看，兩個人的身體都在顫抖。不過還有一個人的反應比他們更加嚴重，那就是走在虎西旁邊的水盛。水盛的臉色比死人還蒼白，沒有一絲血色。問題是水盛根本就沒有下坑。換句話說，會不會是虎西跟他報告了些什麼，而正是那個內容讓他遭受了難以言喻的衝擊。

水盛到底知道了什麼？

礦坑內到底存在著什麼東西？

合里的遺體被送到採礦事務所，安置在一樓的房間裡。公司宣布今晚守靈，明天上午出殯，下午開始進行坑內的整備，後天就要重新開工。

雖然有很多礦工都對這個決定充滿疑惑，也只能無可奈何地接受。儘管死在坑內是最讓人忌諱的事，換成平常，沒有人會在喪期結束前開始工作的。可是如果一直停工，就連一餐溫飽都顧不上了。也難怪眾人為了早日開工，只好心不甘情不願地聽從公司的安排。

「水盛也很為難。」

南月在臨時設置的遺體安置室內排隊上香，了然於心地喃喃自語。

想在守靈前先為死者合掌送終的人排成長龍，波矢多和南月也在隊伍裡面。

「既然是那傢伙自作主張，讓救援隊進入坑內，如果不盡快開工，追回落後的進度，總公司那邊不曉得會說什麼。」

「既然如此，課長為何還要把合里哥帶上來……」

「問題就出在這裡。」

南月壓低聲線說。

「那傢伙才沒這麼好心，我總覺得這其中肯定有什麼理由，才讓他突然想盡可能地把合里弄出礦坑。」

波矢多認為箇中原因肯定與丹羽旗太郎緊接在喜多田喜平之後橫死一事脫不了關係。木戶那時他還能不當一回事，直到喜多田出事了才開始覺得不安，沒想到丹羽也死了，於是水盛的不安也轉變為恐懼。

波矢多正想與南月討論，就輪到他們致意了。

眼前的祭壇上有塊榻榻米，遺體就躺在鋪於榻榻米上的被褥裡。雖然榻榻米出現在這裡十分突兀，但這也代表礦工們想讓合里至少能躺在榻榻米上的心意。

普遍來說，這時應該能看到死者洗淨污垢後的面容，然而合里的臉上卻覆蓋著厚厚的白布，所以連一小角都看不到。頸部以下都包在被子裡，完全就是要把遺體藏起來的狀態。

合里哥……

回過神來，波矢多已經腳步虛浮地走近祭壇。他將右手伸向覆蓋在遺體臉上的白布，眼看就要掀開了。

下一瞬間，他感受到自己的右手被人給使勁地拉住。

「別這麼做。」

南月態度強硬地阻止他。波矢多不禁凝視著南月的臉，見到對方投回憐憫的眼神，讓他的腦海中掀起一陣混亂。

「來吧，一起向合里告別。」

「可是我想見他最後一面……」

「我不會害你，現在你先忍著點。」

這時波矢多還完全不能理解為什麼南月要擋下他，也不明白為什麼要用厚厚的白布完全蓋住遺體的臉。

合里哥在坑內遇到坍塌意外……

也就是說，他很可能被壓在好幾塊巨大的岩石底下。要從那種意外現場把遺體挖出來，別說五官無法保持原狀，說不定連全身的骨頭都被壓碎，處於面目全非的狀態。

所以才會用這麼厚的布遮住臉。

所以擔架看起來才會平坦得彷彿沒有任何人躺在上面。

當波矢多領悟到這一點時，頓時感到頭暈目眩，好在無意識之間他抓住了南月，方能保持平衡。萬一南月不在身旁，他大概已經昏倒在地了吧。

當天夜裡，波矢多在守靈儀式結束後仍獨自待在遺體安置室。合里隆一、南月尚昌、從前長官家趕回來的大取屋重一、參加救援隊的虎西末吉、南月的妻子滿代與女兒多香子、結束採買回到食堂的吉良初代和女兒葉津子、工會代表山際宜治等人，也都來陪他一起守靈，但是獨自留到最後的，就只有波矢多一個。合里唯一的血親隆一反而是最早返回工寮的人，但是誰也沒有多說什麼。

波矢多寸步不離地守在遺體安置室時，南月逐一找上參與救援的那五個人，想打聽坑內究竟發生了什麼事。然而每一個人都噤若寒蟬，而且除了虎西以外的四個人顯然都嚇壞了。

「肯定都被水盛下了封口令，可是好像又不全然是那樣。」

等到遺體安置室只剩下他們兩個人，南月才開口。

「感覺他們太害怕了，就算想說也說不出口。」

「坑內肯定有什麼狀況……你是這個意思吧。」

「或許那也跟合里有關。」

「這、這話怎麼說？」

波矢多大吃一驚，趕緊追問，但南月露出費解的表情說道：

「從救援隊那五個人悼念時的態度來看，除了虎西以外，其他四個人全都迫不及待地想要趕快離開，一副深怕在這裡多待一秒的樣子。」

「合里哥的遺體……」

「沒錯，可以合理推測從坑內挖出遺體的時候肯定發生了什麼事。」

「……」

到底是什麼事能讓幾個大男人嚇得簌簌發抖、讓水盛驚恐得臉色鐵青？波矢多無法想像，不，是根本不願意去想像。

「你打算整晚都待在這裡嗎？」

當夜深人靜，無籟俱寂時，南月這麼問他。

「對。我都為木戶先生守靈了，要是沒為合里哥守靈，他肯定會死不瞑目，變成鬼來找我算帳。」

「不，合里才不會做那種事呢。倒不如說他應該會希望你盡快忘掉他，好好珍惜自己往後的人生。」

「……或許是這樣吧。」

南月苦口婆心地叮嚀波矢多一定要抓緊時間稍微睡一下，才懸著一顆心踏出了遺體安置室。因為守靈的關係，這個房間裡的桌椅都被收起來了，地上鋪著草蓆。波矢多坐在祭壇前，身旁有葉津子帶來的宵夜和多香子提供的毛毯，因此要在這裡待到早上也完全不成問題。

如果真要說說有什麼問題，頂多是擔心自己的精神狀況能不能獨自對著遺體撐過漫漫長夜。不過他覺得這也是庸人自擾。

合里的遺體被挖出來時，究竟發生了什麼？

這個謎團的存在太過強烈，足以暫時隔絕他對故人的不捨，深陷其中。

或許我真的很喜歡當偵探辦案呢。

這個念頭倏地閃過波矢多的腦海。雖說捲入事件並非出於自己的本意，但他確實對連續死了三個人的離奇命案充滿好奇。只是在知道要派遣救援隊進坑內的時候，他所有的思緒就只記掛著合里光範的安危。接著當合里的遺體運上來時，雖然已經有所覺悟了，卻還是受到相當大的打擊。然而，這裡又出現了新的謎團，讓他所有的注意力都因此集中，被嶄新的謎團給吸引住。

面前就是合里的遺體，出現這樣的心態會不會太無情了呢？

還是因為這個謎團與合里有關，所以自己才會這麼關心吧。

波矢多無法釐清自己的反應。但是當他意會到自己並不認為躺在祭壇上的這具遺體是合里光範，這個事實也令他為之愕然。

人在死去之後就回歸虛無……

還以為這種想法是來自經歷過殘酷戰爭所催生的人生觀，但顯然不是這麼回事。

已經面目全非……

全身的骨頭都壓碎了……

連人形都無法維持……

或許波矢多下意識地拒絕承認那具遺體就是合里。雖說這種反應對故人來說實在失禮至極，但是唯有這點，波矢多拿自己無能為力。

當他開始認為眼前的遺體並非合里光範，而是某個被壓在岩石底下、連個人類外形都無法完整留下的屍體，這才第一次感到害怕。

光是想像在伸手不見五指的地底坑道，被突然崩落的巨大岩石壓扁，一個人孤零零死去的情況，就覺得全身發冷，寒毛倒豎。

救援隊有沒有確實把合里哥的魂魄帶到坑外呢？

倘若一切都遵循古法，他的魂魄現在應該就在這裡。如果是合里光範的幽靈，他一點都不覺得害怕——然而波矢多突然發現，現在的自己沒有信心能斬釘截鐵地如此斷言。

如果這並不是我認識的那個合里哥……

光是這麼想像，他就快要支撐不住了。感覺遺體隨時就要從被昏暗的燈光與燭光照亮的被褥裡坐起來，然後朝著這邊看過來，這股恐懼急速地在心頭蔓延開來。彷彿還能預見遺體站起來開始行走，全身上下似乎就要隨著步伐一路崩解散落的可怕光景。

嘎啦……

這時，耳邊傳來詭異的聲響，陰陽怪氣地迴盪在遺體安置室裡。不知道是從哪裡傳來，也不知道是什麼聲音。微乎其微的聲響彷彿來自死者口中這種駭人聽聞的想像令波矢多毛骨悚然。

「……好暗吶。」

當微弱的低語聲鑽進耳膜的那一剎那，波矢多當場跳起來，差點拔腿就跑。

「這裡真暗。」

提心弔膽地回頭一看，虎西就站在門邊。剛才的聲音好像是他進屋時發出來的聲響。

「……別、別嚇我啊。」

「對故人來說也太暗了吧。」

虎西並未理會波矢多的抗議，逕自走向祭壇，點燃兩根新的蠟燭，雙手合十。

將遺體安放在這裡時、守靈夜、再加上現在，虎西一共拜了三次。不難想像當時在發現遺體和進行搬運的時候，他肯定也拜了無數次吧。考慮到同樣身為礦工，以及虎西參與救援隊的事實，他的行為極其自然，只不過還是讓波矢多覺得有點不太對勁。

難不成是有事要找我……

他的預感是對的。虎西對遺體合掌祭拜後，便在波矢多旁邊坐下。

「我真的猶豫了很久，想說到底要不要坦承，最後還是覺得應該要告訴你。」

「什麼事？」

波矢多問是這麼問，但心裡已經有底了，對方要說的，肯定是參與救援隊的五個人究竟在礦坑內看到了什麼。

「發生坍塌意外的開鑿面已經被大大小小的岩石給埋住了，總之我們只能一直挖、拚命使勁地挖。」

正如同他的推測，虎西開始交代發現遺體的經過。

「現場的狀況慘不忍睹，但幸好還能看到一部分的手臂，不用擔心挖錯地方。可是啊，光是看到那條手臂，就知道合里已經沒救了。」

「這樣啊。」

「不過大家還是邊挖邊為他打氣：『再一下下就能救你出來了。』」

「嗯。」

「然後，挖著挖著終於就看到頭部了……」

不知道為什麼，波矢多突然萌生一股極其厭惡的預感。他強烈地感受到，自己完全不想知道虎西接下來要說的內容。

「看到被壓得無比悽慘的頭部，心想果然還是沒救了，實在讓人痛心。」

「……嗯。」

「就在那一刻，我們看到了那玩意兒……」

「……看到什麼了？」

「纏繞在遺體脖子上的注連繩。」

第十七章

汪連續連續殺人事件

合里哥不是死於意外，而是被人殺害的……

也就是說，離奇死亡的那三個人實際上也是他殺嗎？

雖然也懷疑過合里哥與他們之間可能有所牽連，但萬萬沒想到合里哥竟然是第一個被害者……

話說回來，四個人當中，不也只有合里哥顯得特別格格不入嗎？

不，說到格格不入，木戶也一樣。

既然如此，第二個被害者木戶果然是被殺人滅口的嗎？

可是實在想不到合里哥與另外兩個人有什麼關聯性……

在這個鯰音坑裡所發生的一連串案件，都可說是由注連繩帶起的連續殺人事件吧。

物理波矢多的腦海中，現在正形成由無數個疑問以及用來解釋的推理所掀起的漩渦。因此虎西末吉說的每句話都從他的左耳進、右耳出，一個字也沒聽進去。

「……所以，要怎麼調查注連繩的事都是你的自由，不管勞務課長說什麼，都別管他就是了。」

「感激不盡。」

波矢多幾乎是無意識地道謝。即使虎西已經離開遺體安置室一段時間了，他也處於心不在焉的狀態，沒有留意到。

在所有的相關人士之中，掌握著事件關鍵的，就只有勞務課長水盛厚男。波矢多對此深信不移。

水盛起初一定也相信合里光範是死於坑內的坍塌意外。然而隨著時間經過，他也開始懷疑合里會不會是被殺的。讓他開始萌發疑惑的關鍵，應該就是喜多田喜平的死。在丹羽旗太郎也死了之後，更讓他從懷疑變成確信。為了確認合里是不是真的死在他人之手，水盛才會決定放金絲雀下坑，檢查沼氣的殘留量，好讓救援隊出動。

也就是說——。

兇手在執行殺人計畫的時候，正好碰上了礦坑內的坍塌意外。而兇手利用了這個巧合。要是在坑內找到合里匪夷所思的上吊屍體，那麼在木戶死的時候，水盛應該就會覺得事有蹊蹺。但因為岩盤崩落的關係，合里被視為死於意外。儘管木戶的死疑雲重重，可是看在水盛眼裡，這根本算不了什麼，頂多只會擔心迷信的礦工會不會因為坑內接二連三有人死去而動盪不安。

但沒想到喜多田也死了，而且詭異的死法與木戶幾無二致，都死於密室那種無法解釋的狀況。另外身亡的合里和喜多田都是礦工，這些因素都令水盛開始感到不安。但合里死於意外，與喜多田之間又隔了木戶這個毫無關係的人。而且喜多田看起來又是自殺，想必讓水盛不知如何是好，所以才試圖以偶然來解釋，然而隨著丹羽的死，水盛應該也開始懷疑起合里是否真的死於意外吧。

合里哥是被人殺死的……

面對難以置信的事實，再想到自己當時也在坑內，波矢多就感到背脊一陣惡寒。而且合里的遺體此時此刻就在眼前，波矢多拚命按下想拔腿就跑的衝動。

說穿了，坑內當時就等同於一個巨大的密室。

波矢多勉強自己去思考案件的謎團，藉此甩開欺近身邊的顫慄感。唯有理性的邏輯才能抵擋訴諸感性的恐懼。

這麼說來，兇手黑臉狐狸就在一番方的礦工裡。

這點鐵定沒錯，只是目前還無法判斷到底是誰。不過這個黑臉狐狸肯定跟合里、喜多田、丹羽以及水盛這四個人有什麼恩怨情仇。可是任憑他竭力思索，也想不出個所以然來。四個人的背景都和煤礦礦坑脫不了關係，問題是這座礦坑裡的所有人都與煤礦礦坑有關。

不，不能只把範圍限定在礦工。

包括採礦課的爆破組員岩野勇作在內，當時下到坑內的人也包括拔井煤礦的職員，必須把那些人也列為嫌疑人來評估。

波矢多的思考推進到這個階段，腦海中突然浮現出截至目前為止都不曾深思過的疑問，而且比起過去的疑慮都還更加強烈。

木戶為什麼會遇害？

假設他並不在另外四人的關係網裡面，那麼判斷他是殺人滅口目的下的犧牲者應該是最適切的解答。這個推理本身並沒有問題，他是第二個被害人的事實更坐實了以上的推論。只不過，這樣會產生一個問題。

木戶究竟在哪裡看到什麼？又是知道了什麼？

木戶無法下坑工作，所以並未實際進到坑內，不可能在開鑿面撞見合里遇害的場面。這麼一來，就只能判斷是黑臉狐狸在下坑前的言行舉止，讓木戶察覺到對方有什麼犯罪的嫌疑了。例如發現對方把當作凶器的注連繩藏在工作服底下。

問題是，如果黑臉狐狸真的把凶器帶在身上，應該在入坑前的隨身物品檢查就會曝光了。就算他能隨便找個藉口搪塞過去，隨著之後一再發生以注連繩當凶器的離奇命案，當時的檢查無疑會引起討論。這麼一來，當時好像有某人帶著注連繩下坑的傳聞，肯定沒多久就會在礦坑這裡傳得人盡皆知，反而是不鬧到沸沸揚揚還比較奇怪呢。

雖然當天因為發生坍塌意外的關係，不用擔心屍體會太快被找到。再加上什麼時候會派遣救援隊下坑救人也完全不明朗。在這種情況下，黑臉狐狸還是立刻送木戶上路。真的有必要這麼急迫嗎？

關於注連繩的部分也很奇怪。姑且不論要帶進坑內比登天還難，就算當下真的被木戶撞見犯案過程，只要別留在現場就好了。當成凶器使用完後，直接帶走反而不會留下任何後患。還是說注連繩本身有什麼象徵意義嗎？就連把木戶滅口的時候也要把注連繩纏在屍體的脖子上，其中的理由到底是……

注連繩連續殺人事件。

倘若要為這四起命案起名，大概沒有比這個更適合的名稱了。由此可知，黑臉狐狸對注連繩的執念有多深。

為什麼？

波矢多總覺得自己好像終於要看見這一連串詭異事件的全貌了。但是仔細想想，依舊置身於五里霧中。只不過，他幾乎能準確地預測到一件事。

下一個被鎖定的目標，絕對就是水盛厚男。

水盛自己恐怕也很清楚這一點吧。如果想要問個水落石出，就只能趁現在了。趁他察覺到自身的危機，為此惶惶不可終日時，問出被害人之間究竟有什麼連結。回想他昨天陪同偵訊的態度，似乎也還沒讓成田勇兵警官知道，可見那不是能輕易告訴別人的關係。

合里哥也……

想到這裡，波矢多頓時坐立難安。但這並不表示合里光範與喜多田等三人之間存在著什麼不可告人的祕密，也可能是黑臉狐狸故意讓他們產生這樣的誤會。

只是——。

如果說有什麼共通的祕密，無非是與煤礦礦坑有關的過往吧。這裡先排除木戶來思考，或許要追溯到合里在山口的煤礦公司擔任勞務輔導員的時代。水盛厚男在同一家公司的勞務課工作，而當時的人力仲介是丹羽旗太郎，至於特高喜多田喜平則是以某種形式與他們扯上關係。

等等——。

既然如此，合里跟那三個人應該就有某種程度的往來了。可是再怎麼回想，所有人都不曾表現出互相認識的蛛絲馬跡。水盛固然有些難以捉摸的地方，但波矢多幾乎可以篤定喜多田與丹羽絕對不認識合里。

不過合里這邊的情況就有所不同了。

當喜多田出現在鯰音坑，接著丹羽也來到這裡之後，合里的樣子就明顯地變得不太對勁。這不也證明了他可能認識那兩個人嗎？

波矢多打定主意，等到明天——嚴格來說已經是今天了——他就要認真地展開搜查行動。先跟隆一確認合里寫信給他的時候，字裡行間有沒有透露出什麼不尋常的訊息。然後去找意外發生當天，與合里在坑內搭檔工作的梅澤義雄問話。最後再逼問水盛對這一連串的命案有何頭緒。當然不必依照上述的順序，可以先從比較容易問出訊息的人開始進攻。

波矢多想到這裡，就感覺到好像有點卡卡的。覺得自己好像忽略了非常單純的部分。於是他從案發當天再從頭回想一遍，立刻就明白那種不協調感是出自哪裡了。

他在事務所內翻出紙和鉛筆，試著將事件相關內容條列整理出來。

礦坑塌陷當天　下午一點左右，合里光範在坑內的開鑿面遇害。下午一點半左右，木戶在工寮的一之一號房遇害。

第二天　下午五點過後，喜多田喜平在工寮的一之四號房遇害。

第三天　下午一點左右，丹羽旗太郎在工寮的一之五號房遇害。

第四天　可能是第五名被害人候補人選的水盛厚男目前平安無事。

日期已經跨過換日線，來到第五天了。只要水盛從守靈現場離開後，別在自己的宿舍被殺，應該就能平安無事地逃過一劫。這點還需要確認，但假如他已經出事了，家人肯定早就鬧得不可開交。

水盛為什麼能倖免於難？

從第一個到第四個被害人，兇手黑臉狐狸可說是完全如同字面意義那樣，接連不斷地執行連續殺人計畫，而且是極為巧妙地利用當時的狀況處理掉所有的人。趁著礦坑發生坍塌意外時殺掉合里、藉著意外引發的騷動為掩護解決木戶、以木戶的偽裝自殺為幌子處理掉喜多田、最後再利用注連繩祓禊的機會送丹羽上路。特別是木戶遭殃或許只是被滅口，但下手的速度實在太快了，說是一個接著一個也不為過——這麼說確實是欠缺謹慎——簡直是絕無冷場的連續殺人事件。

既然如此，為何到了應該是第五名被害人的水盛時，黑臉狐狸卻突然停手了？

愈想愈想不通原因，只感受到一股戰慄在逐漸增長。總覺得一旦搞清楚原因，可能就會發生前所未有的驚天慘劇。壓倒性的恐怖足以凌駕波矢多對進入地底挖礦的畏懼。

難道水盛不是第五個被害人的候補人選嗎？

為了擺脫一股腦兒湧上心頭的恐懼，波矢多勉強自己繼續推理下去。

問題是，假設第五名被害人不是水盛，那個人早在昨天就應該遇害了。但實際上卻沒有人被殺。這麼一來，是不是只能推斷黑臉狐狸是暫時停止了連續殺人計畫？

還是說，連續殺人事件其實是在處理掉第四個人後就已經結束了？

命案或許已經告一段落了。但波矢多還在猶豫著能否做出這樣的結論。如果整件事能就此落幕，自然再好不過，然而從水盛的言行舉止來判斷，就感覺事情並沒有那麼單純。不管從哪個角度檢視，都讓人覺得水盛絕對會是下一個被害人。

暫時停止連續殺人……

想來想去還是覺得只有這個可能了。問題是，到底是基於什麼理由要暫停？黑臉狐狸身邊發生了什麼事嗎？

暫時停止連續殺人的原因……

突然，波矢多整個人被一陣竄升到頭頂的寒意給束縛了。他因此放下所有的思緒，盡可能讓頭腦一片空白，心無旁騖。於是他便朝著祭壇合掌。這並不是在為死者祈求冥福，而是希望能讓自己恢復平常心。

待心情逐漸平靜下來，他又開始分析起案情。如此周而復始，波矢多的意識也愈來愈清醒，但是隨著黎明時分即將到來，他終究還是抵擋不住睡意的侵襲。然後就在不知不覺間，迷迷糊糊地睡著了。

當雙眼再次睜開的時候，就看到南月正坐在自己身旁。

「……啊，早安。你什麼時候來的？」

波矢多睡眼惺忪地打招呼。

「我剛到而已。」

南月面露笑容地回答。

「其實可以直接叫我起床的。」

「不不，小哥睡得如此香甜，我怎麼好意思做這種不識相的事。」

南月的笑意更深了，波矢多反而覺得更加無地自容。

「我想跟南月叔談談。」

波矢多刻意擺出正經肅穆的表情，簡短地說明自己昨夜整理好的想法。因為內容極為嚴肅，根本不用刻意使勁，表情就會自然而然地繃緊。就連臉上起初還掛著笑容的南月，沒過多久也在瞬間把笑意給收了起來。

「……連續殺人啊。」

聽完波矢多全部的分析，南月宛如嘆息似地低聲呢喃。

「我雖然嚇了一大跳，但又覺得很有道理。」

「怎麼說呢？」

「因為我也覺得那麼多人接二連三死得不明不白，實在太不尋常。問題是，只要沒有人指出哪裡不尋常，大家也就不疑有他、得過且過，這一點才棘手。」

「我倒認為凡是與命案從未有所牽扯的人，會有這種反應也極其自然。」

波矢多這麼回答，讓南月苦笑著說：

「只是遲鈍而已。」

「話說回來，警方會視為連續殺人案，進行深入調查嗎？」

「倘若水盛如實報告合里的脖子上纏有注連繩這件事，警方應該會朝那個方向偵辦，只不過……」

「勞務課長大概不會照實說吧。」

「警察也認為合里的死屬於意外，所以不會特地檢查遺體。就算檢查，因為坍塌而被壓扁的遺體上應該也找不到他殺的痕跡……」

南月這時貌似突然想到什麼。

「啊，這麼說真是太不得體了。而且還是當著死者的面，真是非常過意不去。」

因為南月露了出非常後悔的表情，波矢多很清楚他這句話是發自內心的道歉，所以也沒有多說什麼。

尷尬的沉默橫亙在兩人之間，正當彼此都有些手足無措時。

「早安。」

葉津子精神抖擻地出現了，開朗的態度與遺體安置室的氣氛格格不入，但波矢多和南月都有一股得救的感覺。

或許是因為波矢多一直在思考命案的事，上午一陣兵荒馬亂，時間一晃眼就過去了。明明告訴自己應該要更專心在葬禮儀式上，但思緒總是不聽使喚地飄向命案之謎。

合里哥被殺了……

太多的疑問占據了他的腦袋，但是最令他耿耿於懷的還是這個飽受衝擊的新事實。正因為如此，他無論如何都要解開命案之謎。波矢多有此自覺，但就算知道這點也不能改變任何事實，只讓他的心神逐漸地飄離葬禮現場。

鯰音坑的職員、礦工及他們的家人幾乎全都出席了守靈夜和葬禮，與木戶那時候相比簡直是天壤之別。姑且先不論這次的死者是同一個礦坑的礦工，但兩者之間的落差也太不合常理了。只不過，大家對於要不要出席兩位死者葬禮的動機或許意外地相近也說不定。若是出席前者的葬禮，會擔心沾染到晦氣；若是缺席後者的葬禮，會害怕受到詛咒……

如果還讓他們知道遺體脖子上纏繞著注連繩，出席葬禮的人無疑會大幅減少。即使情況不至於像木戶的場合那麼糟糕，但是守靈夜和葬禮的場面應該也會變得極為冷清。

考慮到合里哥的性格，這樣或許也不錯。

波矢多心情複雜地目送出殯隊伍走遠。

「我們也跟上吧。」

南月催促著波矢多。想送合里到火葬場的礦工其實還不少。火葬後的納骨過程也是，但是礙於火葬場的時間安排，納骨要等到傍晚才進行。因為時間相隔許久，大夥兒就打算先回礦坑一趟。正好也有人下午就要入坑工作，所以傍晚納骨對礦工而言其實是個好消息。

因為移動時不能討論案情，因此波矢多和南月在路途中就淨找一些無關痛癢的話題閒聊，不管是去程還是回程都是如此。人群中也有案發當天擔任合里後山的梅澤身影，但他看起來非常侷促不安的樣子。

波矢多覺得他有點可憐，但如果要問波矢多願不願意原諒他，坦白說，波矢多也還無法釐清自己的心情。他並沒有怪罪梅澤選擇逃走，然而梅澤棄合里於不顧也是鐵錚錚的事實。要是梅澤當時能多顧著合里一點的話……波矢多實在無法不這麼想。這個念頭一天不消失，或許他就一天無法以平常心面對梅澤。不過，之後自己還是非得問問他不可。

回到礦坑後，波矢多就在午餐時間前先找上隆一，詢問昨天就先準備好的問題。雖然遲疑了半晌，但最後還是一五一十地把注連繩的事告訴隆一。因為波矢多認為他不會告訴別人，另一方面也覺得如果不告訴他，就無法問出自己想知道的事。

「被人殺害的……」

起初，隆一的反應讓波矢多覺得自己好像是一拳打在棉花上。大概是突然得知此事，一時半刻仍反應不過來。然而，隆一隨即用雙手抱住自己的頭，低頭不語。這個人本來就不是會把情緒表現在臉上的性格，如今看起來更像是躲進自己設下的城牆裡，讓波矢多一時慌了手腳。

「你、你沒事吧？」

「……嗯。」

隆一低垂著頭回答。

「我想你可能很震驚——」

「這裡真是個可怕的地方。」

抱著頭的隆一猛搖著腦袋，波矢多則是耐著性子等他冷靜下來。現在急也沒用，重點在於必須讓他回憶起合里寫給他的信上有沒有不尋常之處。

過了好一會兒，隆一總算抬起頭來，波矢多又問了一次相同的問題。

「這麼說來……」

隆一低著頭回想。

「我來這裡以前收到過一封信，他在信裡提到自己可能會離開鯰音坑。」

「咦……」

無視於波矢多當場愣住的反應，隆一又接著往下說。

「我還擔心特地跑來找他的時候，萬一他不在鯰音坑可就麻煩了。」

「那、那你是怎麼回信的……」

波矢多鼓起勇氣問道，隆一搔搔頭回答：

「這個嘛……他寫了一封長信，但我只在明信片上寫下寥寥數語的聯絡事項。那封信也是他給我的最後一封信。因為我收到那封信以後就逃離了原本的礦坑。」

他可能會離開鯰音坑……

換言之，合里曾經想要從鯰音坑逃走。他是因為喜多田喜平和丹羽旗太郎的關係才想一走了之，還是為了逃離黑臉狐狸呢？

波矢多向隆一詢問還有沒有想到別的事，但隆一表示已經沒有了。波矢多有點氣惱，要是隆一在來到這裡的那一天就告訴他信上古怪的內容就好了。但轉念一想，這個要求也太強人所難。

就算那天就知道了，應該也無法阻止連續殺人命案的發生。不，肯定不可能阻止吧。

波矢多向隆一道謝後便離開了，接著又開始思考。

合里只是單純想逃離喜多田他們嗎？

還是說，他其實已經感受到自己的生命受到威脅了？

如果是前者，他可能著實沒想到自己會喪命；如果是後者，就表示合里已經知道是誰會對他下手了。

第十七章

第十八章

坑內的黑霧

到了下午，自意外發生後相隔四天，礦坑工作終於重啟了。但是先進行的並不是平常的挖掘作業，而是以坑內的復原工作為主。所以礦工們錯開三班制的二番方的時間，入坑工作。從原本下午三點到晚上十一點的班，變成下午一點到晚上九點。預定從明天恢復正常，一番方照舊於上午七點下坑。

為了目送南月尚昌和大取屋重一入坑，波矢多吃過午飯便前往檢身室。顯然人同此心、心同此理，檢身室沒多久就擠滿了不用下坑的礦工，甚至還有人擠不進去，無奈地繞到坑口。

波矢多邊和南月說話，邊用眼角餘光捕捉到站在岸谷臣吾旁邊的梅澤義雄身影。岸谷身穿工作服，但梅澤並沒有。換句話說，後者並未加入復原工作小組。

太好了。

波矢多暫且鬆了一口氣。要是梅澤也要下坑，就得等到晚上九點才能找他問話。從這個角度來說，波矢多也相當慶幸自己沒被選進復原工作小組。

不多時，南月等人移動到坑口，坐上人車，鈴聲大作後，眾人就要準備下坑了。要下去的人和留在坑口的人彼此都無言地揮手道別。送行的人全都圍在坑口，直到最後一截人車從視線範圍內消失。請連我的份一起努力……大部分的礦工都懷抱著相同的想法。當波矢多意識到現場充滿了眾人熱切的期盼，情緒也不禁激昂了起來。

送第一批復原工作小組入坑後，大家開始三三兩兩地做鳥獸散，波矢多趕緊追上梅澤，請他留步。梅澤一聽到波矢多叫他，突然舉起一隻手猛搖，就連腦袋也晃個不停，飛也似地逃走。

「……我、我什麼也沒看見。」

「你誤會了，我不是要問你救援隊的事。」

波矢多連忙解釋，於是梅澤暫且停下腳步。

「那，你有什麼事？」

「合里哥生前很照顧我。」

波矢多說出事先想好的台詞。他很清楚梅澤有多迷信，這時要是當面質問，只怕對方也不會對自己說實話。

「嗯，你們感情很好。」

「多虧梅澤先生的努力，總算是把合里哥的遺體帶回來了，也因此才能為他守靈、辦喪事。」

「……別這樣，就我的立場來說，只是想要贖罪而已。」

梅澤的語氣變得苦澀，這讓波矢多不免有些同情，但眼下只能利用對方的罪惡感，於是波矢多狠下心腸。

「為了告慰合里哥的在天之靈，我想知道他人生的最後一刻是什麼樣子。畢竟意外發生時，梅澤先生是他的後山，所以只能請教你。」

「咦？」

梅澤下意識又想逃避，但是為了告慰故人在天之靈這頂大帽子扣下來，壓得他無路可退，只得從實招來。

「我們去沒有人的地方說話。」

梅澤說完便把波矢多帶往選煤場。選煤場是為挖掘出來的原煤去除雜質的場所。這項作業多半由女性負責，換作平常反而是人最多、嘴最雜的地方，但意外發生後安靜得令人害怕，很適合用來講悄悄話。

「合里比我年輕許多，但工作能力很好。」

確定周圍沒有其他人後，梅澤開始述說他對合里的印象，真令人意外。雖然不是波矢多想知道的內容，但總比保持沉默還更好，因此波矢多靜靜地聽他說。

可是一聊到案發當天的事，隨著話題愈來愈接近發生坍塌意外的時刻，梅澤的口風也變得愈來愈緊。波矢多想盡辦法，才總算讓他繼續把話說下去。

「……所以說，我一走出開鑿面，聽見『要塌了！』的叫喊聲，坑頂立刻開始霹啪霹啪地崩落。而且不只是小塊小塊的岩石，落塵般的煤灰也傾洩而下，變成一團黑漆漆的霧，轉眼間開鑿面就伸手不見五指了。」

「可是合里哥當時人還在開鑿面裡是千真萬確的事吧？」

「我想應該沒錯。他要是離開開鑿面的話，我應該會知道的。」

「梅澤先生有對人在開鑿面的合里哥叫喊。」

「沒錯。」

梅澤用力點頭後便噤口不言，波矢多耐著性子等他開口。

「然後就在我打算從坑道前端逃走的時候，規模不小的岩石就從坑頂崩落。我看到岩石掉下來，嚇得魂都飛了……」

根本沒想到要等合里就直覺性地逃走了，看來是這麼回事。上次之所以沒交代清楚，想必是深怕受到大家嚴厲的譴責。

「畢竟情況過於緊急，要是梅澤先生再慢一步逃出來，想必也會被落石擊中。」

這是波矢多的真心話，不全是為了安慰他。也不知道梅澤有沒有聽見這句話，臉上的表情諱莫如深。

「怎麼了嗎？」

波矢多忍不住問道，梅澤置若罔聞。

「話雖如此，但是我在逃走的前一刻，還是有回頭看了開鑿面一眼。結果……」

梅澤又開始娓娓道來，而且還對波矢多說出了上次沒提到的意外內幕。

「我在宛如黑霧籠罩的飛舞煤灰中，隱約看到一個人影……」

「是從開鑿面逃出來的合里哥吧。」

「我一開始也這麼以為。」

「咦……」

「所以我才會趕快逃。因為我以為合里會馬上跟上來，才拔腿就跑的。」

「可是合里哥並沒有跟上來。」

「不，那可能不是合里……」

「這、這句話是什麼意思？」

不同於激動莫名的波矢多，梅澤以平靜到令人不寒而慄的語氣說道：

「如果那個人是合里的話，應該會從開鑿面往外走吧。可是，那傢伙看起來卻是往開鑿面裡頭走。」

是黑臉狐狸。

雖然波矢多十分篤定，卻隨即冒出碩大的疑問。

礦坑出事那天，坑內可說是一個巨大的密室，同樣的情況在沒有出路的開鑿面也說得通。假如在坍塌意外發生的過程中進入那個空間，或許能殺害合里，但實在是很難想像黑臉狐狸到底要怎麼逃出去。

工寮的一之一號房不也是同樣的狀況嗎？

也就是說，注連繩連續殺人事件從第一名被害人開始就是在密室內遭人殺害的。這個事實令波矢多錯愕不已。儘管匪夷所思的事實讓人受到極大的衝擊，波矢多還是向梅澤提出了一個新浮現的疑問。

「你看到那個可疑的人影之前，有沒有人能不知不覺地從你身邊經過，走進開鑿面？」

「平常應該不可能，但是……」

梅澤臉上掛著在記憶裡搜尋當日狀況的神情。

「由於坑道裡滿是煤灰亂飛，再加上我整個人亂了分寸，或許真能不知不覺地從我身邊經過也說不定。」

梅澤說到這裡，臉色也突然驟變。

「這麼說來，我看到的人影……」

「可能是有人趁你不注意的時候，偷偷溜進開鑿面……」

「那傢伙就是出現在木戶家裡的黑臉狐狸嗎？」

看樣子，梅澤即使能接受自己目擊到的人影並不是合里的解釋，卻也從未評估過那是黑臉狐狸的可能性。

「倘若那個人影的真面目確實是黑臉狐狸——」

波矢多還想繼續討論下去，可是梅澤卻不由分說地結束了這個話題。

「到此為止吧，我沒什麼可多說的了。」

大概是想起纏在遺體脖子上的那條詭異的注連繩吧。再討論下去，遲早得提到注連繩的話題。可是勞務課長對這件事下了封口令。不過相較於那些事，黑臉狐狸的詛咒要比什麼都來得可怕。揣測梅澤的內心世界，不外乎是這麼回事吧。

正因為充分理解對方的懼怕，波矢多也不忍心再追問下去。而且想知道的事都已經問得差不多了，他不認為還能再得到什麼新的證詞。

波矢多還來不及向他道謝，梅澤就逃命似地離開選煤場。他離去的身影充分顯露出他非常後悔與波矢多討論這件事。非常害怕會不會因為談起自己在坑內開鑿面目擊到人影一事，導致對方因而找上自己……從梅澤的背影可以深刻地感受到那種恐懼。

真是過意不去。

波矢多感到同情，卻也對超出預期的收穫覺得很滿意。只不過這麼一來，謎團不但沒有解開，疑惑反而還增加了，也讓案情變得愈發不可思議。但至少還是稍微往前邁進了一步，光是這樣就足以欣慰了。

波矢多從選煤場朝著採礦事務所前進，然後直接拜訪勞務課。不用多想也知道他要找的就是水盛厚男課長。怕只怕對方不見得會一五一十地老實招來。從水盛目前的處境來判斷，他反而會極力避免與任何人單獨會晤也未可知。

因此波矢多依照死亡的順序，在紙上寫下注連繩連續殺人事件的被害者姓名，再用箭頭連起來，最後寫下「第五人　水盛課長」，然後將紙條遞給勞務課的年輕職員，請他務必轉交給本人。

紙條的效果立竿見影。歸來的年輕職員領著波矢多進入那間提供警方問案的小會議室，沒等太久，水盛就來了。

「你到底是何居心？」

但是他開口第一句話，便以尖銳的語氣質問波矢多，還把波矢多寫給他的紙條甩在桌上。

「課長也知道自從礦坑塌陷以來，鯰音坑發生了些什麼事吧？」

波矢多不慌不忙地冷靜應對。

「不用你說，我也知道一直有人莫名其妙地上吊身亡。」

水盛打馬虎眼的態度昭然若揭。

「課長應該也發現了，那其實是從合里哥那時開啟的注連繩連續殺人事件。」

波矢多直搗黃龍地迫近問題核心，水盛倏地瞇細雙眼，眼神變得十分凌厲。

「誰告訴你的？」

「你是指？」

「少給我裝傻。」

「我把這句話原封不動地還給你。」

「你這傢伙——」

還以為他會氣得憤而離席，但水盛只是直勾勾地盯著波矢多看了好一會兒。

「莫非是你的偵探遊戲有收穫了？」

意外的是水盛居然表現出願聞其詳的態度。大概是獨自抱著無法跟任何人商量的不安，所以才會忍不住想聽聽第三者的意見。

波矢多當然不會放過這個機會，他跳過虎西末吉與梅澤義雄的名字，一五一十地說出自己從守靈夜一路思考到方才的推理。過程中，水盛始終一言不發地安靜聆聽，即使臉上屢次浮現出驚恐的表情，也都沒有在中途插嘴。

「──所以我猜測課長或許就是兇手鎖定的下一個目標。因為目前唯一知道本案背景的人，應該就只有課長了吧。」

波矢多彙整出以上的結論後，水盛嘆了一口大氣。那口氣悠遠綿長，彷彿在那之前都屏住了呼吸。

如何？我的推論有錯嗎？

波矢多硬生生地壓下想逼問對方的心情。他已經亮出手中的底牌了，接下來只能看對方要怎麼出招。與其沉不住氣就急著逼問，這時更應該耐著性子等對方主動說明。

看樣子，波矢多的推理正中紅心。

這點看水盛的反應就知道了。他既不肯定、也不否認，可見自己的推理就算不中也不會遠到哪裡去。儘管如此，他還是一聲不吭。波矢多開始逐漸失去耐心，拚命壓抑想大聲逼著對方把知道的一切全都給交代清楚的衝動。

「成田警官打電話給我……」

水盛突然開口。

「說是為丹羽旗太郎驗屍時，從胃裡檢出了大量的安眠藥。」

「是兇手加在酒裡，讓他喝下的嗎？」

波矢多順著他的話往下說，水盛點頭。

「難怪就連丹羽先生那種體格壯碩的人，也能偽裝成上吊自殺的狀態。既然如此，兇手應該也是以相同的手法殺害喜多田喜平先生。」

「八九不離十。因為兩人的房間裡都有剛開封的酒瓶。」

「但是，兇手到底是從哪裡弄到安眠藥的？穴寢谷車站前的藥房嗎？」

水盛對波矢多的疑問搖了搖頭，道出令人跌破眼鏡的事實。

「是我們這裡的醫務室。」

「什麼……」

「因為醫務室並不是隨時都有醫生或護理人員常駐，不管是誰都能任意進出。我們確認過了，安眠藥確實有短少。」

「這件事有告訴警方嗎……」

「當然說了，但成田警官早已認定是菅崎由紀則殺害木戶、喜多田和丹羽。」

這時若是直接指責水盛隱瞞了重要的事實才會搞成這番局面，可能會激怒對方，實在不是個好方法。因此波矢多決定不動聲色地讓他說下去，希望能得到自己還不知道的內幕消息。

「其他還知道些什麼嗎？」

波矢多立刻用話引導，水盛雖有些遲疑，但還是說出了讓人驚訝的情報：

「不見的東西其實不止安眠藥。」

「難不成是毒藥什麼的！」

波矢多忍不住驚呼，水盛則是一臉錯愕。

「礦坑的醫務室怎麼可能會有那種東西。」

「……說得也是。」

「不過，可能比毒藥還危險。」

「到底是什麼？」

「是炸藥。」

「什麼！」

波矢多聽聞此言也不禁嚇得目瞪口呆。這麼危險的東西，可不是一句「不見了」就能帶過。

南月尚昌說得沒錯，鯰音坑的防護措施簡直漏洞百出，但是怎麼也想不到竟然會失序到這種地步。

「是被偷走的嗎？」

「大概是。」

「什麼時候的事？已經弄清楚失竊的日期或時間了嗎？」

相較於驚慌失措的波矢多，水盛以沒好氣的口吻回答：

「不知道。」

「怎麼這樣……都沒有管理嗎？」

「那又不是我們課的工作。」

確實是這樣沒錯，但現在可不是推卸責任的時候。等一下再去跟採礦課的爆破組員岩野勇作了解狀況吧，總之眼下只能先向水盛問個清楚。波矢多極盡安撫之能事，總算問出一點詳情。

原來是水盛發現醫務室的安眠藥短少的情況後，為了慎重起見，又對整個礦坑進行檢查，才在今天早上發現炸藥失竊，至於是在什麼時候被偷的則不得而知。

「警方那邊……」

想也知道肯定沒告訴警方。但是不怕一萬，只怕萬一，波矢多還是問了。水盛橫眉豎目地搖頭。

戰前到戰爭期間，每個煤礦礦坑的炸藥都是由特別高等警察負責管理。只要短少一根，特高就會命令坑內的全體礦工上坑，然後親自進到坑內，滴水不漏地調查。他們最怕反對煤礦公司壓榨勞工的盟軍俘虜及中國人、朝鮮人，或者是支持朝鮮獨立運動的諜報員，這些人可能會為了阻撓採礦作業，用炸藥炸毀坑口。在從朝鮮半島徵召的人力中，就曾潛伏著類似這樣的諜報員。所以不難理解特高為何會對炸藥的短少如此敏感緊張。

戰敗後，特別高等警察也走入了歷史洪流，但即使如此，也不能因此就對炸藥的管理輕忽大意。無論是哪個時代、無論在何種情況下，危險的物品都應該受到慎重的控管。

可是這個人卻……

波矢多錯愕至極。不過水盛肯定是有什麼苦衷才會隱瞞這件事。他之所以拜託成田勇兵以自殺的方式為木戶與喜多田的死結案，肯定也是基於相同的理由。

波矢多正想問清楚，腦海中突然閃過一種極為恐怖的炸藥使用方式。

難不成……

就連他自己也不敢相信，但是覺得不無可能的念頭愈來愈強烈。或許是這樣的情緒已經表現在面容上了，所以水盛一臉狐疑地問他：

「怎麼了？」

「不瞞你說，我剛才忽然想到一個可能性——」

「什麼？」

「被偷走的炸藥會不會是用來在坑內製造人為的坍塌意外……」

水盛聽得瞠目結舌，「唔！」地一聲噎住後，就再也說不出話來。貌似從未想到炸藥會被使用在那種地方，因此受到相當大的衝擊。

「也、也就是說……」

水盛好不容易才擠出聲音，但看得出來他還處於六神無主的狀態。

「是為了殺掉合里光範嗎？」

「恐怕是……」

說是這麼說，但波矢多也還不能完全消化這個可能性，所以最後也忍不住問道：

「可是，這種事真的辦得到嗎？」

根據大取屋與梅澤——尤其是相當於當事人的後者——的證詞，那無疑是一場意外。但他又不能透露梅澤的名字，光靠大取屋的證詞則有點薄弱。

波矢多還沒想好該怎麼應對，原本陷入沉思的水盛意有所指地說：

「如果擁有專業技術，當然也不是絕對辦不到。」

他的意思是說，很有可能是爆破人員下的手。

「岩野先生是兇手……」

意料之外的名字浮上檯面，讓波矢多頭昏腦脹。然而看到水盛的表情，不由得硬生生地倒抽了一口涼氣。

因為水盛看來已經接受岩野就是黑臉狐狸的假設了。聽到波矢多口出岩野的名字，他也沒有特別驚訝，這樣的反應應該能說是最好的證明吧。

不，不對。

波矢多仔細觀察水盛的反應，又推翻了自己的想法。水盛只是不覺得這時候冒出岩野的名字有什麼好奇怪的。

這是為什麼呢？水盛到底知道什麼？岩野跟那些被害人有什麼銜接點？水盛不欲人知的祕密到底是什麼？

「水盛課長和岩野先生，以及那四個被害人之間到底是什麼關係？你們從以前就認識嗎？」

波矢多開門見山地問道，水盛倏地移開視線。

「並不是所有人都認識，但也不能說毫無關係。」

水盛含糊其詞地說。

「可以告訴我你們的關係嗎？」

「……」

水盛躲避波矢多的視線，沉默不語。

「為了阻止這場連續殺人，我必須弄清楚事件的相關背景。」

「還會……繼續嗎？」

無法明確地回答這個問題，波矢多也覺得很焦躁。總歸一句話，現在必須先阻止連續殺人魔繼續犯案。連續殺人事件可能已經結束了，也可能還是現在進行式。但是在告訴水盛自己的推理之前，不能信口開河。

「老實說，我也不確定。只是，既然水盛課長與岩野先生這樣的相關人士還活著，兇手再度大開殺戒的可能性就不是零。為了做出判斷，也需要先釐清各位的關係。」

「……這樣啊。」

聽到水盛以細如蚊蚋的音量表示接受，波矢多大吃一驚。然而，水盛隨即又以銳利的眼神射向他。

「假如我把知道的一切都說出來，你就能揭開黑臉狐狸的真面目嗎？」

面對這個問題，波矢多也無法立即回答。雖說為了便宜行事，或許可以撒個白色謊言來帶過，但是與生俱來的一絲不苟性格，讓他無法這麼做。

見他雙唇緊閉，水盛的眼神頓時充滿嘲諷之意。

「對一個沒經驗的外行偵探提出這種要求實在強人所難。也罷，至少你的推理比那個成田警官可靠多了。」

看樣子，水盛是因為認同波矢多的推理天分，才會告訴他從屍體驗出安眠藥和炸藥遭竊的事。那麼接下來終於要觸及命案的背景，也就是這些人之間的人際關係了。

波矢多剛按下迫不及待的心情，會議室的門就伴隨著一陣敲門聲冷不防地打開了。

「什麼事？我說過別來打擾我們吧。」

水盛以不滿的臉色及口吻向一臉慌張衝進來的勞務課年輕職員抱怨，但後者的報告令他倆驚愕不已。

「岩、岩野先生在坑內被、被殺了。」

「你、你說什麼？」

「咦！」

水盛和波矢多的身子幾乎就在同個時間彈了起來。但水盛又一屁股跌坐回椅子上，看起來像是嚇到腿軟了。

「岩野先生是怎麼死的？」

面對波矢多劈頭拋來的疑問，後者頓時面露困惑的表情，但是在水盛朝他點點頭後，他便開始娓娓道來。

「已經準備要爆破了，岩野先生卻不見人影。幾個人分頭去找，結果在左邊第四坑道的四號開鑿面深處……找到了。」

「一眼就看出是他殺嗎？」

「聽、聽說脖、脖子被注連繩勒住了……」

「擺明就是勒死，而不是偽裝成上吊自殺嗎？」

年輕職員悶不吭聲、點頭如搗蒜，波矢多的視線從職員身上轉向水盛。水盛看來整個人失魂落魄，直到波矢多出聲叫喚才猛然回神。

「我馬上過去。」

他茫然自失地屏退年輕職員後，就以慢吞吞的動作轉身面向波矢多。

「注連繩連續殺人事件顯然尚未告一段落。」

波矢多說道，但水盛毫無反應。

「下一個被鎖定的目標，或許就是課長了。」

水盛依舊沉默不語。

「或是說，還有其他人與本案有關呢？如果是那樣的話……」

「今晚，」

此時水盛終於開口。

「今晚來我家找我。」

「課長的家，是指職員宿舍嗎？」

對於波矢多驚訝之情滿溢的詢問，水盛微微地點了頭。在此之前，水盛從未邀請他去職員宿舍，其他的礦工恐怕也沒這個經驗。

「到時候——」

還來不及問他是不是願意坦承一切，水盛已經走出會議室。他現在顯露的恐懼絕對是前所未見的程度，但好像也能從中窺見他已經做好某種準備。想必跟約自己今晚到職員宿舍碰面一事有關。

波矢多離開採礦事務所，走向坑口，坑口已經被眾多礦工擠得水洩不通。還以為岩野勇作的遺體應該已經用擔架抬出來了，但左顧右盼卻什麼也沒看見。這時他看到水盛正和大取屋重一交談，連忙豎起耳朵湊過去聽。

大取屋好像是第一發現者。今天的作業以修復礦坑為主，因此沒有人在開鑿面採礦。大取屋推測岩野大概是被人叫進左邊第四坑道的四號開鑿面，在那裡遭到勒斃。因為不能擅自移動屍體，只好暫時把岩野留在那裡。

在聽著大取屋說明來龍去脈的同時，成田勇兵警官也帶著數名員警趕到現場。他們所有人都換上工作服，由大取屋帶路，組成調查小組下到坑內。勞務課的水盛和年輕職員也加入了這個陣容。波矢多原本還很擔心水盛會以什麼樣的心情前往岩野遇害的現場，隨即轉念一想，周圍跟著那麼多人，反而比較安全也說不定。更何況還有警察陪同，再也沒有比現在更令人放心的狀態了。

案發現場就在意外發生當天，波矢多和大取屋分配到的開鑿面附近。這次又是在坑內那種巨大的密室中，而且還是在開鑿面那種根本無處可逃的地方行凶。換句話說，兇手就在特定範圍內的那幾個人當中。

坍塌意外發生那天的一番方，以及今天加入修復小組的成員，黑臉狐狸就躲在參與過這兩次坑內工作的人裡頭。

儘管如此，嫌犯少說也有十幾人，搞不好多達幾十個人也說不定。為了縮小嫌犯的範圍，一定得釐清嫌犯與被害人之間的關係。若想從中鎖定有嫌疑的礦工，勢必需要水盛的協助。光憑波矢多一個人的力量，倒也不是不能耐著性子一個個打聽，但是難保不會有漏網之魚。而且也不知道該怎麼向礦工們解釋。據實以告只怕會引起軒然大波，看樣子，無論如何都只能等水盛今晚空下時間來給他了。

「事情變得好嚴重啊。」

見波矢多還留在坑口，南月尚昌便上前搭話。

「看樣子注連繩連續殺人事件好像還沒結束。」

波矢多正打算告訴南月自己從水盛口中打聽到的新情報，又倏地閉上嘴巴，一瞬也不瞬地凝視著南月的臉。

南月既是意外發生那天的一番方，今天也加入了復原工作的陣容。

這個事實瞬間在腦海飛馳而過。不過南月不可能是黑臉狐狸，絕對不可能。波矢多百分之百相信南月，可是如果問他有沒有確切的證據可以證明南月不是兇手，他也拿不出來。沒有徹底地驗證過，什麼都說不準，所以波矢多沒有信心能斬釘截鐵地保證南月絕不是兇手。情感上雖然深信不移，但是在沒有理論佐證的情況下，現在還是慎重一點比較好。

南月叔，真抱歉啊。

波矢多在心裡向他拱手謝罪，又重複思考剛才才和南月提過的推理。

成田等人終於完成現場蒐證，與搬運遺體的擔架一起出坑。留在現場的礦工想湊上去，卻被成田的一聲大喝嚇得停下腳步。勞務課的年輕職員扯著嗓門要今天參加修復工作的人都去採礦事務所集合。還說要是有人已經回工寮了，也一定要把他們叫過去。看樣子所有人都必須接受警方的偵訊。

波矢多用眼角餘光捕捉到大取屋重一的身影，向南月簡單打了聲招呼就趕緊離去。然後趕在大取屋走進事務所的前一刻攔住他。

「我有點事想請教你。」

「什麼事？」

波矢多深知在面對大取屋的時候，誠實坦率是最好的武器，但現在沒有時間細說從頭，因此波矢多跳過所有的說明，直接開門見山地問他：

「關於害死合里哥的坍塌意外——有沒有可能是用炸藥引起的人為爆炸？」

這個問題似乎就連大取屋都愣了一下。沒有馬上回答的過往風範，反而表現出希望波矢多能解釋清楚為什麼要這麼問的態度。不過，那也只是稍縱即逝，大取屋立刻又恢復成原來的他。

「如果單純是評估可能性的有無，當然是有可能的。」

「可以辦到嗎？」

「是可行的。」

「你認為那場意外是人為造成的嗎？」

大取屋閉上雙眼，露出聚精會神的表情。

「不，我不這麼認為。」

「可以說說你的根據嗎？」

「因為當時我聽到的坑頂坍塌聲，十分自然。」

「你是指崩塌的前兆？」

「是的。」

「那有沒有可能在那之後才使用炸藥？我的意思是說，有人企圖炸毀礦坑，但就在動手前剛好發生了坍塌。只是崩塌的規模並不大，所以又依照原訂計畫點燃炸藥。有沒有這個可能性？」

大取屋再次閉上雙眼，同樣表現集中精神思索的樣子。

「不，我認為沒有用到炸藥。」

他言簡意賅地推翻波矢多的假設。光是這句話是出自大取屋重一之口，就非常具有說服力。

這麼說來……

波矢多一思及此，不禁心生恐懼。難道黑臉狐狸接下來才要使用炸藥犯案嗎？腦海中繪聲繪影地浮現出水盛在職員宿舍的家慘遭祝融吞噬的景象。假使因為水盛不像先前那幾個被害人那樣有機可乘，所以兇手才狠下心來採取非常手段的話，這該怎麼辦才好？

「你想問的問完了嗎？」

見波矢多陷入沉思，大取屋出聲喚他。

「……沒、沒事了。非常感謝你。」

波矢多反射性地點頭致意，大取屋似乎還想說什麼，但最後只是勾了勾下巴便轉身離去。

得去通知水盛課長才行……

但對方現在完全不是能分神聽他說話的狀態。或許可以等他回家的時候再說，但是等到那時候可能已經太遲了。

去課長家埋伏吧。

如果黑臉狐狸來裝設炸藥，正好可以來個人贓並獲。雖然有這樣的想法，但是在職員宿舍附近守株待兔只會引人側目。先別說可能會因此曝光，導致兇手提高警覺，在那之前或許就會先被左鄰右舍視為可疑人物，報警抓他。換作平常，住戶可能不至於如此風聲鶴唳、草木皆兵，但是在這座礦坑接二連三發生離奇命案的今時今日，難保他們不會出現過度的反應。

只能再使出那一招了。

波矢多回到自己位於工寮的房間，取出合里使用的信紙和信封，簡單寫下礦坑坍塌並非人為引起，但兇手可能會把炸藥用在水盛家的寥寥數語後，為信箋封口，遞給方才曾擔綱傳令工作的年輕職員，請他轉交給水盛。

如此一來，課長應該會向警方說實話吧。

波矢多樂觀地想著，等了好一會兒，年輕職員帶給他一張「這是水盛課長要我交給你」的紙條，紙條上只有一句話。

從後門進來。

看來今晚還是照舊約在水盛家碰面，只是大大方方從正面玄關進去實在太引人注意了，所以才希望他繞到後門。

水盛意外地挺有膽識。

波矢多對水盛厚男有些刮目相看，還以為一旦提醒他全家搞不好都會被炸死，他就一定會哭喪著臉向警方求救。沒想到他還是老樣子，打算死守自己的祕密。

因為是連警察都不能說的祕密……

想必是這麼回事。所以要對水盛這個人改觀或許還為時尚早。

結束偵訊的南月來工寮找他。根據南月的說法，警方還在懷疑菅崎由紀則，認為他只是假裝逃離礦坑，其實又偷偷地跑回來，伺機殺死下一個人。然而這種說法有兩個問題，其一是現階段還找不到菅崎殺害岩野勇作的動機，其二是他該靠著什麼方法進入坑內。想當然耳，他也不可能混入修復礦坑的作業小組。

說到動機……

逐一分析每個死者的人際關係，有殺人動機的嫌犯也一一浮上檯面，這個事實令波矢多感到困惑不已。

礦工菅崎由紀則和木戶、喜多田喜平及丹羽旗太郎之間都有著因為借貸和賭博扯出的關係。工會代表山際宜治為了幫助被喜多田和丹羽纏上的多香子，曾被他們打個半死，因此結怨。在食堂工作的吉良初代和葉津子則因為岩野勇作在爆破時的作業失誤失去了公造這個丈夫及父親。

問題是，菅崎對岩野沒有殺機、山際對木戶和岩野也是一樣、而初代和葉津子也沒有殺害木戶、喜多田和丹羽的動機。同樣地，他們也沒有動機殺害合里光範與可能是下一個被害人的水盛厚男。

至於行凶的機會則如下所示。

菅崎有機會殺害合里、木戶、喜多田、丹羽，但是不可能殺害岩野。山際的情況和菅崎相同，他也沒有加入修復礦坑的作業小組。初代和葉津子有可能殺害木戶、喜多田、丹羽，但是完全沒有機會殺害合里和岩野。

總結下來，沒有一個人擁有殺害所有被害人以及被害人後補的動機，也沒有人有那個機會可以殺掉所有的被害人以及被害人後補。

會不會是因為殺人動機的根源根本就不在鯰音坑這裡呢？唯一知道箇中緣由、目前還活著的證人就只剩下水盛厚男了。

波矢多重新歸納出以上的結論。

據南月所說，認定菅崎由紀則就是兇手的成田完全不把剛才那兩個問題放在心上。聽說成田還拍胸脯保證，菅崎的動機鐵定是與賭博有關的金錢糾紛，而且還認為他只要混在其他礦工裡就能下坑。

動機姑且不論，但基本上不可能混在其他礦工裡下坑吧。基於鯰音坑那種有等於沒有的安全措施與管理制度，乍看之下或許可行。但是採礦事務所的窗口那邊還是會先確認有哪些人、又有多少人要下坑，接著還要通過隨身物品檢查，就算有原本不在工作排程內的人想偷偷混進去，也一定會被發現。就算職員沒察覺到，也逃不過所有礦工的眼睛。

看在同為礦工的份上，發現者起初或許還會睜一隻眼、閉一隻眼。但是後來都已經發展成殺人事件了，還會有人願意協助他嗎？更別說察覺到可疑份子混入其中的礦工可能還不只一個人。

南月也認同他的推理，但是這麼一來就不得不提到那個可能性——黑臉狐狸就躲在既是案發當天的一番方，今天同時參加修復小組的成員裡。或許南月本人也意識到這一點，所以看起來不像以前和波矢多討論案情時那麼起勁。感覺只是來轉述警方的行動給波矢多知道。

儘管如此，南月還是邀波矢多去他家吃晚飯。波矢多接受他的好意，但吃飽後沒逗留太久就回房了。倒也不是尷尬，只是不想耽誤到去水盛家拜訪的時間。

波矢多先從外面觀察採礦事務所的情況，確定勞務課辦公室的燈已經熄滅後，轉而走向林立在北側斜坡上的職員宿舍。由於建築物就蓋在打理得有如梯田般平整的土地上，家家戶戶的採光都很好。只是太陽這時已經下山，家家戶戶都點起了燈。或許是燈光看起來太溫暖了，讓波矢多突然覺得好孤單。

現在可不是多愁善感的時候。

波矢多提醒自己，但是從職員宿舍往下面的工寮望去，那種孤單的感覺更加深刻，把他困在此時此刻不應該出現的感傷裡。

更麻煩的是他遲遲找不到水盛家在哪。因為附近都沒有人，所以不用擔心啟人疑竇，但也不能一直盯著門牌號碼，像隻無頭蒼蠅似地在此徘徊。一旦有人從窗戶往外看，肯定會覺得他很可疑。

好奇怪，記得應該就在這一帶才對……

就在他決定回到已經來來回回走了無數次的門口，準便重新再確認一次時，寫著水盛的門牌突然就映入眼簾，讓他嚇了一跳。

咦，是這裡嗎……

之所以會浮現這樣的疑惑，是因為只有這戶人家與左右鄰居不同，一盞燈也沒開。

沒人在家嗎？

水盛知道波矢多會過來，還要他繞到後門。更何況是水盛叫他來的，理所當然要在家裡等自己吧。

波矢多覺得很奇怪，但還是推開大門走進去，直接繞去後門。憑藉鄰居隔著窗簾透出來的光線，小心翼翼地邁步前行。然而不管是從側面看，還是繞到後面看，水盛家的每個房間都黑漆漆的。

怎麼回事……

正當波矢多內心湧起不祥的預感，就要準備打開後門時，才發現門把上綁著一個布包。看到布包的瞬間，頓時恍然大悟。

水盛逃走了。

不知道他是什麼時候做的決定，但水盛顯然是帶著家人連夜逃走了。這個時間以連夜逃走的認知來說是早了點，總之他連工作都不要了。

是因為害怕全家會跟屋子一起被炸藥給炸得灰飛煙滅嗎？

水盛很可能是在看完波矢多給他的留言後，才決定連夜逃走的。這也不能怪他，為了避免自己被捲入這一連串的慘劇，總之先逃跑再說應該是最明智的選擇。

所以這個布包是……

應該可以理解成是要留給波矢多的吧。裡頭到底放了什麼？波矢多壓下高漲的好奇心，從門把上解下布包，打開來一看，裡頭是一本有點髒的筆記本。

這什麼啊？

就著鄰居家透出的燈光看了最前面的幾行字，波矢多當場愣住。

這是……

戰爭時期，合里光範從朝鮮半島帶著鄭南善來到了日本的礦坑。而這本帶有黑色髒污的筆記本內容，就是他的手札。

第十八章

黑面之狐

第十九章 手札

朝鮮慶尚南道居昌郡南上面月坪里四三一　鄭南善

為了朝鮮半島的同胞，我決定寫下這一路的心路歷程。會用日文寫是為了讓自己練習。這是我個人的任性，請多多包涵。

我到現在也忘不了與合里光範老師相遇那天的事。因為我是被強制性地送到日本，或許會有人認為因此難忘也是理所當然，但其實並不是這個原因。的確，因為遇見了合里老師，才導致我不得不在日本的煤礦礦坑從事嚴酷的勞動工作。不用說也知道，我對這種狀況並不能接受。假如能夠把時間倒回那天之前，那時候的我還不認識合里老師，當然也完全不了解對方。但是如果告訴我，想要結識合里老師的條件，就是得去日本礦坑當礦工的話，我想我還是會答應吧。

日本的招募者都長得一個模樣。個個都蓄著小鬍子、戴著獵帽、穿著西服、腳下是圍著皮製綁腿的皮靴。看在出身鄉下的同胞眼中，似乎顯得很帥氣，但我個人倒是不太欣賞，感覺這種打扮很像暴發戶。

但合里老師就不同了。他穿著相當合適的三件式西裝，身材挺拔、有形有款的樣子就連同性也不禁為之傾倒。當然，老師可不是虛有其表的人。至少我這輩子從未遇過像他這樣的人。

初次見到合里老師時，我想起了敬愛的大哥。可是與其說他們外貌長得很像，不如說是他們散發出來的氣質頗為神似。

後來才聽合里老師說，他那時也在我身上看到了自己兄長的影子，實在是令我相當驚訝。

當時我內心充滿了喜悅卻又害臊、引以自豪卻又有點難為情的感覺。

叫住我的巡查是個狐假虎威、虛張聲勢的低俗男人。

「去到日本的礦坑，就能吃飽飯，還能領很多錢，但更重要的還是能為天皇陛下效力。」

巡查只是一再重複這句台詞。不過，他每次開口都讓合里老師露出困窘的表情，可見這個巡查說的話不可信。但我並沒有因此退怯。回想當時的心情，總令我心緒紛亂、坐立難安。

幸好離開朝鮮半島前，我還能與父母道別。突然被叫到面事務所的人、只聽到一句「你被徵召了」就被帶到派出所的人、或是像我這種在路上被叫住的人，他們幾乎都是連回家一趟的機會都沒有，就直接被帶到日本。

父親和母親都十分冷靜，我猜是因為大哥參加朝鮮人特別志願兵制度，受到採用，成為日軍的事實已經讓他們看開了。而且以前日本的煤礦公司來我們家所在的面招募人手時，聽說也有人去應徵，如今已經成為不折不扣的日本礦工，所以才讓他們比較能坦然接受也說不定。

不對，比起這些因素，大概還是因為他們本來就不需要我這個老三。對父母而言，只有大哥是他們的驕傲，他們只指望大哥能出人頭地。只要有大哥在，次子與三子根本可有可無。

話雖如此，我並沒有因此對大哥懷恨在心。大哥是我引以為傲的兄長，我對大哥的敬愛遠比對二哥還更多。

即使父母只對大哥百般寵愛，但畢竟還是生我養我的父母，我還是想向他們拜別。和父親相比，母親貌似還是有點擔心我，所以我告訴她，只要忍耐兩年，等到合約的時間屆滿，我就能回家了。

如今，當我知道有些礦工即使兩年期滿也回不了家時，就對自己當時的想法太過天真而感到後悔莫及。

在郡廳再次見到合里光範老師，他那既驚又喜、看起來閃閃發光的表情，牢牢地烙印在我的眼裡。肯定是相信我一定會來，但是又難免懷抱著一絲不安。我很清楚老師絕對不是為了自身安危才流露這種情感的，所以我很高興，也敬愛著對我露出那種笑容的老師。

這本手札或許只能算是我個人的紀錄。老實說，我不確定能不能寫下對同胞們有所幫助的內容。

當我抵達郡廳時，剛好是許多先在附近的旅館度過一宿的同胞們在廣場上排隊的時候。因為好奇他們在做什麼，於是我便湊上前去，這才發現他們的打扮很奇怪，所有人都戴著類似用米袋編成的帽子，穿著相同的衣服。

「那身打扮是怎麼回事？」

我向身旁一位姓金的老先生詢問。

「為了避免他們逃跑，才給穿上的。」

這個答案讓我很震撼。因為這句話就意味著從這裡出發前往釜山港的路途上，就連在行駛的火車中，也會有人一逮著機會就想逃走。

我曾聽說過，日本的煤礦公司派來徵工的人與朝鮮的官差及警察狼狽為奸，實際上根本不是徵召，而是強行把人擄走。沒想到這個傳聞是真的。我居然也落入相同的陷阱，真是太傻了。

但這是由我自己的意志所下的決定，就算是衝著合里光範這個人所下的決定，也絕對不會改變出自於我本身意向的事實。

現在再回首看看，當時的我可說是正站在人生岔路的分歧點。

看似郡守或警察署長的人物出現在郡廳前的廣場上，雖然上台時有介紹他是誰，但我沒有仔細聽。那個人開始滔滔不絕地對著我們演說。

「大日本帝國為了維持大東亞共榮圈的和平，目前正在進行一場聖戰。內地的男性同胞們都賭上自己的性命，在前線奮戰。各位身為天皇陛下的子民，身為後勤戰力的鶴嘴戰士，必須盡可能多挖一點煤炭，好讓聖戰能順利進行。煤炭一旦不足，不管是戰鬥機還是軍艦、戰車全都動彈不得，這麼一來，聖戰就贏不了了。因為有在場各位努力開採的煤炭，軍隊才能毫無後顧之憂地拼鬥。軍人們在戰場上浴血奮戰，各位卻只要在礦坑盡可能多挖一點煤礦，就能領到比他們還優渥的薪水，還有比這個更占便宜的事嗎？是不是應該在兩年的合約期間內盡量多挖一點煤礦、多領一點薪水，賺得盆滿缽滿地回故鄉啊！」

聽完演講後，所有的人都移動到警察署附近的廣場，在那裡接受預防針注射，才坐上卡車被載到火車站，在旅館住了一晚。當他們浸泡在加了消毒藥水的浴缸裡，這時所有人的衣服也都用蒸氣消毒過了。

隔天，眾人搭上火車前往釜山港，抵達之後就被指示排成兩列。這時稱為監工的人來了，以朝鮮語做出以下的說明：

「待會兒有人會問你們：『你想去日本嗎？』全部的人都請用朝鮮語回答：『想。』」

這句話的言下之意是，不准說出「想」以外的答案。

等了好一會兒，有個既懂朝鮮語也懂口文的男人跟在兩個手裡拿著名單的人背後，輪流問我們：

「你想去日本嗎？」

「想。」

這個過程在我們四周進行著。等到所有人都被問了一遍，我們就上船了。

那是一艘大型渡輪。一般乘客似乎分成頭等、一等、二等、三等的船艙，但我們只能待在船底的貨艙。

貨艙空間裡被三層結構的木造貨架給填滿。這副景象令我看得瞠目結舌，金先生告訴我：

「這是用貨架改造成給我們睡覺的多層床。」

絕大多數的同胞看到貨艙和這種床鋪時，好像都沒什麼太大的反應。大概是因為同胞多半來自貧窮的農村，對於這種環境待遇並不覺得奇怪，不過，我這時才終於感到一股前所未有的不安。

大部分的同胞都比我年長，雖然也有年紀比我小的人，但非常少。即便如此，我還是成了大家的隊長。又不是軍隊，掛上一個隊長的名號實在很奇怪，但其他先到的集團也都這樣叫。只不過其他隊長多半都是年紀比較大的人，沒有人像我這麼稚嫩。我之所以被選為隊長，其實只是因為我會讀寫日文。

不過也多虧了隊長這個立場，讓我有很多能與合里老師相處的機會，經常能聽到他分享各式各樣的事。更重要的是還能藉此學習日文，令我獲益匪淺。

合里老師經常提到日本政府在朝鮮半島徵召人力的作法，這裡頭牽涉到很多法律條文，很難馬上理解，但我還是拚命地去學習。

徵召朝鮮人的行為表面上看似有正式的法律支持，但是檯面下其實存在著非常多說是強行帶走也不為過的行為，直到現在也不例外。不，應該說現在反而變得更加嚴重了。然而非常遺憾，他自己無法改變現狀，這對朝鮮人來說也是同樣的道理。當然還是有很多抵抗的方法，但是要抗爭就得有賭上性命的覺悟。窩囊的是他自己並沒有那樣的覺悟，對此老師也感嘆不已。

「但是，正因為如此……」老師接著說。「我們反而必須理解日本的法令，一定要了解自己的權利。對於煤礦公司簽訂的契約內容也必須抱持相同的態度。在這艘船抵達日本之前，我會告訴你這方面的知識，你要好好學習。」老師是這麼告訴我的。

我很高興自己的日文能力能幫上同胞的忙，可是老師對為此沾沾自喜的我提出忠告。他覺得主張自己的權利是件好事，但絕不能煽動其他人。要是被視為反抗煤礦公司的行為，百分之百不會有好下場。必須要讓公司理解，為了提升煤炭的生產量，保護朝鮮礦工的權利才是最快的途徑。

「我會盡可能站在你們和公司之間居中調節。」

這是老師給我的承諾。聽到這句話的時候，對當時的我而言真不知是建立起了多強大的後盾啊。

可是另一方面，我也在不知不覺間陷入了強烈的不安。坦白說離日本愈接近，那種感受也愈強烈。

我還是相當仰慕合里老師，也非常信任他，但內心卻也充滿了自己是不是做了一個無法挽回決定的疑惑。早知如此，應該在回去拜別父母時就直接逃走，這樣的念頭也開始在心中萌發。

大部分的同胞都很安分，不過說是無精打采或許還更為貼切吧。最主要的原因是暈船。因為一直被關在船底的貨艙裡，完全無法呼吸到外面的新鮮空氣。這種狀態讓暈船的情況更加嚴重。

貨艙的空氣十分渾濁滯礙，再加上許多同胞帶上船的大蒜氣味，形成前所未有的臭味。明明已經習慣大蒜的味道了，但是與污濁的空氣混雜在一起，變成一股難以言喻的惡臭。

我拜託合里老師讓症狀較嚴重的人到甲板上呼吸一下新鮮的空氣，但也必須等到夜深人靜時才能偷偷摸摸地放他們上去。萬一被發現，就連老師的立場也會變得很尷尬。仔細想想，這其實是非常強人所難的要求。

可是一旦有人到甲板上呼吸過新鮮的空氣，讓精神能夠稍稍恢復後，其他的人也免不了爭先恐後地想要跟進。夾在老師與同胞之間，我實在是很為難。但真要這麼說，夾在公司與我們之間的老師想必處境更加艱難。

同胞中有幾個小圈圈總是聚在一起，不知在討論些什麼。雖然不知道他們在說什麼，但是總覺得氣氛不太尋常。

或許同胞們已經分成因為暈船而死氣沉沉的人與各自組成小團體的人。

回過神來，我才發現自己已經被孤立了。或許是因為我總是長時間與合里老師待在貨艙外談話，害他們誤會只有我受到什麼特別待遇。但我是為了同胞們而學習，所以我那時還認為，這個誤會總有一天會解開的。

金先生是少數願意以平常心與我交流的人，但他從未積極地找我說話，幾乎都是我主動攀談，然後他回話而已。就算只是這樣，我還是很感謝他。

有一次，我們聊到為什麼會搭上這艘船的時候，我告訴他合里老師讓我回家一趟向雙親拜別，還有我回家向父母道別後，又自己老老實實地前往郡廳的事，這兩段經過都讓金先生非常驚訝。

「怎麼說？」

問歸問，但不安其實已經在內心深處捲起黑黝黝的驚滔駭浪，感覺上船後好幾次湧上心頭的苦悶，在這一刻瞬間放大，並讓自己身陷其中。

金先生舉了幾個例子，告訴我其他同胞到底是怎麼被徵召的。

某位二十出頭的男性被面事務所的職員遊說加入警防團㉖。對方表示只要入團的話就不會被徵召，而那個人也答應了。

沒想到幾天過後，那個職員又來了，說是帶他去派出所辦一些手續。當時派出所已經有十幾個男人，年紀看起來都在三十多歲左右。他是為了加入警防團才來，但是派出所辦的卻是徵召手續。他抗議這跟先前說好的不一樣，但是誰也不理他，最後他就跟在場的其他人一起被帶到郡廳，連跟家人話別的機會都沒有。

㉖二次世界大戰爆發前依據「警防團令」誕生的輔助組織。在面臨空襲或災害時，擔綱協助警察及消防單位的任務。

還有個人，只被面事務所的官差丟下一句「你要去日本了」，就被帶到郡廳。他還是在那裡聽了高層的演講，才知道自己要去礦坑工作。

某位十八歲的青年去住家附近的山裡撿溫突㉗要用的柴火。以前會有朋友跟他一起去，但現在幾乎所有的朋友都去日本掙錢了，或者是不由分說地被帶走。起初徵召的時候還會跳過戶長和長子，挑選次子或三子，但後來也逐漸顧不上這麼多了。因此他們家所在的面，就只剩下他一個年輕男人。

下山時，面事務所的職員和隔壁組的副組長正等著他，要青年跟他們走。他們身邊還有三個貌似從山上聚落帶來的年輕人。後來才知道，三個年輕人中有兩個年輕人和他一樣，都被誤認為自己的哥哥。

他們的哥哥都是長子，一旦他們的哥哥不在了，田裡的活就沒有人做，家裡的生計會立刻陷入困難，因此他們的哥哥在田裡幹活的同時還得一面躲避徵召。基於這樣的背景，青年和其他兩人就成了哥哥的代罪羔羊。

不過剛被帶走的時候，他根本不知道現在究竟發生了什麼事。幸好鄰居大嬸看到他被帶走的那一幕，立刻通知青年的母親，才讓他得以見上母親最後一面，雖然沒辦法說上幾句話就是了。

除此之外，聽說還有人只是在鄰居的田裡幫忙工作，接著巡查來了便對他說：「要跟你談談。」然後人就傻傻地跟著警察走，結果直接被關進拘留所。第二天被帶上卡車，根本還處在搞不清楚是怎麼回事的狀態，人已經到釜山港了。

聽完這些例子，我向合里老師抗議。老師耐心將朝鮮半島的招募原本是募集志願者，接下來才變成斡旋，最後又變成強制徵召的來龍去脈告訴我。他說得合情合理，但是完全罔顧我們朝鮮人的意願才是最大的問題。

我直言無諱地表達我的感受，老師則以夾雜著憂傷與羞愧的表情對我說：「這就是殖民地的現狀。」

我是不是早就清楚問題的癥結點，只是裝作不知道而已呢？我比得不到完整資訊的農山村同胞更早浸淫在五花八門的知識裡。是否正因為如此，才讓自己反而看不見真正險惡的事實呢？

所以我會搭上這艘船，前往日本的礦坑，或許就是老天的懲罰。

㉗朝鮮式的室內取暖設施，最初的形式是將爐灶燒火產生的煙導入建築體地下，達到為空間加溫的效果。到了現代多改為水循環、瓦斯、電力加溫等形式。

為了躲避美軍的攻擊，這趟路程花了比平常更長的時間航行，最後好不容易在日本的下關靠岸了。這座港口著實氣派又豪華，給人的印象過於強烈，導致我除此之外只記得空氣的味道不一樣。

我們被移交到各家煤礦公司派來的其他監工手中。我們那組的監工是個身材高大、名叫丹羽旗太郎的男人。他散發出粗野的氣質，顯然已經是這一行的老手。

得對這個人多加提防。

我提高警覺。但是也很快就領悟到，在礦坑這種地方到處都是丹羽那種人。

從港口搭乘火車時沒看到合里老師，讓我有點擔心。後來知道火車將鑽入海底隧道㉘時，我還嚇得臉色發白。

我們的目的地應該是合里老師擔任勞務輔導員、位於山口的爪戶煤礦才對，聽說下關港就在山口縣內。換句話說，不需要走這條海底隧道。

肯定是哪裡弄錯了。

我相信合里老師，但是現在回想起來，當時襲上心頭的不安依舊會令胸口隱隱作痛。

我們在北九州一個叫狗穴原的地方下了火車。然而不是全部的人，在這邊下車的只有幾組人而已。同胞依照公司不同被分成好幾組，再分別由負責的監工帶往距離各礦坑最近的車站。就像我雖然事先就知道目的地，但實際上卻去了不同的地方那樣，或許真的確定自己會前往何方的人根本一個都沒有。

監工要我們在車站排成兩列縱隊，輪流報數。可是幾乎所有的同胞都不懂日文。更重要的是，我們還不習慣這種軍隊式的命令。

監工不曉得在什麼時候亮出了一把竹刀。當他揮舞著竹刀穿梭在隊伍之間時，大家都嚇壞了，根本想報數也反應不過來。

我怕再這樣下去會有人挨打，於是趕緊教他們怎麼用日文說出「一、二、三、四」。但是在所有人都學會以前，免不了要先接受丹羽的咆哮洗禮，沒真挨上一頓竹刀痛打，也算是不幸中的大幸。只可惜我無法照顧到其他組的同胞，所以還是有人遭受無情的打罵，這點令我非常懊悔。

從車站開始就得用自己的雙腳走，這也是日本軍隊的風格。監工要求我們隊伍絕不能亂，必

㉘這裡提到的應為連接本州與九州、讓火車得以橫渡關門海峽的關門隧道。在二次大戰期間面臨船舶缺乏的局勢中，扮演了連結兩地重要的角色。

須伸直雙手與雙腳，抬頭挺胸地往前走。做不到的人不是被丹羽的竹刀痛毆，就是吃上他一記腳踹。回想起來，我們從抵達狗穴原的車站開始，就陷入了不停地挨罵、挨打、挨踢的處境，直到今天。

好不容易抵達朝熊煤礦的吼喰裏坑，還無暇充分地看清楚這是個什麼樣的地方，丹羽就大喊「報數」。那一瞬間，不管是誰都嚇了一跳。畢竟我只有在車站前教過他們一次，沒辦法那麼快就讓所有人學會。

直到丹羽說「很好」以前，已經足足花上兩個小時了。過程中，也不斷地出現被竹刀敲打、被腳狠踹的人。

第一眼看到我們即將入住的宿舍時，我簡直不敢相信自己的眼睛。因為整棟建築物都被木板牆所圍繞，圍牆上還插滿了削尖的竹子，竹子與竹子之間還繞著鐵絲網。

簡直跟監獄沒兩樣。

就在大夥兒以絕望的眼神望著眼前的木板牆時，勞務課一個名叫水盛厚男的矮個子男人出現了，然後對大家拋下一句落井下石的話：

「圍牆上的鐵絲網通有很強的電流，光是碰到就會被電死。」

這棟被圍牆包圍的建築物，就是朝鮮礦工專用的宿舍「協和寮」。

住進協和寮的同胞約有七十人左右。每個中等規模大小的房間裡要擠進十四、五人。每個房間都設有班長和副班長。我房間的班長是金先生，副班長是李先生。

金先生除了比較年長之外，也因為早在煤礦公司開始斡旋及徵召之前的募集階段，他就已經擁有在日本礦坑工作的經驗了。所以雖然對日文還只是一知半解的程度，但應該已經習慣礦坑的工作了，才因此被選為班長。

比較意外的，就是我還是隊長。原先以為到了日本後就沒我的事了，所以憑良心說，這讓我倍感壓力。但是懂日文的就只有我一個，為了同胞們，我也必須繼續扮演好隊長的角色。

丹羽依序到每個房間點名。在車站點過一次，抵達礦坑又點了一次，分配好房間再點一次，到底要點幾次名才滿意啊？

當然每個房間的點名過程都不順利。在我陪同前往每個房間後，這才總算完成點名作業。儘管如此，還是有不少人遭到竹刀伺候。光靠我一個人，實在無法確保全部的人都平安過關。

晚飯意外地豐盛，有飯有菜也有湯，還算能吃得飽。看來向我搭話的巡察沒有騙人，真讓人難以置信。

只是，當我看到比我們早來、已經在礦坑工作一段時間的同胞們的餐食，內心又被不安給填滿了。我們的飯菜和湯分別裝在不同的容器裡，分量十足，但他們的菜餚是直接放在碗內的米飯上，而且分量也少得可憐。

這個差異是怎麼回事？

好的不靈壞的靈。從第二天的早飯開始，我們的待遇就統一了。而且平常的配菜就只有兩片醃蘿蔔，頂多一個禮拜可以吃到一次半條沙丁魚或涼拌青菜。湯裡頭也沒有配料，清澈得幾乎可以倒映出自己的臉。

與先到這裡的同胞聊過後，才知道這裡是山口的爪戶煤礦總公司，令我暫且放下了心中的大石。至少不是被丟到跟合里老師一點關係也沒有的礦坑。肯定是哪個環節出了差錯吧。我想老師一定會來找我，帶我離開這裡的。

然而，當時或許是我還能懷抱這種希望的最後一刻也說不定。

第二天突然就開始訓練，大家都還沒從漫長的舟車勞頓中恢復過來，因此十分痛苦。據李先生說，面事務所告訴他們：「到了日本以後，會先讓你們休息一陣子。」因此還有好幾位同胞也提出了相同的抗議。

我把他們的訴求告訴丹羽後，差點連我都要挨揍了。

「這種非常時期，還沒工作就想休息，有沒有搞錯啊！」

雖然很恐怖，但我還是一再向他強調，不止一個人這麼說。結果丹羽反過來質問我：

「是嗎，那些話都誰說的？」

我判斷這時要是據實以告，肯定會害同胞吃苦頭，所以只好打迷糊仗、說是自己聽錯了，然後向他道歉。可是丹羽堅持要我供出同胞的名字。

這可我傷透腦筋了。但絕對不能透露任何一位同胞的名字。可是，如果不從實招來的話，就輪到我挨竹刀伺候了。

這時，勞務課的水盛出現了。他好像是來催促丹羽趕快進行訓練，讓我從鬼門關前撿回一條命。

如果只是違背會讓我們先休息的承諾，但訓練內容還算合理的話，或許還能忍耐。

然而，等待我們的竟然是軍事般的訓練。除了與礦坑內的工作有關的內容之外，還包括整隊、點名、敬禮、行進等練習。

「唯有遵守秩序工作才能增加煤礦產量、保障坑內的安全。」

水盛說得合情合理，但就連初來乍到的我也不禁充滿疑問，因為至少有一半以上的訓練內容，都與實際在礦坑內進行的工作無關。

在這種軍隊式的訓練過程中，我必須以隊長的身分準確地將水盛及丹羽的命令傳達給同胞們知道。這件事遠比我想像的還要吃力。因為在很多時候，即使一字不漏地翻譯了，同胞還是無法理解正確的意思。這大概是因為朝鮮與日本的文化不同、習慣不同、思考方式也不同的關係吧。

因此陸續有同胞在犯錯後仍一頭霧水地挨上丹羽一頓竹刀。站在他們的立場，明明已經照我說的做了，但是看在水盛及丹羽眼裡，卻完全不是他們要的樣子。夾在兩者之間的我，簡直是有苦難言、裡外不是人。

訓練中沒有被丹羽飽以老拳的同胞真的少之又少，我也是其中之一。但是看在別人眼中，彷彿是我故意耍小聰明，躲過應受的責罰。這讓我感覺如坐針氈，內心滿是愧疚。

訓練經過五天，結束時所有人都鬆了一口氣。因為大夥兒都打從心底覺得比起動不動被人嚷嚷著「你這個笨蛋、傻瓜」，然後還要挨揍的訓練，就算坑內的勞動再苦再累，肯定也比較好。

但是在聽到金先生的自言自語時，我嚇得硬生生地打了個哆嗦。

「過往至少也要紮紮實實地練上一個月呢。」

好像在某些礦坑甚至還會安排滿滿兩個月緊鑼密鼓的訓練課程。訓練期間會徹底地教導礦工坑內勞動的步驟以及安全應對事項。

當下我心裡只充滿了不祥的預感。

訓練的最後一天，我收到了合里光範老師寄來的包裹。這也讓我心臟撲通撲通地狂跳，打開包裹時，雙手還微微顫抖。

裡頭是幾本日文書和一封信。

老師在信裡不止一次地為了我被送到北九州的吼喰裏坑，而不是山口的爪戶煤礦向我道歉。知道我被送來這裡以後，他便向勞務課的上司提出抗議，拜託上司立刻把我帶回去，但上司完全不理會他的抗議。看來我的日文太好反而為我帶來了麻煩。

老師的信裡寫著，吼喰裏坑的規模和朝鮮礦工的人數都不算少，煤礦的產量卻遲遲不見起色，所以才會想利用我來改善這個狀況。

這真是太看得起我了，我就算重新投胎也無法擔此重任，但是為了同胞，我也只能硬著頭皮扛下來。

初次從坑口往坑內窺探的時候，不禁簌簌發抖，心想我絕對不要進入這麼暗的地方。總覺得一旦進到礦坑，可能再也無法活著出去了。這裡的每一個礦工會不會都抱持著同樣的想法呢？

實際進到坑裡一看，就深切地覺得此地離地獄不遠了。失去照明就伸手不見五指的黑暗無邊無際地往四面八方延伸。還能聽到從各個方向傳來咚……匡……沙……這種不知來源又令人毛骨悚然的聲響。彷彿掀開了地獄的鍋蓋，蒸騰的熱氣包圍著全身。渾濁的空氣裡也夾雜著怪異的臭味，直闖鼻腔。此外，總覺得好像有什麼東西正從洞穴深處的幽暗中窺視著這裡。

坑內的勞動遠比想像中嚴酷，即使是日本礦工，應該也一樣會覺得累得快升天。更何況是無法充分理解日文的朝鮮人，辛苦的程度更是日本礦工的好幾倍。

意外的是，監工居然是個朝鮮人。不過他用的卻是「平山」這個日本姓氏。其他的朝鮮籍監工也都改了名字。我倒不覺得這有什麼問題，只是難免有些不祥的預感。

不祥的預感成真了。大家慶幸監工是朝鮮人的喜悅有如鏡花水月。因為這個朝鮮籍監工只說日文，李先生只是拜託他講朝鮮語，竹刀便突然不由分說地揮了過來。朝鮮籍監工並不是我們的同胞，而是日本煤礦公司的走狗。

即便如此，我還是不敢相信同胞會這樣對待同胞。

一開始是在凌晨三點半就被叫醒，然後開始點名，但點名總是無法順遂進行，一定會有人犯錯。不只犯錯的人要挨竹刀伺候，還得從頭開始點名。所以我們從起床的那一刻，就隨時處於緊張與恐懼的狀態。

吃完早飯，我們被帶到檢身室。那裡好像是分配當天的工作時間及作業場所的地方，但這些都與我們無關。我們只能一個口令、一個動作地換上工作服，戴上頭燈。頭燈的電池要掛在腰際，沉甸甸地很有分量。每次掛上電池，就讓我的心情也跟著黯淡下來。

唉……又要進到一片漆黑的地底了啊。

因為得進入這樣的環境，頭燈才會如此重要，若是不必進入坑內，頭燈就只是無用的長物罷了。或許是這個原因，才讓我每次感受到電池的重量，就反射性地浮現憂鬱的情緒也說不定。

五點時大夥兒一起在坑口待命，與昨天傍晚下坑的礦工們換班。他們從坑口冒出來的模樣簡直跟破抹布沒兩樣。一個一個都累得筋疲力盡，看似撐著最後一口氣才好不容易爬出坑。有時候看起來就像一群黑鴉鴉的孤魂野鬼，經常讓我感到頭皮發麻，陷入地底是死者的國度，在那裡待得愈久，自己就愈接近死人的妄想。

然而一進入坑內，面對過於殘酷的現實，心裡就只剩下絕望而已。因為我們被迫進行的重度勞動，不合理到甚至會讓人覺得還不如被拖進死者的國度。還有不得不忍耐的殘酷使喚，就算墜入地獄被惡鬼責難或許還比較輕鬆。

坑內的勞動狀態已經夠悲慘了，還得承受平山他們的暴力對待，簡直是沒血沒淚的工作環境。但實際上，同胞們早為此流下了大量的血淚。

當大家終於習慣點名，不再於過程中耗費大把時間後，起床時間就變更為四點。多了三十分鐘的睡眠時間固然可喜，但沒有一個人覺得身體有因此多獲得一絲半點的休息。

凌晨五點就要下坑，上來的時候已經是晚上七點了。雖說還是有吃午飯和休息的時間，但坑內的勞動還是長達十二個小時之久，體力再好的人也撐不住。所以洗好澡、吃過飯後，每個人都睡得跟死豬一樣。

說到睡覺這件事，分發給我們的棉被也一言難盡。正常的棉被裡應該是鬆軟的棉花。不對，我們的棉被確實也填有棉花，但是用了兩三天後，裡頭的棉花就會失去彈性，表布和裡面的棉花一分為二，變成跟棉被完全不一樣的東西。

這時那些朝鮮籍監工的妻子就會幫我們把棉被打膨一點。但是失去彈性的棉花一日不換，兩、三天後就會回到相同的狀態。不僅如此，那些棉被臭不可言，還有虱子。這種棉被根本不能拿來蓋——至少我在訓練期間是這麼想的。

然而當大家開始在坑內工作後，到了就寢時間，所有人都睡死了。因為實在是太疲憊了，除了睡覺之外根本無法顧及其他的事。只要能讓身體休息就好，基於這樣的心理狀態，肉體似乎也只能乖乖聽命。

無論什麼樣的環境，人類終究都能習慣吧。

不過，唯有餓肚子這件事，人類永遠無法習慣。讓眾人吃得滿足的就只有第一天晚上的飯菜，再來就慘不忍睹了。有人抗議這跟先前說好的不一樣，這時勞務課的水盛和監工丹羽就站出來說：

「你們這些人在福中不知福的傢伙，有得吃就要偷笑了。為了服務鶴嘴戰士，礦山的配給已經很好了。」

「戰場上的皇軍就算沒東西可吃也得奮勇作戰。你們算哪根蔥？吃飽喝足了還敢抱怨，要不要臉啊！」

光以分量來說，飯量確實足夠，但問題出在口味。在玉米、麵粉、豆渣裡加入油脂好像都被榨乾的沙丁魚，再混入寥寥可數的米粒，簡直跟肥料沒兩樣。至於配菜通常都只有兩片醃蘿蔔。

這種飯菜，吃再多都不會有飽足感，肚子很快就餓了。在這樣的狀態下還要連續工作十二個小時，沒有人受得了。

自從開始在坑內工作後，就不斷地出現傷者或病患。急就章的訓練、遲遲難以適應的危險現場、無法理解意思的日文指示、獨特的礦坑用語、朝鮮籍監工在坑內的暴力對待、根本不合理的產量要求、長時間的苛刻勞動、糟糕的伙食、日本籍監工在坑外的打罵、不衛生的寢具、悲慘的宿舍生活等等，諸如此類的例子要多少有多少，在這麼惡劣的環境下工作，身上無病無痛才奇怪吧。

某個組死了一個同胞，而且是觸電死亡。他不小心碰到坑內的裸露燈泡，就因此倒地被送到鎮上的醫院，但已經回天乏術了。

上述的裸露燈泡並非照明設備，而是在礦車載滿開挖出來的煤炭時，用來發出指示，通知上面的人把礦車拉上或放下的道具。不知道是不是因為這個緣故，燈泡隨時都處於通電的狀態，稍微碰一下就會電到手發麻。萬一腳是濕的，確實很有可能觸電身亡。

水盛聲稱已經事先提醒過大家了，但是用日文提醒根本毫無意義，同胞們根本就聽不懂。於是我集合所有的班長，要他們向其他人再三提醒，絕對不能去碰燈泡。

即使受傷或生病，請假休息也是不被允許的。除非到了要住院的地步，否則就算天塌下來，我們都必須下坑工作。

例如有個姓張的青年病了，才冒出一句「我今天沒辦法工作」，立刻就被拖到採礦事務所。我也被叫過去了，還以為他們是要我翻譯，但完全不是如此。

水盛拿出扁平的橡膠帶、丹羽手持前端裂開的竹棍，開始毒打張姓青年。

「你這傢伙，居然敢裝病不去工作，我們要糾正你這種偷雞摸狗的心態。」

兩人破口大罵，然後毫不留情地鞭打他。

垂直裂開的竹棍每打一下，身上的肉還會被裂口夾住，痛苦超乎常人所能想像。聽說那種感覺就像是有東西咬住你的肉再用力撕扯，比被刀刃劈砍還痛。光是稍微瞥到一眼，就連我也能充分體察到那份痛苦。

「好痛！」

張哭著求饒，滿地打滾。不一會兒，衣服就破了，身上還滲出血來，將地板染上一片血色。過程中他也昏過去好幾次，這時水盛或丹羽就會朝他潑水，硬把他弄醒，繼續用刑。這種暴行一直不間斷，沒完沒了。

他真的病了。

我想替他解釋，喉嚨卻乾渴如沙漠，一句話也說不出來。當時我已然明白，就算為他說情，大概也無濟於事。

看樣子，他們要我扮演的角色並不是翻譯，而是這場制裁的目擊者兼證人吧。是要我牢牢地記住，敢口出「今天想請假」或「我沒辦法工作了」的人會有什麼下場，再轉告給所有人知道。我讓流著鼻血、口吐血沫，已經無力走路的張靠在我肩上，離開採礦事務所。但就算被打成這樣，他也別想休息。

「趕快把耽誤的進度給我補回來！」

回到崗位後又遭受平山一頓拳打腳踢。但我也好不到哪裡去，明明是水盛和丹羽叫我去陪張的，但這個理由完全不管用。

說穿了，最聰明的辦法就是不管再苦再累都不要反抗，上頭怎麼說，我們就怎麼做。煤礦公司的用意想必就是要所有人都明白這一點。

公司的盤算肯定沒有別的，就是要把朝鮮勞動者當成奴隸來使喚，盡可能多開採一些煤炭。

若說飽受折磨的我們完全不曾抵抗過，倒也不盡然。只是與我們受到的殘酷對待比起來，那實在是微不足道的反擊。

日本的礦坑是個非常迷信的場域。想必是因為一旦進入坑內，就等同處於生死一瞬間的狀態。因此礦坑一定會建立神社祭祀。在坑口等各個重要地點也都設有小祠堂。只是沒想到吼喰裏坑祭祀的神居然是狐狸。聽說這種奉狐狸為神明的信仰形式在其他礦坑也能看到。

也就是說，日本人不只是崇拜天皇陛下這樣的現人神㉙，還有祭祀狐神這種奇特的風俗。事到如今難免還是會想，要是先向合里老師問清楚就好了。

這些神社或祠堂都掛著一種名為注連繩、形狀很特殊的繩子。用稻草捻成繩索，然後把好幾條繩索編成一束，再綁上紙垂這種剪裁、摺法都很特殊的紙片，是一種神道信仰的祭祀用品。

我們會找機會沾濕、弄破、甚至扯下幾張那些紙垂。再不然就是摩擦注連繩到起毛絮的程度，或是割下一段來燒掉。

「這種會遭天譴的事是誰幹的！」

剛開始從事這種微不足道的抵抗時，我們都捏著一把冷汗，深怕是不是會被人像這樣罵個狗血淋頭，但顯然是白擔心了。

當日本人看到注連繩的異樣，無不露出惴惴不安的表情。就連平常蠻橫殘暴的勞務課職員和監工也不例外，每個人的反應都很緊張害怕。

我們躲在暗處窺視他們的反應，感覺大快人心。雖然這種卑微的行為連抵抗或反擊都稱不上，但對我們而言已經是竭盡全力的抗爭了。

雖然機會不多，但一位上了年紀、姓鮎川的日本人偶爾會代替朝鮮藉的平山來監工。鮎川監工剛來的時候，我們都心驚膽戰，不曉得他會怎麼虐待我們，大家都預期他肯定會比平山更狠更壞。

㉙在現世以人類姿態出現的神明。

沒想到這個鮎川監工原來是個和平主義者。雖然手裡拿著竹刀，但從來沒真的用過，也不曾咒罵、威嚇、鄙視過我們。

張受到毒打的隔天，幸好是鮎川來監工。托他的福，張才能休息一整天。話雖如此，人也不能離開礦坑，只能在其他監工看不到的開鑿面死角養傷。

鮎川監工對此睜一隻眼、閉一隻眼。這讓我們全都相當訝異，沒想到在日本，而且是礦坑這種地方居然會有心地如此善良的人。

當然對我而言，能稱之為好人的還有合里光範老師。而且我始終認為老師是個例外。不，或許我由始至終都沒把合里老師當成日本人看過。

對我而言，合里光範這個人是非常特別的存在。

隨著在礦坑裡生活久了，我們漸漸明白，其實日本人裡頭也有親切的人。不過我們朝鮮人除了煤礦公司的人以外，根本沒機會接觸到其他的日本人。

這是理所當然的。因為我們每天都是關在宛如監獄般的宿舍裡，過著起床、點名、吃早飯、準備、下坑、做工、上坑、洗澡、吃晚飯、睡覺的生活。別說是季節的變化，就連一天的時間感也失去了。如果是還沒在坑內勞動過的我們，肯定會萌生一個疑問：過著那麼規律的生活，應該更能掌握時間的流轉不是嗎？但是，這其中有個很大的盲點。

但願今天的苦難快點結束。

從下坑的前一刻，不，應該說是從起床的那一刻起，我們的腦子裡就只有這個念頭。只希望能平安無事地度過這一天。除此之外，腦海中再也沒有別的想法。在這種情況下，根本不可能保有對時間的概念吧。而且愈意識到時間，在坑內的勞動就愈痛苦，讓人陷入不知道盡頭在何處、永遠無法收工的錯覺。所以最好還是專注於眼前的工作，千萬不要浮現其他的想法。

幾乎所有的人都處於雖生猶死的狀態，不對，根本是生不如死。

我本來是想提一下親切的日本人，但不小心離題了。

有一天在坑內吃午飯時，張姓青年除了平常寒酸的便當以外，還拿出了用竹皮包起來的飯糰，分給在場的同胞，這讓大家無比吃驚。

大家好奇他是從哪裡弄到那些飯糰的，張說是食堂的大嬸偷偷塞給他的。食堂是只給日本礦工用餐的地方，我們根本不得其門而入，頂多只有在前往坑口的路上會從旁邊經過而已。

大嬸想必是對遭受毒打的張姓青年心生同情吧。在這裡工作的日本人大概都知道他身上發生過什麼事。就算不清楚，只要看到他從食堂旁邊經過時的慘狀，應該也能猜到個七八分。

大嬸在那之後也繼續接濟張。我沒機會和那位大嬸碰面，但每次經過食堂旁邊的時候，我都會默默地行個禮。

隨著逐漸理解坑內的工作，前所未有的不安也在我心裡捲起驚濤駭浪。挖礦本來就是一種與危險為鄰的工作，再加上平山不講理的暴力手段，現場的不人道程度簡直是筆墨難以形容。如果只是這樣也就罷了——這麼說可能不太好——或許還不算太慘，但是隨著我愈來愈了解坑內工作的真實現狀，過程中也多次不禁感到驚恐。

要進行開採，必須先豎起幾根柱子撐住坑頂，以免挖好的洞穴坍塌，以上稱為支護作業。這時用來支撐的柱子如果立得不夠紮實穩固，發生坍塌意外的可能性就會大增。換句話說，支護作業是最基本的安全措施。

萬一支護作業偷工減料……

曾幾何時，我開始產生這種可怕的疑慮。本來應該要立起四根支柱，會不會只立了三根就了事呢？這種偷工減料的地方該不會不只這裡，四處皆是呢？

就算問平山，也只會落得吃上一記竹刀的下場。但這件事可以悠悠哉哉地拖到鮎川監工來時再問嗎？況且我根本沒有機會能在坑外與鮎川監工說上話。

於是我趁周圍沒有其他人的時候偷偷問了金先生。只見他露出佩服的表情，意思好像是覺得我還這麼年輕，居然能夠留意到這一點。

「這麼說來，金先生也知道支柱其實不夠嗎？」

他難為情地看著一臉驚訝的我。

「要是讓大家知道的話，每個人都會怕得不敢工作。那樣只是給平山一個施暴的理由而已，所以我才什麼都沒說。如果告訴公司能夠獲得改善，自然是再好不過，但是大概只會換來勞務課的水盛或丹羽監工的打罵吧。」

我認為金先生的判斷是對的。接著我又問了偷工減料的原因何在，他先表示一切只是自己的猜測，然後才娓娓道來。

「肯定是因為戰爭導致材料缺乏吧。所以需要四根支柱的地方只立了三根，需要三根的地方就只剩下兩根。但是站在煤礦公司的立場，想必不痛不癢。」

「怎麼說？」

我滿心疑惑地問道，金先生說出令人心驚膽戰的猜測：

「因為這麼一來就能盡快完成支護作業，早點開始挖礦。」

「但是基於安全上的考量，不能這樣做吧。」

「要在坑內工作的人，就只有我們朝鮮人喔。」

也就是說，比起礦工的安全，煤礦公司在乎的只有盡可能早一點開始挖掘、盡可能多挖一點礦。

不過，金先生說錯了一件事。在坑內工作的不只有朝鮮人。我們雖然沒有照過面，但是日本男人中，就算是過了服役年齡的長者，或是年紀還小的少年，也會被徵用來當礦工，就連成年女性也不例外。

我不清楚到底是只有我們坑內的支護作業偷工減料，還是包含其他礦坑在內，遍及全體，只能提心弔膽地擔心著會不會馬上就要出大事了。

被帶來這裡過了幾個月，唯有成績好的人才能每個月外出一次。我也被選上了，於是和十幾個同胞一起去狗穴原的鎮上走走。但是除了用礦坑給的配給票去食堂吃頓飯，什麼事也做不了，又悻悻然地回去了。

說到底，我們本來就只能領到微薄的薪水。幾乎所有的同胞都得寄錢回去給祖國的家人，所以煤礦公司會先從我們的薪水裡扣下寄回祖國的錢，再幫我們寄回祖國。到這裡還沒有任何問題。然而問題在於要寄回去的並不是全額，所以一定會剩下一點錢。這筆錢明明是我們的，公司卻擅自以戰時存款的名義扣下。

「公司會不會騙我們，把我們的錢據為己有啊？」

同胞之中也有人對公司產生懷疑，但是全部的人都有收到老家的來信，告訴他們錢確實寄回祖國了。

「大概是為了不讓我們逃跑吧。」

金先生理所當然地回答。

「因為就算逃離這裡，只要手裡沒錢，就沒辦法跑得太遠。」

他說得一點也沒錯。既然對這裡的環境不熟悉，要逃跑就只能仰賴交通工具，但沒有錢的話根本別想搭乘。

合里光範老師寄來的包裹是我唯一的精神寄託。他經常會隨信附上幾本書一起寄給我。不過老師他經常到朝鮮半島去，所以從那邊寄東西過來要花上很多時間。所以通常都是他回國以後才寄出的包裹先送到，信件的順序也顛來倒去，但這也別有一番樂趣。

老師每次回國都會向公司要求把我調到爪戶煤礦。我非常感謝他，但是希望顯然很渺茫。

我想盡快前往吼喰裏坑。

信上這麼寫著，但現實是就算老師能短暫回國，也得馬上再到朝鮮半島去。

合里老師，我也好想見你。

某天深夜的兩點還是三點，礦坑突然坍塌了，崔先生的頭部受了重傷，從太陽穴到後腦勺裂了一個有拇指那麼大的洞。

他立刻被送到鎮上的醫院動手術，但本人幾乎感覺不到痛楚的樣子。這也算是不幸中的大幸，聽說受傷的部位再偏一點的話就會沒命了。

坍塌的原因肯定是因為偷工減料的支護作業。但除此之外其實還有個很大的問題，那就是安全頭盔不夠用。物資極度匱乏也體現在這種人命關天的層面。如果沒有頭燈就完全無法工作，所以頭燈還能勉強每人配給一個。不過頭盔可就不是這麼回事了，居然是分給我們用布做的帽子，裡頭隨便塞了個什麼較堅硬的物體。根據拿出來看過的同胞轉述，裡頭竟然只是絲瓜皮。這麼簡陋的裝備，根本是讓人白白去送死。

比我們先來的周先生已經做滿工作合約期限的兩年，所以提出想回到朝鮮半島去，結果人就被強行帶到採礦事務所，差點沒被打死。

「這種非常時期，你居然想拋下重要的採礦工作回家去？軍人們還在戰場上捨身報國，你這傢伙在說什麼癡人夢話！」

「你這個非國民㉚，有沒有羞恥心啊！」

勞務課的水盛與監工丹羽都暴跳如雷地對他施以嚴厲的制裁。

周先生因此被送往醫院，雖然之後也出院歸來，但身體已經大不如前，再也不能像以前那樣工作了。

水盛和丹羽開口閉口都是同一句話。

「皇軍的戰士們都在拋頭顱、灑熱血地為國家奉獻，在過了今天還不知道有沒有明天的戰場上，將性命獻給這場聖戰。為了報答這些將士，你們必須得盡可能多採一點煤炭，全都給我拚了命地挖！」

「大日本帝國的軍人都是自願前往危險至極的前線，在不吃不喝的狀態下與敵軍作戰。和他們比起來，你們吃飽喝足了還裝死裝病不工作，臉皮會不會太厚。」

問題是，這場戰爭是日本挑起的，跟我們一點關係也沒有。如果因為朝鮮半島殖民地化，讓我們成為日本人的話，那麼應該也要給予我們身為日本國民的權利。

不過此時此刻，就連日本國民也無法過上安全且衣食無虞的生活就是了。

在那之後，一直都有新面孔的同胞接連不斷地被帶來吼喰裏坑。不過人數也愈來愈少，年輕一輩的就更稀有了。

大概是因為真的找不到能徵用的人吧。再加上煤礦礦坑的惡評傳開，肯定也有很多同胞跑去躲起來了。我衷心祈禱他們能跑多遠就跑多遠，千萬不要被抓到。

㉚ 第二次世界大戰前後的用語。意指在思想、言論、行為等層面忤逆國家體制、反對政府藍圖，違反作為大日本帝國國民應有的「國民性」的人。是帶有嚴厲責難與侮辱性質的稱呼。

這次來的新面孔中，有一位辛先生。他並不是個很顯眼的人，但就在某一天，我突然覺得這個人不太對勁。

他該不會其實懂日語，只是假裝聽不懂吧？

仔細觀察好幾次後，都讓我覺得自己肯定沒猜錯。但注意到這一點的人好像就只有我，不管是水盛、丹羽還是平山都完全沒發現。

當然，我沒打算告訴任何人。在還不清楚辛先生有何用意的情況下，我決定先按兵不動地靜靜觀察。

辛先生起初似是在觀察周圍的狀況。但過了一段時間後，他開始找同胞一個一個說起悄悄話。我想這時留意到他可疑舉動的，應該還是只有我而已。

「隊長先生。」

就在某一天，辛先生突然以親暱的語氣叫住我。可是他說出的下一句話，卻令我打了個哆嗦。

「好像只有你察覺到我在做什麼呢。」

突如其來的慌亂席捲了我的心，於是我趕緊虛張聲勢。

「你多心了，我只知道你可能懂日語，還有輪流找同胞聊天，僅此於此而已。」

「是嗎，這樣已經很了不起了。」

我還以為他是在挖苦我，沒想到辛先生是真心感到佩服。

「既然如此，那廢話不多說，請隊長先生也加入我們的計畫吧。」

「你是指？」

好奇心驅使我問道，結果辛先生給了我一個石破天驚的答案。

「逃亡計畫啊。」

仔細想想，過去從來沒有同胞想過要逃跑。我們早已淪為煤礦公司的奴隸，連逃跑的力氣都沒有了。

我問過金先生，他表示幾乎每個礦坑都有人逃亡。而且還不限於朝鮮人，就連日本礦工也從很久以前開始就有逃跑的例子。這也證明了對勞動者而言，礦坑的工作有多辛苦，受到資本家多嚴重的剝削。

要怎麼逃跑？

這是我的疑問。沒心力逃走固然不假，但是在此之前還得考慮協和寮滴水不漏的監視，光是這樣就足以讓人打消逃亡的念頭。

要逃一定得選晚上跑吧。但就算大家點完名也鑽進被窩就寢了，半夜也會有人持續在巡邏抽查。

「睡覺時要把頭伸出來。」

要是敢把被子拉高蓋過頭，被子一定會被掀開，再奉送一頓臭罵。也就是說，監工會特地來檢查每個人的睡相。

平山等朝鮮籍監工的房間就在宿舍玄關旁，他們會輪班盯緊每個人的進出狀況。即便想從一樓的窗戶爬出去，每扇窗戶都裝著鐵欄杆。就算你有本事逃出宿舍，四周還有木板圍牆，圍牆上插滿了銳利的竹子，竹子之間還纏繞著鐵絲網，這些鐵絲網甚至還通了電。

到底要怎麼突破一層又一層的警戒？

辛先生的計畫非常大膽。不對，就算說是非常瘋狂也不為過。

當半夜的第一次巡邏結束後，要逃跑的人就得在面向宿舍二樓後側的房間集合。接著辛先生率先從窗戶爬出去，這時用來代替繩索垂降的，正是事先從神社的倉庫偷出來的注連繩。

「這等於是日本的狐神大人助我們一臂之力啊。」

辛先生臉上浮現嘲諷的笑容。

待辛先生垂降到一樓，其他人再從二樓扔下幾條棉被，他會把棉被疊起來，讓眾人依序跳到棉被上。之所以不繼續用注連繩垂降，無非是因為那樣實在太浪費時間了。

等到所有人都下去了，再點燃辛先生預先偷出來、設置在門口的炸藥。炸藥的導火線要先從門口拉到宿舍後面，用砂土蓋住。這一切都是辛先生的任務。

趁正門的爆炸吸引住朝鮮籍監工們的注意力時，帶著用來晾衣服的竹竿和棉被衝向後面的木板牆，把晾衣竿倚著圍牆而立，扛起棉被往上爬。爬上圍牆後，用棉被蓋住鐵絲網，從上面翻到對側去。然後只要再用另一根晾衣竿爬到圍牆外即可。

待全員到齊，再穿越礦坑的後山，徒步走到鄰鎮的車站，跳上第一班火車，前往野狐山。因為那裡有個朝鮮人的聚落，可以暫時讓他們藏匿。等到風頭稍微平息下來，再潛入開往朝鮮半島的船。

以上就是辛先生的計畫。

「圍牆上的鐵絲網通了高壓電吧。光靠棉被可以百分之百防止觸電嗎？」我憂心忡忡地問道。

辛先生皮笑肉不笑地回答：

「那只是公司嚇唬我們的，我調查過無數次了，鐵絲網根本沒有通電。」

然而，就在辛先生從神社的倉庫裡偷出注連繩、從保管危險物品的倉庫裡摸出炸藥，終於要將逃亡計畫付諸實行時，原本贊成逃跑的同胞突然都開始畏縮了。

萬一失敗被捕，肯定會被揍得半死。

這樣的恐懼好像是最主要的原因。想當然耳，辛先生也拍著胸脯保證一定會成功，但是口說無憑，誰也不敢相信。

「在這種糧食不足、資源不足、勞動力不足的情況下，日本吃敗仗只是遲早的問題。」

還是有同胞這麼認為，但這句話或許也讓大家的決心更加風雨飄搖。

「一個一個都是蠢到極點的傢伙。」

辛先生火冒三丈地說。雖說偷出注連繩和炸藥並不困難，但畢竟是為了同胞以身犯險，也難怪他會生氣。

「受到有如奴隸般的虐待，既不反抗、也不想逃。先是贊同我的計畫，到了緊要關頭又變成縮頭烏龜。就是因為你們這麼沒膽，才會被日本人當成牲口使喚！」

不知怎地，辛先生也對我發起脾氣來。不僅如此，他還做出完全出乎我意料之外的告白。

「其實我剛到這裡來的時候，就有煽動大家群起反抗的想法。」

「為什麼？」

對於我直率的反應，辛先生長嘆一聲之後回答：

「喂喂，像隊長這麼有知識的人還問這種話，真讓人頭疼。」

得知辛先生的真實身分後，我不禁呆若木雞。

他是抗日運動人士的一員，這次是故意被徵召，藉此潛入日本的礦坑。他還有其他同伴，眾人各自潛進不同的礦坑，唆使礦工進行罷工、妨礙作業、暴動、逃亡等行動。

辛先生不喜歡罷工或妨礙作業那種拐彎抹角的行為，所以原本就打算要掀起驚天動地的暴動。但是觀察過協和寮的同胞們之後，判斷實在沒幾個人是能參與暴動的料，遂打消了這個念頭，轉而擬訂了逃亡計畫。不料到了真的要實行的階段，竟然又胎死腹中。

我能理解辛先生的憤怒，但是在聽到他的用意之後，我變得有些不安。或許該說是疑問會比較貼切。

他想拯救同胞的心情想必並無虛假，但是其中更大的動力，是否還是基於想對日本人報一箭之仇的強烈情感呢？

萬一真的是那樣，總覺得這個行動就有點危險。我只能祈禱，但願辛先生在關鍵時刻不會出現意料之外的判斷錯誤。

儘管如此，辛先生的一席話還是對我造成了相當大的刺激。我並不是完全認同抗日運動的理念，但也著實理解為了爭取祖國獨立，抗日運動是有其必要性的。但最大的問題大概就在於方法吧。

辛先生問我要不要加入他們，我請他讓我好好考慮一下。因為我還沒有整理好自己的想法。之所以想把截至目前為止發生過的事寫在合里老師給我的筆記本上，或許也正是因為如此。

大哥死了，是戰死的。

我從父母寄給我的信上得知了此事。

二哥為了躲避徵召，似乎正在到處逃竄。所以信裡提到希望我能回去。

這時，我第一次對父母產生了憤怒的情緒，覺得他們未免也太自私了。明明沒有人能代替大哥，卻還說出這種話。我感覺到祖國那裡已經沒有我的容身之處了。

肯定還有很多應該寫下來、忘了寫下來、完全沒想到要寫下來的事。

但摸著良心說，其實有一件事，我是刻意不寫進筆記本裡頭的。雖然好幾次都想要寫下來，但是思前想後的結果，還是作罷了。以上的矛盾糾葛在我內心不斷地上演。因為就連我自己也不確定那到底是不是真實的。

總覺得好像有什麼東西正從洞穴深處的幽暗中窺視著這裡。

以前我曾經寫過這麼一句話。不過這絕對不只是我一個人的感覺而已，剛下到坑內的同胞幾乎都有過大同小異的恐懼感受。雖然人數不多，但也有人即使已經習慣坑內環境到一定的程度，卻依然為相同的恐懼所苦。

話雖如此，隨著日復一日的重度勞力活，幾乎所有同胞的感覺都麻痺了，所以也漸漸失去能意識到那股詭異氣氛的敏感度。我當然也不例外，只是偶爾仍會不經意地感受到驚悚的一瞬間。

像是經過現在已經不再使用的古洞時，最初所感受到的那股不寒而慄，仍會在我的腦海中甦醒。在那伸手不見五指的黑暗深處，好像有什麼東西在凝視著我。

有一次，我正要經過前述的古洞前，冷不防有人喊了我一聲。

「喂。」

就在那個瞬間，我感到背脊涼颼颼的。因為那是女人的聲音。

我知道因為人手不足的關係，所以也會有日本女人下坑幫忙，可是她們工作的地方跟我們不同，不可能會在坑內遇到。這種地方是不可能有女人出現的。

其實我很想拔腿就跑，但坑內環境太危險了，不小心跌倒可能就會受傷。而且實不相瞞，其實我也有點感到好奇。不對，大概是既害怕又想知道的情緒吧。

我提心弔膽地將頭燈轉向聲音傳出的方向，立刻嚇得驚聲尖叫，整個人差點就癱軟在地。

站在那裡的，是整張臉黑漆漆的狐狸。

不對，那不是真的狐狸，而是某個戴著狐狸面具的人。腦海中不斷浮現出鬼、怪物、妖怪、魔物、幽靈……等字眼。我先前曾聽金先生說過與礦坑有關的怪談，因為以為這傢伙也是那種東西。我相信這就是躲在礦坑黑暗深處的魔物。

接著，魔物把雙手移到自己的臉上，貌似就要摘下面具。一想到面具底下不曉得會冒出多麼恐怖駭人的東西，我就差點嚇得魂飛魄散。

接著我的背脊又機伶伶地顫抖起來。但這次不是因為恐懼，而是因為在那黝黑的狐狸面具底下，現出了一位美麗的女性，這真是太令人驚訝了。

在煤灰粉塵飛舞、藏污納垢的黑暗之中，她的肌膚雪白透亮，瞬間就把我迷得神魂顛倒了。

後來，我就在同一個古洞前見過那名女子好幾次。說是這麼說，但我們並沒有私情，只是被她叫住後，彼此會稍微聊個幾句而已。

其實我們也不是沒機會發展出男女關係。有好幾次她都試圖引誘我到古洞裡頭去，我也好幾次就差點要跟著進去了。我無意把責任推到對方頭上，但那擺明了就是誘惑。

要不是腦海中即時浮現出合里老師的臉，我恐怕已經……

在那之後，見到她的機會突然變少，到了某個時候，便再沒看過她了。即使經過同一個古洞前，也不會有人再叫住我，當然也感受不到她存在的氣息。直到那一刻，我才開始思考自己見到的東西到底是什麼。也是在此刻才悚然一驚，要是我就這麼傻傻地跟著踏進古洞裡，不曉得會發生什麼事。

過了一陣子，同胞裡有個青年突然不見了。水盛那夥人懷疑他是不是逃走了，還為此亂成一團。但不可思議的是，那個人是在坑內消失的。換句話說，他確實從坑口進入了坑內，但大家上坑時卻不見人影。

心想青年大概是在坑內受傷了，所以才沒上來。於是幾個人便分頭去找，但找遍坑內各處也遍尋不著。想當然耳，除了坑口以外，根本沒有其他通道能離開礦坑。但那位青年就在礦坑內完全失去了蹤影。

「肯定是你們事先串通好讓他逃跑的！」

朝鮮籍監工平山揮舞著竹刀、強詞奪理地叫喊著。然而，當水盛和丹羽聽聞那名青年消失的狀況時，居然什麼也沒說，令大家相當意外。換作以前，肯定會以連坐法為由，痛罵眾人一頓，但這次卻安靜到跟騙人的一樣。

突如其來的沉默令我心裡發毛。因為從他們的反應看來，好像對青年為什麼會在坑內人間蒸發一事心知肚明。

同胞們或許也有相同的感覺，所以在那幾天都沒有人敢獨自待在坑內。彷彿只要一個人獨留在坑裡頭，就會被那片黑暗給吞噬。每個人的心中都充滿了這樣的恐懼。

等到大家終於不再草木皆兵時，坑內竟然又發生了爆炸意外，有三位同胞慘遭活埋。等到好不容易將他們救出來的時候，三人皆已回天乏術。

聽說導致意外的原因是採礦課的爆破組員岩野勇作發生了作業失誤。但是因為公司那邊想大事化小、小事化無，所以沒有人追究岩野的責任。

「開什麼玩笑，公司把我們的命當什麼了！」

辛先生勃然大怒，許多同胞也同仇敵愾。我很擔心再這樣下去可能會演變成暴動，但顯然是我多慮了。取而代之的，是原本已被束之高閣的逃亡計畫又再次死灰復燃。

現在就算極力抗議，也只會落得被帶去採礦事務所受盡折磨的下場。既然如此，不如乾脆逃之夭夭，挫挫他們的銳氣。

這次沒花多少時間就達成以上的共識。我猜其中也有北九州的工業地區已經受到空襲的威脅，今後礦坑區也別想倖免於難的因素在背後推波助瀾。

參與逃亡計畫的包括辛先生在內，總共有十個人。雖然還有其他人也想加入，但是辛先生不願意讓因為生病導致體力不濟的人或傷患參加。

「這是第一次逃亡行動，一旦成功，等到風頭過去之後，我絕對會為大家準備第二次的逃亡計畫。在那之前，請大家務必先把病或傷給治好。」

辛先生的保證稍微慰藉了不得不被留下的同胞。

我一直猶豫到最後一刻，但最後還是沒加入他們。因為合里老師不久前捎來的信上明確寫著等他下次回國的時候，無論如何一定會來吼喰裏坑找我。而且要是少了我這個懂日文的人，同胞們肯定也會不知該如何是好。

「後會有期，隊長，這裡的同胞就拜託你了。」

展開逃亡的當天深夜，辛先生站在宿舍後方的二樓房間窗戶前，在即將抓著注連繩往下跳的前一刻，回過頭來對我這麼說道。

當時的我做夢也沒想到，那會是我最後一次看到精神奕奕的辛先生。

連同辛先生在內的十名逃亡者沒三兩下就被抓到了。聽說是特高警察早就埋伏在鄰鎮的車站守株待兔。也就是說，煤礦公司已經事先通知警方。可是逃亡計畫為什麼會敗露呢？

在我們之中有告密者。

所有人都這麼懷疑，但是左看右看，同胞裡都沒有任何疑似犯人的人物。大家都認為同胞裡頭不會有人做出這種背叛行徑。

那麼，到底是哪裡走漏了風聲？

再怎麼想也想不明白，雖然悔恨得腸子都要打結了，但也只能承認煤礦公司魔高一丈。

倘若我們裡面真有洩密的叛徒，公司那邊絕對會給他某些好處的，若不是大筆的金錢、豐盛的餐食、充分的休息時間，就是改換到比較輕鬆的工作。

所以我一直睜大雙眼，仔細地觀察同胞，就算是再微小的變化也不放過。但最後還是什麼也沒發現。

辛先生等人被特高警察帶回吼喰裏坑時，負責帶隊的是一個叫喜多田喜平的男人。

看到他與爬蟲類無異的眼神，我就已經預料到，接下來他們面臨的制裁會有多麼慘絕人寰。不只是我，為了達到殺雞儆猴的效果，被強制集合、觀看他們公開懲戒的同胞們肯定也都有相同的預感，大家都和我一樣瑟瑟發抖。

而且辛先生他們早就已經被毒打過一回了。我先前曾提過，有個同胞因為合約期間已滿，只是表明想回朝鮮半島，結果就被打得半死的事。現在他們身上的傷痕，就與那個人當時被毆打後所留下的痕跡一模一樣。

然而，這只是開場秀而已。真正的制裁、真正的折磨，現在才正要開始。勞務課的水盛厚男、監工丹羽旗太郎、朝鮮籍監工平山也都在場。他們手裡握著橡膠帶、前端裂開的竹棍、堅固的竹刀，毫不留情地揮在那十位同胞身上。

眼前的畫面簡直就是慘無人道的人間地獄。水盛等人與厲鬼無異，辛先生他們則是軟弱無力的人類。其中將凶器揮舞得最喜形於色的，就是那個叫喜多田的特高警察。他那異常的模樣，簡直比惡鬼還要更加駭人。

鬼至少外表還像個人，言行舉止某種程度上也意外地與人類有近似之處。但喜多田雖然外表長得人模人樣，內心的黑暗面恐怕就連真正的鬼都望之生畏。如果不是這樣的話，怎麼可能對同為人類的人做出那麼殘酷的事。

辛先生等人原本已經就破破爛爛的衣服沒多久就被凌虐到變成散落的碎片。每個人都渾身是血、皮開肉綻，背上的皮膚也無處倖免。他們起初還能大聲哀號、求救求饒，但過沒多久就一聲不吭了。除了偶爾發出幾聲藏不住的呻吟，誰也沒有開口說話。

喜多田休息了一會兒，接著從懷裡拿出了注連繩。看到那條注連繩，我就知道大事不妙了，接下來肯定會有更可怕的懲罰。

「你們這些不知死活的傢伙，竟敢利用這麼神聖的注連繩來當逃跑的工具，簡直罪該萬死！」

接著喜多田就命令辛先生他們兩人一組、背對背站好。然後要他們拿條普通的繩子套在對方脖子上，用力拉扯。要是膽敢不使勁用力，喜多田的竹刀立刻就會招呼過來。

「彎腰拉繩，把對方扛在自己的背上。」

只看姿勢的話，看起來就像是兩人一組在做體操，但這無疑是惡魔的體操。

我們都愣在當場，一句話也說不出來，身體一動也不敢動，宛如變成僵硬的石頭。

回過神來，就發現連水盛等人也愣住了。他們以噤若寒蟬的表情，一瞬也不瞬地凝視著獨自一人眉飛色舞地折磨著辛先生等人的喜多田。

「夠、夠、夠了吧！」

水盛屢次委婉地阻止，好不容易才讓喜多田停下那發瘋似的施暴。只不過，一切都為時已晚。

「你們當中有誰知道他們的逃亡計畫？」

被喜多田喜平一瞪，我們全部無法遏止顫抖的身子。雖然不管是誰都矢口否認，但包含我在內，還是有幾個人受到懲罰。

但比起辛先生他們承受的悲慘制裁，我們這邊就算是不足為道了。總之我心裡只有懊惱、不甘心、焦躁和多到滿溢出來的悔恨。

辛先生他們後來究竟怎麼樣了，我們對此也一無所知。

我問過水盛，他宣稱所有的人都送進醫院治療，然後就讓他們回朝鮮半島了，但這個答案就算打死我也不相信。

該不會直接殺掉，然後就隨便找個地方埋了吧？

所有的同胞都這麼認為，遺憾的是沒有任何證據。就算有好了，也不知道該上哪兒申冤。警察完全就是煤礦公司那邊的人，要是敢輕舉妄動，難保不會重蹈辛先生他們的覆轍。

水盛也好、喜多田和丹羽也罷，他們沒一個把我們當人類看待。正因為如此，才能如此殘酷地對待我們。朝鮮人對他們而言，只不過是要多少有多少的可替代勞動力。壓根兒沒把我們視為一個個獨立的人，只當我們是為他們做牛做馬的勞動者集團。即使是已經與他們交談過無數次的我，肯定也沒被當成一個真正的人看待過。

我片刻也不想再待在這種地方了。

這是礦工全體的心聲，但公司為了避免出現新的逃亡者，因此加強了對協和寮的監視。下坑、上坑時的檢查也比以前更嚴格。現在已經是完全沒有機會逃跑的狀態了。

已經無計可施了。

壓倒性的絕望在同胞之間蔓延開來。

不過，包括我在內，幾個受盡懲戒折磨的人暫時都處於動了一下就要喘兩下的狀態。所以就算真的有機會逃走，我們大概也走不了。

就在這個時候，合里光範老師的包裹送來了。因為我一直沒回信，不免覺得有點過意不去，但收到東西還是感到很高興。而且隨包裹附上的信裡頭，還寫了他下週就要來吼喰裏坑找我的消息。

終於能見到合里老師了，我欣喜若狂。

心如死灰的同胞當中，大概就只有我一個人萌生了微弱的希望。

第二十章

黑色面具下

看完鄭南善的手札，物理波矢多受到莫大的震撼，同時也感到一股難以言喻的似曾相識感。心湖的劇烈激盪自不待言，因為合里光範、喜多田喜平、丹羽旗太郎、岩野勇作、水盛厚男這些注連繩連續殺人事件的被害人與相關人員的名字，就這麼一個接著一個浮上檯面。但裡頭並沒有出現木戶的名字，所以他果真是被殺人滅口的吧。

關於那種奇妙的似曾相識感到底從何而來，即便一路讀到最後也絲毫沒有頭緒。原本以為是鄭南善寫在手札裡的內容或許也曾出現在寫給合里的信上，所以合里或許曾經跟波矢多分享過。但想了一下，好像又並非如此。如果是這樣的話，當他看到手札上的相關記述時，應該就會想起來才對。

波矢多陷在剪不斷、理還亂的情緒裡，但是他確信這本手札絕對是能迫近注連繩連續殺人事件真相的線索。

兇手是不是已經出現在手札裡了？

有嫌疑的大概就是主述者鄭南善、上了年紀的金先生、因為生病想請假卻遭受毒打的張先生、因為契約期滿想回國卻同樣受到懲罰的周先生、實行逃亡計畫的辛先生這幾個人。

但是鄭南善已經在空襲中死去了。就算他還活著，有鑑於第一位被害人是合里的這個事實，他也不可能是兇手。就算除了木戶以外，他確實對另外四個人都抱有殺意，但是唯獨不可能對合里動手。

周先生因為受盡凌虐，身體已經搞壞了，讓他無法繼續礦坑的工作，而且鯰音坑這裡壓根兒也沒有這號人物。

辛先生很有可能已經命喪特高喜多田喜平之手。就算撿回一條命，想必也跟周先生一樣在身上留下了某些後遺症。同樣的，鯰音坑也沒有類似的身障人士。

這麼一來，就只剩金先生和張先生了，或者根本就是沒有在手札裡出現名字的人。至於動機當然是為同胞報仇。

若是要說為什麼事到如今才展開報仇行動，大概是因為除了平山以外，其他五個人剛好都聚集在兇手工作的鯰音坑吧。一開始是水盛厚男與岩野勇作，之後再加上合里光範和喜多田喜平、丹羽旗太郎。這樣的偶然或許讓兇手認為是命運的安排，才決定執行殺人計畫。

合里應該沒有察覺到兇手的殺意，卻也對過去在吼喰裏坑見過的人全都聚集在這裡一事，感受到前所未有的不安，所以才會表現出古怪的態度，最後甚至忍不住想向波矢多坦承一切。只可惜，他在那之前就成了第一位被害人。

要是早在發現合里哥的樣子有異時，就打破砂鍋問到底的話……

波矢多悔不當初，但立刻打起精神，繼續自己的推理。

看完這本手札後，他也能深刻地理解為了報仇而選擇注連繩當凶器，並且以那種方式殺死被害人的動機。

只不過，這裡有個重大的問題。日本戰敗後，礦坑立刻改弦易轍，不再雇用朝鮮籍勞工，既然如此，兇手要怎麼成為鯰音坑的礦工？

因為波矢多躺在被窩裡繼續推理，隔天就落得睡眠不足還得入坑工作的下場。本來就已經相當嚴峻的作業變得更吃力，簡直要累死人了。好不容易上坑，洗完澡、休息片刻後，波矢多便用最快的速度吃完晚飯，頭也不回地窩回工寮房間，然後重新把鄭南善的手札再讀過一遍，全神貫注地埋首於事件的推理當中。

這段時間到底經過了多久呢。

「可以打擾一下嗎？」

耳邊傳來南月尚昌的聲音，這才讓波矢多回過神來。

「……啊，請進。」

其實他不想受到任何人的打擾，但來者是南月，也不好讓對方吃閉門羹。

「我沒打算追問你的私事。」

南月甫落座便慢條斯理地開口。

「我從早上就覺得小哥的樣子不太對勁。因為葉津子也說了同樣的話，所以我有點擔心，就過來看看你。」

「讓你費心了。」

波矢多總之先低頭致歉，心裡想著應該隨便找個藉口打發南月，還是要讓他看鄭南善的手札，再詢問他的意見。

如果是前一陣子的他，大概會毫不猶豫地選擇前者吧。但是光靠自己一個人再繼續絞盡腦汁下去，可能也想不出個所以然來。或許尋求第三者的協助再來推理，會比較容易接近真相也未可知。而且南月正是再理想不過的求助對象。波矢多用最快的時間做出了以上的結論。

「其實我有事想跟南月叔商量。」

波矢多先把還沒跟他提起、昨天與隆一、梅澤義雄、水盛厚男的對話內容告訴南月，然後再遞出鄭南善的手札。

「這個是……」

南月的視線落在手札裡的記述上，只冒出這麼一句，之後就默不吭聲、心無旁鶩地開始閱讀起來。為了不打擾他，波矢多也靜靜地耐心等他看完。

「唉。」

不一會兒，南月大大地嘆了一口氣，從手札裡抬起頭來說：

「水盛手上怎麼會有這玩意兒？」

「大概是鄭南善在空襲中喪命後，勞務課整理他的行李時被水盛給發現的吧。只是我不太能理解他為何不處理掉，反倒刻意留在手邊的心理。」

「這不是故意搬磚塊砸自己的腳嗎？留下虐待朝鮮勞工的證據，不只對水盛，對其他人也會帶來影響吧。」

「會不會是想說萬一苗頭不對的時候，可以用來威脅喜多田或丹羽？」

見南月點頭表示同意，波矢多也覺得以水盛的德性，的確會留這麼一手。

「可惜那個鄭姓青年最後還是沒見著合里吧。」

「合里哥去吼喰裏坑找他的時候，剛好發生空襲。鄭南善也因此不幸丟了性命，至於在那之前，他們有沒有見到面……」

「要是能稍微講到話就好了。」

「以下是我的猜測，合里哥臉上的傷會不會是空襲時為了要救鄭南善才留下的。如果是這樣的話，他們應該有見到面。」

「嗯，一定是這樣沒錯。」

南月此時的附和中，或許帶有更接近祈願的心情。

「話說回來……」

但是在那之後，南月又露出複雜的表情，好像有什麼話想說，卻又沉默不語。

「你是想問，合里哥和鄭南善到底是什麼關係嗎？」

波矢多及時發現南月的欲言又止，便替他道出了這個疑問。

「我、我並沒有歧視那種關係的意思。」

南月連忙解釋的樣子很有趣，儘管現在並不是妥當的場合，但波矢多還是覺得心情稍微放鬆了點。

「我也不清楚他們實際上的關係，但是考慮到鄭南善在坑內受到那個狐面女誘惑，最後仍能全身而退的事實，會覺得他們之間有什麼曖昧情愫也是人之常情。不過我還是傾向於認為他們單純只是在精神面有著密切的交流。」

「對了，鄭南善也見過那個戴狐狸面具的女人。」

但南月的注意力都落在神祕女子的身上。

「這個女的就是先前提過的那個會變黑的女人嗎？」

「很有可能，因為自從她不再糾纏鄭南善以後，就有另一個青年從坑內消失了。」

「如果是那樣的話也太可怕了。不過她跟鯰音坑的事件應該沒有任何關係吧？」

「假使有的話——」

「你的意思是？」

南月的臉上急速閃過不安的神色，波矢多回答：

「那位給張姓青年飯糰的善心食堂大嬸，會不會就是吉良初代呢？」

南月愣了一下，然後轉為驚訝的表情。

「我倒沒想到這點，但一定是這樣沒錯。初代與葉津子在戰爭時一直都在吼喰裏坑的食堂工作，直到公造去世。」

「假設那個戴狐狸面具的女人，就是葉津子的話，你覺得如何？」

「怎麼可能，難不成……」

「初代嬸同情那些受到不人道虐待的朝鮮礦工。而葉津子則對其中一人產生好感，然而在公造死後，母女倆就被趕出了吼喰裏坑。」

「日本戰敗後，她們來到鯰音坑，沒想到勞務課的水盛厚男和採礦課的岩野勇作也在這裡。」

「在那之後，合里哥又以礦工的身分出現了。」

「你的意思是說，如果只有這三個人的話，或許什麼事也不會發生，但要是再加上喜多田喜平和丹羽旗太郎，母女倆就終於決定要報仇了，是嗎？」

南月問道，但等不及波矢多回答又接著往下說：

「我有點意外喜多田是本名，不過這不是重點，重點在於木戶的死該怎麼解釋？果然是因為他看到了不該看的東西嗎？而且還有工寮的密室謎團沒解開。」

「關於密室的部分，我勉強有辦法解釋。」

「真的嗎！」

波矢多請興奮的南月回想先前兩個人對密室所進行的討論。

「不管是真砂看到黑臉狐狸進入木戶遇害的一號棟一之一號房，還是三個小孩監視房間，其實都只是湊巧罷了。因此黑臉狐狸消失也只是偶然在那個房間裡發生的現象。我認為應該要這樣解讀。」

「我明白你想說什麼了，你的意思是指兇手消失只是巧合。」

「線索是合里哥在案發前幾天的半夜聽到有聲音從地底下傳來。」

「合里說那像是野獸的吼叫聲，又像是有人在呼喚他對吧。」

「當時我覺得是合里哥太過神經質，才會聽到那種聲音。事實上，那恐怕是地盤正在下陷的聲音，或者是地盤即將陷落的前兆。」

「欸，也就是說……」

「黑臉狐狸進入一之一號房，將木戶殺害，接著從後面房間的窗戶逃走後，正巧發生了地盤下陷。四疊半房間的窗戶也因此無法開啟。或許這就是事情的真相。」

「真的能這麼湊巧嗎……」

「根據其中一個孩子的證詞，黑臉狐狸進入一之一號房後，他有聽到地下發出有如野獸般的吼叫聲。」

「就是這個時刻，一之一號房四疊半房間的窗下發生地層陷落嗎？」

「是的。我認為只有這個解釋才能說明木戶遇害時的密室狀況。」

「嗯……」

南月一邊長考一邊念念有詞。

「那麼喜多田和丹羽的房間又該怎麼解釋？喜多田的房門和三扇窗戶都鎖上了，丹羽後面房間的窗戶和木戶房間的狀況一樣，都打不開，難道也是因為偶然發生的地盤下陷嗎？」

「不，這倒不是。丹羽後面房間的窗戶早在他搬進去以前就已經打不開了。所以不論是丹羽還是喜多田的房間，都是黑臉狐狸刻意製造的密室。」

「怎麼做的？」

「在討論手法之前，得先研究動機的問題，究竟兇手為什麼要刻意把現場打造成密室呢？」

「這倒是，所以原因是什麼？」

「木戶遇害的現場在陰錯陽差下形成密室，導致他的命案被視為自殺來處理。如果只是這樣還好，問題在於還傳出黑狐大人作崇以及合里哥變成幽靈的說法。也就是說，這一切看在黑臉狐狸眼中，肯定會覺得就是因為現場成了密室，才因而掩蓋了命案的真相。」

「所以才把後面幾次命案都布置成密室嗎？」

「兇手大概不認為能真的矇騙過警察，但只要能混淆他們的偵辦方針就行了。事實上，成田確實也把喜多田的命案當成自殺案件去處理。雖說背後有拔井礦坑授意，但現場是密室環境恐怕多少也帶來了影響。」

「所以密室到底是怎麼辦到的？」

南月對這點好奇得不得了。

「其實是非常單純的詭計。隆一先生來訪時，我讓他住進空著的一之三號房，那裡有扇窗戶的螺絲鎖是壞掉的，用來上鎖的螺絲栓子不見了。想起這件事的瞬間，我恍然大悟。從工寮一號棟到九號棟，空房間就有好幾個，。要拔出其中一扇窗戶的螺絲栓子，折成兩半，只留下螺絲頭的部分，再從喜多田住處的四疊半房間窗戶取下螺絲栓子，插入剛剛留下的螺絲頭即可。在這種狀態下，不僅能任意開關窗戶，而且表面上任誰看來，螺絲鎖看起來都像是鎖得牢牢實實的。這個詭計雖然單純，但是混淆視聽的效果絕佳。利用只要看到螺絲栓子的頭，一般人都會認為確實已經鎖緊的心理，來進行犯案。」

「問題是，要是成田試圖打開窗子……」

「馬上就會穿幫了。不過工寮的建築結構十分糟糕，不是要非常用力、就是得稍微把門窗本身抬起才能順利打開。如果看上去像是鎖上了，伸手一推又紋風不動的話，大概就會認定真的鎖好了。我猜測黑臉狐狸連這種心理層面的部分也都計算進去了。而且萬一穿幫，頂多就只是讓現場不再處於密室狀態罷了，不見得就能因此抓到黑臉狐狸的小辮子。」

「不管三七二十一，先試試看再說的意思嗎？」

「考慮到塑造成密室的動機，應該是這樣沒錯。」

「丹羽的密室也使用了相同的詭計嗎？」

「起初或許有這個打算，因為這招在殺害喜多田的時候成功了。可是同樣的手段用上兩次還是有風險。然而就在案發當天，黑臉狐狸突然靈機一動，想到一個再好不過的詭計。」

「天底下有這麼巧的事嗎……」

「是的，這麼湊巧的事真的發生了。因為當天進行了注連繩祓禊。」

「這兩件事有什麼關係？」

「黑臉狐狸把長長的注連繩其中一端綁在工寮一號棟西側正前方的豎坑櫓頂端的絞盤上，另一端綁在一號棟一之五號房東北角的屋簷上。準備好之後，依照約定的時間帶著摻入安眠藥的日本酒去找丹羽，讓他喝下後再將其殺害，接著把現場布置成上吊的狀態後，黑臉狐狸就耐心等待大家把金絲雀放進坑內。豎坑櫓的絞盤開始轉動，注連繩受到拉扯，一之五號房東北角的屋頂也因此稍微被往上拉了一些，就在無法開啟的窗戶能略為打開的瞬間，乘隙從窗戶逃走。只不過，雖然用來進行拔禊儀式的注連繩比普通的注連繩還粗，但畢竟也只是繩子，最後就會因為撐不住拉扯的工寮屋頂重量，因此斷裂。那時候大夥兒還為此搞得人心惶惶，但終究沒有人去深究注連繩到底為什麼會斷掉。」

「是吉良母女做的嗎……」

「留在喜多田和丹羽房裡的日本酒，在食堂裡就有好幾瓶。」

「在酒裡下安眠藥這種手法，確實比較像是女人家會用的方式。」

「而且，如果她們真是兇手的話，也能就此解釋連續殺人為什麼有中斷的必要。」

「這話怎麼說？」

「注連繩祓禊儀式的隔天，母女倆從早到晚都在外面採購食堂要用的食材，當天完全沒有殺害岩野的機會。」

「可是岩野和合里都是在女人不會下去的礦坑內遇害的，到底要使出什麼樣的詭計才能辦到這一點？」

「問題就出在這裡，她們不可能犯下第一起和第五起殺人案。」

「你說什麼！」

波矢多的回答顯然出乎南月的意料之外。

「而且公造先生去世後，朝熊煤礦曾經要她們下坑工作，但是被母女倆拒絕了。所以葉津子不太可能是黑臉狐狸。」

而且波矢多還開始推翻自己方才的推理，更令南月感到莫名其妙。

「雖說只是一時，但初代孀也曾想過要把女兒嫁給合里哥，這個事實也能證明她們都不是黑臉狐狸。」

「這麼說來……」

南月想起來了。

「在小哥來到這裡之前，初代對合里的照顧確實特別殷勤呢。」

「而且也無法說明她們怎麼會知道合里哥以前是爪戶煤礦的勞務輔導員，還是責任徵召鄭南善的人。」

「啊，確實是這樣。」

「倘若她們真的是黑臉狐狸，應該會拜託別人代為出門採購，或是其中一個留下來繼續犯案。」

「有道理。」

南月雖然覺得波矢多說得頗有道理，但仍舊難掩無法釋懷的表情。

「你的意思是說，鄭南善碰到的那個戴狐狸面具的女人真的是棲息在礦坑裡的魔物嗎？」

比起命案的真相，他顯然更在意那個和自己的過去也有交集的神祕女子。

「這個嘛……老實說，我完全不知道。」

「嗯哼。」

「我們應該要解決的問題是揪出黑臉狐狸是誰。如果在過程中發現黑臉狐狸和變黑的女人或戴著狐狸面具的女人有所關聯，當然就不能無視這點。但是既然沒有證據，我認為暫且還是不要深入追究比較好。」

「嗯，你說得沒錯。」

南月重新打起精神說道。

「然後呢，小哥的推理在那之後有什麼進展？」

「雖然看完鄭南善的手札，會讓人很容易就聯想到吉良母女，不過這個思考原本就搞錯方向了。她們確實有機會和動機犯下其中部分的案件，但是仔細想想，就完成連續殺人事件而言，立論還是太薄弱了。」

「你是指黑臉狐狸應該是復仇意圖更強烈的人嗎？」

「黑臉狐狸應該是出現在鄭南善手札裡的人物或是其親戚朋友，而且是從合里哥那邊得知水盛那群人存在的人。」

波矢多把他最先想到的兇手人選告訴南月。

「結果只剩下年長的金先生和因病想要請假卻被嚴懲的張先生，又或者是名字完全沒有在手札裡出現的人。可是日本戰敗後，煤礦公司就不再雇用朝鮮人了。換言之，這些人選不管是哪一個，要混進鯰音坑的可能性都很低。」

「不僅如此，日本戰敗後，朝鮮人應該都返回朝鮮半島了。」

「沒錯。」

「假設那個姓平山的朝鮮籍監工也在返鄉人潮中，應該會有人埋伏在對岸的港口守株待兔，等平山一下船，就對他群起攻之，然後直接一麻袋丟進海裡餵魚。」

「為慘遭他背叛的同胞報一箭之仇嗎？」

「聽到這樣的風聲，就算想回去也不敢回去。咦，難不成那傢伙假裝成日本人，潛入礦山，化身為黑臉狐狸……」

「——不太可能。我不認為平山那種人會為同胞報仇。」

「既然如此……」

「黑臉狐狸是出現在手札裡的朝鮮勞工的親戚朋友，而且是基於某些苦衷無法回到祖國，不得不留在日本礦坑工作的人。」

「真的有那種人存在嗎？」

「如果是鄭南善的哥哥呢？」

「欸，他哥哥不是戰死了嗎？」

波矢多對連忙翻開手札確認的南月說：

「或許陣亡通知只是誤傳，本人其實還活著，但是又有一些原因讓他不想回去祖國，決定留在吃了敗仗的日本，而最快能找到的工作就只有當礦工一途。在鯰音坑工作的時候，剛好那些弟弟在信中提到、令人恨之入骨的日本人好死不死地全都在這個地方到齊了，於是他便認為這是上天的旨意，決心為弟弟報仇。」

「太讓人訝異了，所以那個哥哥是……」

「就是大取屋重一先生。」

南月聽得差點跳起來。

「先前我曾聽說『木戸』這個姓是把朝鮮姓氏的『朴』拆成『木』和『ト』，再將形似片假名的『ト』換成同音的漢字『戸』。」

「確實是這樣。」

「現在用同樣的模式把『大取屋』拆開來看看。『大』保持不變，『取』換成日文讀音相同、天干地支中的『酉』，然後『屋』則變成日文讀音一樣的數字『八』，合起來不就成了鄭南善的『鄭』拿掉部首後的『奠』嗎。」

「……竟然是這樣。」

南月固然震驚，但又立刻指出一個疑點。

「所以大取屋身上，有小哥最在意的那個暫時停止連續殺人的理由嗎？」

「那天大取屋先生因為從軍時代的上司家裡出了憾事，一早就出門了，直到晚上才回來，而且一回來就出席合里哥的守靈夜。」

「完全沒有殺害岩野的空檔呢。」

「大取屋先生對如何處理炸藥也很嫻熟，因此如果要在第六次犯案時解決水盛厚男，把水盛家炸個粉碎也不是難事。」

「這對他那個前伍長來說確實是小菜一碟。」

「在坑內殺害第一和第五個被害人也能不費吹灰之力。」

「嗯嗯。」

「只不過，關於第一起命案還有個謎團未能解開。」

「你是指進到開鑿面殺害合里後，大取屋要怎麼逃脫嗎？」

「沒錯。如果是大取屋先生的話，或許真的有什麼辦法能做到，但是我完全不清楚其中用了什麼手法。」

「嗯……」

南月陷入沉思，波矢多又說了一句意味深長的話。

「而且比起那個謎團，其實還存在著一個更大的問題。」

「是什麼？」

南月露出不解的表情。

「大取屋先生不可能犯下第二起殺人案。」

「喂喂！」

南月縱使一臉錯愕，但也馬上要求波矢多說得更詳細點。

「為什麼不可能？」

「那天坑內發生了坍塌意外，隨即沼氣就外洩了。以小解為藉口、暫時離開開鑿面的大取屋先生確實有機會殺害合里哥。但是從他前往深處的開鑿面通知其他礦工有危險，到回來與我一起上坑的過程中，我們都在一起。而且一直守在坑口附近。然後葉津子來找我，我便陪著她前去工寮一號棟，然後就在一之一號房發現木戶的屍體。再怎麼想，大取屋先生都不可能犯下這起案件。」

「說得也是。」

「而且如果真的要把鄭南善的『鄭』字拆解成日本姓氏，那麼多出來的部首要怎麼處理？名字裡的重一又是打哪兒來的？若是不能說明一切，這個假設就行不通了。」

「既然如此，說他是鄭南善的哥哥……」

「也只是我一廂情願的想像。」

「大取屋不是黑臉狐狸真是太好了。」

南月鬆了一口氣，隨即又以憂心忡忡的眼神望向波矢多。

「既然如此，已經沒有其他兇手人選了不是嗎？」

「我也覺得走投無路了，但是像這樣一路討論下來，我又想到了幾個假設大取屋先生是兇手的變化版。」

「哦，願聞其詳。」

「我的靈感來自於開始閱讀鄭南善的手札時所感受到的、一股不知從何而來的似曾相識感。看了那些記述之後，我總覺得哪裡怪怪的。」

「如果是開頭寫的部分……」

南月翻開筆記本的最前面幾頁，面露疑惑地說：

「是他結識合里時的部分嗎？」

「不對，在更前面的地方。」

「前面就只有鄭南善的地址和名字啊。」

「沒錯，就是他的地址。我看到地址的時候，潛意識裡浮現出某個人的名字，所以才會產生似曾相識的感覺。」

「什麼意思？」

「筆記本上寫的地址是『朝鮮慶尚南道居昌郡南上面月坪里四三一』，把其中四個漢字挑出來組合一下，就成了某個人的名字。」

「誰？」

「南月尚昌，就是你。」

南月目不轉睛地凝視著筆記本，慢條斯理地抬起頭來。

「真虧你能看出來。」

然而南月望向波矢多的眼神極為溫和。

「比較一般的思考法是拆解朝鮮姓名，再重組成日式的名字，但是從祖國的地名來取名的方法也不是沒有吧。」

「不過幾乎沒有人這麼做吧。」

「即使不是九州出身，但是像你這種飽讀詩書的人竟然完全沒聽過夢野久作，我有點難以置信。」

「這也是線索嗎。以閱讀日文書籍的資歷來說，當然是小哥比較久啊。」

南月笑著說道。

「如果是從戰前就在各個礦坑間走跳的南月叔，就算戰爭的那段期間剛好流浪到朝熊煤礦擁有的狗穴原地區，然後待在吼喰裏坑工作也並不奇怪。」

「也就是說，我的動機是為同胞們報仇嗎？」

「是的。當時你已經不是朝鮮人了，而是以日本人南月尚昌的身分，從事礦工的工作。大概是日本還拚命在朝鮮半島徵人的時候，你就已經來到日本了吧。鄭南善的手札裡曾提到同鄉有個這樣的人物，那個人會不會就是你呢？南月叔在日本的某座礦坑遇見了被你奉為師父的礦工，就像我承蒙你和大取屋先生的照顧那樣。但是後來那位師父意外身故，於是你就與滿代嬸再婚，成了多香子的父親，立場上就更接近日本人了。但是你不曾或忘朝鮮勞工在吼喰裏坑遭受的虐待，為此憤恨不平。然而自己只是區區一介礦工，實在是無可奈何。萬一暴露身分的話，可能連你都會被打個半死。如果事情變成那樣，滿代嬸和多香子恐怕就要頓失依靠了。」

「於是我就沉住氣……」

「是的。然而日本戰敗後又過了幾年，成為鯰音坑礦工的你，發現與吼喰裏坑有過不解之緣的日本人竟然都聚集在這裡，就感覺這是上天要你為同胞復仇的安排。」

「動機也好、機會也罷，不管哪一樣都相當充分呢。」

「沒錯。而且在木戶遇害的時間點，我一次也沒看到你。」

「可是喜多田遇害的時候，我正跟著小哥一起行動對吧。我和你一起把木戶的遺體送到火葬場、一起納骨、然後一起將骨灰送進寺院裡。過程中甚至還陪你去拔井煤礦的總公司。從那邊回來以後也一直待在你旁邊。這點與大取屋一樣呢，不論怎麼想，我也沒有機會殺害喜多田喔。」

「乍看之下是這樣沒錯，但是你還記得回到鯰音坑後，你對我說過什麼嗎？」

「忘了，我說了什麼嗎？」

「最好在拔井煤礦總公司勞務課的川里課長聯絡鯰音坑的水盛前，先主動告知我去過總公司的事，當時你是這麼說的。我接受南月叔的忠告，在礦工事務所前和你分開了。所以你大可趁我去勞務課的空檔殺害喜多田，時間綽綽有餘。」

「如果是這樣的話，那麼剩下的謎團，就是第一起命案的殺人手法，還有連續殺人為什麼會中斷的原因了吧？」

「對。」

「我到底用了什麼手法，又為何要停止連續殺人呢？」

南月認真專注地反問，波矢多也正經八百地回答。

「我完全沒有頭緒。」

「什麼……」

「跟大取屋先生的情況一樣，如果是南月叔的話，或許有辦法犯下第一起殺人案。但是無論如何都弄不清作案的手法。還有，我想破頭也想不出把合里哥的遺體運出坑外的那一天，是什麼原因阻止你殺害岩野。」

「……什麼意思。」

「也就是說，南月叔你也不是黑臉狐狸。」

「……」

波矢多向默不作聲的南月問道：

「你曾在吼喰裏坑工作過嗎？」

「不，完全沒有。」

「但是，南月叔過去參加了日本煤礦公司的招募，才會來到這裡當礦工。倒也是事實吧？」

「是啊。就如同小哥所說的，鄭南善的手札裡提到他們家所在那個面，過去曾有個那樣的男人，的確就是我沒錯。」

「果真是這樣啊。」

「不過，比起我的事……」

相較於沉著冷靜的波矢多，南月以相當急躁的語氣問道：

「真的已經沒有其他兇手人選了嗎？」

「其實在說明案情的過程中，我都還在繼續思考直到最後都令我耿耿於懷的疑問。黑臉狐狸為何必須暫時停止連續殺人——我想徹底釐清這個謎團。」

「結果呢，你想通了嗎？」

「是的，我推測出一個解釋。這麼一來，突然就看清事情的真相了，感覺眼前豁然開朗。」

「那個解釋是？」

「在這之前，我一直以為是突然發生了非得中斷不可的意外，黑臉狐狸才不得不暫時停止連續殺人的計畫，後來這個推論有所改變了。」

「你認為這個思考不對嗎？」

「基本上沒錯，但是不是有什麼不惜暫時停止連續殺人也必須去做的事——我決定重新思考這一點。」

「你的意思是說，就算最後得到的答案一樣，可是思考的角度卻會截然不同嗎？」

「拜重新思考所賜，以前無法看清的事情全貌，如今輪廓分明地浮現出來了。」

「所以到底是什麼緣故？」

「不惜中斷原本比什麼都還重要的連續殺人計畫、無論如何都必須優先處理的事——」

「嗯？」

「會不會是得先去殺另一個人，而這個人事實上與注連繩連續殺人事件一點關係也沒有。」

「欸……」

「為了去處理掉那個計畫之外的人，黑臉狐狸才被迫暫停連續殺人的行動。」

「這也太荒唐了……」

「沒錯，任誰都會這麼想吧。所以我在改變檢視整起事件的角度之前，也完全沒留意到這個可能性。」

「你說要殺另一個人，那個目標到底是誰啊？」

「菅崎由紀則。」

「什麼……」

南月聽得瞠目結舌，但馬上又開口問道：

「這不可能啊，他不是逃走了嗎？」

「他本人是想要逃跑，但事實上還是被黑臉狐狸給殺了。」

「怎麼可能……為什麼要殺他……」

表情倏地從波矢多臉上消失，只見他以令人望而生畏、毫無情感的表情回答：

「為了用來代替之後應該要讓人在坑內發現的合里光範遺體。」

「……」

「黑臉狐狸的真面目，就是合里光範。」

終章

「接下來我會依照時間順序來說明。」

物理波矢多對滿臉疑問的南月尚昌這麼說道。

南月突然走出房間，不久後就帶著一升瓶裝的日本酒回來。似乎是意識到接下來的內容應該得配點酒才聽得下去。

「等一下。」

「小哥也邊喝邊說吧。」

南月說完便將倒了酒的茶杯遞給波矢多。但波矢多擔心要是喝醉了可能會讓推理前言不搭後語，所以只作勢接了過來。

「我不清楚合里哥與鄭南善之間是什麼關係，但他們肯定把彼此看得很重要。因此對於鄭南善被送到朝熊煤礦的吼喰裏坑，合里哥應該悔恨得不得了，只可惜當時的他根本無力回天。後來好不容易能去吼喰裏坑探望鄭南善，但還來不及為重逢欣喜，鄭南善就不幸死於空襲，合里哥的臉也因此受了傷。再加上日本吃了敗仗，合里哥想必痛苦萬分，不明白自己做的一切究竟所為何來，也懊惱因此害死了鄭南善。」

「所以才改行當礦工嗎？」

南月的語氣帶著悽愴，波矢多一言不發地點了點頭。

「沒想到水盛厚男和岩野勇作也待在合里哥當礦工的鯰音坑。他是一開始就知道那兩個人的存在，還是後來才發現的，關於這點我就不清楚了。因為合里哥只能從鄭南善的信件推敲他們的狀況，不過我認為後者的可能性很大。但就算是這樣，合里哥也無計可施。既然對方沒留意到自己，他也就裝作不認識對方。」

「然後喜多田喜平和丹羽旗太郎也來到這裡了……」

「只不過，他們並不認識合里哥，所以合里哥也繼續假裝毫不知情。只是，對於要每天裝成若無其事地與那些無情凌虐鄭南善的人一起工作、生活，合里哥也愈來愈不能忍受了。他當時的樣子我到現在都還記憶猶新。在寄給隆一先生的信中，合里哥也提到自己可能會離開鯰音坑，可見他的容忍已經到達爆發的極限了。倘若當時什麼事也沒發生，合里哥大概已經離開鯰音坑了吧。」

「就在那個時候，坑內發生了意外。」

「是的，那場意外改變了一切。」

「可以說得清楚一點嗎？」

「大取屋重一先生發現礦坑要塌了，趕緊提醒坑內的同事快逃。聽到他的警告時，擔任先山的合里哥在開鑿面裡，負責後山的梅澤義雄在開鑿面外。梅澤先生雖然對人還在開鑿面裡的合里哥大聲呼喊，但也一心只想趕快逃走。當時他回頭張望，看到漫天飛舞的黑色粉塵裡有個人影反其道而行，朝著開鑿面走去，之後他覺得那個是黑臉狐狸，因此嚇得魂都要飛了。只不過，那個人影恐怕就是合里哥。」

「這也太奇怪了，有哪個蠢蛋會刻意走進坍塌中的開鑿面啊。」

「我猜那真的是電光火石的瞬間判斷。根據梅澤先生的說法，當時前方坑道的坑頂已經開始崩落，所以他來不及確認合里哥到底有沒有跟上來，就自顧自地逃跑。假設合里哥也看到坑頂坍塌的狀況，他會怎麼做呢？若是跟在梅澤先生後頭逃走，可能還沒跑出去就會被壓在岩石底下了。就算他因此這麼判斷也並不奇怪。」

「可是就算退回開鑿面……不對，如果退回去的話是絕對活不成的。」

「假設合里哥在轉向開鑿面深處的同時，發現崩解岩壁的對側有個洞穴呢？」

「怎麼可能……」

「正常情況下或許不太可能，但是因為當時地盤下陷，偶然讓合里哥負責開採的左邊第四坑道七號開鑿面，與過去吉良公造先生挖掘的狸穴古洞相通了。合里哥在瞬間迅速地反應過來，判斷比起冒著被岩石壓扁的危險跑向坑道，不如躲進前人開挖的狸穴，活命的機會可能還高一點。於是立刻轉了一百八十度回頭，導致梅澤先生誤把他奔向開鑿面深處的背影當成黑臉狐狸。」

「……原來如此。」

南月顯然大吃一驚，但並未否定波矢多的推論。大概是考慮到吉良公造挖的狸穴與鯰音坑的關係，就認同即使發生這種現象也沒什麼好不可思議的。

「合里哥藉由狸穴逃出礦坑的地方就在稻荷神社附近。」

「我聽說吉良開挖的小礦坑就在那一帶。」

「那個小礦坑還在。當然從地表上來看是找不到那個洞的。大概是自然而然地隱藏在周圍生長的草木底下吧。」

「大家去神社也只是為了參拜，沒有人會關心周圍環境到底是什麼情況。」

「我猜合里哥從狸穴逃出地表的瞬間，大概就已經決定要為鄭南善報仇了。」

「這也太突然了吧。」

「有兩個原因，首先是稻荷神社映入眼簾的時候，合里哥就聯想到了鄭南善手札裡提到的注連繩。其二是鯰音坑所有的人都認為合里哥肯定已經被困在坑內死掉了。」

「他打算利用大家誤判他已經死掉的機會，展開復仇行動嗎？」

「合里哥大概也知道遲早會穿幫，但只要在那之前完成復仇大計，等到救援隊下坑救人的時候再躲起來就好了。」

「合里想必也很清楚，坑內的安全措施平常就很草率，救援隊肯定要花更多時間才會出動。因為不光是礦坑坍塌，還發生了沼氣外洩的意外。」

「我在穴寢谷的車站前被吼喰裏坑的人力仲介纏住時，合里哥救了我，當時他說過一句話：

『應該到哪都找不著像我這麼沒骨氣的人吧。要是知道可能會在某個地方再遇到那個男人，我絕對不敢這麼做的。』所以我們可以推測在意外發生之前，合里哥心中只想著要離開鯰音坑。然而當他得到能藏身於意外犧牲者假象下的這個隱身符，剎那間靈機一動，想出注連繩連續殺人事件的計畫。對他本人而言，心境上已經有所變化了。」

「黑臉狐狸從坑口脫身，先去了神社一趟，然後要前往工寮，直接從神社……」

南月說到一半，不解地發問：

「話說回來，為什麼要殺死木戶？」

「起初我以為是因為木戶撞見合里哥從狸穴逃出來的場面。但如果是那樣，他應該早就告訴別人了。」

「說得也是，應該不會直接回工寮。」

「也就是說，木戶什麼也沒看見。」

「既然如此，為什麼……」

「他雖然沒撞見合里哥從狸穴逃出來的場面，但是很可能目睹了別的東西。」

「什麼東西？」

「同父異母的隆一先生寄給合里哥的明信片。」

「這有什麼問題嗎？」

「我猜那張明信片上寫的並不是要請合里哥幫他在鯰音坑找工作，而是說他還是決定回故鄉了。」

「咦……」

「就算能用詐死來偽裝，要一直潛伏在鯰音坑的某處伺機殺害四個人也是非常困難的。所以合里哥決定化身成局外人，好放心大膽地行動。」

「那個人選就是隆一……」

「合里哥也曾向我提過隆一先生可能會來鯰音坑的事。但實際上隆一先生已經返回故鄉了。因此合里哥偽裝成同父異母的哥哥是可行的。只是這個方法有個令人不安的要素。」

「有偷窺癖的木戶可能偷看了隆一寄給他的明信片……」

「單憑這個動機實在很牽強。可是大家都在謠傳，說木戶在戰爭時曾經背叛過同胞。合里哥可能在他身上看到了那個朝鮮籍監工平山的影子。」

「哦，肯定是那樣沒錯。」

南月不僅接受了這套說法，言下之意其實也希望事實就是如此，這點讓波矢多覺得有些心痛。

「合里哥從神社的倉庫裡偷出注連繩，前往一號棟的一之一號房。我認為他在這個階段已經弄到充裕的注連繩來執行連續殺人計畫了。」

「因為再拖下去可能就沒機會偷了。」

「合里哥走進工寮的一號棟與二號棟之間，發現有小孩在巷子裡玩。但是因為對方是年紀很小的孩子，所以他沒有折返，繼續前進。他在詐死這層掩護之外，還把臉給塗得又黑又髒。」

「大家都說剛上坑的礦工就連親生孩子也認不出那是自己的父親。」

「不過真砂看到把臉塗黑的合里哥就因此聯想到黑臉狐狸，反而是一個很重要的線索。」

「怎麼說？」

「因為合里哥微微往上吊的細長雙眸、直挺挺的鼻梁、抿成一條線的唇瓣，即使扮演女形也相當合適，那副容貌跟狐狸也有幾分神似。再加上注連繩的加持，也難怪真砂會誤以為碰到了黑狐大人。」

「確實有這個可能。」

「合里哥趁真砂嚇得躲在二號棟後面的時候，踏進了一之二號房。」

「他去一之二號房是要做什麼？」

「去拿刮鬍刀和肥皂、衣服。」

「啊，為了剃光頭髮偽裝成隆一，那些確實是非拿不可的東西呢。」

「隆一先生來訪的時候，我在合里哥房裡找不到刮鬍刀和肥皂，才會去福利社買回來。當時我就應該要意識到為什麼會突然少了那兩樣東西？到底是誰？又為什麼拿走？」

「別這麼說，像那種時候，任誰也不會注意到那種小事。」

「合里哥在一之一號房殺死木戶後，就從後面房間的窗戶逃走。這是為了避免從正門出來的時候被孩子們給看見。至於為何要布置成上吊的狀態，則是為了讓我們以為木戶是自殺，好為自己多爭取一點時間。想當然耳，合里哥不會知道後來會因為發生地盤下陷，導致四疊半房間窗戶無法開啟。所以他再度回到神社那邊，用刮鬍刀和肥皂剃光頭髮，再躲進狸穴，用煤灰抹黑整張臉。這麼做是為了掩飾臉上的傷痕，同時也是為了不讓人發現他的頭是剛剃的。之所以不愛洗澡，就算去洗澡也只是蜻蜓點水略沾一下，也是基於相同的理由。」

「一旦沒了頭髮，給人的印象也會截然不同。被頭髮遮住的頭型顯露出來，反而讓人更難分辨了。再加上用煤灰抹黑整張臉，肯定更有利於魚目混珠。」

「當天為木戶守靈的晚上，我在一之一號房附近聽見了奇妙的聲音。睡著以後還夢見黑臉狐狸正在偷看我。或許，那其實是合里哥來查探情況也說不定。」

「但願如此。」

萬一不是的話……一想到這裡，波矢多就趕緊打消了念頭。

「然後合里哥換了衣服，翻越逃工隘口，前往穴寢谷市區。之所以刻意出城，大概是為了第二天能以隆一的身分來鯰音坑。只不過，合里哥也因此機緣巧合地聽到鯰音坑的傳聞，得知他殺害木戶的現場竟然變成了密室。我不確定他是否知道那裡變成密室的原因，總之他領悟到把現場布置成密室，對自己是有利的。」

「合里也是個腦袋聰明的人嘛。」

「成功假扮成隆一先生的合里哥——接下來為了說明上的方便，我直接稱他為隆一先生好了——來找我。我看到那個時候的他，首先想到的就是黑狐大人，接著才聯想起合里哥的幽靈。對照這個事實與真砂的目擊證詞，黑臉狐狸或許就是合里哥的推理其實還挺順理成章。」

「也因為他詐死在前，所以才更加料想不到。」

「他為了讓人誤判身高，還故意拄著拐杖，拖著一條腿，以身子往前傾的駝背姿勢現身。」

「真是費盡心思啊。」

「隆一先生不肯與我共處一室，就算我要請他去食堂吃飯，他也不肯答應。之所以總是安份守己、沉默寡言，同時也拒絕南月叔的吃飯邀約……都是害怕自己的真實身分會曝光。」

「他宣稱合里給他的信件內容當然也是騙人的。」

「對。這是為了讓障眼法更加牢不可破。他說合里哥寄去的最後一封信中，好像提到自己可能會離開鯰音坑。當時我就應該發現這件事不太對勁。因為合里哥在不在鯰音坑，對隆一先生而言應該是攸關日後生計存亡的問題，他的記憶卻這麼模糊，實在很不尋常。」

「真是一齣大戲。」

看到南月佩服不已的反應，波矢多差點笑出來。但因為時機不對，便拚命忍住，繼續往下推理。

「知道隆一先生是兇手的話，殺害喜多田的密室詭計也更明確了。」

「因為當時他也幫小哥檢查正面拉門和窗戶的螺絲鎖有沒有鎖緊。」

「沒錯。我剛才說明把折斷的螺絲栓子頭插進窗戶鎖孔、假裝鎖好的方法，只要稍微震動一下就可能掉落。雖說頂多只會用目視的方法確認，但是沒有人能保證目擊者絕對不會伸手去碰窗戶。」

「這時工寮蓋得偷工減料才助兇手一臂之力的假設就派上用場了。」

「窗戶如果不能立刻打開，通常就會認定是鎖上了。這樣的心理要素也被徹底活用了。不過，這時要擔心螺絲栓子頭可能因為推窗戶的震動而掉落的風險。」

「假如隆一就是兇手，這時他能做些什麼呢？」

「如果是他的話，就能用漿糊黏死鎖孔。」

「那種東西要從哪邊弄來啊？」

「隆一先生身上帶的那個已經吃掉一些的飯糰。」

「什麼……」

「少掉的部分並不是被吃掉了，而是弄碎做成漿糊狀了。如果一直放著不管，警方遲早會發現。所以他以感覺樣子不太對勁，所以才來看看為理由，藉此回到現場，並且趁我去前面房間的空檔，收回插入後面房間窗戶、假裝鎖上的螺絲栓子頭，然後換成正常的螺絲栓子。」

「小哥也徹徹底底被唬住了呢。」

「幾乎是被耍得團團轉。」

波矢多搔搔頭，南月難掩笑意地看著他。

「丹羽旗太郎的密室就如同我方才說明的那樣。只是我應該早點注意到隆一先生的腳明明扭到了，卻還特地幫忙注連繩祓禊的事實。還有，現在回想起來，那根頂住大門、讓門打不開的木棒或許就是隆一先生出現時用來代替拐杖的木棒。」

「如果真是這樣的話，那他的膽子實在也太大了。」

「帶去給喜多田和丹羽的日本酒大概是他到鎮上的時候買的，回來後就先藏在神社裡。藏在神社那邊的好處是就算被人發現，也只會認為那是用來敬神的御神酒。」

「之所以需要日本酒，是為了讓那兩個人喝下安眠藥吧。」

「這也是很重要的原因，但日本酒還有一個很重要的用途。」

「什麼用途？」

「做為感謝他們幫自己在鯰音坑斡旋工作的謝禮。正因為有這個名目，隆一先生去拜訪那兩個人的時候，他們才會放下戒心。丹羽以前是人力仲介，喜多田則相當於他的大哥。隆一先生大概是謊稱在鎮上聽到這樣的傳聞，所以先來拜碼頭。而且丹羽本人也對隆一先生提過若是有在這邊工作的意願，自己可以幫他介紹。」

「丹羽大概做夢也想不到，黑臉狐狸居然是被自己找來的。」

「在殺害喜多田與殺害丹羽之間，水盛決定要放金絲雀進坑。我問他倘若金絲雀平安無事，是不是就會立刻讓救援隊下坑，那時水盛沒有正面回答。在場的丹羽始終在一旁觀望，就連隆一先生也不置一詞。丹羽的反應我能夠理解，但仔細想想，隆一先生的態度未免也太奇怪了。站在他的立場，應該也想早點確認合里哥的安危才對。」

「確實如此。」

「看到金絲雀下坑之後的結果，水盛堅持明天要再做一次確認。就在我抗議哪來這麼多時間慢慢琢磨時，跳出來勸阻我的就是隆一先生。」

「因為他希望盡量拖延救援隊下坑的時間對吧。」

「結果丹羽就遇害了，就在接下來不是輪到勞務課的水盛厚男、就是採礦課的岩野勇作時，水盛決定讓救援隊下坑。當我告訴隆一先生這個消息的時候，他也露出『該來的總是要來』貌似有所覺悟的反應。」

「你是指他下定決心要殺掉某個人來作為自己的替身嗎……」

「我想是吧。為了完成注連繩連續殺人計畫，就絕不能讓別人知道自己還活著。不同於住在工寮的喜多田和丹羽，水盛住在職員宿舍、岩野住在單身宿舍，就算想接近他們，也不可能像前兩人那麼順利，有極大的可能要花上更多的時間。」

「之所以選擇菅崎由紀則當替死鬼，是因為年齡相仿嗎？」

「我想這也是原因之一，但最主要的理由還是因為當時他被警方視為涉嫌重大之人。菅崎認為我在扮演偵探查案，所以我猜隆一先生可能是這樣欺騙菅崎，說我向他透露『警方打算逮捕你』的內幕消息，勸菅崎快點逃跑。隆一先生自己也是從別的礦坑逃來鯰音坑，所以他的一字一句都很有說服力。」

「所以他們約好半夜在神社會合，菅崎就在那裡被殺了……」

「我是這麼推測的。只不過，跟殺害木戶的時候不同，隆一先生殺害菅崎的理由只是需要一具用來代替自己的屍體而已。硬要說的話，頂多只能再加上菅崎一直執著於找我麻煩這點。與木戶在戰爭時背叛同胞的行為比起來，真的是小巫見大巫。但隆一先生還是對菅崎動手了。」

「畢竟已經殺了三個人，情感上已經有些麻痺了吧。」

「恐怕是吧。」

「太可怕了。」

沉默頓時降臨在兩人之間。

「我不確定菅崎是在神社遇害的，還是先被毆打頭部導致昏迷，總之隆一先生拖著用來代替自己的菅崎，踏進了吉良公造先生挖的狸穴。在那之前，他先脫掉菅崎的衣服和鞋子，換上自己事先藏在狸穴內的工作服和鞋子，這點應該不用多加贅述了。之所以要把注連繩纏在死者的脖子上，若不是為了對自己擔任勞務輔導員的過去表示懺悔，就是為了擾亂警方的搜查方向，再不然就是為了嚇唬水盛他們。一切都準備妥當之後，隆一先生把菅崎的屍體搬進因為礦坑坍塌而與狸穴相通的左邊第四坑道七號開鑿面——」

「等一下，這裡不太合邏輯。」

南月突然打斷波矢多的推理。

「就算能把菅崎搬到坍塌現場，也無法讓他看起來像是遭到活埋吧？救援隊帶上來的遺體早已面目全非了，那種狀態顯然要被深埋在碎石堆底下才會變成那個樣子。光靠隆一一個人的力量，不可能偽裝到這個地步吧。」

「那天晚上我在睡覺的時候，感覺自己好像聽到從地底下傳來宛如魔物咆哮的聲音，那個應該就是炸藥引爆的聲響。」

「你、你說什麼！」

「失竊的炸藥並不是用來炸掉水盛家的，而是為了讓替死鬼菅崎的遺體看起來像是因為坍塌意外才給埋在碎石底下的。」

「……太可怕了。」

「在坑內找到的遺體，任誰都會認定那就是合里光範。就算覺得有點不太自然，也會以一切都歸咎於是意外造成的，藉此一筆帶過。當然，警方也不會驗屍。」

「……這種障眼法真是恐怖。」

「隔天早上，我到一之三號房去看看情況，只見隆一先生還在熟睡。看那個睡相，當下我只覺得他應該是太累了。可是自從他來到鯰音坑後，幾乎什麼也沒做，只在注連繩祓禊儀式時幫了一點忙。那他究竟是在什麼時候、又做了些什麼，才會讓他如此疲憊不堪呢？。」

短暫的沉默再度降臨，之後波矢多繼續開口。

「在坑內殺害岩野的時候也利用了狸穴。被炸藥炸毀的坑頂瓦礫應該在救援隊挖出遺體時也一併收拾掉大部分了，所以我猜隆一先生只要再用十字鎬挖一下，不用怎麼費勁就能進入左邊第四坑道的七號開鑿面。」

「要是救援隊在那個時候發現狸穴，是不是就能避免岩野遇害？」

「這說不準呢。就算發現狸穴好了，應該也不會有人懷疑那具被挖出來的遺體不是合里光範。」

「……這麼說倒也是。」

「這麼一來，最後只剩下水盛厚男了。但這個人帶著全家人連夜逃跑了。」

「隆一打算追上去嗎？」

「就要看他是否能掌握到水盛家的行蹤了……」

「無論他能不能掌握水盛家的動向，小哥你是打算讓合里逃走了嗎？」

「……」

見波矢多沉默不語，南月以平靜的語氣接著說：

「我來找你，你不但沒給我閉門羹吃，還滔滔不絕地講述自己的推理，就是為了讓人在隔壁的隆一，也就是合里聽見，好讓他趕快逃走吧。」

「……」

面對緊閉雙唇、一聲也沒吭的波矢多，南月也沒再多說什麼。兩個人只是互相斟酒，默默地對飲，直至夜深人靜。

第二天，波矢多來到隔壁的一之三號房查看時，隆一已經離開了。房裡彷彿從來沒有人在此居住過、從一開始就是個空蕩蕩的房間，充斥著極為冷清的氣氛。

幾天後的傍晚，在南月家舉行了物理波矢多的送別會。除了南月尚昌、妻子滿代、女兒多香子、大取屋重一、虎西末吉、山際宜治、吉良初代、初代的女兒葉津子出席之外，就連其他與波矢多略有往來交情的礦工們，也都在這裡進進出出地與他道別，讓狹窄的礦工宿舍顯得熱鬧非凡。

「你要回故鄉去嗎？」

很多人都對他提出了同一個問題，但波矢多總是回答：「不是。」

「那你打算到哪裡去？」

對於這個問題，波矢多也老實地回答：「目前還沒頭緒。」

「既然如此，那你留在這邊就好啦。」

結果肯定會被這樣挽留，不過波矢多只是說聲「謝謝你的關心」，並未應允。他想走訪各式各樣的現場，見證戰敗後的日本人要如何重建這個國家。波矢多希望自己能親身踏入那些地方工作，而礦坑只不過是其中一個據點罷了。

曾幾何時，波矢多心中開始浮現了這樣的念頭，驅使他往前邁進。從關西流浪到北九州的野狐山地區，然後在穴寢谷的車站前遇見了合里光範，因緣際會地成為礦工，這只不過是一切的開端。

這是波矢多現在的想法。

離開拔井煤礦的鯰音坑那天，大家都到公車站為他送別。大取屋重一只說了一句：「要加油喔。」南月尚昌則面帶笑容地說：「如果是小哥的話，去到哪裡都沒問題的。」南月多香子則是難掩一臉不捨，而吉良葉津子直到最後一刻都展現出開朗的笑容。在波矢多腦海裡的畫面，有一段時間都是由這些面容所構成的走馬燈。

目送物理波矢多離去的每一個人，只要預想他今後的生活，都難掩為他心痛的神色。但是留在礦坑的他們，更應該要擔心的其實是自己的未來。

素有「黑色寶石」之稱、被視為珍寶的煤礦產業，一路走來的歷史絕非一帆風順。雖說受到經濟大蕭條的影響，大部分的煤礦公司都有過不得不裁員或歇業的過去，但每次都能成功地挺過來。即使發生重大意外，出現了很多犧牲者，人類在地底世界的開採也持續在進行著。

然而，隨著石油時代的到來，就連身經百戰的煤礦產業也逐漸走向日暮西山的境地。不僅如此，因為大企業層出不窮的悲慘礦坑意外讓許多人因而失去生命，這樣的結果也導致了資本家與勞動者的雙方對立。這些勞資爭議的問題也為國內所有的礦業埋下未爆彈。在促使勞工階層愈來愈團結的另一方面，也造成了分裂的悲劇。

想當然耳，當時為波矢多送行的人們，誰也預料不到如此嚴峻的未來正在等著自己⋯⋯

儘管有個從以前就令他耿耿於懷的問題，波矢多卻疏於提醒當事人注意。以至於後來接獲南月多香子的通知時，讓他感受到難以言喻的悔恨。在多香子寄來的信裡，簡潔地寫下了父親尚昌死於發生在鯰音坑一坑的坍塌意外。

他明明那麼忌憚在一坑工作⋯⋯

南月肯定是認為現在已經不要緊，所以因此大意了。多香子的信件中並沒有提到太多細節。當時的波矢多正在遠方的地域被捲入奇也怪哉的遭遇——姑且稱之為木靈殺人事件——遠水救不了近火，最多只能懷抱著懊悔，致上弔唁的信與奠儀。

今後還會有好幾次像這樣為自己的人生帶來豐富收穫的的相遇，以及猝不及防的生離死別。

當然，這時的波矢多對此還一無所知。

到了隔天，波矢多在穴寢谷的車站轉車，準備前往博多港。其實他在前一天收到了一封信，寄信人寫著「合里隆一」。連忙拆開一看，信上寫著第二天會在某時某地等他。

波矢多依照信件所寫的時間抵達博多港，等他來到對方所指定的碼頭後，合里光範已經在那裡等著他了。

「這樣啊，你收到信啦。」

「對，要是再晚一天就沒趕上了。」

合里面露不解的表情，但似乎也隨即意會過來了。

「你離開鯰音坑啦？那接下來有什麼打算？」

然後就馬上開始擔心起波矢多的事情。可是聽他陳述完自己的想法後，合里表現出理解的態度。

「話雖如此，但我總覺得比起在那一類的現場工作，應該有更能發揮你才能的地方才對。」

但是合里又立刻補上這句，大概是因為對波矢多的將來感到擔心吧。

「我的事不重要，倒是合里哥，你接下來又有什麼打算？」

「我要去朝鮮半島。」

「是要回祖國啊。」

瞬間的停頓後，合里才喃喃自語地說：

「你果然注意到了。」

「就算再怎麼想復仇，或是因為戰爭而失去了信仰，即使已經在天皇陛下的英名下經歷過悲慘至極的戰爭，但依然無法完全否定陛下的我等日本人，真的能把注連繩拿來當成凶器嗎——當我思考到這點的時候，腦海中就突然飛竄過一個可能性。當朝熊煤礦的吼喰裏坑遭受空襲時，在那場災難中死去的，會不會其實是合里光範，而鄭南善則反過來假扮成他呢？」

「原來如此。」

「然後我又接著意識到，合里哥不可能看過水盛手裡的鄭南善手札，因此沒道理選擇注連繩當凶器。」

「你真是敏銳啊。」

「假設我認識的合里哥其實就是鄭南善的話，也就不難理解初次相遇的時候，你那番不太像是日本人會說出口的話了。那不是日本人合里光範會說的話，而是朝鮮人鄭南善的台詞。只不過當時你已經假扮成合里光範了，才會陷入那種兩頭不到岸的奇特立場，既不是站在日本人這邊、也不是站在朝鮮人那邊。」

「我雖然是朝鮮人，但或許也帶有些日本人的因子。」

「你之所以會在空襲時趁亂偽裝成合里光範，是因為覺得自己已經沒有可回去的故鄉老家了吧。但是如果要留在日本，一定要工作才有飯吃。但是你能做的就只有礦工的工作。然而日本戰敗後，煤礦公司翻臉不認人，不再雇用朝鮮人了。為了在礦坑討生活，就只剩下成為日本人這個選擇。戰敗後的混亂期，戶籍管理漏洞百出，因為資料幾乎都在空襲中被燒光了嘛。而且合里光範除了毫不往來的同父異母兄弟之外，也沒有其他親人了，所以你才能順利地變成合里光範。」

「你說得沒錯。」

「陰錯陽差在鯰音坑重遇水盛及岩野的時候，還有喜多田及丹羽出現的時候，我猜你應該感到非常焦慮。可是你的擔憂完全是杞人憂天。因為就像你以合里光範的身分說的、還有你在手札裡寫到的那樣，對煤礦公司的人而言，朝鮮人只是呼之即來、揮之即去的可替代勞動力。他們之中沒有一個人把你們當人類看待，也沒有任何人認為你們是獨立的個體。那些傢伙根本不可能發現你到底是誰。而且人們認知中的鄭南善已經在空襲中喪生了，加上你的臉也留下傷痕，所以完全不用擔心他們會識破你的真實身分。」

「所以呢——」

波矢多打斷似乎想說些什麼的鄭南善，反過來問他：

「不用管水盛厚男了嗎？」

「……嗯。我終於明白了。我現在該做的事，並不是為同胞報仇。」

「確實是這樣。」

「只是，只有菅崎由紀則，我對他感到很抱歉。」

「當你知道快要失去『死於意外的合里光範』這個障眼法時，突然想起戰爭時與合里哥交換身分的過去，於是這次用了第三者的遺體來詐死。」

「我雖然對那個人沒好感，但也沒有想殺他的理由。」

「戰爭也是相同的道理喔。就算兩個國家兵戎相見，雙方的人民也沒有拚個你死我活的理由。」

「如果要追究我在本案犯下的殺人罪，只有菅崎的死我難辭其咎。」

鄭南善低垂著臉說完這句話後，又重新抬起頭來。

「你到底想怎麼處置我——」

「什麼也不會做。我到這裏，只是來為一個想回到祖國的人送行罷了。」

物理波矢多與鄭南善對視了一會兒，接著幾乎在同一時間噗哧一笑。但是，彼此的笑意裡或許都帶了些微哀愁的影子。

「希望有緣再見。」

「嗯，有一天肯定會再見的。」

十幾分鐘後，波矢多站在碼頭的一角，目送鄭南善搭上渡輪。

當然，不管是若干年後爆發的朝鮮戰爭，將會讓整個朝鮮半島淪為戰場、化為一片焦土的悲慘現實，還是原本屬於戰敗國的日本，卻因為朝鮮戰爭的軍事特需而迅速重建的諷刺發展，這時的兩人對這些也都還無從預料。

他們只是做著不久的將來，就能在其中一方的國家再次重逢的美夢。

魔物藏身地底——談《黑面之狐》

時值第二次世界大戰戰後。

曾經擁抱「五族協和」的情懷、踏上滿州國的青年學子物理波矢多，於終戰後返回日本，目睹頹圮殘破的家園，一度懷憂喪志，從而決心捨棄大學學歷，義無反顧地投身社會底層的陌生職場，企圖憑藉一己之力，胼手胝足，實踐「日本復興」的理想。

日本推理作家三津田信三，以解謎推理與恐怖怪談之高度融合為主要創作範疇，正統的王道路線，為「民俗怪談作家」刀城言耶系列，輕文學路線則有「死相學偵探」弦矢俊一郎系列。而以本作《黑面之狐》（2016）為起點，在此一解謎、恐怖的基盤上，所新啟的物理波矢多系列，則又增加了社會寫實的元素，拓展了恐怖推理的書寫疆域。

物理波矢多在《黑面之狐》中，深入礦山充當礦工；在續作《白魔之塔》（2019）中，則前往海岸赴任燈塔看守人。在這些斷絕塵世、人際關係侷促的場域，勞務繁重、度日如年、只求活在當下，歷經世界大戰、走向現代的社會動盪，因而逐漸發展出一套隱晦、獨特的次文化、潛規則，在民智封閉、生活高壓的處境下，終於迸發了不可思議的命案，充滿了時代解剖、社會批判的穿透力，與刀城系列、弦矢系列有著截然不同的閱讀況味。

《黑面之狐》所揭示的時代背景，是日本軍國化、工業化的歷史進程。

江戶時代末期，日本與西方貿易往來，受惠於蒸汽機改良的工業革命，火車、輪船等動力能源的需求大增，日本開始大量開採煤炭，供給海外商船之燃料。

到了明治初年，因應國內的能源內需，九州的三池、筑豐、長崎，本州的宇部、常磐，北海道的白糠、茅沼、幌內、夕張等地，均為煤礦產業的重鎮。其後，在中日甲午戰爭、日俄戰爭的軍事需求下，更促使煤礦產業的急遽成長，直到大正、昭和初年的第一、二次世界大戰之際，達到顛峰。

日本敗戰後，在國家重建的民生、經濟需求下，煤炭仍為能源的主要來源，供應國內鋼鐵、化學、電力、運輸等工業之發展，直到一九五〇年代，中東陸續發現油田，爆發了能源革命，煤炭礦業才逐漸轉為蕭條。一九九七年，三池礦坑封山，象徵了煤能時代的落幕。目前，北海道僅有少數幾個礦坑繼續生產煤炭。

二〇一五年，聯合國教育、科學及文化組織（UNESCO）隸屬的世界遺產委員會，將日本明治時代的工業革命，包含治鐵、煉鋼、造船、煤礦等產業，共有二十三個建設於幕末、明治時代的工業設施，其中的煤礦設施，位於九州的長崎、福岡。而，這兩縣境內的礦坑群，即為《黑面之狐》的故事舞台。

根據九州福岡縣田川市煤炭・歷史博物館所保存的統計資料顯示，自明治三十二年（1988）至昭和五十九年（1984）的八十六年間，因礦災所造成的死亡人數，高達四萬八千零六十七人，輕重傷者，更是無從計數。其中，大正三年（1914）在福岡縣方城煤礦發生的爆炸事故，死者、行蹤不明者，高達六百八十七人，是日本史上最大的礦難慘劇。此外，光是昭和十五年（1940）一年，就發生了八萬五千六百六十二次礦災，死者則有一千三百五十七人之譜。

由此可知，礦坑的工作，可說是命懸一線、朝不保夕的高風險職業。礦難事故的種類，首先是缺氧窒息。煤炭在地層的形成過程中，會伴隨產生甲烷，一旦煤層開挖，甲烷也會跟著同時散出。甲烷本身無毒、無味，比空氣輕，但在狹窄、曲折的坑道裡仍有可能堆積，使礦工缺氧窒息。再者，甲烷為可燃性氣體，再混合石炭粉塵，坑道中若不慎發生火星、靜電，即可能導致爆炸。依據爆炸強度，輕則發生火災，重則坑道龜裂、崩塌，滲入大量地下水，造成坑內洪水。如果是海底煤坑，海水灌入的速度極快，幾無逃逸之隙。

事實上，礦坑對礦工的生命威脅，並非僅止於礦難事故，更來自極端惡劣的工作環境，導致礦工比其他職種更容易發生職業病。坑內現場的工作，可大致區分為三種，分別是負責開通坑道的「挖掘組」、確保坑道結構穩定的「整修組」，以及自煤層採取煤炭的「採煤組」。不過，無論是哪一組，都必須深入地面數百公尺下的坑道，工作環境的溫度經常高達三十七度，加以嚴酷的勞力活動，容易導致中暑。

其次，即使不斷灑水，若是長期吸入在採礦過程中瀰漫於坑道中的煤炭粉塵，容易罹患矽肺病；反覆屈身進出狹窄的坑道、以不自然的姿勢進行削岩、挖掘、搬運工作，身體容易發生腰部、膝部的關節病變。再加上大型機具的噪音，也使礦工多有聽力障礙。此外，長期處於黑暗、危險的空間，也易於出現幽閉恐懼症、神經過敏症等精神問題。

於是，在這個內外交迫、危機四伏的工作場域裡，礦工們形成了一個特殊社群。正如同《黑面之狐》所描述的，「納屋」制度掌控了旗下礦工的行動自由、起居作息，強制性地使他們生活在一個職住合一、公私不分的環境中。礦坑周邊建起了小型市鎮、聚落，而礦業公司、工會，供應了他們的食衣住行，也控制了他們的訊息交流。

那麼，工作環境如此惡劣，為何又有人願意充當礦工？原因即在於，冒險犯難的同時，能得到極為優渥的報酬，薪資至少是一般上班族的二到四倍，而且，完全沒有學歷、背景、性別、國籍——法律規定，可徵用來自殖民地的朝鮮人、台灣人——的限制。

然而，礦工縱使獲得高薪，在礦業公司的強勢主導下，依然過著被壓榨殆盡的生活，最終則爆發大規模的勞資衝突。例如，一九一四年四月二十日，美國科羅拉多州的拉德洛鎮，由洛克菲勒家族（Rockefeller family）所擁有的「科羅拉多油鐵礦業公司」（Colorado Fuel and Iron）因內規嚴峻、苛刻，促使礦工因勞動條件惡劣、毫無人身自由，決定大舉罷工，詎料，資方竟雇用私人軍隊鎮壓，雙方引發武裝衝突，造成二十五人被殺，其中包括十名兒童。這場悲劇，史稱拉德洛大屠殺（Ludlow Massacre）。

日本方面，戰後勞工意識抬頭，三井三池礦坑兩度發生勞資衝突。第一次是一九五三年，當時因能源革命，三池礦業所打算強制讓三千多名礦工離職，導致礦工反彈，罷工抗議。抗爭長達一百一十三天，最後，資方被迫退讓，但部分勞方也因貧窮而同意離職。

一九五九年，三池礦業所的經營狀況愈加惡化，十二月間，要求一千四百九十二名礦工主動離職，三池工會在日本勞動工會總評議會的支持下，決定無限期罷工，資方沒有退讓，決定封閉礦坑。其後，勞方在資方的懷柔策動下發生分裂，並有右翼暴力人士涉入，造成一名工會成員久保清被刺殺身亡。最終，政府不得不介入斡旋，承諾提高礦工的離職津貼，才終止了這場長達一年的勞資衝突。

於是，活在這個事故頻仍、勞資關係緊繃的閉鎖場域中，礦工們需要一份信仰——就算是迷信也好，藉此寄託心靈，使生命的偶然、意外、悲慘、苦楚，能夠得以解釋。這份信仰／迷信的雙重面向，首先體現在對礦山的山神信仰，傳統是以《古事記》和《日本書紀》所記載的大山祇命為守護神，是日本的創世神——伊邪那岐神與伊邪那美神之子。

另一方面，踏進有如異世界的入口，那採礦過程的不可預測性，則化為迷信，成為一種巷議街談、無從證實的怪談。

山本作兵衛，明治二十五年（1892）生於福岡縣，七歲起跟著父親在筑豐地區礦坑工作，時間超過五十年，歷經十八座礦坑，直到昭和三十年（1955）他所在的位登礦坑封山後才退休。三年後，山本決定以畫筆記錄他跨及明治・大正・昭和的長年經歷，共完成五百八十五幅畫作。

二〇一一年，UNESCO登錄為「世界記憶遺產」。

在山本的畫作中，除了忠實地呈現了礦工的工作實況、機具操作、日常生活外，也描繪了各種險象環生的礦災危機，甚至屍體搬運的情景。其中，山本於一九六四年左右所描繪的一幅名為《煤坑與狐》的畫作，記錄了一樁自述是真人真事的怪談。

那是明治三十三年（1900）發生在麻生上三緒礦坑的爆炸事故。一名全身燒傷的男子，經治療後回家療養。某夜，男子家中突然有兩名醫生造訪，並且跟來一大群探病的訪客。男子的家人入睡後，醫生拆除了他的繃帶，開始進行診治。然而，當男子家人醒來後，發現醫生、探病的訪客全都不見了，而男子全身的皮膚遭到剝除，已經氣絕身亡。

次日，根據礦場職員的調查，判定是狐狸的作為。當時礦坑附近的山林，不時能見到狐狸的蹤跡。此外另有傳說，狐狸喜歡灼傷的皮膚、疱瘡的顆粒。而，這段不可思議的奇事，也被引入《黑面之狐》，構成了劇情前提的經緯。

然而，後來有學者認為，山本的畫作是有所隱喻。在礦工們悲慘的勞動環境中，狐狸其實是一種假託，象徵礦工在礦難受傷後，原本健壯、象徵財富的身體，遽然變成家族的負擔、累贅，陷入乏人看顧、遭到遺棄的絕境，終在不治身亡後，諉為狐狸所害。

這正是貫串《黑面之狐》的意旨。

在陰暗、險惡的礦坑中，真正最令人膽寒、恐懼的，並不是前述的礦災、職業病、勞資衝突，而是在這個封閉至極、職住合一的生活場域中，就像坑口的黑洞般，無人能從這九死一生的處境脫出，直到命殞之日降臨。

既晴

民國64年（1975年）生於高雄。畢業於交通大學，現職為IC設計工程師。曾以〈考前計劃〉出道，長篇《請把門鎖好》獲第四屆皇冠大眾小說獎首獎。主要作品有長篇《魔法妄想症》、《網路凶鄰》，短篇集《感應》、《城境之雨》等。譯作有「少女的書架系列」《與押繪一同旅行的男子》。影視製作作品有「公共電視人生劇展」《沉默之槍》。

主要參考文獻

◆夏目漱石『坑夫』（岩波文庫／1943）
◇永井荷風『荷風日曆』（扶桑書房／国立国会図書館デジタルコレクション／1947）
◆三菱美唄炭鉱労働組合編『炭鉱に生きる　炭鉱労働者の生活史』（岩波新書／1960）
◇上野英信『地の底の笑い話』（岩波新書／1967）
◆織井青吾『方城大非常』（朝日新聞社／1979）
◇原田勝正『満鉄』（岩波新書／1981）
◆『オロシ底から吹いてくる風は　山本作兵衛追悼録』（葦書房／1985）
◇宮沢賢治『宮沢賢治全集10』（ちくま文庫／1995）
◆山本作兵衛『筑豊炭坑絵物語』（葦書房／1998）
◇「戦争と筑豊の炭坑」編集委員会編『戦争と筑豊の炭坑　私の歩んだ道』（海鳥社／1999）
◆武富登巳男・林えいだい編『異郷の炭鉱　三井山野鉱強制労働の記録』（海鳥社／2000）
◇河田宏『満洲建国大学物語　時代を引き受けようとした若者たち』（原書房／2002）
◆北海道新聞空知「炭鉱」取材班編著、風間健介写真『そらち炭鉱遺産散歩』（共同文化社／2003）
◇金光烈『足で見た筑豊　朝鮮人炭鉱労働の記録』（明石書店／2004）

◆西澤泰彦『図説「満洲」都市物語　ハルビン・大連・瀋陽・長春［増補改訂版］』（河出書房新社／2006）
◇鎌田慧『全記録 炭鉱』（創森社／2007）
◆川原一之『闇こそ砦　上野英信の軌跡』（大月書店／2008）
◇宮田昭『筑豊一代 炭坑王 伊藤傳右衛門』（書肆侃侃房／2008）
◆七尾和晃『炭鉱太郎がきた道　地下に眠る近代日本の記憶』（草思社／2009）
◇高木尚雄『三池炭鉱遺産　万田坑と宮原坑』（弦書房／2010）
◆上野朱『父を焼く　上野英信と筑豊』（岩波書店／2010）
◇外村大『朝鮮人強制連行』（岩波新書／2012）
◆熊谷博子『むかし原発 いま炭鉱　炭都［三池］から日本を掘る』（中央公論新社／2012）
◇吉岡宏高『明るい炭鉱』（創元社／2012）
◆須田寛監修『秘蔵鉄道写真に見る戦後史（上）』（ＪＴＢパブリッシング／2012）
◇ブランドン・パーマー、塩谷紘訳『検証 日本統治下朝鮮の戦時動員 1937-1945』（草思社／2014）
◆本橋成一『炭鉱〈ヤマ〉［新版］』（海鳥社／2015）
◇ＮＨＫ「戦争証言」プロジェクト編、吉田裕・一ノ瀬俊也・佐々木啓監修『証言記録 市民たちの戦争　①銃後の動員』（大月書店／2015）

TITLE

黑面之狐

STAFF

出版 瑞昇文化事業股份有限公司
作者 三津田信三
譯者 緋華璃
封面繪師 Cola Chen

總編輯 郭湘齡
責任編輯 徐承義
文字編輯 蕭妤秦 張聿雯
美術編輯 許菩真
排版 許菩真
製版 明宏彩色照相製版有限公司
印刷 桂林彩色印刷股份有限公司
絃億彩色印刷有限公司
法律顧問 立勤國際法律事務所 黃沛聲律師

戶名 瑞昇文化事業股份有限公司
劃撥帳號 19598343
地址 新北市中和區景平路464巷2弄1-4號
電話 (02)2945-3191
傳真 (02)2945-3190
網址 www.rising-books.com.tw
Mail deepblue@rising-books.com.tw

初版日期 2020年9月
定價 520元

國家圖書館出版品預行編目資料

黑面之狐 / 三津田信三作；緋華璃譯. -- 初版. -- 新北市：瑞昇文化, 2020.09
576面； 14.8 x 21公分

ISBN 978-986-401-441-5(平裝)

861.57 109012984